作 者 简 介

张方，国防大学军事文化学院教授，文学博士。从事马克思主义文艺理论、中国古代文论和西方文论教学与研究。著有《中国诗学的基本观念》《文学说略》《文论通说》《虚实掩映之间》《文学批评：观念与方法》《马克思主义人文学导引》等。获中国人民解放军“育才奖”金奖，享受国务院政府特殊津贴，入选中宣部文化名家暨“四个一批”人才工程，入选新世纪百千万国家高层次人才特殊支持计划领军人才。

中西文论讲话

张方 著

百花洲文艺出版社
BAIHUAZHOU LITERATURE AND ART PRESS

图书在版编目（CIP）数据

中西文论讲话 / 张方著. -- 南昌：百花洲文艺出版社, 2020.10
ISBN 978-7-5500-3754-0

Ⅰ. ①中… Ⅱ. ①张… Ⅲ. ①文学理论 - 对比研究 - 中国、西方国家
Ⅳ. ①I0-03

中国版本图书馆CIP数据核字（2020）第118108号

中西文论讲话

张方 著

出版人	章华荣
策划编辑	胡青松
责任编辑	余丽丽
书籍设计	方 方
制 作	何 丹
出版发行	百花洲文艺出版社
社 址	南昌市红谷滩世贸路898号博能中心一期A座20楼
邮 编	330038
经 销	全国新华书店
印 刷	江西华奥印务有限责任公司
开 本	710mm × 1000mm 1/16
印 张	24.75
版 次	2020年10月第1版第1次印刷
字 数	300千字
书 号	ISBN 978-7-5500-3754-0
定 价	68.00元

赣版权登字 05-2020-83

邮购联系 0791-86895108
网 址 http://www.bhzwy.com
图书若有印装错误，影响阅读，可向承印厂联系调换。

序

朱志荣
（华东师范大学中文系二级教授、博士生导师）

张方教授和我同年，任教于解放军艺术学院（现为国防大学军事文化学院），先后担任过文学系主任、训练部部长和学院副院长。20世纪90年代初，我们曾经有缘在复旦大学南区一起攻读博士学位，他高我两届，是我的学兄。我不会下围棋，向他们学下棋，常常挨宰。我的臭棋给他们带来了很大的乐趣，所以张方兄出谜语取乐说："朱志荣下围棋，打孔子一弟子名。"谜底是："宰我。"每天晚饭以后，我们一起出去散步，海阔天空地谈论各种趣闻轶事，交流相关体会。我本来中等身材，但是站在身材高大的张方和陈引驰之间，显得尤其渺小，以至于有女同学向我提出批评，说我和他们走在一起散步，反差太大，给大家很乖讹的感觉，希望我再也不要和他俩一起散步了。但尽管如此，我还是坚持走在两个巨人之间，就这样一直持续到张方兄去北京任教。

张方兄1982年在华中师范大学本科毕业后，到中南民族大学任教，其间师从王先霈教授攻读硕士学位，研究小说的文体特性。他博士期间师从王运熙教授，研究方向是中国文学批评史，从中国古代形式批评的角度研究语言的文学观。当代做中国文论研究者，或将中国古代文学批评思想作为遗产，剔抉爬疏，考镜源流；或将其作为资源，借鉴西方的理论方法，进行现代阐释和理论建构。张方兄的学术研究既有追源溯流的历史意识，又有理论阐释的逻辑意识。而他的理论阐释，则既继承了刘勰至明清时代的文论学者的阐释方法，又借鉴了西方文论的思想方法，重视中西文论的相互参证。这使得他的文论研究具有独到的创获。

张方兄的主要著作有《中国诗学的基本观念》《虚实掩映之间》《文论通说》《文学说略》《文学批评：观念与方法》等。在这些著作和发表的论文中，张方兄有明确的理论体系意识和自觉的方法论意识。缜密地分析文论中重要的核心概念和范畴，明晰地阐述自己独到的体会。他从多学科交叉入手探索文论问题，重视与文论相关的哲学、美学、伦理学知识，具有中国古代的经学和小学方面的知识素养，注重中西文论的比较和会通，力求史论结合，真正从人文知识的融会贯通中研究中国文论。虽然张方兄的主要专业领域是中国古代文论，但是他花费了很大的气力研究西方文论。仅在重要学术刊物上，他就发表了8篇之多的西方文论论文，内容涉及弗洛伊德、卢卡契、海德格尔和萨特等人的文论思想，涉及文学批评中的“间性”等问题，涉及现象学的文学理论、解释学文学批评和文学批评学的观念和方法等。这不仅使得他有力地拓展了学术视野，而且在研究方法上得到了很好的训练。他为研究生开设的“马克思主义人文学导引”课程，也出版了专著。其中不仅体现了他渊博的学识，也彰显了他多学科融通、中西参证等方面的理念和主张。

“讲话”曾是一些大家撰写雅俗共赏著作的文体，既向读者讲授基础知识，又体现了著者多年的学术思想的积累，如吕叔湘、朱德熙的《语法修辞讲话》等。周振甫的《诗词例话》也属于这一类，是周振甫先生的代表作之一。这本《中西文论讲话》主要是奠定在张方兄多年学术积累和研究生课程教学的基础上的。他从1997年开始为研究生开设“中西文论专题”的课程，从中积累了很多的灵思妙悟，其内容大都保存在这本书中。他的著作出入古今，驰骋中西，既体现了时间上的绵延流变的历程，又考辨了中西文论的异同。在中国文论方面，张方兄重视分析基本概念和基本术语，重视文论家、文论名著和文体批评，重视结合具体文学作品理解文论思想，并把它们放到具体的社会历史背景中，还原理论发生的场景，明晰理论对话的对象，聚焦理论所要处理的问题，注重背景知识的分析和文论思潮的发展流变，揭示其“文变染乎世情，兴废系乎时序”的具体特征。在西方文论方面，张方兄重视文论的系统性和古今发展脉络，重视关键概念和文体意识，重视从中国文论的背景理解西方文论，重视西方文论特别是当代西方文论对于我们当下文论建设和批评实际的现实意义。张方兄的语言表述也是要言不烦，洗练流畅，又幽默风趣，体现了他的学术功力和率真性情。阅读本书，不仅可以丰富读者的文论知识，生发对中西文论的兴趣，而且从中可以获得作者独到的见解和方法论的启示。

张方兄为人善良、正直，胸襟磊落，乐于助人，我俩有缘相识相聚，能够持续近30年的友谊，也是人生难得的知己。他从来没有请别人为他的著作做过序，这次他命我为本书作序，我本没有资格，后来想到他更多的是为我们的友情留下永久的纪念，遂从命捉笔，写下以上的话，以此作为我俩学术志趣相投的见证。

目录

下　篇

小引：关于“文论”

“文论”一语，是个约定俗成的说法，大体可以理解为“文学理论”，也可以理解为“文学批评”或“文学理论批评”。比如有关中国文论史的研究，有称“中国历代文论”，有称“中国文学批评史”，也有称“中国文学理论批评史”，其对象和范围大致相同。此外也有叫“中国文学思想史”的，跟“文论”的含义也基本重合。在西方，没有“文论”这个概念，要么是“文学理论”，要么是“文学批评”（其他还有“文学研究”和“诗学”等），大体上，“前者研究原理、范畴、技巧等等，而后者则讨论具体的文学作品”[①]。但在实际运用中，“理论”和“批评”之间并没有截然的界限，而常常是你中有我、我中有你。因此，用“文论”这个概念，似乎更有弹性，能够把西方文学理论和批评系于一体。总而言之，无论是中国还是西方，文学理论、批评以至于“思想”原本就是互相交织和包容的，用“文论”统括，能够做到最大限度的兼容并蓄。

但是，再往细处看，还是有问题。比如说，“文论”之“文”是指我们

① ［美］雷内·韦勒克《文学批评：名词与概念》，载《批评的概念》33页，张金言译，中国美术学院出版社1999年第1版。

撰写第一部《中国文学批评史》的陈钟凡先生

今天所理解的“文学”吗？这就很有疑问了。至少，中国古代“文论”里的“文”，是个很不固定的概念，不能跟今天的“文学”画等号。在上古时代，“文”的含义很广，按刘永济先生归纳，至少有“经纬天地”“国之礼法”“古之遗文”“文德”“华饰”“书名和文辞”等义项。[①]即便是“文章”，意义也很宽泛，如国学大师章太炎先生所说：“古时所谓‘文章’，并非专指文学。孔子称‘尧、舜焕乎其有文章’，是把‘君臣朝廷尊卑贵贱之序，车舆衣服宫室饮食嫁娶丧祭之分’叫做‘文’，‘八风从律，百度得数’叫做‘章’。换句话说：文章就是‘礼’、‘乐’。后来范围缩小，文章专指文学而言。”[②]但即便如此，直到“古代”将尽，“专指文学”的“文章”跟今天所谓“文学”也有不小差别，最明显的是排除了小说、戏曲（文本）；而正统“文论”的范围也限于评诗论文，如《四库全书》附于“集部”的“诗文评”。同样的问题，在西方“文论”中也出现过，就如韦勒克和沃伦在那本著名的《文学理论》里所指出的那样：“有人认为凡是印刷品都可称作文学。”[③]由此而来的“文”论，其外延也将大大超出“文学”理论。尽管理论家们大多站在今天的立场，努力划清“文学”与“非文学”的界限，但实际的研究中，也很难将二者分得一清二楚。尤其是中国古代文论，常常是该进来的被拒之门外，而不该进的却破门而入。比如很有文学意味的小说、戏曲（文本）不属于正式的评论对象，而今天看上去跟文学没多大关系的文章——如“佶屈聱牙”的《尚书》、神秘莫测的《周易》——却堂而皇之地占据文论的显要位置，甚至被当作各体文学

① 刘永济《十四朝文学要略》2—3页，黑龙江人民出版社1984年第1版。

② 曹聚仁整理章太炎讲演《国学概论》49页，上海古籍出版社1997年第1版。

③ ［美］雷·韦勒克、奥·沃伦《文学理论》7页，刘象愚等译，生活·读书·新知三联书店1984年第1版。

的祖宗。指出这种状况，并不是说古人犯了什么毛病，而是提醒我们自己，对“文论”这个概念，要有个宽泛和通融的理解。特别是评说古人论文的意义和得失时，要知道彼“文”和此“文”是不能等而视之的；而古人未尝以“文”而论的，今天却大可以看作“文论”的对象。

再说“文论”的“论”，基本的意思是“理论”，但在中国古代，纯粹的关于文学的或艺术的“理论”并不太多，更为常见的是实际的“评论”或“批评”，并且多结合具体的人、事以及作品，甚至其自身就是文学作品，如数量众多的“论诗诗”以及夹在诗歌里的表达文学观或用作评论的语句等。因此，在“中国古代文论”这个表述中，“论”就包含理论观点和批评实践两方面的内容而以后者为主。西方文论情况较为复杂，就传统而言，“文论”之“论”也包含着文学理论和文学批评两方面的内容，只不过与中国传统文论相比，它的理论性、思辨性和系统性总体上要更强一些，许多重要的“论点”都跟哲学、美学交织在一起。但进入20世纪后，西方文论的形态及性质发生了很大变化。一是跟其他学术领域的界限不再分明，就像加拿大著名批评家诺思罗普·弗莱（诺思洛普·弗莱）所倡导的：“要认识到批评有许多形形色色的相邻学科，批评家必须在保证自己的独立性的前提下与他们发生联系。”[①]实际情况也是如此，整个当代文论的发展和成果，离不开诸如语言学、心理学、人类学、符号学等相邻学科的作用。二是有些理论就是以“反理论”的姿态出现，可以说是“文论”里的“另类”，最典型的是所谓“解构主义”，它的出现就是为了把传统的“理论”大厦给拆解掉，给它戴上“文论”的帽子，多少有些不大相称。再如存在主义思想也是致力于颠覆西方传统思想的“形而上”的概念和体系，其于文学批评的影响若是成就了一种“理论”，似乎也与初衷相违。因此，“西方文论”中的“论”究竟有怎样的内涵和形态，还得仔细思量。美国当代批评家乔纳森·卡勒给“理论”作了这样的界定：

---

① ［加拿大］诺思罗普·弗莱《批评的剖析》26页，陈慧等译，百花文艺出版社1998年第1版。

1.理论是跨学科的，是一种具有超出某一原始学科的作用的话语。

2.理论是分析和推测。它试图找出我们称为性，或语言，或写作，或意义，或主体的东西中包含了些什么。

3.理论是对常识的批评，是对被认定为自然的观念的批评。

4.理论具有自反性，是关于思维的思维，我们用它向文学和其他话语实践中创造意义的范畴提出质疑。①

这些话初看上去不太好理解，待我们了解一些西方现当代文论的学派及学说后，就能知道这样定义是有道理的。而整个西方当代文论在形态和作用上也较传统有了很大变化，它更注重“话语”而非“体系”，“批判”甚至“自反”的意图也愈发强烈，并且在相当程度上打破了不同学科甚至不同“文本”之间的界限（如所谓“文本间性”），让人觉得光怪陆离、云山雾罩。这些，都是我们在学习西方文论时要多加留意并多费心思的。

郭绍虞先生的《中国文学批评史》（新版）

以下要介绍的内容，包括中国传统文论和西方文论。这似乎是一个惯例，即，所谓“中国文论”或“中国历代文论”实际上是指中国传统文论，通常讲到清末或近代为止；而“西方文论”却包括传统和现代两个部分，其分界线在20世纪初，并且“现代”后面还有所谓“后现代”或“当代”。至于为何如此，似乎也没有必定的理由。就中国而言，或许是因为文论史的研究是在“五四”新文化运动之后兴起，对象是已经随封建社会而结束了的传统或“古代”，之后就延续这种分野；至于对“新文学”的理论批评的研究，则另起炉灶，冠以“中国现代”或“中国当代”。而西方文论虽有“传统”和“现代”以至于

① ［美］乔纳森·卡勒《文学理论入门》16页，李平译，译林出版社2008年第1版。

“后现代”之分，但总体上是通连、延续和辩证发展的，所以宜于统称。

在当代文学研究及学科建设中，中西文论都占有显要位置，也取得了丰硕成果。中国文论的系统梳理，以陈钟凡先生的《中国文学批评史》为先声，之后有了郭绍虞的《中国文学批评史》、朱东润的《中国文学批评史大纲》、罗根泽的《中国文学批评史》、方孝岳的《中国文学批评》等重要史著，至郭绍虞、王文生所编的四卷本《中国历代文论选》揽其精华，而王运熙、顾易生主编的七卷本《中国文学批评通史》集其大成；此外还有各种断代的、专题的、比较的和校笺的研究。西方文论，以韦勒克所著八卷本《近代文学批评史》为扛鼎之作，其他著作和译作也有很多，较早的如伍蠡甫等编《西方文论选》和《现代西方文论选》就作为高校文科教材产生过很大影响（伍先生所著《欧洲文论简史》也流传很广）；加之近年来纷至沓来的国内和国外的选本、读本、史论以及各类专题性的研究成果，都有助于我们学习和研读。眼下这本书，则是针对非文论专业的学生或对中西文学理论和批评有兴趣的普通读者而作，目的是丰富文论知识，提高理论素养，并加强对文学作品的鉴赏和理解能力。当然，如果读者通过这本书而对中西文论产生兴趣，进而去阅读有关史论著作和原典，并进行更加深入的研究，那就是令人喜出望外的效果了。

这里再说一下学习方法问题。一般的学习方法，在各门学问都是相通的，比如读书、思考、讨论以及作业等。对于文论课来说，有几件事情值得特别提示几句。

一是要尽可能多地接触文学作品，尤其是在文论视野中或与文论相关的文学作品。这一点，对于学习中国文论尤其重要。中国古代文论，旧的称谓叫作“诗文评”，显然都是有的放矢的，如果没有见过所评价或涉及的作品，对“文论”的理解就难免有雾里看花或隔靴搔痒的感觉，甚至会出现误解或“误读”。比如很有名的“建安风骨”，假如没有读过“三曹”及“建安七子”的诗歌，就不太容易理解“风骨”的概念有怎样的指向。还有刘勰所说的“阮旨遥深”，如果不明白阮籍诗有怎样的寄托，也很难感受到这个评语的精当。大体上，古人论文，多有感而发；引起感触的，总是某种文学现象和风气。

主编七卷本《中国文学批评通史》的王运熙先生

如果对作为文论背景的文学现象或风气所知寥寥甚或一无所知，对文论本身的把握也难免是“暗中摸索总非真”（金代批评家元好问《论诗三十首》语）。业师王运熙先生在教授学习中国古代文论的方法时，特别强调“要多读一些古代作品，把阅读文论和阅读有关作品配合起来”[①]，就指明了阅读作品对于学习文论的重要性。对于西方文论，这一点也很重要，尤其体现在当代文论的学习中。比如20世纪英美“新批评”诗论，往往立足于对具体诗歌作品的分析，而这分析往往又集中在“语言”的层面，如果读不懂作为分析对象的英语诗歌，那么对诗论的理解就只能是似是而非、似懂非懂的。因此，为了弄懂“新批评”的理论观点，花些功夫读懂几首相关的英语诗歌也是必要的。

二是要多留意相邻的学问。中国古代的学问没有我们今天常见的分科，文学、文论往往跟其他学问交织在一起，因此对所谓“经、史、子、集”如不具备一定的了解，就不容易弄清文论的来龙去脉。比如先秦时期的文论多夹杂在诸子之中，从《诗经》派生出的文学思想很多属于“经学”，司马迁的文学观与其史学观互为表里，而历代文集里面也包含着大量文学批评的理论和实践。凡此种种，都是不能够简单地局限于“文”论而画地为牢的。近人研究中国文论，其成就也往往得益于对旧学各个领域的贯通，比如朱自清先生为“诗言志”立说，就多引入“经学”和“小学”；钱锺书先生精研古代“诗艺”，也对浩如烟海的“集部”如数家珍。不唯中国文论，对西方文论，要想了解透彻，也需要对哲学、美学以及伦理学下些功夫。尤其是所谓“当代文论”，往往是各个人文学科交叉影响的产物，如结构主义“诗学”及“叙事学”跟语言

① 王运熙《怎样学习中国古代文论》，载《谈中国古代文学的学习与研究》101页，复旦大学出版社2010年第1版。

学密不可分，而“神话—原型”批评把心理学、人类学和神话学融为一体；至于“后现代”文论，更是游走在各个人文学科之间，难以单纯地用“文学”理论或批评去加以界定。所以，无论是对于中国还是西方文论，要想真正搞懂，都是需要关注到相邻的学术领域，并借助于“他山之石”的。

三是要在语言上花些力气。对于中国文论，要过好古汉语这一关。尽管现今所见古代文论的重要著作和文章多经过注释和讲解，但能够比较顺畅地阅读原文还是更有助于对古代文论的理解和思考的。况且，如果有兴趣扩大学习范围，就会接触到一些未经注释的著作和文章，这就要求我们不断提高阅读古文的能力。对于西方文论，能够直接阅读英语甚至其他语种的原文当然是好事。但对绝大多数初学者来说，主要是依靠译文，这就要求我们选择那些翻译水平较高的译本。有时候，翻译带来的问题直接影响到我们对一些重要的理论观点的理解。尤其是那些比较艰深的理论著作，如果没有准确而流畅的译笔，我们就很难抓住字里行间的意思。就目前的情形看，传统西方文论大体都有好的甚至经典的译本；当代西方文论的翻译恐怕问题稍多些，一些重要的概念或术语往往有不同的译名，俄国形式主义的“陌生化”也译为“奇特化”，英、美“新批评”中的“含混”也译为“复义”或“朦胧”，结构主义的“叙事学”也译为“叙述学”，如此等等，这些都是需要我们学习时多加留心，必要时去核对原文的。

最后要说的，是学习中西文论，最好能够精读一些经典的篇目。就拿中国文论来说，不少著作或文章都具有相当的文学色彩，甚至就可以当作文学作品去看待，比如汉代《诗大序》、司马迁的《报任安书》、刘勰的《文心雕龙》、钟嵘的《诗品序》、韩愈的《答李翊书》等，还有以诗歌样式写成的“论诗诗”。这些文字，或温文尔雅，或词彩斐然，或文气充实，或诗意盎然，既有理论内涵，又有文学韵味，熟读甚至背诵，是两全其美的事情。西方文论有的批评论著也写得非常文学化，古典的如柏拉图的有关文艺的对话录，多可当作文学经典；古典主义批评家贺拉斯和“新古典主义”批评家蒲柏都是所处时代的大诗人，其批评著作也是用诗体写成；19世纪批评家如丹麦的勃兰兑斯和俄国的别林斯基，其批评文字往往情感充沛、词采飞扬。就连现代或“后现代”文论家里，也有以“文体”见长的，如罗兰·巴特，其批评文章跟散文创作并不分家，被归为“写作批评”[①]。凡此，都是我们学习中西文论时应当特别关注的。传说研究《文心雕龙》的大家杨明照先生到晚年还能将全书倒背如流，其实在老一辈学者中，像这样的事例比比皆是，都是我们学习的榜样！

① ［法］托多洛夫《批评作家》，载《批评的批评》41页，王东亮、王晨阳译，生活·读书·新知三联书店1988年第1版；同被归为“写作批评”的批评家还有萨特和布朗肖。

上篇

中国文论

一、“诗言志”

中国是诗的国度，在文学众体里，诗歌既是大宗，又是正宗；并且，从历史渊源看，诗，或许是最早“验明正身”的文学体裁。朱光潜先生根据历史和考古材料以及诗的“形式”特征断定：“诗歌是最早出现的文学，这是文学史家公认的事实。”[①]他的话应该言之有据。相应地，最早的文论从诗开始，也是理所当然的事情。朱自清先生说：“我们的文学批评似乎始于论诗。”[②]就是这个意思。他又认为“诗言志”是文学批评的“开山的纲领”。这个命题，来自中国古代最早的文献之一《尚书·尧典》，原文是：

> 帝曰：夔！命女典乐，教胄子。直而温，宽而栗，刚而无虐，简而无傲。诗言志，歌永言，声依永，律和声。八音克谐，无相夺伦，神人以和。夔曰：於！予击石拊石，百兽率舞。

① 朱光潜《诗论》，载《朱光潜美学文集》第二卷7页，上海文艺出版社1982年第1版。

② 朱自清《诗言志辨》，载《朱自清古典文学论文集》189页，上海古籍出版社1981年第1版。

这段话的大意是，舜帝对他的命官夔说，我让你来主管音乐，用歌曲来教育那些贵族的子弟们。这歌曲既要严肃又要温和，既要有阳刚之气却又不要过分。歌曲里的文辞是用来表达思想感情的，音乐是把语言给唱出来的，五声要和乐曲配合得好，六律也要和五声配合得好，各种曲调也要配合得好，不要乱了次序，这样就可以通灵，让我们的先人应答，降福于我们了。夔听了这话，说：遵命我的王，我这就敲起磬来，让那些戴着面具的人跳起舞来吧。

上面这段释义不一定确切，倒不完全是因为没有准确理解文字的意义，而是因为这段话本身就存在着些许“疑案”。比如，有人认为《尚书》里《尧典》这篇乃是战国时期成书，那么里面的“诗”就应该是“诗三百”。而如果这篇文字确实是对尧舜时代的真实记录，那么所谓“诗”就应当是原始的歌曲。眼下多数专家持后一种观点，如美学家李泽厚先生认为“诗”最初就是原始宗教仪式上“巫师口中念念有词的咒语，与祭神活动密切相关”[①]。而“百兽率舞”，人类学家岑家梧先生认为是“原始人类模仿动物跳舞”[②]，犹如传沿到当今的“傩戏”里的人们戴着图腾面具随乐起舞。这些解释，正是依据了“诗言志”是讲原始诗歌的观点。

《诗言志辨》是中国古代文论研究的重要论著

中国上古时的“艺术”，是诗、歌、舞三位一体的；而所谓“诗”，也是合乐的，犹如今天的歌曲。这“歌曲”，既用在祭祀活动中，也用来做“人的工作”，也就是教育子弟。要注意，这个意义上的“诗”，跟后来春秋战国时期典籍里所说的“诗”，意义不太一样。此所谓“诗”，是泛指进入上层社会的“歌曲”，或许是由“采诗”而来，或许是巫觋自创，并无特别规定。而后来的“诗”就不同了，那是据说经过孔子（也许是别人）删定后遗存下来的篇什，是

① 李泽厚《华夏美学》34页，中外文化出版公司1989年第1版。

② 岑家梧《图腾艺术史》115页，学林出版社1986年第1版。

所谓“诗三百”或《诗经》。这两者有不小的差别。据推测，周朝以前的诗歌，跟音乐、舞蹈的关系较近，“鬼神”的气息也较浓。如殷商卜辞（甲骨文）所记：

癸卯卜，今日雨？其自西来雨？其自东来雨？其自北来雨？其自南来雨？

文学史家认为这是现今可考的最早的诗歌，对后世诗歌也有影响，如“诗三百”里“其雨，其雨？杲杲出日”和汉乐府《江南》里的“江南可采莲，莲叶何田田，鱼戏莲叶间，鱼戏莲叶东，鱼戏莲叶西，鱼戏莲叶南，鱼戏莲叶北”，就颇为相仿。[①]《尧典》里夔指挥演唱的“诗”，想必与此相类。

说了这些，是为了表明，“诗言志”这句话在后世的巨大影响，跟它本身的含义并没有太大的关系，或者就是篡改了它的本义。典籍所载孔子所说“诗以达意”（《史记·滑稽列传》）和“温柔敦厚，诗教也”（《礼记·经解》）跟“诗言志”之“诗”没有必然的联系。这就是说，作为中国文论“开山纲领”的“诗言志”，虽然也用于“诗教”，却未必有那么重的伦理和政治的意味——恐怕宗教和情感的气息更重些。也正因为如此，后世文人和批评家借重这个“纲领”，也不一定尊崇孔子拍板的“温柔敦厚”或“无邪”。就算最能够用作“诗教”的“诗三百”，所言之“志”未必都是“温柔”的，如“维是褊心，是以为刺”（《魏风·葛屦》）、“夫也不良，歌以讯之”（《陈风·墓门》）、“家父作诵，以究王讻”（《小雅·节南山》）等，就颇为犀利。再往后，屈原、宋玉所言之志，汉代诗人及“乐府”诗所言之志，以至于建安、正始诗人所言之志——也即所谓“建安风骨”和“正始之音”——均不可以“诗教”概括，以至于又出现了“诗缘情”的命题；而对“志”的解释也逐渐泛化，跟“情”没有太大的分别，如唐代学者孔颖达所

① 参见陆侃如、冯沅君《中国诗史》（上）篇一“诗歌的起源”，作家出版社1956年第1版。

说："包管万虑，其名曰心；感物而动，乃呼为'志'。志之所适，万物感焉。"（《毛诗正义》）这跟陆机和刘勰的"物感"说，几为同调。当然，也有人刻意把"言志"和"咏物"区别开来，维护"温柔敦厚"的传统，如宋代诗家张戒所作《岁寒堂诗话》说："建安、陶、阮以前诗，专以言志；潘、陆以后诗，专以咏物。兼而有之者，李、杜也。言志乃诗人之本意，咏物特诗人之余事。"但这恰恰说明，诗歌创作是按照自身的规律发展的，它可以担负诗歌以外的使命，但不能够变成另一样东西。诗歌的本性不在说教，尽管它曾经具有过这样的功能，甚至就被当作教育的手段。历史是发展的，诗歌也是变化的，如果拿着"温柔敦厚"的"诗教"作为万世不变的准则去要求并衡量一切诗歌，那无异于胶柱鼓瑟甚至作茧自缚。好在中国诗歌并不都走这条冥顽不化的老路，并且道学家们嚷嚷得越厉害，就越容易激起诗人们的逆反，以至于出现极端的抵触和别出心裁的新解。如提倡"性灵"的清代诗人袁枚这样解释"诗言志"：

> 来札所讲"诗言志"三字，历举李、杜、放翁之志，是矣，然亦不可太拘。诗人有终身之志，有一日之志；有诗外之志，有事外之志；有偶然兴到，流连光景，即事成诗之志："志"字不可看杀也。谢傅之游山，韩熙载之纵伎，此岂其本志哉？（《再答李少鹤书》）

这话显然没错。如果天下诗歌只能够言一种"志"，那就等于让满世界人都长成一个样子；这种诗歌即便是写得再"纯"再"正"，读起来也一定是淡乎寡味，读多了也一定味同嚼蜡。中国古典诗歌的形式是有限的和固定的，手法虽多，也可归类；真正无限的，是诗人的情怀，也就是"志"。假若把"志"也规定死了，那诗歌也几于寿终正寝了。从这一点看，袁枚的解释似乎更接近"诗言志"的本意。不仅如此，袁枚还特别强调诗人之"志"就包括男女之情，且以为"情所最先，莫如男女"（《答蕺园论诗书》），这在封建社会，真是奇谈怪论甚至是"妖言惑众"了。但它错了吗？当然没有；错只错在目光呆滞的文人士大夫尤其是道学家们错看并错怪了它。中国古典诗歌，除民歌及无名氏所作之外，写到男女之情总喜欢遮遮掩掩或朦朦胧胧。其实男女之情从一开始就是诗歌创作最直接的动因，如诗词学家顾随先生所说：“人在恋爱的时候最诗味。”[1]即以被用作诗教的“诗三百”而论，虽然经过删汰和曲解（遭删汰的多为情歌，如所谓“郑声淫”；遭曲解的多是将爱情化为伦理，如解释《关雎》为“后妃之德”），但不少篇章仍保留着男女欢爱的古风。孙作云先生就曾指出，“诗三百”有不少“恋歌”，表现的是上古人民在特定节日求子并恋爱的习俗和场景，一些词语如“公”和“鱼”等，也是恋爱隐语。[2]郑振铎先生也说：“《诗经》里的恋歌，描写少年儿女的恋态最无忌惮，最为天真。”[3]照这么看，诗歌写男女之情在中国古典诗歌的历史上就源远流长，并且未必不是“正宗”。后人将它突出一下，实在不值得大惊小怪。这层意思是否包含在“诗言志”这个古老命题中呢？想必应当是的。只不过让后来代复一代的先入为主的解说给遮蔽住了，也就是郑振铎先生所批评的：“《诗经》也同别的中国的重要书籍一样，久已为重重叠叠的注疏的瓦砾把它的真相掩盖住了。”[4]这是我们今天将这个命题当作文论观念去理解时要睁大眼睛的。对这个问题，还可以参照“诗经学”的研究成果。这门学问历史悠久，内容多半附属于儒家思想；学术传统深厚，而主要观点保守。然而近现代以来，多有学人以历史眼光和科学方法从事研究，故而得出更加接近“诗”的真实状况的结论。比如胡朴安先生《诗经学》里辨析《关雎》的一段话，说明《诗经》里的“情歌”原

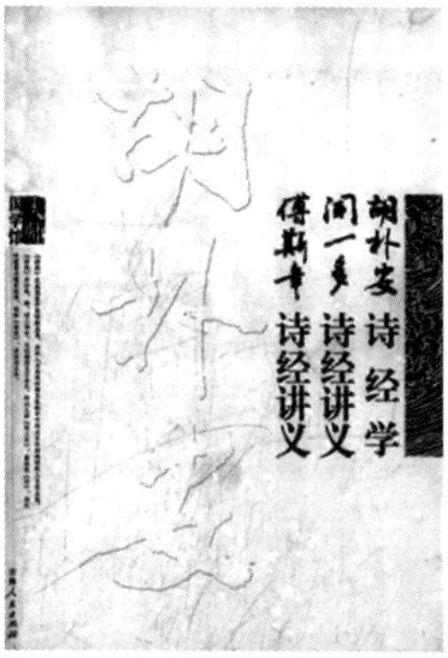

现代诸家“诗经学”研究

① 顾随《驼庵诗话》，载《顾随全集》（3）“讲录卷”4页，河北教育出版社2000年第1版。

② 参见孙作云《诗经恋歌发微》，载《诗经与周代社会研究》，中华书局1966年第1版。

③ 郑振铎《中国俗文学史》18页，商务印书馆2005年第1版。

④ 郑振铎《读〈毛诗序〉》，载顾颉刚编著《古史辨》第三册下编383页，上海古籍出版社1982年第1版。

本出自民间，其原意的“变异”，是因为“采诗”和“删诗”等行为造成的：

> 《关雎》一诗，疑义纷起，终无有说可直捷了当以解释之，由于不知有作诗、采诗、删诗之分也。诗者，闾巷之歌谣，作者非一人，亦不能确定为何事而作。采诗之官，采而录之，择其可施其于教化者，播之管弦，以为乐章。《关雎》一诗，非为文王而作，亦非为康王而作；或亦民俗歌谣之余，采诗者录之，定为房中之乐，用之乡人，用之邦国。毛以为后妃之德者，用之邦国者也。三家诗以为刺康王者，陈古刺今之义也。孔子删《诗》，以《关雎》为房中之乐，而夫妇实人伦之始，故定为风始。由是言之，君子求淑女，未得而寤寐反侧，已得而琴瑟钟鼓者，此作诗人之义也；不必确指为何人而作，用为房中之乐者，此采诗人之义也；为当时婚礼用乐之制度，定为《国风》之始者，此删诗人之义也，所以明夫妇为人伦之本。如是以说，则疑义悉解，作诗、采诗、删诗若不明，诗义即难了然矣。[①]

这讲的是，作为《诗经》“国风”之首也名气最大的《关雎》之作，原本就是民间小调，抒写的也是天然情感，也就是明代李开先所赞赏的“直出肝肺、不加雕刻”的“男女相与之情”（《市井艳词序》），既没有专门的“作者”，也没有具体的“本事”，更没有特别的寓意。后来，有从事“采诗”的官员们把它收集起来，用到各种仪式中去；又有“删诗”也就是从事整理工作的“圣人”用它来宣传伦理纲常。这些，都是对原作的改造和附会，跟诗歌的本义无关，也怨不得最初始的“作诗”人。《关雎》如此，与之类同的其他作品又何尝不是如此呢？以此而论，中国上古诗歌里多写男女之情，当无疑义；而把“诗言志”的“志”解释为男女之情，也是有根有据的。当然，若以更加宏通的眼光去看，上古以至于原始的诗歌的意义还不止于情感，它还是人性的起源，“神性”（人的生活的神圣性）的起源，乃至于人类语言的起源。这是

---

① 胡朴安《诗经学》15页，商务印书馆1930年初版（万有文库）。

20世纪一位大哲学家海德格尔的观点，他的原话是：

> 诗乃是对存在和万物之本质的创建性命名——绝不是任意的道说，而是那种首先让万物进入敞开域的道说，我们进而就在日常语言中谈论和处理所有这些事物。所以，诗从来不是把语言当作一种现成的材料来接受，相反，是诗本身才使语言成为可能。诗乃是一个历史性民族的原语言（Ursprache）。①

海德格尔的理论十分晦涩，这段话也不太好懂，且看赵一凡先生用通俗的话语的转述：

> 老海深信，诗的语言珍贵无比。真正永恒的语言工作也是“由诗人奠定的”。日月轮转，山河吐纳，众神飞舞，万物滋生——所有这一切，全都靠诗人“说出本质的字眼，存在本身才变成人所共知的存在者。因此，诗就是通过字词而确立的存在”。与此同时，诗虽在语言中活动，可它绝非简单地利用语言。老海认为，是诗最原始、最本能地开启了人类的一切言谈，并使得整个语言系统成为可能。②

假如以这种观点去看待“诗言志”这个古老的诗学命题，“志”的内涵将更加丰富，不仅表示以“男女相与之情”为动力的情感，而且蕴含着人性意识的觉醒以及跟自然及其“神性”之间关系的建立。其实，这个意思，海德格尔的前辈、18世纪德国思想家和语言学家赫尔德就表达过。他坚信，语言的产生，并非神授，而出自人类的“自然本能”，是先民们感受和情感的自然流露。因此：

---

① ［德］海德格尔《荷尔德林和诗的本质》，载《荷尔德林诗的阐释》47页，孙周兴译，商务印书馆2000年第1版。

② 赵一凡《欧美新学赏析》53页，中央编译出版社1996年第1版。

> 最早的语言不就是诗歌成分的汇集么？诗歌源于对积极活跃的自然事物的发声所作的模仿，它包括所有生物的感叹和人类自身的感叹；诗歌是一切生物的自然语言，只不过由理性用语音朗诵出来，并用行为、激情的生动图景加以刻画；诗歌作为心灵词典，既是神话，又是一部奇妙的叙事诗，讲述了多少事物的运动和历史！①

从这个方面去看，“诗言志”这个古老命题包含的内容该是多么丰饶而动人啊！只要我们不为政治和伦理的成见遮住双眼，就能够穿透历史，看见我们民族与生俱来的诗的灵魂。

① ［德］J.G.赫尔德《论语言的起源》44页，姚小平译，商务印书馆1998年第1版；着重号原有。

二、“兴、观、群、怨”

这几个意思，出自《论语·阳货》，原文是：“子曰：小子何莫学夫诗？诗，可以兴，可以观，可以群，可以怨。迩之事父，远之事君。多识于鸟兽草木之名。”这是孔子训诫儿子所说的话。要明白这段话表达的意思，先要了解一点相关的背景知识。

一是诸子。在上古汉语里，“子”是尊称，表示有学问和德行的人，有点类似时下作为尊称的“先生”或“老师”；而在学术和学问的意义上，“诸子”又表示不同的学派，相当于“那位先生的学说和他创立的派别”。“诸子”兴起于战国时代，由于门派众多，如我们常说的孔子、孟子、荀子、老子、庄子、列子、墨子、晏子、管子、慎子、韩非子、尹文子、孙子、吴子等（按《诸子集成》次序），故又称“百家”；“百”者，多也。这样区分，据说是从西汉史学家司马迁的父亲司马谈开始的。他写了一部叫《论六家要旨》的著作，将前代学术思想分为“阴阳、儒、墨、名、法、道”等六家。后来刘歆作《七略》（一种目录学著作），在此基础上增“纵横、杂、农、小说”等，合为十家。再后来，东汉的史学家班固著《汉书·艺文志》，采用了这个分类，但认为“诸子十家，其可观者九家而已”，所以后人把“小说家”与其他九家分别开来，称为“九

▲徐悲鸿画
孔子把“诗”“艺”当作人格培养的手段

流十家”。在战国时期，诸子都很活跃，促成了思想和学术的大发展。今天我们将“先秦诸子”和“百家争鸣”并称，说的就是这件事情。

二是孔子。孔子在中国历史上的地位极高，被当作至尊无上的“圣人”，甚至是“素王”，即未有君王之名，却有君王之实。实则这都是后来人们弄鬼，他身前可没那么光鲜，就是一名私塾先生，只不过在他的居住地鲁国当了几天官，顶多可以封个“省级名师”或教育家。他的出身也很普通，虽然祖上是宋国的贵族，可到了爷爷那辈就衰落了。他爸爸叔梁纥没什么事迹流传下来，妈妈徵在也是平民女子。传说他出生在尼山，所以取名为“丘”；排行第二，所以字“仲尼”。其他什么脑门特别大，双手特别长，以及母亲生他前梦见灵异等等，都是后人的鬼话，不足为信。孔子一生最大的业绩，是开办私学，让平民子弟受教育；他的弟子们学成后又把他的思想传播出去，成就了他的名声。就此而言，说孔子是中国第一位平民教育家，最合乎实情。

三是儒家。孔子代表的学说叫“儒家”。儒家排在“诸子百家”的首位，乃是后人所为，并非孔子生前的实况。在战国时代，各派学说都是平起平坐的，没有谁能够一家独大，而且相互间的辩论、指摘甚至嘲讽也是家常便饭，谁也不能压倒谁。孔子开创的儒家，“百家”之一而已。按胡适先生所说，儒家的传人乃是殷商贵族的后裔。周朝建立后，殷人被管制起来，过去的贵人多从事“贱业”，而且老实听话。“儒”字从“需”，“需”字古义就包含柔顺的意思；后来柔顺变成“柔道”，就蕴含着刚毅和进取的精神了。[①]孔子生

① 胡适《说儒》，载姜义华主编《胡适学术文集·中国哲学史》下册，中华书局1991年第1版。

前没有把儒家思想“推销”出去，身后很长时间儒家也不受待见。秦王朝崇尚法家并“焚书坑儒”，差点给孔子信徒来个斩尽杀绝；汉代从高祖到文帝、景帝都偏重黄老，儒家也只能敲敲边鼓、打打下手。事情的转折出现在武帝时期，由董仲舒等儒生倡议，武帝刘彻制定了“罢黜百家，独尊儒术”的国策。从此，儒家思想高高在上，至尊至大，直到中国封建社会结束。“五四”新文化运动中，儒家思想遭到过清算，“打倒孔家店”的口号响彻云天；但天不绝儒，不久学界里又呈“儒学复兴”态势，出现所谓“新儒家”。可见儒家思想的影响力是很大的；而我们学习传统文学和文论，也都不可避免地要涉及儒家思想，比如这里要说的“兴、观、群、怨”。

确切地说，孔子提出的“兴、观、群、怨”，是一种教育思想。孔子是教育家，他的理想是培养出能够实现他“复礼”的伟大抱负的人才；而孔子思想之所以重要，主要是因为针对如何培育具有理想人格的人——也就是所谓“君子”——提出了一套切实可行的方案，并且确实对之后两千多年里中国人的性格和思想产生了深远影响。应当说，孔子及其儒家思想中的教育理念是保守的，但要注意，不能够轻易或简单地将“保守”跟“落后”画等号。历史上有些时候，所谓“保守”更多的是恪守并发扬传统的价值观念，而这价值观念中的许多东西并非落后，尤其是在孔子所处的那个“礼崩乐坏”的时代。孔子所期许的人格理想的核心是“仁”，这种人格理想有许多好的品质，而有一点是必不可少的，那就是“文”；确切地说，是“文质彬彬”：言行举止都温文尔雅，并且表里如一。所谓“言之无文，行而不远”（《左传·襄公二十五年》记），所谓“出辞气，斯远鄙倍矣”（《论语·泰伯》），所谓“质胜文则野，文胜质则史”（《论语·雍也》），所谓“修辞立其诚”（《易传·文言》），都或多或少表达出这个意思。至于具体

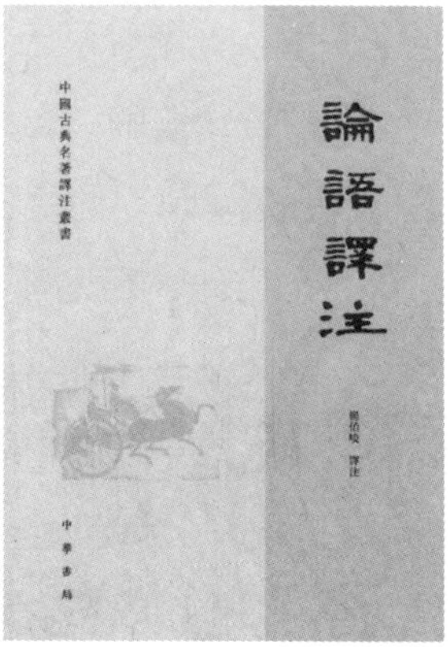

杨伯峻《论语译注》是学习《论语》的入门书

的培养手段，则不外乎“诗、书、礼、乐”，如所谓：“兴于诗，立于礼，成于乐。”（《论语·泰伯》）由此可见，诗的作用在于育人；也正是有了这个作用，诗的存在才弥足珍贵。人在成长过程中，首先要学诗，“不学诗，无以言”（《论语·季氏》），“人而不为《周南》《召南》，其犹正墙面而立也与！”（《论语·阳货》）可见，学“诗”是立身之道的第一步。正因为如此，孔子在教学过程中多次谈到“诗”和“文”，这些言论，常被后人当作“文论”，其实这种“文论”是附着在伦理思想之上的，是从儒家学说派生出来的。谁要凭着这些言论就把孔子当作文论家或批评家，那肯定是个误会。至于孔子谈“诗”或“文”的言论对后世文论的巨大影响，则又另当别论。

回到“兴、观、群、怨”，这四个字说的是什么意思呢？后代解释很多，并且越解释越复杂，好像孔子说这话有多少微言大义似的。其实我们从“渊源”及“影响”的角度去看，它的意思就相对简单和容易把握。基于这一点，前人一些简明扼要的注释，是可以参照的。比如说“兴”是“感发志意”，“观”是“观风俗之盛衰”，“群”是“群居相切磋”，“怨”是“怨刺上政”。这些话听上去虽然也像揣摩之辞，未必符合孔子本意，但结合“诗”本身的情况及其对人们实际生活所起的作用看，却也合乎情理。这里，我们在此基础上再做些联类和引申，看看孔子的训诫在后世文论里的回响。

“兴”，是着眼于人的培养，强调诗这种“文艺形式”对人的情感和精神所起的特殊作用。这一点，在汉代《诗大序》里得到比较充分的发挥，不仅进一步强调“诗”的伦理作用，并从个人推广到群体和社会，即所谓：“故正得失，动天地，感鬼神，莫近于诗。先王以是经夫妇，成孝敬，厚人伦，美教化，移风俗。”其实，中国传统的民间和社会教育，在相当程度上利用了“诗”的形式——或许称作“韵文”更恰当些，但“韵文”也就是朴素或原始的“诗”——比如流传很广的《三字经》《增广贤文》《幼学琼林》《声律启蒙》等，其作用既是“知书”，也在“达礼”，当然是发挥“诗”功效去增进人的素养，改良社会风俗了。这个传统，在中国历史上形成得很早，在孔子及儒家思想里得到了确认和强化。对此，萧涤非先生曾以《礼记》里“致乐以治心”之论加以概括：

> 致乐以治心，即以乐为涵养人格之工具。《礼记·祭义》：“君子曰：礼乐不可斯须去身，致乐以治心，则易直子谅之心油然生矣。易直子谅之心生矣则乐，乐则安，安则久，久则天，天则神。天则不言而信，神则不怒而威，致乐以治心者也。”孔子亦曰：“兴于诗，立于礼，成于乐。”又曰：“若臧武仲之知，公绰之不欲，卞庄子之勇，冉求之艺，文之以礼乐，亦可以为成人矣。”所以成人必有赖于乐者，正以乐足治心故也。而观《乐记》师乙答子贡之问，则《风》《雅》《颂》三者之于人，且各有功能焉。其言曰：“宽而静，柔而正者宜歌《颂》；广大而静，疏达而信者宜歌《大雅》；恭俭而好礼者宜歌《小雅》；正直而静，廉而谦者宜歌《风》。”此以乐治心济性之明验也。①

《诗》与“乐”系于一体，主要的功能就是通过感动人心而达到培养人格的目的，所谓“兴”，就是指《诗》和“乐”作为艺术形式而易感、易入的特征。后来，“诗”和“乐”分家，“兴”的作用是靠文字和韵律去实现，但实质却在于以情“治心”，这或许是“兴”字排在学诗要义之首的主要原因吧。

“观”，是从“诗”里观察社会生活的状况。据典籍记载，中国上古时代很早就有所谓“采诗”的制度，即在一定的时节，朝廷派命官到各地收集民间歌谣，以体察民情并考察施政的得失，如班固所说：“古有采诗之官，王者所以观风俗，知得失，自考正也。”（《汉书·艺文志》）这是君王主导的“观风俗之盛衰”。由此，诗歌也担负起反映社会状况、表达人民心声的作用。从读者的角度看，可以通过诗歌的吟咏去了解社会人心；而从创作的角度看，则是诗人用自己的作品去反映社会人心，尤其是社会动荡时底层人民所经受的苦难。这一点，成为中国古代诗歌的优良传统传递下来，在唐代诗歌创作里体现得最为充分，如颇有声势的“新乐府”运动，其倡导者白居易说：“惟歌生民

① 萧涤非《汉魏六朝乐府文学史》2—3页，人民文学出版社1984年第1版。

病，愿得天子知。”（《寄唐生》）又说：“文章合为时而著，歌诗合为事而作。”（《与元九书》）今天看去，诗歌里这种声音对一朝政治所起的作用实在微不足道，但它却是中国古典诗歌最令人称道且肃然起敬的高尚品格。

“群”，基本意思是说诵《诗》有助于人与人之间的交往，这也有个历史背景，即春秋时代各诸侯国的外交。那时候，有一种专职的“行人”往来于各“国”之间，犹如今日外交官。他们饱读“诗”“书”，举止儒雅，靠风度和谈吐办外交，甚是风光。孔子门下有“言语”一科，其才干多在于此。孔子说：“诵《诗》三百，授之以政，不达；使于四方，不能专对；虽多，亦奚以为？”（《论语·子路》）就表明学《诗》的重要目的之一在于外交辞令。以后，办外交不再借重诗歌，但在人际交往中利用诗歌，仍延绵不绝且花样翻新。典型的事例，如文人间的酬唱，是非常普遍的现象，并且留下不少佳作。再比如“诗会”，孔子提倡的“以文会友”，在后代更多的是演变成以诗会友，著名的事件如东晋的“兰亭雅集”、盛唐时期的“京城诗”[①]以及《红楼梦》描写的层出不穷的“诗社”等等。直到近代，著名的“南社”虽从事革命活动，但名义上还是个诗人社团，它于1909年在苏州虎丘第一次举行“雅集”时加上来宾才19人，到1916年刊印《重订南社姓氏录》时已经有社员800多

▲傅抱石画
曲水流觞：古人聚会往往用以作诗交流思想感情

① 美国学者宇文所安认为盛唐时的“京城诗”“主要被当作一种社交实践”，一张“人际关系和诗歌关系的网”。见所著《盛唐诗》导言4页，贾晋华译，生活·读书·新知三联书店2004年第1版。

人了，可见“诗可以群”的效力。[1]至于文人跳出自己的圈子，到青楼教坊里跟歌伎们唱和，更是成就了许多诗词名篇。不唯创作，就是文人的爱情故事，如果用诗歌来传递消息，也更加委婉动人，如《西厢记》里张生与崔莺莺以诗传情：“月色溶溶夜，花阴寂寂春；如何临皓魄，不见月中人？”“兰闺久寂寞，无事度芳春；料得行吟者，应怜长叹人。”（第一本第三折）甚至人与人之间出现矛盾，用诗歌去化解也更显风雅和大度，比如有名的“六尺巷”的故事，主人公张英所作原诗是：“千里来书只为墙，让他三尺又何妨？万里长城今犹在，不见当年秦始皇。”不仅解决了纠纷，而且增加了情感，这不是诗可以“群”的最好写照吗？伟大的俄国作家列夫·托尔斯泰把艺术定义为“人们相互交际的手段之一”，并且深切地告诫，如果人们不具备“被艺术感染的能力”，“那么人们就会极其野蛮，最重要的是，很涣散与仇视”。[2]这种作为艺术本质并通过感染人而产生的交流作用，跟孔子说的“群”是相通的；也就是说，诗歌，既可以用来加深人与人之间的感情，也可以用来冰释人与人之间的嫌怨。

“怨”，是指诗歌里可以发表对朝政不满的“怨恨”之辞（要注意古代汉语里“怨恨”一词比现代汉语里“怨恨”的情绪表达要轻很多）。《诗》有“美”有“刺”，“刺”缘于“怨”，在孔子看来，这也是诗歌应有的功能。但在后世，“怨”字又生发出另一层含义，就是说，诗歌之作，往往是诗人积怨并宣泄的结果。其中著名的观点，如钟嵘《诗品序》所说：“凡斯种种，感荡心灵，非陈诗何以展其义，非长歌何以骋其情。故曰：‘诗可以群，可以怨。’使穷贱易安，幽居靡闷，莫尚于诗矣。”意思是，人生遭际往往有许多不幸（如所谓“楚臣去境，汉妾辞宫，骨横朔野，魂逐飞蓬”云云），因此会淤积许多怨情；而作诗，是疏缓悲情、化解幽怨的良方。当然，这个问题也可以倒过来看，那就是，不幸的经历和悲凉的心境，往往是诗歌创作的机缘，

---

① 郑逸梅编著《南社的成立及其它支社》，载《南社丛谈》，上海人民出版社1981年第1版。

② ［俄］列夫·托尔斯泰《艺术论》42页，张昕畅、刘岩、赵雪予译，中国人民大学出版社2005年第1版。

并且也能够成就好诗。这种看法，在后世文论中还有许多共鸣，如韩愈所谓“不平则鸣”（《送孟东野序》），欧阳修所谓“穷而后工”（《梅圣愈诗集序》），陆游所谓“清愁自是诗中料”（《读唐人愁诗戏作》）等等。对此，钱锺书先生曾写过一篇长文，综括相关论述并参照西方文论，发掘出文艺创作的一条普遍规律，文章的题目就叫《诗可以怨》。[①]所述观点，未必是孔子本意，但源头却在孔子论“诗”。

“兴、观、群、怨”，虽为孔子论“学”之语，但极为后世诗家所看重。清代一位大学者和批评家王夫之曾说：“诗可以兴，可以观，可以群，可以怨，尽矣。辨汉、魏、唐、宋之雅俗得失以此，读《三百篇》者必此也。”（《姜斋诗话》）他是从读诗的角度下此断语，认为这四个字是评价一切诗的最高标准，并且四个字代表的各方面是可以相通的。仿此，我们也可以说，“兴”是诗歌的情感和美感特征，“观”是认识作用，“群”是交际作用，“怨”是社会和政治作用。从这四个方面把握并评价一首诗歌作品，是大体不差的。完整地看，孔子论“诗”，是把诗歌当作“成文”的手段，最看重它的感化和教育作用，具有很强的伦理道德的指向性。这种态度和做法，是有相当的根据的。一方面，世界各民族的文学从一开始就具备了教育的作用，而动人以情的诗歌更具有其他方式不可替代的优长，如19世纪英国批评家马修·安诺德所说：“人类逐渐地会发现我们必须求助于诗来为我们解释生活，安慰我们，支持我们。没有诗，我们的科学就要显得不完善；而今天我们大部分当作宗教或哲学看的东西，也将为诗所代替。”[②]另一方面，道德伦理的内容和作用也是一切优秀文学作品天然的品质，就如19世纪法国作家斯达尔夫人所说：“文学只能在最高尚的道德中汲取持久的美。”[③]只要不成为枯燥的道德说教，道德之美就永远是文学之美中最崇高也最温暖的光芒。

---

① 钱锺书《诗可以怨》，载《七缀集》，上海古籍出版社1985年第1版。

② ［英］马修·安诺德《论诗》，载《安诺德文学评论选集》82—83页，殷葆瑹译，人民文学出版社1958年第1版。

③ ［法］斯达尔夫人《论文学》14页，徐继曾译，人民文学出版社1986年第1版。

除“兴、观、群、怨”外，孔子及其儒家思想中还有些论《诗》或“乐”的言论，在后世也很有影响。如：“《诗》三百，一言以蔽之，曰‘思无邪’。”（《论语·为政》）“无邪”就是要求诗歌的思想感情纯正，这原本不错，但因此将许多爱情诗视为“淫”诗并删去，却是令人惋惜的事情。或许可以将“淫”字作另一种解释，即“过度”和“过分”，这样的话，孔子对“淫”的不满就是主张诗歌写情不能过分，像《关雎》那样：“乐而不淫，哀而不伤。”（《论语·八佾》）既情感深挚，又含蓄内敛，体现出所谓“中和”之美。事实上，中国古典诗歌中绝大多数作品都是朝这个方向发展的。又如论乐（舞）：“子谓《韶》：‘尽美矣，又尽善也。’谓《武》：‘尽美矣，未尽善也。’”（《论语·八佾》）这种主张美与善结合并相宜的观点，虽不是专门论《诗》，却对整个文艺和美学思想影响很大，文论自然也包含其中；其结果是中国古典诗歌很少极端地偏向唯美或表现，总是受着伦理思想的制衡。反过来看，那些完全沉溺于道德说教的诗歌也大多不为诗家看好，在“文论”里也没有什么位置。其他一些有关《诗》“乐”或者“绘事”（画）的言论，旨趣也大抵如此。

三、“知人论世”

孟子是孔子的再传弟子，发展了孔子的思想。孟子好辩，他的对话大气磅礴，势如破竹；而这种气势，跟他本人的个性和修养相关。对此，孟子曾颇为自信地表白：“我知言，我善养吾浩然之气。”当别人问他什么是“浩然之气”时，他说道：“难言也。其为气也，至大至刚，以直养而无害，则塞于天地之间。其为气也，配义与道。无是，馁也。是集义所生者，非义袭而取之也。行有不慊于心，则馁矣。”（《孟子·公孙丑上》）这种见于言辞的气势，源于发自内心的道德力量，跟古罗马作家郎吉弩斯（郎加纳斯、朗吉努斯）所说的“崇高”颇为相似。郎氏所说的“崇高”是具有“横扫千军，不可抗拒”气势，而这气势的重要来源是“庄严伟大思想”以及“高尚的心胸”[①]，这也可以看作是为了人格修养的“集义”。孟子又解释“知言”说：“诐辞知其所蔽，淫辞知其所陷，邪辞知其所离，遁辞知其所穷。”（《孟子·公孙丑上》）显然，“养气”和“知言”是因果关系，也就是说，由于“养气”所以“知言”，能够迅速察觉对方话语的弱点，从而在辩论中泰山压

① ［古罗马］郎加纳斯《论崇高》，钱学熙译，郭斌龢校，载伍蠡甫等编《西方文论选》（上）125页，上海译文出版社1979年新1版。

顶、一击制胜。这段话在历史上名头很大，在道德和文学两个领域都受到尊崇，有时两方面的内容也合二为一，也就是把道德上的修养看作为文章气势的来由。清代有位文人魏禧，深以孟子之言为然，提出“积理养气”之说，认为“养气之功，在于集义；文章之能事，在于积理。”（《宗子发文集序》）而“义”和“理”原本就是相通的。当然，从孟子到魏禧，中间还有个传承的过程，还衍生出各种文艺观点，这里且不多说。我们换一个角度，着重关注孟子另一个很著名的论断——“知人论世”。

孟子讲“知人论世”是针对“交友”这件事情，他说：

> 一乡之善士斯友一乡之善士，一国之善士斯友一国之善士，天下之善士斯友天下之善士。以友天下之善士为未足，又尚论古之人。颂其诗，读其书，不知其人，可乎？是以论其世也，是尚友也。（《孟子·万章下》）

这说的是，好人要尽可能多地找好人做朋友。跟活着的好人都交朋友了仍意犹未尽，再去结交已经作古的好人；而要结交已经作古的人，就要读他们的留下的诗书。进一步，为了把古人留下的诗书读懂，就要知道他们的为人；而为了知道他们的为人，就要弄清他们生活的时代和环境，这样才能够真正地与古人做朋友。这段话要说明的，是如何论“人”，而不是论“文”，但“人”和“文”往往不容易分开，况且在孟子时代，文人和文学家也没有特别的身份，因此，后人看去，完全可以认为孟子的“知人论世”包含了文论观点，至少在批评方法上

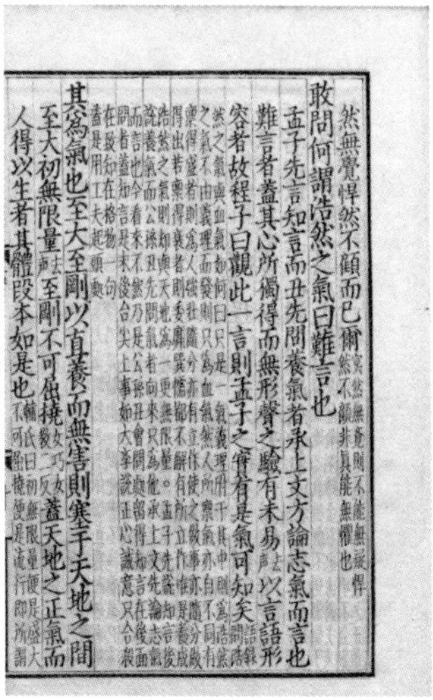
然無覺悍然不顧而已爾
敢問何謂浩然之氣曰難言也
孟子先言知言而丑先問養氣者承上文方論志氣而言也
難言者蓋其心所獨得而無形聲之驗有未易以言語形
容者故程子曰觀此一言則孟子之實有是氣可知矣
其爲氣也至大至剛以直養而無害則塞于天地之間
至大初無限量至剛不可屈撓蓋天地之正氣而
人得以生者其體段本如是也

《孟子》论“气”“辞”和“知人论世”影响到后世文论

给人以启示。后世文论，也多从“世”也就是社会、历史以及时代状况去评价作家作品，著名的有《诗大序》所谓“治世之音安以乐，其政和；乱世之音怨以怒，其政乖；亡国之音哀以思，其民困”，《文心雕龙·时序》所谓“故知文变染乎世情，兴废系乎时序，原始以要终，虽百世可知也”，如此等等，不一而足。而在中国传统文论中，“知人论世”乃是最常用也是最有效的批评方法。推开来说，这恐怕也是所有文学批评通用的方法，不唯中国，西方文论在很长时期里也都倚重“知人论世”，至19世纪，出现所谓“实证主义”批评，更把“知人论世”发展到极致。其代表人物如法国美术史家丹纳，强调“种族、时代和环境”，说：“要了解一件艺术品，一个艺术家，一群艺术家，必须正确的设想他们所属的时代的精神和风俗概况。这是艺术品最后的解释，也是决定一切的基本原因。”[①]又如丹麦批评家勃兰兑斯强调“历史观点”，说：“一本书，如果单纯从美学的观点看，只看作是一件艺术品，那么它就是一个独自存在的完备的整体，和周围的世界没有任何联系。但是如果从历史的观点看，尽管一本书是一件完美、完整的艺术品，它却只是从无边无际的一张网上剪下来的一小块。”[②]都是因“世”而论“人”，进而论“文”，意思跟“知人论世”不谋而合。

孟子言论里，还有个说法叫“以意逆志”，跟“知人论世”说的不是一回事，却被后人相提并论，当作文论观念。孟子原话是：“故说《诗》者不以文害辞，不以辞害志。以意逆志，是为得之。”（《孟子·万章上》）这句话，是针对如何理解《诗》的词句，是说读《诗》时不要被字面意思所迷惑，而要弄清文字所表达的真实意思是什么。比如《大雅·云汉》里的“周余黎民，靡有孑遗”一句，并不是说周人死光了，而是强调存活下来的周人很少了。所谓“以意逆志”，就是要搞明白诗人表达的意思，这个意思往往跟诗歌字面的意思并不相符，所以读《诗》的人要透过文字去揣摩一番。从现代语言学和诗学

① ［法］丹纳《艺术哲学》7页，傅雷译，人民文学出版社1963年第1版。

② ［丹］勃兰兑斯《十九世纪文学主流》第一册2页，张道真译，人民文学出版社1980年第1版。

的观点看，语言文字实在是个矛盾体，其本性是用来表意的，但实际运用中却往往不能“达意”；它的本性是说出真相，但实际上却往往成为“谎言”。尤其是诗歌语言，其功能不在于交流或“指涉”，而在于“偏离”或“含混”，因而被当作“伪陈述”。中国古代的学者和思想家们很早就注意到了这种现象，因而提醒人们对待典籍里尤其是《诗》里的表述要小心谨慎，并提出阅读的策略，如孟子所说的“以意逆志”。所谓“志”，是诗人要表达的意思；“意”呢？有人认为是读者的心思，也有人认为是作者的本意，都有道理。其实，从孟子这段话的上下文看，这个“意”或许可以理解为“文辞”应有的意旨。“辞”是篇章，“文”是辞句，只有结合全篇，才能弄懂单个词句的意思；而对全篇的理解又建立在对单个词句的理解的基础之上。这就是所谓“解释的循环”，也就是说，要知道“周余黎民，靡有孑遗”的真实意思，要结合《云汉》全篇要表达的主题；而对《云汉》全诗的理解又必须读过并理解“周余黎民，靡有孑遗”这“句”诗。当然，孟子未必想到了这种“循环”，但他用来“逆志”的“意”，应当就是在作品整体和局部的相互关系中产生。

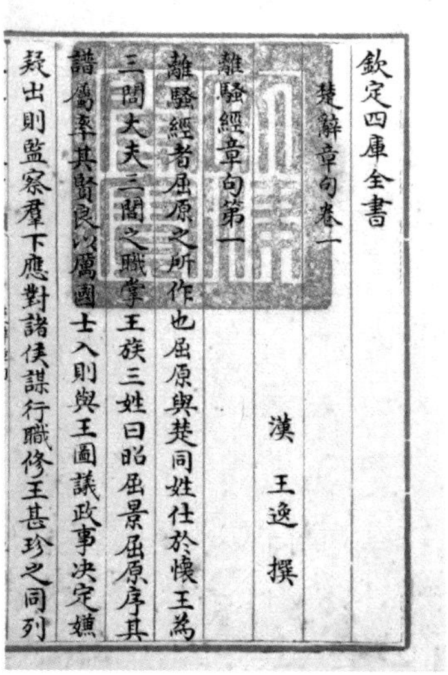

“知人论世”：王逸《楚辞章句》论屈原

用“知人论世”和“以意逆志”的方法去评价作家作品，在批评史上有个著名的事例，那就是评价屈原。屈原是中国第一位伟大的诗人，其作品的价值自不必论；而历代文论对屈原的评价，总是跟他的时代及人格相关，就是说，是出于“知人论世”的观点。最著名的如司马迁的评语：

其志洁，故其称物芳。其行廉，故死而不容。自疏濯淖污泥之中，蝉蜕于浊秽，以浮游尘埃之外，不获世之滋垢，皭然泥而不滓者也。推此志

> 也，虽与日月争光可也。（《史记·屈原列传》）

这表明，屈原作品的伟大，来自人格的伟大；甚至可以说，屈原人格的伟大，超越了作品的伟大。这可以说是文论中最典型的以“人”论“文”。后来对屈原的评价，也大都因人而论。如班固，对司马迁的评语颇不以为然，原因就在于他以儒家伦理去衡量，认为屈原其“人”不足称道，所谓：

> 今若屈原，露才扬己，竞乎危国群小之间，以离谗贼。然责数怀王，怨恶椒兰，愁神苦思，强非其人，忿怼不容，沉江而死，亦贬洁狂狷景行之士。多称昆仑冥婚宓妃虚无之语，皆非法度之政、经义所载。谓之兼《诗》“风”“雅”，而与日月争光，过矣！（《离骚序》）

很不客气地批评屈原对上失敬，对友不宽，个性浮露，心胸狭窄；虽勉强肯定屈原作品的价值和影响，但评价也止于文章体式和文辞博雅，仅此而已。后来，王逸又不同意这个观点，认为班固之论是一叶障目、一面之词，损害了屈原的形象。他批驳道：

> 今若屈原，膺忠贞之质，体清洁之性，直如砥矢，言若丹青，进不隐其谋，退不顾其命，此诚绝世之行，俊彦之英也。而班固谓之露才扬己，竞于群小之中，怨恨怀王，讥刺椒、兰，苟欲求进，强非其人，不见容纳，忿恚自沉，是亏其高明，而损其清洁者也。……强非其人，殆失厥中矣！（《楚辞章句序》）

极力为屈辩诬，不平之气，溢于言表。再后来，刘勰又出面打圆场，发表了折中的看法，认为各家之论“褒贬任声，抑扬过实”，各打五十大板，而他本人对屈原的评价，虽“人”“文”兼顾，却仍是以“人”为前提的，就是说，如果屈原真的像班固说的那样大节有亏，那也不值得后人称颂了。

狄尔泰：揭示作者的“灵魂”

上面所举各家言论，在今天看去，或可归为“伦理的批评”，但实际意义并不止于伦理。评论者在对具体作品进行具体的解读和评价时，往往是从时代背景到个人身世，到精神境界，再到艺术价值。比如司马迁评价屈原所说的“其文约、其辞微”，显然跟“其志洁、其行廉”是有内在联系的。王逸也认为人们读屈原作品是“珍重其志而玮其辞焉”，意即“辞”之可贵在于“志”之高洁。用解释学的观点去看，这正是既基于生命体验又依据历史语境而去理解作品的“精神”；而隐藏在语言深处的“精神”，才是文学作品的“意义”所在。正如解释学的创立者、19世纪德国哲学家狄尔泰所说，“伟大诗人或发明家、宗教天才或真正哲学家的作品永远只能是他们灵魂生活的真实表现”①。对于文学批评而言，最主要的任务和最重要的途径，就是揭示出作者的“灵魂”。上面列举的司马迁和王逸对屈原的评价，之所以如此看重诗人的生平和人格，目的就在于通过感同身受的体悟而使作品的“精神”或者“灵魂”昭然若揭；而真正优秀的批评家，凭着深挚的情怀和超迈的心胸，也确实做到了这一点。这跟西方历史上解释学的文学批评是能够引为知己甚至知音的。且看狄尔泰的一段对诗人的评价：

> 自然诗是这个时代最深的特征。但是，诺瓦利斯的自然是一种人世的哀愁，蒂克的自然是一种魔性的想像。蒂克的人生在这魔性想像的星座下，他们的灵魂是基本情绪的游戏：虔诚与恐惧，漫游之乐与内心的无家可归，一种无边无涯的悲哀，这样的基本力量，构成了人的灵魂的内核。②

---

① ［德］狄尔泰《诠释学的起源》，载洪汉鼎主编《理解与解释——诠释学经典文选》77页，东方出版社2001年第1版。

② ［德］狄尔泰《体验与诗：莱辛·歌德·诺瓦利斯·荷尔德林》282-283页，胡其鼎译，生活·读书·新知三联书店2003年第1版。

这是狄尔泰通过诗人生平和作品读出的“意义”，是建立在解释学方法之上的“知人论世”。中国传统文论里的“知人论世”，虽没有西方解释学里那些哲学和科学的内涵，但在批评观念和效果上却不能说没有相通之处。就屈原的创作而论，其“灵魂”或许就在于一种深挚的“哀怨”。这种“哀怨”，不仅使得作品缠绵悱恻、真切动人，而且很可能是“骚”这种体式出现的最根本的动因，就如后来同为伟大诗人的李白所说：“哀怨起骚人。”（《古风》其一）还有现代批评家李长之所说：“在屈原这里没有愉快，没有清朗的春天，没有笑声。”[①]因此，找到了这个“灵魂”，就找到了正确评价屈原的途径；这也正是“知人论世”批评方法的精髓所在。在这一问题上，著名文史学家姜亮夫先生的研究和评论也很值得一提。他探寻屈原的人生观中的“道德范畴”——这实际上也就是屈原的人格精神——具体方法是从其作品里的“中心字”入手，即：

> 中：中正、中情、折中、节中、质中。
>
> 贞：贞良、贞臣、贞节、忠贞。
>
> 脩：或作修，脩姱、好修、前修、灵修、修能、修名。
>
> 德：懿德、大德、天德、和德。
>
> 介：耿介、介介。
>
> 义：正义、仁义。
>
> …………
>
> 从此种形态绎之，则中、贞、修、德、义乃至忠、正、谨、诚，皆可认为原则之词语，亦即理论之基础，吾人试就此数十字词论之，则几全部为公德，且各各有其理论基础，与实践通用。[②]

① 李长之《孔子与屈原》，载《李长之文集》第三卷180页，河北教育出版社2006年第1版。

② 姜亮夫《屈子思想简述》，载《楚辞学论文集》254-255页，上海古籍出版社1984年第1版。

由此得出结论，屈原人格精神的实质乃在一个“中”字，其实质在于“刚正”且“不邪不屈不伪”，是至高无上的“大德”。显然，这是从文本的层面去“知人”，可与由“论世”而“知人”相得益彰；或者说，是文学批评里立足于正确解读作品的“知人论世”。

著名史学家陈寅恪先生在谈论哲学史方法时强调对古人学说的“了解之同情”，也可看作对“知人论世”的一种阐发。原话是：

> 凡著中国古代哲学史者，其对于古人之学说，应具了解之同情，方可下笔。盖古人著书立说，皆有所为而发。故其所处之环境，所受之背景，非完全明了，则其学说不易评论，而古代哲学家去今数千年，其时代之真相，极难推知。吾人今日可依据之材料，仅为当时所遗存最小之一部，欲借此残余断片，以窥测其全部结构，必须备艺术家欣赏古代绘画雕刻之眼光及精神，然后古人立说之用意与对象，始可以真了解。所谓真了解者，必神游冥想，与立说之古人，处于同一境界，而对于其持论所以不得不如是之苦心孤诣，表一种之同情，始能批评其学说之是非得失，而无隔阂肤廓之论。①

这些话虽是对哲学史提的要求，对于文学批评或者“文论”，也是很有启发的。②

---

① 陈寅恪《冯友兰中国哲学史上册审查报告》，载《金明馆丛稿二编》247页，上海古籍出版社1980年第1版。

② 本章把汉代学者对屈原的评价当作“知人论世”的案例，而有关的论述和争议也是汉代文论的重要内容，并对后世文论产生重要影响。参见陆侃如先生《汉人论〈楚辞〉》，载《陆侃如古典文学论文集》上册，上海古籍出版社1987年第1版。

四、“比兴”

比兴，是中国诗歌最古老的创作手法，甚至可以说是诗歌这门艺术与生俱来的“胎记”。当然，这样理解，是基于“比”和“兴”最基本的意思，即“比”是比喻或比拟，“兴”是兴致或兴趣。试想，原始社会的人们因劳作而吟唱诗歌，应当是高兴的；进而传唱开来，也是兴致使然。而诗歌要引起人们的兴趣，干巴巴地说道或唠叨肯定不行，要想办法使所说的话让人觉得新鲜而有趣，这就很自然地用到比喻，因为比喻可以把抽象变为形象，从而也将心灵外化，实在是诗歌语言最天然的属性。其实，作为诗歌载体的语言文字的产生就跟比喻相关。就以文字而论，世界各民族的文字都起源于图画，所谓“原始文字”就是“图画字”[①]，也就是将意念和思想用形象或符号表达出来。按18世纪意大利历史学家维柯的讲法，人类早期的语言就是诗的语言，就像古埃及的象形文字那样，表达着“诗性智慧”，“它们必然曾是些隐喻，意象，类比或比较”，并最终成为“诗性表达方式的全部手段”。[②]这一点，在汉语言文字中体现得更为明显，即便到了“表意”的成熟阶段，还保留或者“残存”

① 周有光《世界文字发展史》3页，上海教育出版社2018年第1版。

② ［意］维柯《新科学》201页，朱光潜译，人民文学出版社1986年第1版。

着图画的特征，即所谓“象形”和“指事”。比如“旦”是地平线上的太阳（“口”中那一横或一点，有考古学家说是古人所见太阳中的“黑子”）；“本”，树木下加以小横，表示树根。这不就是饶有兴味的比拟吗？而诗歌的作用，就是将日常语言已经暗淡了的形象重新恢复，从而再次唤起人们的兴趣。亦如维柯所说：“诗的最崇高的工作就赋予感觉和情欲于本无感觉的事物。”①因此，作诗而用比兴，就是最自然而然也最合乎诗歌本性的事情了。

但是，中国古代文论似乎把这件事情搞复杂了，问题出在“经学家”们对“诗”的解释。原本，诗就是诗，或如我们今天所说的“诗歌”，是人们情感的自然流露，或对生活的抒情表达。孔老先生虽将诗歌用于教育，但并没有把“诗”当成“天经地义”或“神圣人生论”。可是到了汉代，《诗》被尊为五经之一，味道就变了；它俨然成为高高在上的伦理纲常，谁要再把它当作家常的“诗歌”来看，那是有眼无珠甚至是没心没肺了。一个不容辩驳的定律摆在人们面前：《诗》是巍然耸立的“经”而不是脉脉含情“诗”——当然，也可以合起来称为“诗经”，但重心一定在后一个字上面。到了这步田地，“经学家”们注“诗”，自然要立足于伦理道德，尤其是对包括“比兴”在内的“六义”的解释。最著名的，就是所谓《诗大序》，它是这么说的：

> 故诗有六义焉：一曰风，二曰赋，三曰比，四曰兴，五曰雅，六曰颂。上以风化下，下以风刺上。主文而谲谏，言之者无罪，闻之者足以戒，故曰风。至于王道衰，礼义废，政教失，国异政，家殊俗，而“变风”“变雅”作矣。国史明乎得失之迹，伤人伦之废，哀刑政之苛，吟咏情性，以风其上，达于事变而怀其旧俗者也。故变风发乎情，止乎礼义。发乎情，民之性也；止乎礼义，先王之泽也。是以一国之事，系一人之本，谓之风。言天下之事，形四方之风，谓之雅。雅者，正也，言王政之所由废兴也。政有小大，故有小雅焉，有大雅焉。颂者，美盛德之形容，以其成功告于神明者也。是谓四始，诗之至也。

① ［意］维柯《新科学》98页，朱光潜译，人民文学出版社1986年第1版。

这段话里有许多争论至今的问题，光是作者就是一笔糊涂账：有人认为是西汉的“赵人”大、小毛公，有人认为东汉的学者卫宏，有人认为是孔子门徒子夏，还有人认为就是孔子。为此，在各种“文论选”本篇的注释里，仅作者一项就要用一大段文字去说明。比这更要紧的是“六义”的排序及含义，以及“四始”该如何解释等等。这些问题学术性很强，此处暂且放下不论，我们只需对这篇“大序”的来由和主旨略加了解就行。

所谓“大序”，是相对于“小序”而言，是后人这么称呼的，跟序的作者无关。原来的“《诗》序”，是在每一首诗的题目下面都有一篇短小的文字，告诉读者该诗应当如何理解，作何解释。与其他各篇不同，首篇《周南·关雎》的序文是一大篇文字，谈论的对象不止于本篇，而关系到全《诗》性质和作用。显然这段文字具有相当的独立性，所以后人多将它视为单篇，当作全《诗》的总序。于是乎，就有了“大序”之称，不仅受“经学家”们的瞩目，在文论史上也占有重要位置。今天看去，这篇“大序”的文论内涵并不太多——它本身也不是为了论文。但是，我们知道，中国古代的文论和经学常常是纠缠在一起的，尤其是论及作为五经之一的《诗经》，早期的注疏就是经学，后世的评价也常常依据经学。因此，“大序”在中国古代文论里声名显赫，也不足为奇。清代乾嘉学派的头面人物钱大昕就说：“舍《序》以言《诗》，孟子所不取。”[1]可见“大序”与“小序”一道，成为历代“《诗》学”的不可移易的出发点。

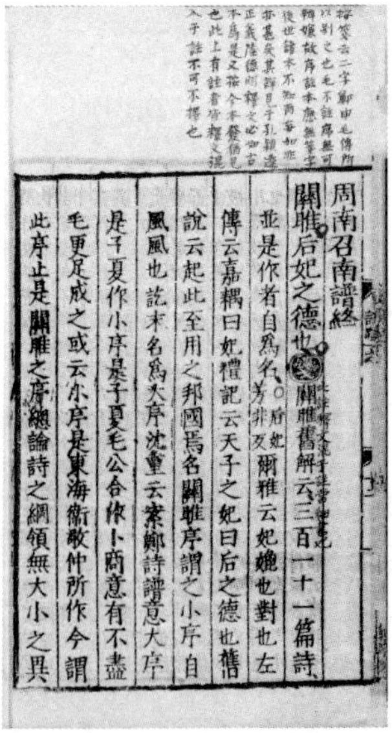
周南召南譜終
關雎后妃之德也 關雎舊解云三百一十一篇詩
並是作者自為名 爾雅云妃媲也對也左
傳云嘉耦曰妃禮記云天子之妃曰后之德也舊
說云起此至用之邦國焉名關雎序謂之小序自
風風也訖末名為大序沈重云案鄭詩譜意大序
是子夏作小序是子夏毛公合作卜商意有不盡
毛更足成之或云小序是東海衛敬仲所作今謂
此序止是關雎之序總論詩之綱領無大小之異

《诗大序》是“经学”中的“《诗》学”

然而，“《诗》序”对“诗”的解释也往

① ［清］钱大昕《十驾斋养新录》22页，上海书店出版社1983年第1版。

往招致后代评论家甚至“经学家”们的非议，因为道德气味太浓，完全没有把《诗》当作诗去看待。就拿首当其冲的《关雎》来说，明明是男女相悦相思的情歌，却被贴上“后妃之德”的标签，成为对君王作为道德楷模的颂歌。这样解读，整篇诗作的情调和意境全变味了，一对朝思暮想的少男少女霎时间就成了相敬如宾的老夫老妻。以“大序”的观点，不唯《关雎》，其他所有类似的篇章都是此意。而后来的“经学家”和一部分文论家们就照这个路数一代一代地读下去，越读越来劲却也越读越离谱。直到清代，《诗经》研究才有了起色，“确实出了几个比汉、宋都要高明的，如著《诗经通论》的姚际恒，著《读风偶识》的崔述，著《诗经原始》的方玉润，他们都大胆推翻汉、宋的腐旧的见解，研究《诗经》里面的字句和内容”[①]。照这样得出的结论，当然更符合作品的实际，也当然注重作品所表达的情感。比如方玉润，他对《关雎》的解释，因该篇影响过大而未敢跳出“后妃之德”的框框，只是指出不必落实到文王、大姒；而对《芣苢》一首，则完全一扫旧说，彻底地为“诗”一辩了。且看这段评论：

> 殊知此诗之妙，正在其无所指实而愈佳也。夫佳诗不必尽皆征实，自鸣天籁，一片好音，尤足令人低回无限。若实而按之，兴会索然矣。读者试平心静气，涵泳此诗，恍听田家妇女，三三五五，于平原绣野、风和日丽中群歌互答，余音袅袅，若远若近，忽断忽续，不知其情之何以移而神之何以旷。则此诗可不必细绎而自得其妙焉。[②]

这才是诗歌欣赏和评论，才是把《诗》当作诗去读，而此前的一两千年，不知有多少人不明白“佳诗不必尽皆征实”的道理，硬是把《诗》当作“经”去钻研，难免盲人摸象、张冠李戴；而相关的评论，也大都不能算作“文

① 胡适《谈谈〈诗经〉》，载《胡适古典文学研究论集》（上）325页，上海古籍出版社1988年第1版。

② ［清］方玉润《诗经原始》上85页，李先耕点校，中华书局1986年第1版。

论”，顶多也就算是经学里的边角余料。

回到“大序”，我们关注的重点在于“比兴”。之所以说了些关于《诗》的注解和评价的话，是因为这些注解和评价关系到对“比兴”的理解。“大序”本身没有对“比兴”作解释，但对“风”的说明却成了后人解说“比兴”的依据。而后人的观点里面，“经学家”的意见是很有势力并且影响到文论家的看法的。比如东汉经学大师郑玄就完全从伦理的角度解释“比兴”，说：“比，见今之失，不敢斥言，取比类以言之。兴，见今之美，嫌于媚谀，取善事以喻劝之。”（《周礼注疏》）后世文论，受其影响者不乏名家名言，如王逸论屈原说：

> 《离骚》之文，依《诗》取兴，引类譬谕。故善鸟香草，以配忠贞；恶禽臭物，以比谗佞；灵修美人，以媲于君；宓妃佚女，以譬贤臣；虬龙鸾凤，以托君子；飘风云霓，以为小人。（《楚辞章句》）

王逸是把《离骚》也当作“经”来看待，对屈原的解读和评价自然看重伦理。但他解释的是屈赋之“比兴”，而未必是“比兴”的通义，并且着眼点在于诗人的情操而非作品的“教化”作用，因而“比兴”之论还是较为通达的。后来，刘勰在《文心雕龙》里用专章论述“比兴”，其观点虽综括前说，但受“大序”和郑玄的影响十分明显，如所谓：

> 故比者，附也；兴者，起也。附理者切类以指事，起情者依微以拟义。起情故兴体以立，附理故比例以生。比则畜愤以斥言，兴则环譬以托讽。盖随时之义不一，故诗人之志有二也。（《文心雕龙·比兴》）

前面说“比”是“附”，“兴”是起，还是把“比兴”当作手法，内涵较少而外延很宽；而接下来又说“比”是“畜愤以斥言”，“兴”是“环譬以托讽”，则内涵较多而外延很窄。显然，刘勰论文是在“宗经”的大原则之下，虽然折中却不失本位。当然，刘勰毕竟是看取“文心”而立论的批评家和理论家，在对“比兴”展开论述中，还是充分注意到“比兴”作为艺术手法的作用，如王元化先生所说：“在这里，‘比兴’一词可以解释为一种艺术性的特征，近于我们今天所说的‘艺术形象’一语。”①

其实，在刘勰之前，也有人单从手法的角度去解释“比兴”，比如西晋挚虞《文章流别论》说：“比者，喻类之言也；兴者，有感之辞也。”这个解释虽然简单，或许更接近“比兴”的本义，至少是十五国风所用的“比兴”的意思。那时候，作诗并非职业，也没有太多的规定，所用“手法”也天然质朴，无非是打个比方，发个感慨，使所说的话更加情深意长、委婉动人。近代王国维在《人间词话》里所标榜的“如在目前”和“沁人心脾”，应当就是中国诗歌最古老和原初的艺术特征，也是“比兴”的最早的特点和作用。这个意思，用宋人论诗的一段话解释最为恰当，即胡寅《与李叔易书》所引李仲蒙之语：“索物以托情谓之比，情附物也；触物以起情谓之兴，物动情也。”可不是吗，古人作诗及其诗作，就来自“物动情”和“情附物”。

正因为如此，《诗大序》之后人们谈论“比兴”，除了重伦理的一派，还有重艺术的一派，这派意见在诗论和诗学里最容易看到。如南朝批评家钟嵘《诗品序》说：“文已尽而意有余，兴也；因物喻志，比也。”所论之“兴”，显然是诗歌的艺术特征；虽说对因“比”而喻的“志”并未指明，但结合论者强调“自然”和“滋味”的观点看，恐怕不会是专指伦理道德。再如唐代诗僧皎然释“比”为“全取外象”，释“兴”为“立象于前”（《诗评》，遍照金刚《文镜秘府论》引），“立象于前”就是“诗人兴会”；“全取外

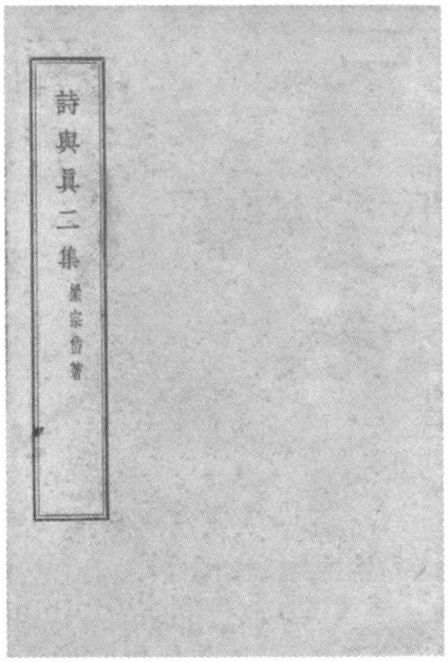

《诗与真》介绍了象征主义诗学

① 王元化《文心雕龙创作论》135页，上海古籍出版社1979年第1版。

象”就是“形象思维”，这个意义上的“比兴”，就是诗歌创作规律。其所作《诗式》论“用事”说：“取象曰比，取义曰兴，义即象下之意。”简单地讲，“比兴”就是“象”和“义”的融合，融合的结果便是诗歌的意象。如果结合后面“凡禽鱼、草木、人物、名数，万象之中义类同者尽入比兴”的话去看，“比兴”的内涵就不止于形象或意象，而颇有象征的意味了。中国现代一位象征派诗人和批评家梁宗岱先生就认为，诗歌创作的象征手法“和《诗经》里的‘兴’颇近似”[①]。这话不是没有道理的。当“比兴”用有形有限的意象去表达无形无限的内涵，不就类似于“象征”了吗？而这个意义上的“比兴”是以“兴”为主的。

“比兴”之说随《诗》一道传播，在中国文学及文论史上地位极高、影响极大、沾溉极广，如钱穆先生所说：“《诗》为中国远古文学之鼻祖，其妙在能用比兴；而此后中国文学继起之妙者，亦莫不善用比兴；此义后人发挥之者甚多。”[②]确如所言，光是从“诗学”（狭义的）看，“比兴”的影子就无处不在。一些重要的诗学观念，如“感物”“滋味”“直致”“兴寄”“兴象”“讽喻”“意象”“意境”等等，都跟“比兴”有着或远或近的血缘关系；而诗歌创作中对“比兴”的运用更是触类旁通、愈出愈奇。总的说来，“比兴”在中国古典诗歌中的体现，可以从三个层面去看。一是修辞层面，就是从语言表达去看“比兴”的运用，周振甫先生《诗词例话》里有“兴起”“比喻”“博喻”“喻之二柄”“喻之多边”“曲喻”等

《诗词例话》介绍了中国古代诗歌的基本创作手法

① 梁宗岱《象征主义》，载《诗与真·诗与真二集》66页，外国文学出版社1984年第1版。

② 钱穆《读诗经》，载《钱宾四先生全集》第18册《中国学术思想史论丛（一）》208页，联经出版事业公司1998年第1版。

条目，从中可见中国古典诗词中“比兴”手法的多样和多变。[①]二是意象层面，这是着眼于用“比兴”或源出“比兴”的手法创造出的意象，跟“修辞”融为一体，只是分析时侧重效果，如所谓“含蓄不尽”“意在言外”“象外之象”“味外之旨”以及“情景交融”“境界全出”等等；由此而论，中国古典诗歌的美学特征正来自“比兴”。三是象征层面，这是借助当代文艺理论的观点去看“比兴”的效用。中国传统文论没有“象征”这个说法，但诗歌创作的用心和效果却往往有跟“象征”相契合的地方。象征是包含“隐喻”的意象，但喻体表达喻旨的手法不是类比，而是“暗示”，且喻旨的意义极为深广，刘勰对“兴”的解释，就触及了象征的特点，即“比显而兴隐”“依微以拟义”“称名也小，取类也大”等。西方文论里的象征则特别强调“暗示”和“无限”，如：“甲事物暗示了乙事物，但甲事物本身作为一种表现手段，也要求给予充分的注意。”[②]又如：“它是一种表达思想和感情的艺术，但不直接去描述它们，也不通过与具体意象明显的比较去限定它们，而是暗示这些思想和感情是什么，运用未加解释的象征使读者在头脑里重新创造它们。”[③]这跟“比兴”之“兴”，颇为相似。梁宗岱先生指出象征的两个特征：“（一）是融洽或无间；（二）是含蓄或无限。所谓融洽是指一首诗底情与景，意与象底惝恍迷离，融成一片；含蓄是指它暗示给我们的意义和兴味底丰富和隽永。”[④]这也正是诗歌之“兴”的意蕴所在。这种“兴”，已经不是上古诗歌那种素朴的“劳者歌其事”的“起兴”，而是中国古典诗歌走向成熟和辉煌后所达到的极高的审美和艺术境界。

---

① 周振甫《诗词例话》，中国青年出版社1979年第2版；其中“博喻”“喻之二柄”“喻之多边”“曲喻”等，多采钱锺书先生《管锥编》《谈艺录》和《宋诗选注》中有关论述。

② ［美］雷·韦勒克、奥·沃伦《文学理论》204页，刘象愚等译，生活·读书·新知三联书店1984年第1版。

③ 查尔斯·查德威克《象征主义》3页，周发祥译，昆仑出版社1989年第1版。

④ 梁宗岱《象征主义》，载《诗与真·诗与真二集》69页，外国文学出版社1984年第1版。

五、曹丕和陆机

曹丕和陆机都是中国古代文论史上的重要人物，前一位写下“第一篇”批评文章，后一位写下第一篇“完整而系统”的理论作品，对理论批评的贡献可谓功莫大焉。

曹丕地位至尊，当了魏的开国皇帝。他喜欢文学，跟父亲和弟弟并称“三曹”；又能礼贤下士，与“建安七子”关系不错，对“建安文学”的形成是起了积极作用的。他本人也是很好的文学家，作品中最著名的莫过于那首脍炙人口的《燕歌行》，是中国文学史上第一首七言诗。一个皇帝，在文学史上能独占两个“第一”，是很了不起的。

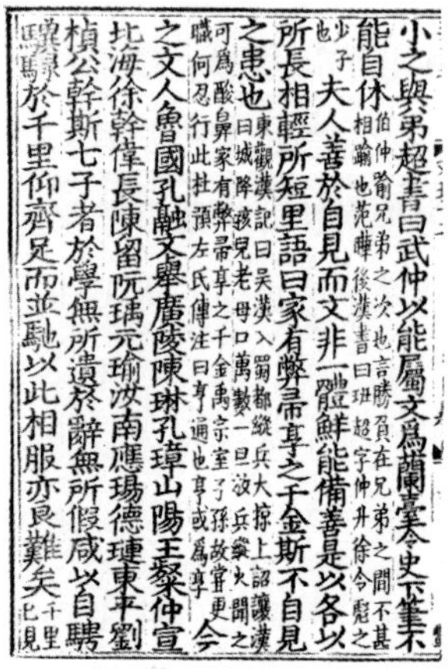
小之與弟超書曰武仲以能屬文爲蘭臺令史下筆不
能自休伯仲踰兄弟之次也言勝負在兄弟之間不甚相踰也范曄後漢書曰班超字仲升徐令彪之
少子也夫人善於自見而文非一體鮮能備善是以各以
所長相輕所短里語曰家有弊帚享之千金斯不自見
之患也東觀漢記曰吳漢入蜀都縱兵大掠上詔讓漢曰城降孩兒老母口萬數一旦放兵縱火聞之
可爲酸鼻家有弊帚享之千金禹宗室子孫故嘗更職何忍行此杜預左氏傳注曰享通也享或爲享今
之文人魯國孔融文舉廣陵陳琳孔璋山陽王粲仲宣
北海徐幹偉長陳留阮瑀元瑜汝南應瑒德璉東平劉
楨公幹斯七子者於學無所遺於辭無所假咸以自騁
驥騄於千里仰齊足而並馳以此相服亦良難矣千里已見

《典论·论文》是中国历史上第一篇文学批评文章

除文学外，曹丕还喜欢“学术研究”，即史称所谓“好文学”（那时候文学和学术都包括在“文学”里面），并写下一部重要的学术著作，名叫《典论》，后人所称《论文》的篇章，就是其中一部分。“典”是“法则”和“重要”的意思，可见该书讨论的应当是社会政治的重大问题，也可见“为文”不是小事，极受时人重视。可惜这部重要的书后来散失了，《论文》一篇幸由南朝梁代萧统编纂的《文选》收录而得以完整保存。

用今天的观点去看，《典论·论文》探讨了三个重要的文学问题：作家、文体和文学的价值。

关于作家，曹丕首先谈到一个作家如何看待和评价其他作家的问题，说：

> 文人相轻，自古而然。傅毅之于班固，伯仲之间耳，而固小之，与弟超书曰：“武仲以能属文为兰台令史，下笔不能自休。”夫人善于自见，而文非一体，鲜能备善，是以各以所长，相轻所短。里语曰：“家有敝帚，享之千金。”斯不自见之患也。

又说：

> 常人贵远贱近，向声背实，又患暗于自见，谓己为贤。

这些话里的意思都很好懂，用不着解释；所说的“文人相轻”，也是常见的事情，不仅当时有，后代也屡见不鲜，甚至愈演愈烈。比如晚些时候的谢灵运，号称：“天下才共一石，曹子建独得八斗，我得一斗，自古及今共分一斗。”（《南史·谢灵运传》）显然是看轻了天下其他文人，可以作为“文人相轻”的例证。还有初唐诗人杨炯，在得知自己成为“王杨卢骆”中一员后，愤愤不平，说出了“愧在卢前，耻居王后”（《旧唐书·杨炯传》）的气话。至于“相轻”的原因，曹丕指出两个：一是以自己所长的文体，轻视他人，违背了“寸有所长”的格言；二是对古人或前辈名人比较客气，而对同时代的同行则完全不放在眼中了。这种陋习，后来葛洪也批评过，嗤之为“有耳无目”（《抱朴子·钧世》）。其实，除以上这些，“文人相轻”的原因还有不少，既有自以为是、自不量力，如杜甫所说的“轻薄为文哂未休”（《戏为六绝句》），以及韩愈说的“蚍蜉撼大树，可笑不自量”（《调张籍》），也有观念之差和门户之见，前者如白居易贬抑李白，就出于自己坚持的“歌诗合为事而作”的创作观，其盟友元稹更是扬杜抑李，被金代批评家元好问视为笑谈。后者如北宋诗人叶梦得著《石林诗话》，因其本人出自蔡京之门，属“绍圣”余党，故论诗对“同党”诗人王安石推崇备至，而对“异党”之“元祐”诸家如欧阳修、苏轼等大加讥弹。其他种种动机和现象也难以尽数，根本原因还在于“善于自见”且目光短浅，既没有认清自己，也没有认清别人；表面看是“习气”，实际上仍是“心病”。

关于作家的第二个问题，是个性和风格，曹丕说：

> 王粲长于辞赋，徐幹时有齐气，然粲之匹也。如粲之《初征》《登楼》《槐赋》《征思》，幹之《玄猿》《漏卮》《圆扇》《橘赋》，虽张、蔡不过也，然于他文未能称是。琳、瑀之章表书记，今之隽也。应玚和而不壮；刘桢壮而不密。孔融体气高妙，有过人者；然不能持论，理不胜辞；以至乎杂以嘲戏；及其所善，扬、班俦也。

这是一篇精要的作家论，所看取的，一是作家个性，二是作家之间的差异及高下。后面又说：

> 文以气为主，气之清浊有体，不可力强而致。譬诸音乐，曲度虽均，节奏同检，至于引气不齐，巧拙有素，虽在父兄，不能以移子弟。

显然，评价的依据和标准乃在于“气”。“气”是中国古代文论里非常重要的概念，在不同的语境里有不同的意义。此处，它的意思应当是指作家的个性。每个作家都有自己的个性，因而其创作的风格也不尽相同，且有高下之分。比如应玚诗风平和，刘桢诗风奇崛，都是“气”的体现。而孔融的过人之处，也在于“才气”——也可以看作“才性”。至于评价徐幹的“齐气”，不太好解释，有一种说法认为齐人行动言语舒缓，故而“齐气”当释为“缓”，即文气不够畅快。如果是这样，那么“齐气”之评是包含微词的，因为后面有“气之清浊有体”的话，从中国传统思想中“二元对立”的思维方式看，“清浊”并举，“清气”显然是高于“浊气”的，而孔融的“体气高妙”也当是“气清”使然。

关于文体，曹丕把各类文章分为“四科”（实为“八体”），是最早的有意识的“文学文体论”，即：

> 夫文本同而末异，盖奏议宜雅，书论宜理，铭诔尚实，诗赋欲丽。此四科不同，故能之者偏也；唯通才能备其体。

文学体裁的划分，在写作实际中早已经成为自觉，也有固定的套路和要求，但理论上的探讨迟迟未见。前人于此偶有论述（如桓范《世要论》等），并没有一个“论文”的语境，故不是文学意义上的文体论；而曹丕此处论“体”，是论“文”的一部分，自然属于“文论”。“四科”虽简，却很给力，既为各种文体的写作做好了模子，也为后世文体理论搭好了架子。后人泛论文体，只是在这个基础上扩充、修正而已。如陆机《文赋》所论“十体”：“诗缘情而绮靡，赋体物而浏亮。碑披文以相质，诔缠绵而悽怆。铭博约而温润，箴顿挫而清壮。颂优游以彬蔚，论精微而朗畅。奏平彻以闲雅，说炜晔而谲诳。”从《文选》（梁萧统）到《文章正宗》（宋真德秀）、《唐宋八大家文钞》（明茅坤）、《古文辞类纂》（清姚鼐）、《经史百家杂钞》（清曾国藩）的总集分类，到理论批评中的“文章流别”（晋挚虞《文章流别论》）、“论文叙笔”（梁刘勰《文心雕龙》）、“文章辨体”（明吴讷《文章辨体》）、“文体明辨”（明徐师曾《文体明辨》），都来自曹丕的“导夫先路”。

关于文学的价值作用，曹丕是旗帜鲜明地持肯定态度的，说：

盖文章，经国之大业，不朽之盛事。年寿有时而尽，荣乐止乎其身，二者必至之常期，未若文章之无穷。是以古之作者，寄身于翰墨，见意于篇籍，不假良史之辞，不托飞驰之势，而声名自传于后。

“经国之大业，不朽之盛事”的评语，把文学的地位抬升到无以复加了，这跟汉代以来视文学为旁门左道或雕虫小技的观点完全不同。究其原因，除了那个时代文人士大夫中间普遍崇尚的建功立业的抱负，还在于曹丕本人的经历和性情。据史载，曹丕做太子的时候，遭逢大规模的“疫灾”，眼见得人们成批死去，遂感生命脆弱，时间逼人，需要赶紧做事，以求不朽，为此而作《典论》及诗赋等。这样说来，他在《论文》篇里极力抬高文学的价值，也就理所当然了。

陆机是西晋时由南入北的，那时候，中国文化的重心在北方，但南方也有不少望族和才士。陆机兼二者于一身，因此到北方后颇为自负，在政治和文学两方面都跃跃欲试，而且确实出手不凡，既在官场春风得意，也在文坛名满天下。但他生不逢时，赶上“八王之乱”，与弟陆云因军事失利而双双遇难。

陆机的文才很高，不仅体现在创作上，也体现在对文学的感悟和思考。当他用文学的方式写出对文学的理解时，就出现了一部以文论文的杰出作品——《文赋》。后来有人评说：“士衡本文人，知之精，故说之透。”[①]这意思，就如杜甫所谓：“得失寸心知。”（《偶题》）也如现今所谓“作家谈创作”。当然，作家用创作的方式谈创作，未必都能谈出深刻并具有划时代意义的理论观点，陆机是个特例。

赋这种体式源于楚辞，也有人把它的源头推得更早，即作为“诗”的创作手法的“赋比兴”之赋，但那个“赋”，是跟“比兴”相对而言的，意思是“铺陈”或“直言”。那时用“赋”的手法写出的作品，跟后代“赋”这种

① 孙鑛评《文赋》语，载张少康集释《文赋集释》271页，人民文学出版社2002年第1版。

文体相差甚远。真正使“赋”成为一体且发展壮大的，是屈原的作品，也即所谓“屈赋”，经过宋玉、景差，再到司马相如、扬雄等，终于从“六艺附庸”而“蔚成大国”（《文心雕龙·诠赋》语）。陆机的时代，写赋仍是时尚；但用赋体论文，是很要功力的，陆机此举充分显示出他的才情和胆识。

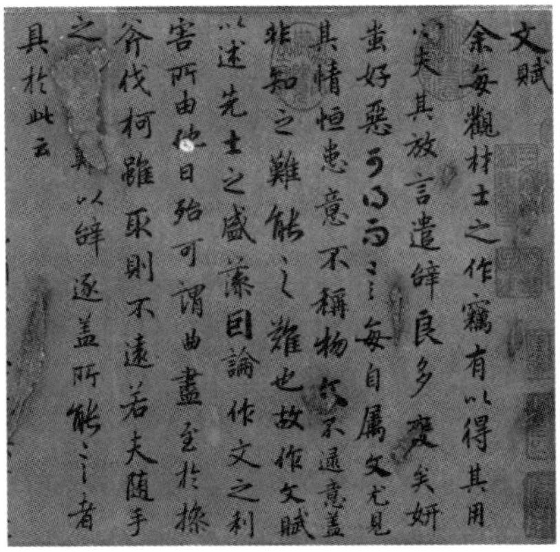

唐陆柬之所书《文赋》

《文赋》较为详尽地论述了创作过程及相关问题，其中最精彩也常为后人称引的有这样几项。一是感物：

伫中区以玄览，颐情志于典坟。遵四时以叹逝，瞻万物而思纷。悲落叶于劲秋，喜柔条于芳春。心懔懔以怀霜，志眇眇而临云。咏世德之骏烈，诵先人之清芬。游文章之林府，嘉丽藻之彬彬。慨投篇而援笔，聊宣之乎斯文。

这段文字大可以读成一篇抒情诗或散文诗。诗人或作家有感于四季轮回和物色变迁，情不自禁，挥毫成文。这里面，透露出一个时代的消息，那就是对自然风景的热爱；也表达出一种创作主题，那就是对如画江山的吟咏，后人称之“感物”或“物感”。陆机身后，不断有文学家和批评家重复这个主题，最有名的如刘勰《文心雕龙·物色》中说：

春秋代序，阴阳惨舒，物色之动，心亦摇焉。盖阳气萌而玄驹步，阴律凝而丹鸟羞，微虫犹或入感，四时之动物深矣。若夫珪璋挺其惠心，英华秀其清气，物色相召，人谁获安？是以献岁发春，悦豫之情畅；滔滔孟夏，郁陶之心凝。天高气清，阴沉之志远；霰雪无垠，矜肃之虑深。岁有其物，物有其容；情以物迁，辞以情发。一叶且或迎意，虫声有足引心。况清风与明月同夜，白日与春林共朝哉！

还有萧子显《自序》所说：

若乃登高目极，临水送归，风动春朝，月明秋夜，早雁初莺，开花落叶，有斯来应，每不能已也。

同样文辞优美，一往情深，道出了诗人在大自然感召下内心的悸动；“目既往还，心亦吐纳”（刘勰《文心雕龙·物色》语），诗兴油然而生。在中国文学史上，文人对自然风景的审美意识的“觉醒”，是一件大事，对以后文学艺术创作的走向及特质，都产生了很大影响。在文学里有山水诗及“山水文学”的无限风光，绘画则体现为山水画的巨大成就及主导地位。这件事情的发生或由来已久，但成为风尚和思潮并波及哲学思想和文学艺术，却是在魏晋之际。就哲学思想而言，有人称之为“自然主义”，主要着眼于老庄思想的“自然而然”“无为”以及“玄远”[1]；而文学思想里却体现为创作和批评中对大自然的向往和赞美。这种思潮，或许可以名之为“浪漫”，因为浪漫主义文学的一个重要特征，正是将大自然作为审美对象并引入创作。朱光潜先生在谈到欧洲浪漫主义文学兴起的背景时说：“从此自然景物的描绘成为浪漫主义文艺的一个特点。崇拜自然在当时还是一种新风气，据说在拜伦的《哈罗德游记》问

《文赋》强化了诗歌以情为本的诗学观

① 参见容肇祖《魏晋的自然主义》，东方出版社1996年第1版。

世以前，欧洲人从来不曾歌颂过大海的美，也很少有人去游览威尼斯。”[①]中国的情形也有些相似。魏晋之前的文学也有写自然风景的，但要么是当作“比兴”的手段，要么是当作铺陈的对象，很少因为自然之美去作独立的表现。而魏晋时期的文人墨客，是以澄澈的胸怀和纯粹的目光去看待自然，如所谓“澄怀味像”（宗炳《画山水序》），并因此形成“感物”的创作观，这是来自人性的解放和审美的自觉。从这一点看，刘大杰先生把那时候的思想和创作称作“浪漫主义”，是很有见地的。他说：“魏晋时代，无论是在学术的研究上，文艺的创作上，人生的伦理道德上，有一个共同的特征，那就是解放与自由。这种特征，与其说是自然主义，不如说是浪漫主义。”[②]的确，在审美和艺术的意义上，“自然”和“浪漫”是息息相通的。

二是构思：

> 其始也，皆收视反听，耽思傍讯。精骛八极，心游万仞。其致也，情曈昽而弥鲜，物昭晰而互进。倾群言之沥液、漱六艺之芳润。浮天渊以安流，濯下泉而潜浸。于是沉辞怫悦，若游鱼衔钩，而出重渊之深；浮藻联翩，若翰鸟婴缴，而坠曾云之峻。收百世之阙文，采千载之遗韵。谢朝华于已披，启夕秀于未振。观古今于须臾，抚四海于一瞬。（《文赋》）

这段话的要点在“收视反听，耽思傍讯”一句上，里面包含着一个古老的观念，叫作“虚静”。“虚静”之说，或源出道家思想，如《老子》所谓“涤除玄览”和“致虚极，守静笃”等；《庄子》也有“心斋”之说：“唯道集虚。虚者，心斋也。”（《人间世》）又有“澡雪精神”之说：“汝齐（斋——引者注）戒，疏瀹而心，澡雪而精神。”（《知北游》）都说的是要屏心静气排除杂念，方能悟道。此外《荀子》也说：“虚壹而静，谓之大清明。”（《解蔽》）讲的是认识和学习的方法。这些，对后来文论里的“虚

① 朱光潜《西方美学史》下册728页，人民文学出版社1979年第2版。

② 刘大杰《魏晋思想论》19页，上海古籍出版社1998年第1版。

静”说都有影响；“收视反听”之论，当受其益。当然，陆机提出“虚静”，也得益于他作为文学家的创作经验，尤其是跟“物感”的体验相关，就是说，面对自然景色，诗人要做的是“静观”，以纯粹的心境与景物对话。如果心有旁骛或心烦意乱，再好的景色也看不出意味，甚至就是在“杀风景”了。这是审美和艺术创作中的“唯道集虚”。这个经验以及由此形成的观念，此后一直被人传承并发挥着，成为中国古代文艺创作论里一个法宝，既有理论意义，也能指导创作实际。如刘勰《文心雕龙·神思》所说：“是以陶钧文思，贵在虚静，疏瀹五藏，澡雪精神。”是最直接的继承，其他论述则不胜枚举。而一些相关的文论或画学、书学的观念，虽未提“虚静”，实际上也包含着“虚静”的意思，或者就是以“虚静”为前提的，如“传神写照”“气韵生动”“意在笔先”以及“养气”等等。不仅如此，陆机的观点也被看作后世一些著名“诗法”及论断的鼻祖，如明代谢榛《四溟诗话》说：“诗贵乎远而近。……陆士衡《文赋》曰：‘其始也，皆收视反听，耽思傍讯，精骛八极，心游万仞。’此但写冥搜之状尔。唐刘昭禹诗云：‘句向深夜得，心从天外归。’此作祖于士衡，尤知远近相应之法。”所谓“远近相应之法”，也就是创作中想象的情态，其根本仍在“虚静”。当代画家潘天寿先生有一段由“诗意”而论述“画理”的话，颇有助于对艺术创作中“虚静”作用的理解：

> 杨诚斋（万里）《舟过谢潭》诗云：“碧酒时倾一两杯，船门才闭又还开，好山万皱无人见，都被斜阳拈出来。”是画意也，亦画理也。原宇宙万有，变化无端，惟大诗人与静者，每在无意中得之，非匆匆赶路者所能领会。亦非闭门作画者所能梦见，故诚斋翁有“好山万皱无人见”之叹耳。①

诗画原本一理，能否“虚静”都是能否入门且入“境”的关键。

三是灵感：

① 潘天寿《听天阁画谈随笔》，载《潘天寿美术文集》8页，人民美术出版社1983年第1版。

> 若夫应感之会，通塞之纪，来不可遏，去不可止，藏若景灭，行犹响起。方天机之骏利，夫何纷而不理？思风发于胸臆，言泉流于唇齿；纷葳蕤以馺遝，唯豪素之所拟；文徽徽以溢目，音泠泠而盈耳。（《文赋》）

这段话的要点，在头几句，即“应感之会，通塞之纪”云云。要注意，所谓“通塞”，应当是个偏义复词，意思在“通”。虽然后面讲到了“塞”的情状，但此处不能“塞”，否则哪来的“天机骏利”？（当然也可以理解为“使阻塞开通”）陆机在这里描述的状态，用今天的话说，就是“灵感”。“灵感”这个东西，在心理学上属于“能力”，体现在现实生活中的方方面面，但在文艺创作中较为常见；也可以说，文艺创作较其他活动更多地需要“灵感”，也依赖“灵感”。是否因灵感而创作出的作品，其质量是不一样的；而能否创作出作品，在很多时候也取决于灵感。陆机说的主要是后一种情况。但“灵感”是什么呢？这却是很难说清的问题。古往今来，很多人都谈论灵感，但多是摹拟或仿佛之辞，不能够成为解释或定义。最典型的莫过于金圣叹评点《西厢记》的一段话：“文章最妙是此一刻被灵眼觑见，便于此一刻放手捉住，盖于略前一刻亦不见，略后一刻亦不见，恰恰不知何故，却于此一刻忽然觑见。若不捉住，便更寻不出。”这把“灵感”来袭时的感受说得很真切，但它是怎样一回事情呢？不知道。其实，不用责备古人对“灵感”没有说出个所以然，就是今天的心理学，也未曾把“灵感”解释清楚，对它的来由的说明仍是一种猜测。比如精神分析心理学猜测它来自“无意识”，“神话—原型”心理学则猜测它来自“集体无意识”深处的原型，等等，都缺乏科学的论证。实验心理学以及文艺心理学里，对“灵感”的研究也没有什么特别的建树，因此对“灵感”的认识还十分有限，甚至可以说未必超过了陆机，毕竟他是优秀的文学家，对灵感的产生有切身的体会，因此所发表的意见也十分精道；今天看去，仍觉着“早获我心”！

六、刘勰《文心雕龙》

有些事情想起来后怕，比如，中国文学史上如果没有出现一部《红楼梦》，古代小说就没有了高峰；同样，文学批评史上如果没有出现《文心雕龙》，古代文论就缺少了“扛鼎”之作。好在这样的事情没有发生，于是我们有了放在世界文学之林都绝不逊色的两部伟大著作，它们是中国文学的双璧，分别代表着创作和理论的最高成就和“世界级”水平。今天学术界里颇具声势和规模的“《红》学”和“《龙》学”，就表明了这两部著作的永恒的价值。如果放在历史进程中和世界范围内“比较”地去看，《龙》的地位甚至高过了《红》。毕竟，在《红楼梦》产生的年代，西方小说已经遍地开花；而在《文心雕龙》产生的公元5—6世纪，西方文论正“门前冷落”呢。除了先前的《诗学》和《诗艺》，恐怕是“四顾茫然”了。所以今天我们看待中国传统文论，会因为有了《文心雕龙》而颇为自信的。

《文心雕龙》的作者刘勰，生活在南朝齐梁年间。从史书上简略的文字记载看，他应当是一个聪慧、沉静、清心寡欲的人。按他自己讲，他小时候做了个了不得的梦，梦见了漂亮的彩云；长大了又做了个更了不得的梦，居然梦见了孔圣人，并且追随圣人云游。他觉着这是圣人托梦给他，鼓励他做一番

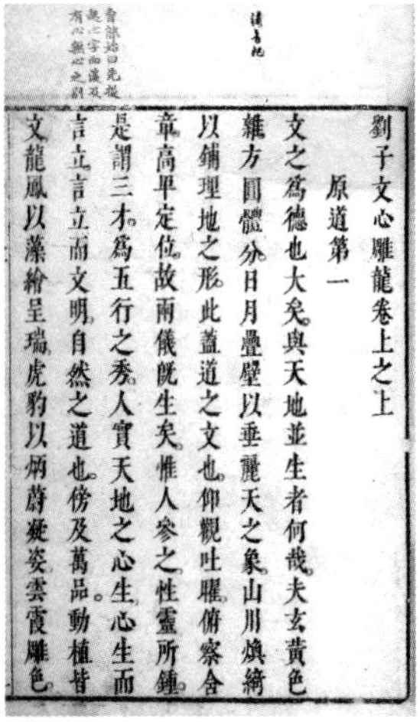

劉子文心雕龍卷上之上

原道第一

文之爲德也大矣與天地並生者何哉夫玄黃色雜方圓體分日月疊璧以垂麗天之象山川煥綺以鋪理地之形此蓋道之文也仰觀吐曜俯察含章高卑定位故兩儀既生矣惟人參之性靈所鍾是謂三才爲五行之秀人實天地之心生心生而言立言立而文明自然之道也傍及萬品動植皆文龍鳳以藻繪呈瑞虎豹以炳蔚凝姿雲霞雕色

明杨慎批点《文心雕龙》

大的事业呢。于是他就下定决心，不辜负圣人的重托。做什么呢？军事、政治肯定是不行的，较为可行的是学术。学术之中，最体面和显要的是注经，然而这件事情已经给前辈大师做得差不多了，能够自立门户的条件有限。但作为五经流裔和附庸的文章，却出了很大问题，在观念和体式上都有许多需要澄清的事项。于是，刘勰打定主意，写一种专门“论文”的著作。

这部著作的写成，也有些因缘。第一是刘勰因家境贫寒，曾经依附一位著名僧人到寺庙里做些整理文献的事情，这让他读了很多书，而且学会了做学问的方法。第二还是因为家境贫寒（当然也许还有精神追求上的原因），刘勰终身未娶，因而也没有家室之累，这使他能够把全部精力都用来完成“圣人之托”。第三是他把书写成后，没有引起士林的注意，他心有不甘，有一天待名望很高的沈约出行，抱着自己的著作闯了“车队”，请沈大人过目。沈约看后大为称奇，并广为延誉，这才使刘勰其人其书扬名。最后一段轶事或为后人附会，却也说明刘勰对他毕生心血的结晶是十分看重的。

《文心雕龙》这个名字有些费解，尤其要翻译成外文时，就不好办。“文心”是“为文之用心”，就是作文的方法。“雕龙”是个典故，说是战国时齐国有个辩士叫邹奭，出口成章、天花乱坠，人送他一个绰号“雕龙奭”，意思是他讲话像雕刻精美的龙那样好看（听）。这样看来，《文心雕龙》要讲的，就是怎样把文章写得好看，因此，贯穿全书的主旨就是“文”。这个意思，刘勰在第一篇《原道》就当头立起了：

文之为德也大矣，与天地并生者何哉？夫玄黄色杂，方圆体分，日月叠璧，以垂丽天之象；山川焕绮，以铺理地之形：此盖道之文也。仰观吐曜，俯察含章，高卑定位，故两仪既生矣。惟人参之，性灵所钟，是谓三才。为五行之秀，实天地之心，心生而言立，言立而文明，自然之道也。

这一段话，高屋建瓴、底气十足，从“创世”的模样到“言文”的必然，这里面的逻辑是，世界诞生之时，就是有色彩、有形状、有纹理的，天上的日月，地上的山河，都是那样地好看，生于其间的人又怎能没有文采呢？况且，人是有灵性的，他能够把大自然的本性融入心灵，当心灵再用语言表达出来时，这承载心灵的语言当然美轮美奂了。这就是“自然之道”，也是一切语言文字都以“文”为本性的“充足理由”。

那么，语言文字以及由语言文字构成的作品怎样才能充分体现“文”的本性呢？这是《文心雕龙》要讨论的核心问题。刘勰列出多个项目，但从今天的理论观点去看，最重要的有这么几项。

一是“神思”。这说的是想象问题。文学语言与普通语言的一个显著不同，是要鲜明而动人的形象感，这就需要作家调动自己的思维和情感，去创造超乎普通语言之上的“语象”；而创造这种“语象”，又依靠着作家的想象力和感受力，这是一种特殊的心理能力和心理过程，刘勰名之为“神思”，即所谓：

文之思也，其神远矣。故寂然凝虑，思接千载；悄焉动容，视通万里；吟咏之间，吐纳珠玉之声；眉睫之前，卷舒风云之色；其思理之致乎！故思理为妙，神与物游。神居胸臆，而志气统其关键；物沿耳目，而辞令管其枢机。枢机方通，则物无隐貌；关键将塞，则神有遁心。（《文心雕龙·神思》）

这就是说，言之文，来自神之思；为了“文”而“思”，是一种打破时空限制的想象，因此能够因眼前之景而“想”意中之象，最终成为语言的形象。而完成这项工作的条件或者说动力，则是情感：“登山则情满于山，观海则意溢于海。”（《文心雕龙·神思》）“语象”的形成，正是情感的孕育，所以

刘勰把“神思”的性质归结为思维在情感的作用下而生成意象，即所谓：“神用象通，情变所孕。”（《文心雕龙·神思》）

二是“风骨”。这个概念，在后代流传很广，不仅文论，在其他类别的话语中也很容易见到；尤其是论人，有“风骨”是对人格的赞美。刘勰用“风骨”去表达语言作品成“文”的特性，大体上“风”是情感的力量，而“骨”是语词的力量。他说：

是以怊怅述情，必始乎风；沉吟铺辞，莫先于骨。故辞之待骨，如体之树骸；情之含风，犹形之包气。结言端直，则文骨成焉；意气骏爽，则文风生（又作“清”）焉。（《文心雕龙·风骨》）

显然“风”和“骨”各有所属：前者情，后者辞。抒情深切，便有“风”的力量；属词剀切，便是“骨”的力量，最终的结果：“练于骨者，析辞必精；深乎风者，述情必显。捶字坚而难移，结响凝而不滞，此风骨之力也。”（《文心雕龙·风骨》）这意味着，语言之“文”，不能软绵绵、疲沓沓，而要劲道、劲健、劲拔。刘勰给“风”下的断语是“遒”，给“骨”下的断语是“峻”，十分精当。

三是“情采”。这跟“风骨”的意思是相关的，“情”是情感，“采”是文采。在具体的语言作品中，二者互为表里，也即“情”要靠“采”去表现，而“采”要由“情”去制约。没有“采”，“情”无以体现；没有“情”，“采”徒费好词。这后一种状况就像19世纪俄国批评家别林斯基所说的那样：“词藻应该用来表达思想和感情；而在以前，却搜索了思想和感情来雕琢词藻。”[①]所谓“文”，正是“情”与“采”的相得益彰。这其实也是在呼应开篇提出的“大观念”：“文”无所不在，具体到语言作品，就是“情”和“采”的浓淡相宜。所以刘勰再次强调“文”就是“道”：

---

① ［俄］别林斯基《文学的幻想》，载《别林斯基选集》第一卷59页，满涛译，上海译文出版社1979年新1版。

故立文之道，其理有三：一曰形文，五色是也；二曰声文，五音是也；三曰情文，五性是也。五色杂而成黼黻，五音比而成韶夏，五性发而为辞章，神理之数也。（《文心雕龙·情采》）

万物皆文，各有所归。语言之文，乃是“情文”；“情”是性情，“文”是辞章，合而观之，则是“情采”。当语言作品有了“情采”，当然也就是“文心”之文或“雕龙”之文了。

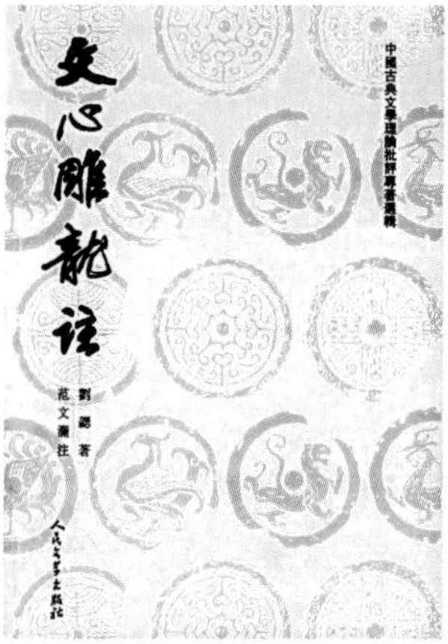

范文澜《文心雕龙注》征引了大量史料和作品

上面三个概念，是刘勰对“文”的特性的展开说明，如同我们今天所说的“文学本质论”，大体可以看作是文学的本质特征。其他的概念，如“体性”“声律”“比兴”“事类”“隐秀”“养气”等，或可归为“创作论”或“作品论”，或可归纳到上述三项中去。还有一些篇章，或谈及写作技巧，如“丽辞”“章句”“练字”“熔裁”“附会”等；或谈及文学发展，如“通变”；或谈及文类区分，如“总术”；或谈及鉴赏批评，如“才略”“程器”“指瑕”“知音”等，都有可观之论，也都从不同侧面阐发为“文”之道。按刘勰的自述以及现今“《龙》学”的一般看法，《文心雕龙》一书有着完备的体系，前五篇《原道》《征圣》《宗经》《正纬》《辨骚》是所谓“枢纽”或纲领；接下来二十篇是文体论，再后面二十四篇是包含了本质论、创作论、发展论和鉴赏批评论，最后一篇是自序。正文四十九篇，合《易》“大衍之数”，可见作者的良苦用心。清代学者章学诚称《文心雕龙》“体大而虑周”（《文史通义·诗话》），诚非虚夸；放到中国传统思想史和学术史中看，尤为难能可贵。总的说来，中国传统学术思想以感悟和体验为优长，以逻辑和推理为不足，如张岱年先生所指出的："重了悟而不重论证。"[1]受此影响，文学理论和批评也往往是"点到即止""片断式"和"言简而意繁"的[2]，因此具有严密体系的"大著"并不多见。而刘勰的《文心雕龙》是个例外，其体系之严密、论证之缜密、思理之邃密，不仅在传统文论里首屈一指，就是在整个学术论著史中也不多见。这一点，很可能受到佛教思想的影响。史载刘勰随僧祐在定林寺整理典籍多年，其间必然接触大量佛经；思想方法受佛经启悟，当在情理之中，如杨明照先生所说："由于刘勰研讨佛学的时间久，领会深，因而他的思想方法，组织能力，以及对问题的分析和理论的阐述，都会受到影响。"[3]饶宗颐先生具体指出《文心雕龙》在"征圣的态度""《文心》的命名""全书的体例"和"带数法的运用"等方面与佛学有关，又分析其体例所受佛学影响说：

> 雕龙一书，编制严密，条理严析，有人说他是采取释书的法式为之，自《书记篇》以上论文体，即所谓界品（界品"明诸法体，以界标名"，见俱舍论，即今言门类）；《神思篇》以下论文术，即所谓问论（像《阿比昙心》序云"始自界品，迄于问论"，凡若干偈，正是佛书纶制的佳例）。至于每篇文章末尾有赞，此种格式，佛教文章多见之，（即序赞、论赞之类），如王僧孺的《慧印三昧及济方等学三经序赞》即其一例（文收入《三藏记》），和佛经论末附偈语相似。刘知幾《史通·论赞篇》云："篇终有赞，如释氏演法，义尽而宣以偈言"是也。[4]

有了这些长处，《文心雕龙》的价值自然十分可观，大体可以从这几个

---

① 张岱年《中国哲学大纲》8页，中国社会科学出版社1982年第1版。

② 参见叶维廉《中国文学批评方法略论》，载《中国诗学》，生活·读书·新知三联书店1992年第1版。

③ 杨明照《读梁书刘勰传札记》，载《学不已斋杂著》438页，上海古籍出版社1985年第1版。

④ 饶宗颐著、胡晓明编《澄心论萃》171页，上海文艺出版社1996年第1版。

方面去看。其一，它是中国文论史上唯一一部“体大而虑周”的无与伦比的著作，后世虽然也出现过几部有系统有见解的诗论、文论、曲论或综论作品，如严羽《沧浪诗话》、叶燮《原诗》、王骥德《曲律》、刘熙载《艺概》等，但深度、广度以及“思想”都要逊色许多。其二，它在同时代（公元5—6世纪）世界文论之林居领先地位；以西方文论而言，此前有《诗学》《诗艺》以及《论崇高》等，但此时及此后近千年时间（即所谓“中世纪”），文论之作乏善可陈，绝无堪与《文心雕龙》比肩者。其三，铸造了一批重要的文论观念、范畴或命题，并给予精当的阐释，如“感物”“神思”“虚静”“养气”“情采”“体性”“风骨”“通变”“知音”，以及“神与物游”“情往似赠，兴来如答”“江山之助”“圆照博观”等，这在中国传统文论里是独一无二的。其四，对齐梁以前中国历代作家作品、文学观念以及各种文体的源流和特性作了系统的梳理、条辨和总结，为后世文学史论著提供了重要参照。

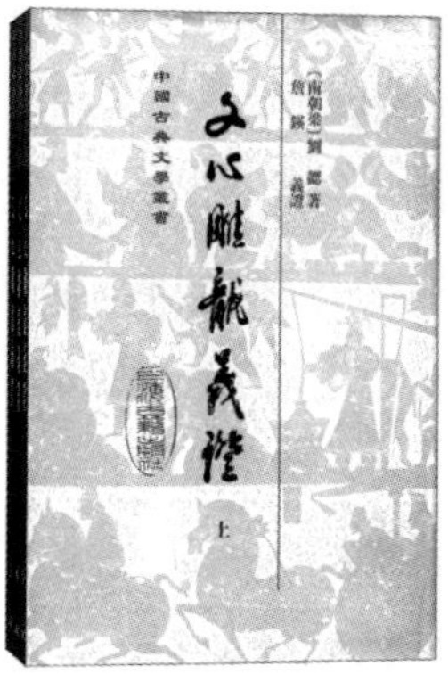

詹锳《文心雕龙义证》汇集了从古至今的各家评注

《文心雕龙》问世后，虽一度受到重视，但声名并不显赫，到唐代，谈论者凤毛麟角，征引处也只是片言只语。《宋书·艺文志》虽有著录，但其书不传。明代有梅庆生注本，但只是“粗具梗概”；清代有黄叔林注本，仍然粗疏，错误和缺漏很多。近代以来，《文心雕龙》的价值得到重新认定，专门研究也多了起来。校注、专著和文集有影响的如黄侃《文心雕龙札记》、范文澜《文心雕龙注》、杨明照《文心雕龙校注拾遗》、王利器《文心雕龙校证》、刘永济《文心雕龙校释》、詹锳《文心雕龙义证》以及王元化《文心雕龙创作论》、王运熙《文心雕龙探索》等，其他的论著和论文则不计其数；还有港、台学者的研究，日本、美国和欧洲学者的翻译和研究，使“《龙》学”日益成为当代古典文学研究中的“显学”。这一切，足以说明这部诞生于一千四百多年前的文论著作的伟大和不朽。

七、钟嵘《诗品》

相比于《文心雕龙》，《诗品》的体量较小。《文心》是综论，而《诗品》是专论，专门论述诗歌，并且不少是“当代诗歌”。后世将它定性为“中国第一部专门评论诗歌的著作”，从这一点看，价值就不容低估，并且考虑到诗歌在中国古典文学里的绝对优势地位，这部诗论专著的价值意义就更应当令人刮目相看。

钟嵘跟刘勰生活在同一时代，但两人并无交集，虽然都是名门后裔，但生活状况大不相同，因而写作动机也不一样。刘勰家境贫寒，故以论文为“不朽之盛事”；钟嵘衣食无忧，而以诗评助文坛之赏会。两相比较，后者与“学术”和“事业”的关系较远，或可视作更为纯粹的“文学”批评。

钟嵘之所以要写《诗品》，他自己有过表白，那就是当时的士人和文人分不清诗的好坏，创作风气也不能令人满意。很多人根本不了解诗的本质到底是什么，盲目跟风，与诗歌正轨背道而驰。因此，他自己不能不站出来为诗之为诗而正本清源，并且把包括当代诗人在内的历代诗人分出个三六九等，用实例说明诗的正道。这些意思，钟嵘在《诗品》的序里都做了交代。

首先，钟嵘肯定了新兴的五言诗，并以五言诗的美感特征重新解释了“赋比兴”：

五言居文词之要，是众作之有滋味者也，故云会于流俗。岂不以指事造形，穷情写物，最为详切者耶？故诗有三义焉：一曰兴，二曰比，三曰赋。文已尽而意有余，兴也；因物喻志，比也；直书其事，寓言写物，赋也。宏斯三义，酌而用之，干之以风力，润之以丹彩，使味之者无极，闻之者动心，是诗之至也。

那时候，四言诗是传统和正统，五言诗是“当代”和“流行”。这里面有着“雅俗”之分，而“俗”的东西往往更能得到众人的喜爱。刘勰谈论“乐府”的“雅俗”时曾形象地描述：“然俗听飞驰，职竞新异，雅咏温恭，必欠伸鱼睨；奇辞切至，则拊髀雀跃。”（《文心雕龙·乐府》）这是说，流行的东西一旦流行起来，大家都喜欢得不得了，其结果是听严肃音乐，就伸懒腰打瞌睡，而一听见流行歌曲，就抓耳挠腮、乐不可支。对此，刘勰大不以为然，而钟嵘却认为“流俗”光宠，必有原因；就五言诗而言，这个原因就是“滋味”。“滋味”就是美感，就是让人心动不已并朝思暮想的魅力。所以，钟嵘认为五言诗作得好，就达到了诗歌艺术的最上乘。

其次，钟嵘推崇五言诗创作的“自然”风韵。他反对把诗歌当作学问去做，尤其反对在诗歌里卖弄学问，说：

若乃经国文符，应资博古；撰德驳奏，宜穷往烈。至乎吟咏情性，亦何贵于用事？“思君如流水”，既是即目。“高台多悲风”，亦惟所见。“清晨登陇首”，羌无故实。“明月照积雪”，讵出经史？观古今胜语，多非补假，皆由直寻。

钟嵘这个观点，在那个时代也颇有知音，如梁简文帝萧纲《与湘东王书》说：“若夫六典三礼，所施则有地，吉凶嘉宾，用之则有所，未闻吟咏情性，

《诗品》强调诗歌的美感特征在于“滋味”

反拟内则之篇，操笔写志，更摹酒诰之作，迟迟春日，翻学《归》《藏》，湛湛江水，遂同《大传》。”这是批评那时文人作诗，将原本该是真情实感和亮丽风景的诗歌弄得跟灰头土脸的老古董似的，一副腐儒派头，一股酸腐气味，完全违背了诗的本性。可见当时诗界，是出了很大问题的；这也正是钟嵘所深为不满并要正本清源的，不但对陋习加以非难，而且提出新的诗学观，那就是“直寻”，也就是自然：不要用典故，不要卖关子，情景相会，脱口而出，就是好诗。这种诗学观，在后世产生深远影响，李白所谓“中间小谢又清发”（《宣州谢朓楼饯别校书叔云》），杜甫所谓“清新庾开府，俊逸鲍参军”（《春日忆李白》），司空图所谓“俯拾皆是，不取诸邻”（《二十四诗品》），元好问所谓“一语天然万古新”（《论诗三十首》），王夫之所谓“现量”（《姜斋诗话》），一直到王国维所谓“不隔”（《人间词话》），都可看作是钟嵘“直寻”说在诗歌美学里的回响。

再次，钟嵘以三品论定诗人，显示出相当的魄力和眼力。他这样做，有一个时代背景，那就是汉末以来的“清议”及“清谈”。东汉末年，“清流”的士人在与宦官的斗争中失败，高压之下，其言论由政治转向社会，再由时事转向人物，是所谓“月旦评”。一时间，对人物及其著述的评品成为时尚，流风所及，各个领域都喜好因“品”立论，如《画品》《书品》《棋品》等。钟嵘以“品”论诗，当受其影响，对此，他自己不讳言，在《序》中就提到：“昔九品论人，《七略》裁士，校以贵实，诚多未值。”话语里对前人所论颇有微词，言下之意，其本人以三品论定诗人，是靠得住的。但问题恰恰也出在这里。对于文学评论尤其是诗歌评论来说，笼统地说好或说坏，不难；但要具体地说谁高谁低、孰优孰劣，就不是一件容易的事情了。这既取决于评论者的鉴赏水平，也要考虑到不同评论者的不同趣味，有时候还跟评论者与被评论者的个人恩怨纠缠在一起。因此，以“品”论诗，很容易招来非议。总体上看，钟嵘对历代诗人的排序，基本站得住脚，但也给后人留下一些口实。争议最大的，就是将陶渊明置于中品，把曹操放在了下品。尤其是陶渊明，在后世名声如日中天，其人其诗都几近完美，被视为“逸品”“绝品”，而在钟嵘笔下只列中品，这无论如何是不能让人信服，甚至是不能容忍的。但后人也不愿意说像钟嵘这样的大批评家居然看走了眼，于是有了各种替他打圆场的托词：比如陶渊明原在上品，后因《诗品》传抄错简，误入中品；又比如钟嵘所见到的诗作数量，跟后人所见大不相同，故而他的品第，自有他的依据，未可厚非……但这些说词似乎也都不能让人信服。其实，在这个问题上，也不必强为钟嵘分辩，更加可能的情况是，钟嵘论诗的标准受时代风气影响，看重文采，而陶诗质朴含蓄，跟其时最高标准略有等差。对此，钱锺书先生《谈艺录》里曾详为考辨，认为是那个时代的风尚影响了钟嵘的判断力和批评标准，说：“记室评诗，眼力初不甚高，贵气盛词丽，所谓‘骨气高奇’‘词彩华茂’。故最尊陈思、士衡、谢客三人。以魏武之古直苍浑，特以不屑翰藻，屈为下品。宜与渊明之和平淡远，不相水乳，所取反在其华靡之句，仍囿于时习而已。”[1]当然，这偶然的“误判”，并不影响钟嵘作为一位大批评家的地位和贡献；如果钟嵘的诗歌批评在后世没有那么大的影响，其观点和方法也就不值得像钟锺书这样的大学者去考辨了。

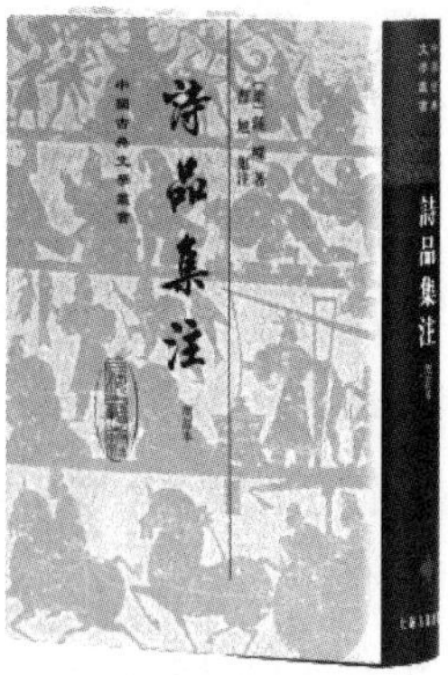

曹旭《诗品集注》是《诗品》校注的集成之作

除去诗学观，《诗品》里对诗人的评价也颇有可观。其优长，一是感悟精妙，二是判断精审，三是属词精确；并且批评之中包含情感，是真正的“诗”的评论。我们略看数则。上品论“古诗”：

① 钱锺书《谈艺录》93页，中华书局1984年第1版。

其体源出于《国风》。陆机所拟十四首，文温以丽，意悲而远，惊心动魄，可谓几乎一字千金！其外“去者日以疏”四十五首，虽多哀怨，颇为总杂。旧疑是建安中曹、王所制。“客从远方来”“橘柚垂华实”，亦为惊绝矣！人代冥灭，而清音独远，悲夫！

把“古诗”放在上品第一，就体现了一种卓绝的见识。“文温而丽，意悲而远”，是将“诗可以怨”“温柔敦厚”与五言诗的“风力”“丹彩”融合而成的新的诗歌标准。

上品论李陵：

其源出于《楚辞》。文多凄怆，怨者之流。陵，名家子，有殊才，生命不谐，声颓身丧。使陵不遭辛苦，其文亦何能至此！

李陵诗已被后人“证伪”，但这段话仍有意义。“使陵不遭辛苦，其文亦何能至此”的判断，或许因为李陵未必写下最早的五言诗而不适用，但用在其他优秀诗人身上仍然有效。且看上品所论诗人，有几个不是一生坎坷愁苦的？从“怨深”（班昭）、“雅怨”（曹植）、“愀怆”（王粲）、“幽思”（阮籍）等评语，就能感到诗歌之美跟“怨者之流”的关系，而诗歌里的“怨”当然也跟诗人的“辛苦遭际”密切相关。其实，揭示出这种关系的，钟嵘既不是第一人，也不是最后一人。在他之前，司马迁就有“发愤著书”之说，即《报任安书》所谓“诗三百篇，大抵圣贤发愤之所为作”，又认为屈原是“忧愁幽思而作《离骚》”（《史记·屈原列传》）。在他之后，李白曾说：“哀怨起骚人。”（《古风》）韩愈说：“物不得其平则鸣。”（《送孟东野序》）又说：“穷苦之言易好。”（《荆潭唱和诗序》）欧阳修说：“诗穷而后工。”（《梅圣俞诗集序》）陆游说：“清愁自是诗中料。”（《读唐人愁诗戏作》）辛弃疾说：“却道天凉好个秋。”（《丑奴儿·书博山道中壁》）也都把“愁怨”跟诗相提并论。可见诗人和批评家们都意识到了生活的不幸能够成就伟大的诗篇。钟嵘评诗，是深切感悟到这一点的。

上品论曹植：

> 其源出于《国风》。骨气奇高，词采华茂，情兼雅怨，体被文质，粲溢今古，卓尔不群。嗟乎！陈思之于文章也，譬人伦之有周、孔，鳞羽之有龙凤，音乐之有琴笙，女工之有黼黻。俾尔怀铅吮墨者，抱篇章而景慕，映余晖以自烛。故孔氏之门如用诗，则公幹升堂，思王入室，景阳、潘、陆，自可坐于廊庑之间矣。

曹植在那时的地位极高，几乎等同于“诗圣”。钟嵘的评价把最好的词语都用上了，用后来严羽赞美李、杜的话说，是“至矣！尽矣！蔑以加矣！”（《沧浪诗话·诗辨》）对此，刘勰的看法可不太一样，认为曹植文才未必超过乃兄，其名声之盛，是因为怀才不遇得到后来文人同情。[①]但无论如何，曹植在历代诗人中已得众星捧月之声望，其诗作也成为一个标杆，特征是“骨气奇高，词采华茂，情兼雅怨，体被文质”。这正是用来形容五言诗的“极品”。

中品论陶潜（渊明）：

> 其源出于应璩，又协左思风力。文体省净，殆无长语；笃意真古，辞兴婉惬。每观其文，想其人德。世叹其质直。至如“欢言醉春酒”“日暮天无云”，风华清靡，岂直为田家语邪？古今隐逸诗人之宗也。

前面说过，钟嵘把陶渊明列为中品，乃是个人及时代的局限，但他对陶诗诗风的评价却是大体不差，只是没有读出陶诗平淡风格背后的深意而已。所谓：“文体省净，殆无长语，笃意真古，辞兴婉惬。”确实是陶诗的风韵；而

---

① 《文心雕龙·才略》：“但俗情抑扬，雷同一响，遂令文帝以位尊减才，思王以势窘益价，未为笃论也。”

“隐逸诗人之宗”，也表明了陶渊明在诗歌史的地位。这些话，不是普通批评家能够说出来的，足以见钟嵘非同一般的鉴赏力和判断力。

总之，钟嵘作为中国文论史上第一流甚至“超一流”的批评家，是毫无疑问的。至于批评中出现的问题，比如个别品第的不尽恰当，还有对诗人“源出”的判别不一定符合实际等等，并不妨碍《诗品》价值。实际上，《诗品》在后世诗歌批评中的地位是崇高的，影响也是巨大的。①别的不论，就拿中国传统诗论中数量最多、成效也最大的“诗话”来说，虽兴盛于北宋，其源头却可以上溯到《诗品》。诗话这种体式，最大的特点就是穿插着故事和传说，用来吊起读者胃口，这在《诗品》里，就有很好的范例，如评论谢灵运时说：

> 初，钱塘杜明师夜梦东南有人来入其馆，是夕，即灵运生于会稽。旬日，而谢安亡。其家以子孙难得，送灵运于杜治养之，十五方还都，故名“客儿”。

这个小故事看上去跟诗没什么瓜葛，却给批评增添了趣味。也有的故事是辅助诗评的，如评谢惠连时引用了《谢氏家录》的记载：

> 康乐每对惠连，辄得佳语。后在永嘉西堂，诗思竟日不就。寤寐间忽见惠连，即成“池塘生春草”。故尝云：“此语有神助，非我语也。”

陶渊明：“古今隐逸诗人之宗”

① 有关《诗品》对后世诗歌批评的影响，曹旭集注《诗品集注》前言有“《诗品》的流传与影响”一节，叙述详尽，见上海古籍出版社1994年第1版。

这种“梦中得句”的事例，在后来的诗话中屡屡出现，或许不是不经之谈；并且梦对文艺创作的作用，在当代心理学中也得到研究并在一定程度上被证实。诸如此类，“诗话”因其生动活泼的特点而深受古代诗论家的欢迎，而开源之功，正在钟嵘。

除此之外，还值得一提的是，钟嵘所用“品第”的批评方法，在后世诗论、词论、曲论以及画论、书论和乐论里都有反响。就诗歌批评而言，有一种方式较为显著地传承其衣钵，是所谓“点将录”，就是借《水浒传》里梁山好汉一百单八将之例为某一时期或某一派别的诗人排出座次。钱仲联先生说：“诗坛之有点将录，始于清人舒位之《乾嘉诗坛点将录》，近人汪国垣之《光宣诗坛点将录》继之，范镛之《当代诗坛点将录》又继之。借说部狡狯之笔，为记室（钟嵘）评品之文，与东林点将属于政治罗织者殊科。”[①]钱先生本人又仿其例而作《浣花诗坛点将录》《近百年诗坛点将录》《近百年词坛点将录》。此种做法，虽未名之为“品”，却也是《诗品》区分甲乙的变相，别有意趣，聊备一格。

① 钱仲联《浣花诗坛点将录》，载《梦苕盦论集》53页，中华书局1993年第1版。

八、“文笔”和“声律”

南朝齐梁年间，是中国传统文论的繁荣时期，出现了两部伟大的文论著作——《文心雕龙》和《诗品》——它们代表着文学批评和理论的高峰。而这两部著作之所以问世，跟那时候文学思想的活跃和文学观念的进步密切相关。这里面有一件重要的事情，就是“文”的观念的变化。

汉代以前，“文”的观念是很笼统的，包括的东西很多，如器物之文、举止之文、礼法之文、典籍之文等；即便语言文字之“文”，也把各类著述混为一谈。其间，那些以文辞的形式美为特点的文类，经常受到官方或“正统”势力的轻视甚至打压。因此，“文”的概念，跟我们今天所谓“文学”，还差得很远。这种情形，到了东汉末年，就开始发生变化，一个重要现象，是人们谈论“文”的时候，特别钟情于诗、赋。最显著的事例就是曹丕在《典论》中论“文”，特别说到“诗赋欲丽”，并且所评论的文章，主要是“诗文”。再往后，陆机著《文赋》，在各类文体里首推诗、赋，即所谓“诗缘情而绮靡，赋体物而浏亮”。诗和赋俨然成为众体之“文”的代表，而“文”的观念自然也深受诗和赋的性质的影响，把情感和形式的因素凸显出来。刘宋时期，文帝设立了“文学馆”，这个馆里面究竟学习和研究些什么东西，史书里并无明确记载，但恐怕诗赋之类是少不了的。而关键一步是在梁朝，昭明太子萧统（或许还有门人）编纂了一部《文选》。他在序里对这部总集去取的标准做了说明，特别强调入选的文章都是具有情感和文辞之美的作品，而那些论理的、历史的和实用的文章，除了符合这一标准的某些部分，其余一概不选。这就是《文选序》中所说：

> 若夫姬公之籍，孔父之书，与日月俱悬，鬼神争奥，孝敬之准式，人伦之师友，岂可重以芟夷，加之剪截？老、庄之作，管、孟之流，盖以立意为宗，不以能文为本，今之所撰，又以略诸。若贤人之美辞，忠臣之抗直，谋夫之话，辨士之端，冰释泉涌，金相玉振。所谓坐狙丘，议稷下，仲连之却秦军，食其之下齐国，留侯之发八难，曲逆之吐六奇，盖乃事美一时，语流千载，概见坟籍，旁出子史。若斯之流，又亦繁博。虽传之简牍，而事异篇章，今之所集，亦所不取。至于记事之史，系年之书，所以褒贬是非，纪别异同，方之篇翰，亦已不同。若其赞论之综缉辞采，序述之错比文华，事出于深思，义归乎翰藻，故与夫篇什杂而集之。

瞧瞧，这位太子多么巧妙地避开了经典、诸子和史传！他不说那些作品不“文”，而是用种种好听的借口给它们戴上高帽子后请出文苑，顺势把入选之“文”的标准限定在“综缉辞采”“错比文华”以及“事出于深思，义归乎翰藻”。如此之“文”，不是以情感和形式为特征的“美文”又能是什么呢？从文学观念的发展看，这应当是一大进步；后来人们把《文选》当作中国文学史上的第一部“文学”总集，是很有道理的。而那个时代从各个方面表达出的“文”的观念，也都跟《文选》之“文”同声相应，比如刘勰所说的“情采”，钟嵘所说的“滋味”，以及萧纲所提倡的“文章且须放荡”（《诫当阳公大心书》），都可看作同一“家族”或“谱系”里的观念和论断，体现了“文”的自觉。

因为“文”的观念的确立，对创作和批评里一些问题的讨论也随之展开。

其中，有两个大的问题最引人注目，也多有争议，这就是“文笔”和“声律”。

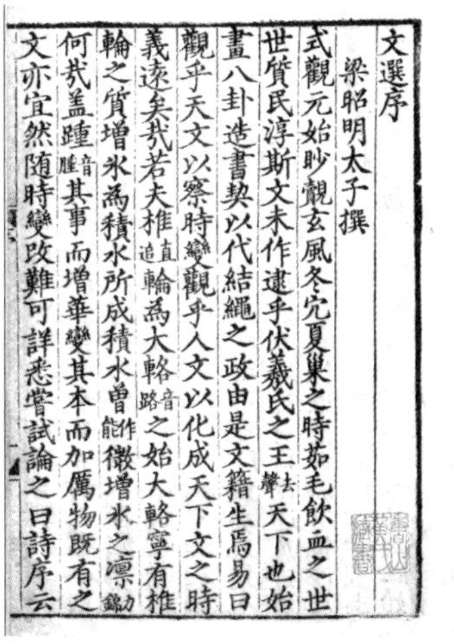
文選序
梁昭明太子撰
式觀元始眇覿玄風冬穴夏巢之時茹毛飲血之世
世質民淳斯文未作逮乎伏羲氏之王去聲天下也始
畫八卦造書契以代結繩之政由是文籍生焉易曰
觀乎天文以察時變觀乎人文以化成天下文之時
義遠矣哉若夫椎直追輪爲大輅音路之始大輅寧有椎
輪之質增冰爲積水所成積水曾作能微增冰之凜力錦
何哉蓋踵音腫其事而增華變其本而加厲物既有之
文亦宜然隨時變改難可詳悉嘗試論之曰詩序云

《文选》是中国古代第一部文学作品总集

文笔，是一种分类，是对所有文章作最大限度的“两分”，遵循的原则有点类似哲学里的“二元对立”。区分的标准有二，一是“韵”的有无，即有韵为文，无韵为笔。这是当时流行的说法。刘勰在《文心雕龙·总术》里引用了这种说法，并且他对各体文章的评析，也是先以有韵和无韵加以类分的，即《序志》所谓“论文序笔”，如诗赋、乐府等为“文”，而诸子、史传等为“笔”。这样区分文笔，容易理解；具体到各种文体，也很好辨认。按逯钦立先生研究，这种“文笔”说属于“传统派”；还有一种“革新派”，不是从外部的形式特征，而是从语言表达的性质去区分。①最有代表性的观点是梁元帝萧绎所作《金楼子·立言》里的那段话：

> 古人之学者有二，今人之学者有四。夫子门徒，转相师受，通圣人之经者谓之儒，屈原宋玉枚乘长卿之徒，止于辞赋则谓之文。今之儒博穷子史，但能识其事，不能通其理者，谓之学。至如不便为诗如阎纂，善为章奏如伯松，若此之流，泛谓之笔。吟咏风谣，流连哀思者，谓之文。而学者率多不便属辞，守其章句，迟于通变，质于心用。学者不能定礼乐之是非，辩经教之宗旨，徒能扬榷前言，抵掌多识。然而挹源之流，亦足可贵。笔退则非谓成篇，进则不云取义，神其巧惠笔端而已。至如文者，惟须绮縠纷披，宫徵靡曼，唇吻道会，情灵摇荡。

① 参见逯钦立《说文笔》之“后期文笔说”，载《汉魏六朝文学论集》，陕西人民出版社1984年第1版。

这段话是谈论学术源流的，里面讲的我们不必都弄明白，只需抓住几个要点。其一，“文”这个行当，在古时是与“儒”也即研习“圣人之经”的事业相对，特指“辞赋”，而在当代则与“学”也就是那种研究“子史”却又不能够创立学说的“学问”相对，它的特点是用于歌咏，抒写性情。其二，“笔”又跟“文”相对，或可称之“不文”或“非文”；那些不擅长吟诗作赋，但能够写实用文章且写得还不错的文士，就属于“笔”，也就是以“笔”为业的人。其三，“文”的特点是文字漂亮、音韵和谐，读起来朗朗上口，声情并茂；今天看去，这也就是语言作品在情感和形式上的审美特征。显然，萧绎对“文笔”的理解，打破了“韵”的界限，而是以“美”为准的。这较之刘勰的看法，的确具有“革新”的意义；并且，这种理解，最能够体现“文”的观念——也就是我们今天所说的“文学观念”——的进步。齐梁之后，关于“文笔”的讨论不再那么时兴了，但由“文笔”讨论而形成的“文”的观念，却存留在人们的意识之中，也影响着文学创作。文学家们更加自觉地注重情感的表达和形式的美感，这又使声律问题日益受到重视，理论批评中的成果也颇为可观。

往远里说，声韵是文学与生俱来的特征。通常我们把原始时期先民们劳作时口头吟诵的语句看作文学源头，那也就是最原始的诗歌，这种“诗歌”必定是有韵律和节奏的，如所谓“前呼‘邪许’，后亦应之”（《淮南子·道应》）。而汉语语词的单音节和“非屈折”（即没有可附加的词尾）特点，更易于形成整饬、和谐的声音效果，如王力先生所说：“因为汉语是单音语，所以排比起来可以弄得非常整齐，一音对一音，不多不少。”[①]朱光潜先生则认为汉语的声音因为轻重不甚分明，因而用“韵”产生“去而复返、奇偶相错、前后相呼应”的节奏。[②]都有道理。这种效果在各类语言作品中均有体现，而以诗歌为典型形态，并且成为体式上的规定。在创作中，诗人是天然地趋向音韵和谐、节奏鲜明的。到五言诗出现时，声韵的特征已经非常明显了；而七言

① 王力《汉语诗律学》8页，上海教育出版社1979年新2版。

② 朱光潜《诗论》，载《朱光潜美学文集》第二卷174页，上海文艺出版社1982年第1版。

诗将语句加长，又增添了声韵变化的空间。这种情况，也一定会引起批评家们的注意。有人认为，曹丕所说的“气之清浊”，讲的就是声音的效果。[①]而陆机《文赋》所说的“暨音声之迭代，若五色之相宣”，肯定是说声韵给语言带来的美感。到齐梁年间，声韵就成为谈诗论文的重要话题了。比如刘勰《文心雕龙》就有《声律》一篇，意在探求文学创作中声韵的规律，其中一些说法，虽未定名，却是后世诗歌“格律”所遵循的，如：“凡声有飞沉，响有双叠。双声隔字而每舛，迭韵杂句而必睽；沉则响发而断，飞则声飏不还，并辘轳交往，逆鳞相比。”又如：“是以声画妍蚩，寄在吟咏，滋味流于下句，风力穷于和韵。异音相从谓之和，同声相应谓之韵。”这基本上就是讲诗歌的韵脚和平仄，只不过还没有归纳为“四声八病”罢了。在这个问题上，影响较大的还有沈约，他在《宋书·谢灵运传论》中对声律的由来及其重要性做了全面论述，说：

> 若夫敷衽论心，商榷前藻，工拙之数，如有可言。夫五色相宣，八音协畅，由乎玄黄律吕，各适物宜。欲使宫羽相变，低昂互节，若前有浮声，则后须切响。一简之内，音韵尽殊；两句之中，轻重悉异。妙达此旨，始可言文。至于先士茂制，讽高历赏。子建“函京”之作，仲宣“灞岸”之篇，子荆“零雨”之章，正长“朔风”之句，并直举胸情，非傍诗史。正以音律调韵，取高前式。自灵均以来，多历年代，虽文体稍精，而此秘未睹。至于高言妙句，音韵天成，皆暗与理合，匪由思至。张、蔡、曹、王，曾无先觉；潘、陆、颜、谢，去之弥远。世之知音者，有以得之，知此言之非谬。如曰不然，请待来哲。

沈约这段文字，有两个意思，一是强调声韵作为诗歌必不可少的要素，也是优秀诗作的显著标志，即所谓“正以音律调韵，取高前式”。二是标榜他

---

① 如罗根泽先生认为曹丕《典论·论文》中的“气”“皆指文章的气势声调而言。”见《中国文学批评史》（一）165页，古典文学出版社1957年第1版。

王力《汉语诗律学》详尽介绍了中国古代诗、词、曲和现代白话诗的格律

自己发现的声韵的奥秘，也就是说，前人作品的声韵之美，只是无意识和凭感觉的，只是到了他，才发现了声韵协调的规律并自觉地加以运用。这两个判断，都基本成立。前者自不必论，声韵之美，是中国古典诗歌最重要的特征之一，好的诗歌，不但能读，而且是需要“吟诵”的；没有了声音层面的美感，古典诗歌的魅力会减去不少。所以古代很多懂诗的人都对声音效果特别看重，比如清代一位批评家李重华就认为诗的第一要素是“发窍于音”：“故作诗曰吟、曰哦，贵在叩寂寞而求之也。求之果得，则此中或悲或喜，或激或平，一一随音而出焉。”（《贞一斋诗说》）当代有学者专门从声韵的效果去发掘“唐诗的魅力”，也是基于这个特征。[①]后面一个判断让人感觉论者不太谦虚，把发现声律的功劳都揽在自己身上，因而有人与他商榷，力辩声律这件事情早就有人发明并运用得很好了，绝不能够说“曾无先觉”。（见陆厥《与沈约书》）其实，沈约的自负不是没有道理的，因为的确是到了他的时代，对声律的研讨才成为自觉，成为风气，并逐渐明晰。一个重要的例证是所谓“永明体”的出现。史称齐永明年间，“沈约、谢朓、王融以气类相推，文用宫商，平上去入为四声。世呼为‘永明体’”（《文镜秘府论》引）。可见当时的诗人和批评家们是把声律当成“课题”去做了。这件事情还有一个背景，就是“四声”的确定。“四声”就是“声调”；“声调”这个名字是赵元任先生起的，它是“代表利用嗓音的高低来辨别字的异同的音位”[②]。“声调”是用来表达意思的，但在汉语里，它的功能除了表意，还有“表音”，也即利用声音的高下给人以听觉上的美感。这种功能在诗歌和散文里都有，但以诗歌为典型。诗歌语

① 参见［美］高友工、梅祖麟《杜甫的〈秋兴〉——语言学批评的实践》中有关诗歌语言的分析，载《唐诗的魅力——诗语的结构主义批评》，李世耀译，武菲校，上海古籍出版社1989年第1版。

② 赵元任《语言问题》59页，商务印书馆1980年第1版。

言中，声调在表意的同时也用来“表音”，有的时候“表音”的作用甚至超过了表意，具有独立的性质。比方说，人们在进行语言交流时，有意识利用声调制造出抑扬顿挫的效果，就把听者的注意力吸引到声音的形式上来，反而把要表达的意思给弱化甚至遮掩了。传说著名演员赵丹在一次宴会上被要求表演节目，他随拿起一份菜单，即兴朗诵一段，竟让在场的人感动、赞叹不已，其魅力跟语言的意思无关，而跟“声音”尤其是“声调”大有关系。再比如，一首诗歌，其内容我们已经滚瓜烂熟，但每次朗读都会有美感产生，这美感也在很大程度上来自“声调”。可见“声调”对于中国古典诗歌的声律之美具有重要意义；也因为如此，“四声”的确定就是“声律”艺术得以成熟的重要环节。在这方面，沈约既然主导了“四声”在诗歌创作中的运用，以他文坛领袖的身份，自当享有一份“发明专利”。对此，黄节先生的评价甚为公允，所作《诗律》说：

> 沈约云：“玄黄律吕，各适物宜，宫羽相变，低昂互节。”其说盖可推也。然又曰：“一简之内，音韵尽殊，两句之中，轻重悉异。”则又律诗之所由始，以迄于唐沈佺期、宋之问准声约句，一依沈约四声而创律诗。则是律者，沈氏四声之律耳，与《尚书》所言、钟皓所教异矣。①

可见，四声是中国古代律诗成立的关键；而沈约审订并在诗歌创作中倡导四声，当然有很大的功劳。

附带一提，声律之美是中国古典诗歌最重要和最明显的形式特征，而比它更加宽泛也更加微妙的是体现在语词发音本身（而非组合或呼应）的“声形”之美；这种美感不一定要依托于韵律，却能够辅助或强化情感的表达。更多的时候，它是潜在的和无意识的，需要细心体味并具备一定的语音知识方能察觉。对此，吴世昌先生于20世纪30年代曾撰写《诗与语音》一文专门论述，其中举陶渊明“采菊东篱下，悠然见南山”句例，指出为什么诗人所见不是“西

---

① 黄节《诗律序》，载《黄节诗学诗律讲义》64页，天津古籍出版社2007年第1版。

山”“东山”和“北山”，而只能是“南山”，因为：

> “西山”二字都是以“s-”音起，宜于写凄清轻倩的感情。“东山”的东字以“t-”起，“山字”以“s-”起，而二字的收音都有“-n”，所以“东山”二字是发扬宏亮之声，也就只宜于表现那一种情感。如果用“北山”，因为“北”字以“p-”音起，“p-”是爆裂音，爆裂音所表现的是迫切急遽的情感。——所以“西山”“东山”“北山”所引起的凄清轻倩，发扬宏亮，迫切急遽的感情，都令人觉得不与陶渊明当时的情境相称。不仅是不与他老人家的身世人格相称，即便和上文的悠然也不相称。只有“南”字所暗示的沉郁迂缓的情调，才能表达此老迟暮采菊的心境。①

讲得也有道理，因为汉字的声音是具有形象感的，是所谓“声形”，比如我们说“浩浩荡荡”“轰轰烈烈”和说“凄凄惨惨”“寻寻觅觅”的“声形”是不一样的。这种效果及差别，在传统戏曲理论里面多有论述，如清代戏曲理论家徐大椿强调“声各有形”，即“大、小、阔、狭、长、短、尖、钝、粗、细、圆、扁、斜、正之类是也”②。其缘由则在“五音”（喉、舌、齿、牙、唇）、“四呼”（开、齐、撮、合）和“阴阳”（四声）等。声音的这种表现力，戏曲表演可以利用，诗歌创作也可以利用，只不过诗歌语言的“声形”，没有戏曲演唱那么夸张，而是和作品的意境融为一体且与声律相辅相成的。

---

① 吴世昌《诗与语音》，载《吴世昌全集》第三册25页，河北教育出版社2003年第1版。

② ［清］徐大椿《乐府传声》，载中国戏曲研究院编《中国古典戏曲论著集成》（七）160页，中国戏剧出版社1959年第1版。

九、“神”“气”“味”

唐代，是中国古代文学最为辉煌的时代，不仅诗歌创作走向辉煌，散文创作也云蒸霞蔚、龙飞凤舞，为后世所仰望。但跟创作相比，文论却略有等差，没有出现像刘勰和钟嵘那样的大家以及理论和批评的巨著。不错，伴随着诗歌创作的发达，诗坛也出了不少“诗格”“诗法”之类书，但多是用来指导具体的写作，除了皎然的《诗式》等少数几部之外，理论价值均不太高。还有一部很特异的诗学“作品”——司空图的《诗品》（又称《二十四诗品》）。但这部作品太特异了，既不像理论，也不像批评，而更像是创作。它究竟要表达什么？用今天的文学理论也不太能够解释得清楚——风格、范式、类型还是境界？更有人认为二十四诗品背后隐藏着与“天道”对应的思维方式，且跟二十四节气有关，这就远远超出“文论”的范围了。[①]至于杜甫的《戏为六绝句》，开启了后世“论诗诗”的体式，意义深远却未能在理论批评的层面充分展开。总之，若从理论的创立和体系的建设来看，唐代的文论不能说取得了特别大的成就。当然，这并不是说唐代文论无所作为，实际上，唐代文学家和批

① 参见肖驰《中国诗歌美学》第二章“中国古典诗学之艺术史哲学：司空图的诗歌宇宙”，北京大学出版社1986年第1版。

评家在诗学和文论方面，还是有许多精彩的论述，推动中国传统文学观念和创作方法的深化和发展，只不过所取得的成就未必像唐代诗文那样震古烁今。这里，我们举三个在中国古代文论史上起到承前启后作用的观念。

一是“神”。在中国历史上，“神”的观念形成很早，大概是由原始的宗教祭祀活动衍生出来的，之后朝着不同的方向发展，表达不同的意义：比如超自然的奇异现象，像孔子讳莫如深的“怪、乱、力、神”之神；比如大自然的规律，像《易经》所说“神道设教”和“阴阳不测之谓神”；在民间话语里，“神”还经常跟“鬼”连用，表示亡灵或者偶像；等等。成为思想观念的“神”，有两个义项较具有哲学内涵，也对美学思想和文学批评影响较大，一是精神或者生命，二是精微和精妙。如庄子所谓“用志不分，乃凝于神”（《庄子·达生》）以及“以神遇而不以目视，官欲止而神欲行”（《庄子·养生主》），都兼含了这两种意思。顾恺之用“神”论画，首倡“传神写照”说，取义偏重“精神”和“生命”。文论中陆机所谓“志往神留”和刘勰所谓“神思”之神，是讲创作中的一种“忘乎所以”的精神状态，类乎庄子所说的“凝神”“神遇”和“神行”，也就是说，“自我”没有了，人的精神像是被一种强大的力量操控并激发着，处于一种“井喷”的状态。在这种状态中，感受力、想象力和创造力得到极大发挥，对事物的观察、体验极为精微，对事物（及情感）的表达极为精妙，所产生的“作品”极为精彩，如成语所谓“神乎其神”“有如神助”“出神入化”和“神来之笔”。这种状态，在文艺创作尤其是诗歌创作中最常见，所以很为诗人和批评家所看重。唐人谈诗，就时常语及，如殷璠《河岳英灵集叙》所谓“神来、气来、情来”。显然，这中间“神”是主导，没有“神”，“气”和“情”都来不了。这个特点，大诗人们体会得更深，因此也爱用“神”表达对创作规律的认识。这方面最有代表性的是杜甫，如郭绍虞先生所指出的：

杜甫论诗，很重神化的境界。《独酌成诗》云“诗成觉有神”，《寄薛三郎中据》云“乃知盖代手，才力老益神”，又《寄张十二山人彪》诗亦云“诗兴无不神”，《苏端薛复筵简薛华醉歌》又云“文章有道交有神”，即其论及其他美术者，如论书亦谓“书贵瘦硬方通神”（《李潮八分小篆歌》），论画亦谓“将军尽善盖有神”（《丹青引》），可知他于一切艺术无不以神境为极诣。不过他所谓神境，是从苦思力学得来者，所以说“读书破万卷，下笔如有神”（《奉赠韦左丞丈》）。[1]

▲蒋兆和画
杜甫谈诗注重“神化”的创作经验

这个特点，程千帆先生也谈到过，称：“公品诗衡文，揭橥神字最夥。”[2]这就是说，“神”的观念已经融入杜甫的创作思想中，既是他追求的境界，也是用以评价诗歌的标准，而诗人的才情和诗歌的妙处，都可以用“神”字去赞许。当然，杜甫用来谈诗论艺的“神”，较少神秘色彩，而更多的是由功力所致，可以归为“创作论”。而这样的诗论，虽然朴素，却能够说明问题，较之那些虚无缥缈、无可无不可的“神”论，要容易理解和把握多了。比如后来宋代批评家严羽论诗，也以“神”为最高标准：“诗之极致有一，曰入神。诗而入神，至矣！尽矣！蔑以加矣！唯李杜得之，他人得之盖寡也。”（《沧浪诗话·诗辨》）这等于让人们从李杜的诗歌去体悟什么是“神”，而李杜的诗风又极不相同（如严羽本人所分的“飘逸”和“沉郁”），那么作为“诗之极”的“神”又当是超乎一切作法和风格的标准，这就有点类似黑格尔美学所说的

① 郭绍虞《中国文学批评史上之“神”“气”说》，载《照隅室古典文学论集》（上编）62页，上海古籍出版社1983年第1版。

② 程千帆《少陵先生文心论》，载《古诗考索》338页，上海古籍出版社1984年第1版。

“理念”了。这个意义上的“神”又是什么呢？恐怕是不好说也不能说的，只可意会不可言传；或许只能照严羽提供的办法去“熟参”吧。

二是“气”。跟“神”相仿，“气”也是中国传统思想里最古老的观念之一。它的产生，应当来自先民对自然和自身的观察。自然界有风，风是“大块噫气”（《庄子·齐物论》），有了这种气，才有了万物的生长。而人活在世上，离不开吐纳呼吸，呼吸就是气息流转，因而生命根源正在于气。这种朴素的认识发展成为思想，就使“气”成为重要的哲学和伦理学范畴。就文论而言，哲学和伦理学的“气”都产生过影响，前者如庄子所谓“听之以气”及“唯道集虚”，引出偏重创作心理的“养气”说；后者如孟子所谓“浩然之气”，引出偏重人格修养的积理积学的“养气”说。除此之外，“气”这个概念在文论里也被广泛运用，表达不同的意思。比如曹丕说“文以气为主”，这讲的是创作情感和个性；又说“引气不齐”，这用音乐演奏比喻文学创作的风格。钟嵘说“气之动物，物之感人”，这讲的是引发创作动机的自然风物；又说“仗气爱奇”，这讲的是比较外露、豪爽的个性。刘勰说“才气之大略”，是指创作才能；又说“韵气一定”，是指声韵的效果。如此等等，“气”的概念在中国传统文论里随处可见，是出现频率极高的术语；它的意义也随不同语境而变化、转移，不可一概而论。唐人论诗，也时常用“气”，既保留最基本的意思——如前引殷璠所谓“神来、气来、情来”，“神”“气”“情”的含义是相通的，都指向精神、情感和气势——但很多时候，还有特别的意义，表示一种不同于流俗的健朗或超迈的诗风，如陈子昂《与东方左史虬修竹篇序》所说“骨气端翔”，后面接着的话语是“音情顿挫，光英朗练，有金石声”，可见“骨气”之“气”是形容一种豪迈的风格，跟阳刚之气相通。又如皎然《诗式·辨体》里有“气”之一体，是所谓“风情耿介曰气”，这应当是一种因人格高尚而体现出的风格，如屈赋和陶诗。诗论之外，文章之论也常用气，最著名的当然是韩愈《答李翊书》里的那段话：

> 气，水也；言，浮物也。水大而物之浮者大小毕浮。气之与言犹是

也，气盛则言之短长与声之高下者皆宜。

这段话之所以重要，在于它不仅仅是把“气”当作文学创作的某一方面的特征，而是当作文学创作的最根本的要素。它包含了文学创作的一切主观方面的因素：思想、情感、个性、才能以至于阅历、学养、品行、胆识、眼界等等，这些，是为文的根本，而语言的表达只是这些因素生成之后的自然结果。这个意义上的“气”，是文学创作的本质，正如刘勰所说的“志气统其关键”（《文心雕龙·神思》）。而韩愈论“气”的意义在于，赋予了这个观念更高的地位，并提出中国文论史上影响深远的“文气说”。

当然，韩愈提出“文气说”，不光是因文而论，还有着古文运动的“道统”的背景，因而包含着伦理道德的意思。这一点，也为后世看重理学和道学的文人所发挥，较有名的如清代魏禧所说：“养气之功，在于集义；文章之能事，在于积理。”（《宗子发文集序》）这样发挥，倒也不错。但韩愈毕竟是文学家和诗人，他的立意在于“为文”；而养气的成效，也在文章。他曾以学生的话来表白自己的“为文之用心”：

沉浸醲郁，含英咀华，作为文章，其书满家。上规姚姒，浑浑无涯；周《诰》、殷《盘》，佶屈聱牙；《春秋》谨严，《左氏》浮夸；《易》奇而法，《诗》正而葩；下逮《庄》《骚》，太史所录；子云、相如，同工异曲。先生之于文，可谓闳其中而肆其外矣。（《进学解》）

这里描述的，都是为文的大法，也就是养气的根由。韩愈的同道柳宗元讲述自己学文的经历说：

本之《书》以求其质，本之《诗》以求其恒，本之《礼》以求其宜，本之《春秋》以求其断，本之《易》以求其动：此吾所以取道之原也。参之《谷梁氏》以厉其气，参之《孟》《荀》以畅其支，参之《庄》《老》

以肆其端，参之《国语》以博其趣，参之《离骚》以致其幽，参之《太史公》以著其洁：此吾所以旁推交通，而以为之文也。（《答韦中立论师道书》）

司空图《诗品》是唐代诗学的重要著作

近人章士钊先生论述柳宗元学文经历说："子厚三十三岁以前，骚赋工夫已做到十分充足，贬谪以后，求得经史诸子数百卷，勤勤伏读，又开始著书，此于子厚学养，发生根本变化。"①说的也就是因研读而养气的路径。可见气的指向，正在于"文"。这是"文气说"之所以成为重要的文论观念的要害所在。

三是"味"。"味"是中国传统文论里最具有特色的术语之一，既能够显示中国文论的长处，也多少暴露了中国文论的短板。长处，体现在它代表一种精微的、高级的鉴赏，虽难以言喻却心领神会，犹如禅宗的"拈花微笑"。短板，是说这种鉴赏既然难以用语言表达，就容易给人雾里看花的感觉，模模糊糊、朦朦胧胧、缥缥缈缈、捉摸不定，评论家们往往用同类词语去形容，再用相关的诗句去证明，却终究不能够定性。这既容易陷入解释学所谓"阐释的循环"的困境，即单个词语的意思要靠全句去理解，而全句的意思又来自每一单个词语；也有解构主义"能指的漂移"的风险，即一个词语是另一个词语的"所指"，其本身却又是需要下一个"所指"注明的能指，无穷延续，差异无限（"延异"）。我们来看唐代诗论里最有名的一段谈"味"的话，就能体会这一概念的长短了。语出司空图的《与李生论诗书》：

文之难，而诗之难尤难。古今之喻多矣，愚以为辨味而后可以言诗也。江岭之南，凡足资于适口者，若醯非不酸也，止于酸而已；若鹾，非

① 章士钊《柳文指要》下卷996页，文汇出版社2000年第1版。

不咸也，止于咸而已。华之人以充饥而遽辍者，知其咸酸之外，醇美者有所乏耳。彼江岭之人，习之而不辨也宜哉。诗贯六义，则讽谕抑扬，渟蓄温雅，皆在其中矣。然直致所得，以格自奇。前辈诸集，亦不专工于此，矧其下者耶？王右丞、韦苏州，澄澹精致，格在其中，岂妨于遒举哉？贾阆仙诚有警句，然视其全篇，意思殊馁。大抵附于蹇涩，方可致才。亦为体之不备也，矧其下者哉？噫！近而不浮，远而不尽，然后可以言韵外之致耳。……盖绝句之作，本于诣极。此外千变万状，不知所以神而自神也。岂容易哉？今足下之诗，时辈固有难色。倘复以全美为上，即知味外之旨矣。

司空图把“味”当作论诗的门槛，就好比在诗的百花园的门口挂出则告示：不懂“味”者莫入此园。但“味”是什么呢？司空图用了好些词语去形容，如“近而不浮，远而不尽”“韵外之致”“味外之旨”等；在另一篇书信《与极浦书》里，又有“象外之象，景外之景”的说法。但这些词语又是什么意思呢？对此，罗宗强先生解释道：“象外之象的第一个象，是指诗歌中最易于感受到的形象。也即是诗歌中所直接描写的形象。这个形象有其形状、色彩、线条、组合，是具体的。……但是好的诗，往往在这一层易感的有明晰画面的形象之外，还有多层没有明确画面、更为飘忽、更为空灵的形象。这更为飘忽、更为空灵的形象往往不是依赖诗中的直接描写，而是借助象喻、烘托、暗示，借助读诗者的联想呈现出来的。这更为飘忽、更为空灵、借助于读诗的美感联想呈现出来的形象，便是后一个‘象’，即‘象外之象’。这种‘象外之象’，由于带着更为飘忽、更为空灵的性质，而且往往又掺杂有读诗者的美感联想，因此就常常是不确定的，多层次的。”[①]讲得十分透彻。相关的“韵外之致”“味外之旨”以及“景外之景”，其含义也大致如此。但这是今人借助当代文学理论的解释，司空图论“味”之时是否想到这些，是要打个问号的。此外还要注意，司空图所激赏并广而告之的“味”的效果，是有偏好和特

① 罗宗强《隋唐五代文学思想史》413页，上海古籍出版社1986年第1版。

指的，也就是以王维和韦应物为代表的那些“澄澹精致”的作品，这跟他的身世、思想、趣味以及所处时代都有关系。这在中国古代文学史及诗学史上被归为“唯美”或“冲淡”一派，具有特殊的意义，前有山水田园诗人身体力行的“隐逸”，后有王士禛及其追随者移花接木的“神韵”，司空图对于中国古典诗歌美学功不可没。但问题是，诗歌之美，果真就可以用一个“味”字去概括吗？司空图所偏好的那种诗味就可以当作评价一切诗歌的最高标准吗？至少，人们评价屈原的诗就不常用“味”，赞赏杜甫诗歌艺术特点也不以“味”为主，甚至评论王维、韦应物等也并非唯“味”是取。可见，司空图奉为圭臬的“辨于味”，可以作为诗歌批评的重要标准，却不能作为“唯一标准”。

当然，说这些，并不意味司空图论诗有多少缺失或不妥，事实上，他是一位很了不起的批评家，他的《诗品》也是一部旷世杰作。但诗歌艺术的丰富性和复杂性，又怎能一个“味”字了得？后来宋代诗论由于种种原因，把方向转向了文本层面的种种“作法”，多少是在弥补这方面的不足。

十、“古文”

韩愈倡导的“古文”成为古代散文最通行的范式

通常我们说“古文”，是指古代的文章，即“五四”新文化运动之前用文言写的散文。但在传统文学和文论里，“古文”有特殊的含义。它产生于唐代，背景是有名的“古文运动”。这场运动源头，可以上溯到隋朝，起因是延续六朝的华而不实的文风；更远的原因则在于古代汉语与生俱来的趋向于骈偶的特点，以及语言作品因此而以“偶”为文的属性。这种特点及属性，我们在上古的文章里便不难发现，并且文章的气势和“文学性”也往往由此而来。汉代辞赋发达，在很大程度上影响到各类文章的体式，使之向整齐划一的方向发展，又给文人写作提供了蔚为大观的“词库”，所以骈文便以“四六”为典型形态，在朝野漫延开来且一发而不可收，直到南朝终结。在隋代，就有人站出来强烈反对这种文体及文风，比如一位重臣李谔就曾给隋高祖上书，指出自齐梁以来，文人之作“遗理存异，寻虚逐微，竞一韵之奇，争一字之巧。连篇累牍，不出月露之形；积案盈箱，唯是风云之状”（《上隋高祖革除文华书》）。既坏文风，更坏人心，因而要严加革除；如有执迷不悟、一意孤行者，就抓起来法办。这种态度不可谓不坚决，举措不可谓不严厉，但未必就有实效，因为到了唐代，文坛风气依然骈偶是尚，那些庸碌之作姑且不论，就是巨擘名篇，也大抵以骈偶为文，比如王勃那篇脍炙人口的《滕王阁序》。这种状况一直延续着，虽不时有人加以批评，却成效不大。直到韩愈倡导“古文”，柳宗元高调响应，才在文坛掀起波澜，使中国古代文学中“散文”一体出现大的改观：不再是“骈偶”的“散文”，而是骈散相间的“散文”。这就是历史上有名的“古文运动”，一直延续到宋代欧阳修和苏轼。当然，韩愈倡导“古文”，并非只是改革文章的形式，还有“载道”的目的，也就是看到了骈偶之文文辞华丽而内容空洞，跟圣贤的“道统”越来越远，故而要使文章回到“载道”的正轨；而要“载道”，就须打破骈偶的格式，回到先秦经书及诸子的句法，骈散间用，文质彬彬，陈言务去，气势充足。显然，这是一种“当代”的古文；而“古文运动”的实质也是借复古而革新。至于韩愈在这场运动中的作用及其对中国古代文学和文论的贡献，近代学者钱基博、钱穆、郭绍虞、罗根泽、陈登原、陈寅恪、李嘉言等都有过论述，陈幼石先生综括诸说，概括为有这样几点：

> 首先他是一个划时代的文学理论家，他关于“道”“文”（广义的文学）统一的学说，给曾经统治了几个世纪的极端形式主义的骈体文敲起了丧钟，吹起了文学启蒙的新时代的号角。其次，他创造了一种散文体，这种文体他自己当时称为“古文”，而从此以后这种文体就被普遍认为是中国传统典籍中经典的、正统的文体。第三，作为一个散文艺术家，他的主要贡献是把这种文体提高到真正的文学境界。在他之前，散文大都用于实际或功利的用途，自韩愈以后，散文就被公认是一种文学形式，作家自觉地把散文当文学作品来写，批评家也自觉地把它当文学作品来批评。[①]

---

① 陈幼石《韩柳欧苏古文论》1—2页，上海文艺出版社1983年第1版；第四点是使“孔学复兴”，与文论关系不大，故略去。

不仅如此，后世又有所谓“唐宋八大家”之说，这八位作家的作品被当作范本和经典供无数人研习效仿；而我们读到的“八家”散文以及学习“八家”而来的“古代散文”，也就是由韩愈改革创新的“古文”。

中国文学史上，以“古文”而著称的，还有一派，是所谓“桐城古文”，兴起并兴盛于清代，余波直至“五四”新文化运动前后。

“桐城古文”是以几位倡导者及大家的籍贯冠名的，分别是方苞、姚鼐和刘大櫆，他们都安徽桐城人，都做过不小的官，又都有很好的文才，文章做得平正通达，深得圣上赏识，因而得以流行开来，成为“文章正宗”，影响极大；尤其是到了晚清，一些大官僚和大学者都倾倒于“桐城”门下，如曾国藩、张裕钊、吴汝纶、马其昶、姚永朴等，造成“中兴”的声势。有研究者叙述过“桐城古文”的源流和风光：

> 夫桐城文派因缘风会，崛起于有清之初，初祖方望溪首揭义法，以雅洁之文号召天下，刘、姚继之，户牖大开，一时海内翕然向风，蔚成流派，号为正宗。自清初迄于末造，左右有清古文二百余年，其声势之大，流衍之广之久，影响之深，近世文派，以斯为盛。①

真让人感到“高山仰止，景行行止”。但事实上，到了晚清，“桐城古文”已经是强弩之末了。“五四”新文化运动中，有一位很特异的文人林纾，也是“桐城派”的传人。他对新文学深恶痛绝，想以“桐城古文”与白话文抗衡，结果惨败，落得个“桐城谬种”的笑名。至此，“古文”之事也就烟消云散，完全退出了历史舞台。

当然，“桐城古文”虽已成过去，但给古代文学留下了一笔不小的财富；就文论而言，一些观点也还是有价值和影响的，比如方苞提出“义法”。“义”即“言有物”，“法”即“言有序”（《又书〈货殖传〉后》）；而

① 尤信雄《桐城文派学述》211页，文津出版社1975年第1版。

“义法”的典范是“六经”、《语》《孟》和《左传》《史记》，可见“桐城古文”的原则是伦理和文章并重。这个观点，在姚鼐那里，则表述为“义理、考证、辞章”（《〈述庵文钞〉序》），他把学问和文章视为一体，这也是那个时代文人圈里通行的“文学”观。这中间，“文”与“经”的关系，前人说得很多，刘勰（以及颜延之）把“文”的渊源上溯到“五经”，已是不刊之论。进而把“文”与“史”相提并论，也是由来已久且很有道理的。在中国古代，历史著作往往具有很高的文学性；尤其是几部经典的作品，比如《左传》《史记》等，更是为“文”的范本，为历代文人所尊崇和研习。其中的缘由，很多作家和批评家都不同程度地谈到过，但借用当代文学理论去审视，也许看得更清。比如所谓“新历史主义”文论，就认为文学与历史没有本质区别，它们都是一种叙事“话语”，都是对事实的“重构”或“虚构”，都具有“比喻”和“修辞”的性质，因此，对历史文本的解读跟对文学文本的解读的方法和效果都是一样的。“新历史主义”理论家海登·怀特认为：“特定历史话语‘意义’的暗示线索既包含在任何解释性论点的逻辑中，也包含在对研究领域所作描述的修辞中。甚至可以说，与逻辑因素相比，修辞因素在理解历史话语构成的内涵时更为重要。”[①]这也就是为什么一部优秀的历史著作可以具有多层的意蕴，以及为什么“文学”的价值可以超出其“历史”的价值。中国古代文学里“史传”成为大宗，而文论也把“史传”作为重要的研究对象，原因多在于此。就以方苞作为“义法”典范的《左》《史》而论，批评家们对其“修辞”的精妙往往赞不绝口，如清代学者刘熙载说：“左氏叙事，纷者整之，孤者辅之，板者活之，直者婉之，俗者雅之，枯者腴之。剪裁运化之方，斯为大备。”（《艺概·文概》）就指出《左传》所具有的强烈的修辞效果。又说：“《史记》叙事，文外无穷，虽一溪一壑，皆与长江、大河相若。”（《艺概·文概》）可不是吗？《史记》里许多“意思”是要通过“修辞”而非“逻辑”去理解的。比如说，项羽是大汉的死敌，而作为大汉史官的司马迁

① ［美］海登·怀特《历史主义、历史与修辞想象》，载张京媛主编《新历史主义与文学批评》185页，王建开译，北京大学出版社1993年版；着重号原有。

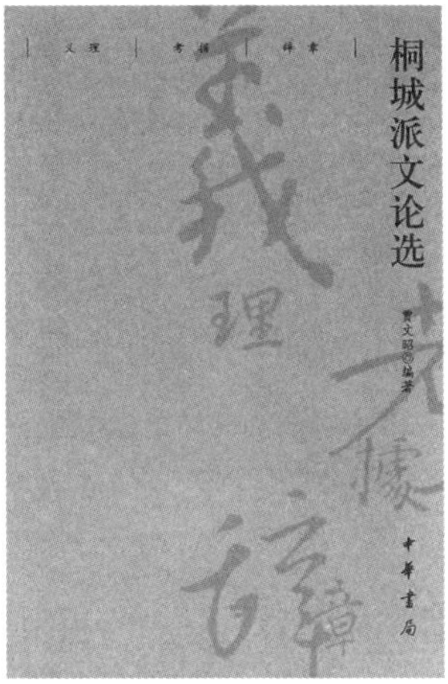

桐城派文论的核心是“义理”“考证”和“辞章”

虽如实记录了项羽的败亡，但用在描述项羽事迹的“修辞”却熠熠生辉，是全书中的“华彩乐段”，也能够让人读出与史著意义完全不同的“文学意味”来。清代大画家和书法家郑板桥曾经盛赞“《史记》百三十篇中，以《项羽本纪》为最”[①]，就是把有关的历史记叙读成了文学描写；而文学描写中的项羽也自然成为可歌可泣的文学形象。这让人想起海登·怀特的另一段很有深意的话：“它像隐喻性言语、象征性语言和譬喻性描述一样，意味着的东西总多于字面上说出来的东西，所说的某些东西总是不同于它似乎想要表达的东西，并且在揭示这个关于世界的某些其他东西时总要以隐藏某些东西作为代价。”[②]正因为如此，“新历史主义”批评家们坚信，“一部历史名著或历史哲学名著一旦成为过去，它就再生为艺术”。这个判断，是完全可以用中国古代历史名著的命运去印证的；而“桐城古文”派把《左》《史》等历史著作当作“义法”的出处，也有着充足的理由。

如果说“义法”的论述因受伦理思想的束缚而不能将“古文”的艺术特性充分展开的话，那么在谈论一些具体的创作问题时，“桐城派”古文家们就往往谈出一些艺术意味较强的观点，比如姚鼐论为文之“阳刚”和“阴柔”的一段话，颇为后世研究美学思想的人所看重，因为这段话描述出两种不风格，也近乎美学形态里的优美和壮美（崇高）。原话是：

---

① 郑板桥《潍县署中寄舍弟墨第一书》，载王锡荣注《郑板桥集详注》357页，吉林文史出版社1986年第1版。

② ［美］海登·怀特《“描绘逝去时代的性质”：文学理论与历史写作》，载［美］拉尔夫·科恩主编《文学理论的未来》51-52页，程锡麟等译，万千校，中国社会科学出版社1993年第1版。

其得于阳与刚之美者，则其文如霆，如电，如长风之出谷，如崇山峻崖，如决大川，如奔骐骥。其光也，如杲日，如火，如金镠铁；其于人也，如凭高视远，如君而朝万众，如鼓万勇士而战之。其得于阴与柔之美者，则其文如升初日，如清风，如云，如霞，如烟，如幽林曲涧，如沦，如漾，如珠玉之辉，如鸿鹄之鸣而入寥廓。其于人也，漻乎其如叹，邈乎其如有思，暖乎其如喜，愀乎其如悲。观其文，讽其音，则为文者之性情形状，举以殊焉。（《复鲁絜非书》）

这段话看上去跟“义法”或“义理”没有多大关系，也表明，“古文家”们若能够不受其宗派思想及其“家法”限制，是能够谈出更加精彩的意见来的。这一点，在“桐城三祖”的另一祖刘大櫆那里体现得更加明显。刘氏论文，非常看重语言表达的效果，并因此提出所谓“神气”说。他认为散文的语言也要有“气”，并因气而得“神”。这“神气”，要从文章的字句以至于音节去体现：“盖音节者，神气之迹也；字句者，音节之矩也。神气不可见，于音节见之；音节无可准，以字句准之。”（《论文偶记》）马茂元先生认为：“音节问题，是刘大櫆论文的核心。散文虽然不同于诗歌，不可能在声律上有‘一简之内，音韵俱殊；两句之内，轻重悉异’那样严格的要求；然而却也有它合乎语气，传达神情的自然音节。优秀的古典散文，读起来总是朗朗上口，富于节奏感，其奥秘正在于此。”[①]这个奥秘，启功先生解释得更为具体：

从前文人诵读文章，讲究念字句有轻重疾徐。有人不但读诗词拿腔作调，读骈散文章也常是这样。还有人主张学文章要常听善读的人诵读，最易得启发。现在可以明白，所谓善读文章，除了能传出文中思想感情之外，还能把声调的重要关键表现出来。例如把领、衬、尾和次要的字、句轻读、快读，把音节抑扬的重要地方和重要的字、句重读、慢读。哪一

① 马茂元《桐城派方、刘、姚三家文论评述》，载《晚照楼论文集》229页，上海古籍出版社1981年第1版。

句、哪一组是呼，哪一句、哪一组是应，藉此表现出来。听者不但可以从声调的抑扬中领会所读文章的开合呼应，获得更多的理解，又可在作文时把声调安排得与内容相适应，而增强文章的艺术效果。[①]

可见散文也是有声韵之美的。诗歌讲声韵乃是得天独厚、顺其自然，而散文要讲“音节”，那可是煞费苦心、绵里藏针了，非“高手述作”难以见效。从这一点也可以看出，“桐城古文”对语言之美的感受还是很精到的；用当代文学理论去衡量，这是对文学语言与普通语言差别的认识，当然也是对语言作品“文学性”的认识。

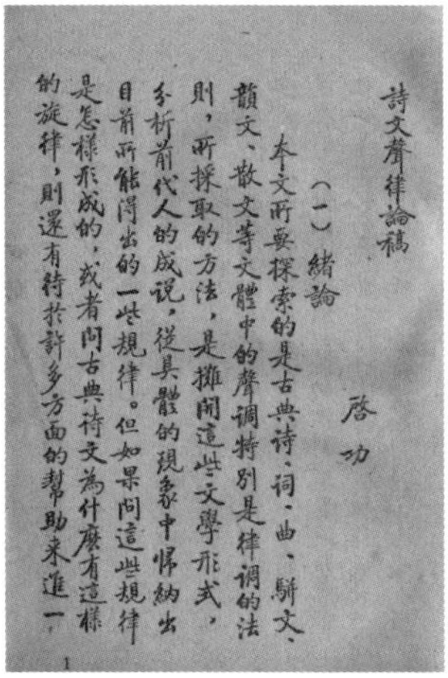
诗文聲律論稿
(一) 緒論
啓功
本文所要探索的是古典詩、詞、曲、駢文、韻文、散文等文體中的聲調特別是律調的法則，所採取的方法，是擺開這些文學形式，分析前代人的成說，從具體的現象中歸納出目前所能得出的一些規律。但如果問這些規律是怎樣形成的，或者問古典詩文為什麽有這樣的旋律，則還有待於許多方面的幫助來進一
1

启功手书《诗文声律论稿》

按胡适先生的看法，“桐城古文”跟韩愈提倡的“古文”是一脉相承的，他说：“古文学之中，自然要算‘古文’（自韩愈至曾国藩以下的古文）是最正当最有用的文体。……唐宋八家的古文和桐城派的古文的长处只是他们甘心做通顺清淡的文章，不妄想做假古董。”[②]如果是这样，所谓“古文”，不仅在历史上起过好的作用，在今天看去也是易读、易懂甚至是易用的。当代社会，写古诗词的人为数不少，有志于“古文”的，虽不多见，却也没有绝迹，甚至有人从小就把研习“古文”当作课业并写得像模像样，比如在一年一度的高考语文考试中，就不止一次地有过考生以文言作文，拿了高分甚至满分。这也从一个侧面说明古文还“活着”。当然，“古文”对现代语言和文学更大的作用是它作为“古典文学”的一部分成为学习和吟诵的对象，丰富着人们的精神生活，也有助于提高人们的语言文字能力。而这类“古文”，正是由韩愈开创并由“桐城派”传承的“古文”。

① 启功《诗文声律论稿》188-189页，中华书局1977年第1版。

② 胡适《五十年来中国之文学》，载《胡适文存》二集188页，黄山书社1996年第1版。

十一、诗话（一）

诗话，是中国古代文论中很有特色的一种批评样式，在中国乃至世界批评之林里独树一帜并独领风骚。诗话的数量和内容，在中国古代各类文论著述中首屈一指，早先编纂的诗话集多有“续编”（如《历代诗话》及其续编，《清诗话》及其续编）；当代学者又花大力气编纂断代诗话（如《全明诗话》）以及旧有诗话的“新编”（如《清诗话三编》），还有人在从各类文集和笔记里搜寻整理新的“诗话”。如果再算上诗话的“近亲”，如作为诗话前身的诗之“品”“式”“格”“法”，以及同为“诗话体”（广义的）的“词话”“曲话”（文学部分）等，诗话的规模恐怕是浩瀚无涯。考虑到诗歌之体在中国古典文学中至高无上的地位和独领风骚的成就，我们说诗话在中国传统文论里蔚为大观并举足轻重，也许并不过分。

但让人感到奇妙的是，中国古代的诗歌给人的感觉总体上是庄重的和严肃的，而诗话却大多是随意的、散漫的，甚至是谐谑的；也就是说，批评本身和批评对象形成了反差。宋人许顗《彦周诗话》就说：“诗话者，辨句法，备古今，纪圣德，录异事，正讹误也。”这还只是说宋代诗话，以后的诗话之作，题材范围更广，道听途说更多，常常被当作“小说家言”收入笔记类丛书（如

《说郛》）。这跟西方文论中的诗论十分不同。西方历史上的批评家论诗，大多诉诸正式的文章或论著，如柯勒律治《诗的本质》、锡德尼《为诗辩护》、爱伦·坡《诗歌原理》、雨果《论拜伦》之类，并且是板起面孔说理或满怀激情论辩（当然也有片段式的，如19世纪德国批评家弗·施勒格尔的《批评断片集》，但此等“断片”多有哲学思想背景和相关理论，且不是论诗的主要体式）。产生这种差别的原因，或许仍在于中西传统思想的不同特点，比如人们常说的“西人重思维和逻辑，中土重感悟和体验”。中国传统思想的特点影响到整个文论的总体形态，也成就了诗话之作的谈笑风生和潇洒自然。

关于诗话的成因，徐中玉先生早年曾写过《诗话之起源及其发展》一文，刊登在《中山学报》第一期，可以参看。徐先生认为，诗话之名，起源于宋代已经流行开来的“说话”，而“说话”的前身是唐代“变文”，即用通俗语言宣讲佛经故事的一种说唱形式。因此，诗话的形成当受到佛教的影响。徐先生又认为，诗话在宋代的形成并兴盛，有三个主要原因：一是各种文艺批评的发达使诗学并驾齐驱；二是理学的繁荣使文人雅好议论；三是笔记的风行使诗话确立体式。这些分析都有道理。后来研究也有新的观点，此处不再一一尽述。我们只需知道，诗话作为文论中诗歌批评的主要体式成于宋代，很快风行且成果丰硕，就大致不差了。

以下我们略先看几部宋代诗话，以了解“诗话”这种批评样式的特点和功能。考辨部分略去，只看鉴赏和评论的段落。

欧阳修《六一诗话》。这是中国文论史上第一部诗话。对这个“第一”，郭绍虞先生是这样解释的：

诗话之体当始于欧阳修。欧氏以前非无论诗之著，即其亦用笔记体者，如潘若同《郡阁雅言》之属，此

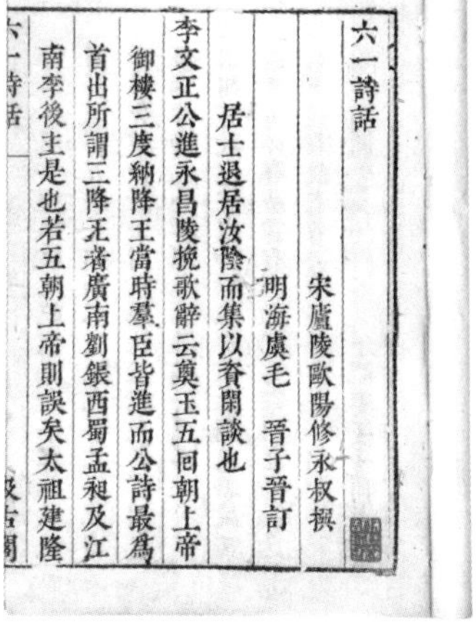
六一詩話
宋廬陵歐陽修永叔撰
明海虞毛　晉子晉訂
居士退居汝陰而集以資閒談也
李文正公進永昌陵挽歌辭云奠玉五回朝上帝
御樓三度納降王當時羣臣皆進而公詩最爲
首出所謂三降王者廣南劉鋹西蜀孟昶及江
南李後主是也若五朝上帝則誤矣太祖建隆

为诗话创体的《六一诗话》

后纂辑之诗话，每多称引其语，此类书虽在欧氏之以前，然晁公武《郡斋读书志》称其“多及野逸贤哲异事佳言”，知非纯粹论诗之作，故《宋史·艺文志》以入小说类而不入文史类。是则诗话之称，固始于欧阳修，即诗话之体亦可谓创自欧阳氏（亦可称欧氏）矣。[1]

这说的是，尽管欧氏之前也有人论诗，但那不是诗话的体式；也有用笔记方式论诗的作品，却又不是专门谈诗，因此，欧阳修对“诗话”之体的首创之功名副其实、当之无愧。其实，《六一诗话》里也未必没有“小说家言”，但那是围绕着诗歌的话题，有“本事”的意思，故而不属于“异事”，而属于“诗评”。比如：

吴僧赞宁，国初为僧录。颇读儒书，博览强记，亦自能撰述，而辞辩纵横，人莫能屈。时有安鸿渐者，文词隽敏，尤好嘲咏。尝街行遇赞宁与数僧相随，鸿渐指而嘲曰：“郑都官不爱之徒，时时作队。”赞宁应声答曰：“秦始皇未坑之辈，往往成群。”时皆善其捷对。鸿渐所道，乃郑谷诗云“爱僧不爱紫衣僧”也。

这段话记述的诗坛趣闻，有“笑林”的意味，但也能体现诗人的才思和对句的工巧，跟诗歌创作还是相关的，至少有助诗歌圈子里的谈资。后来诗话里这样的趣谈也频见屡出，成为诗话的一个显著标记。《六一诗话》里最有批评价值也最为后人所称道的是这一段话：

圣俞尝语余曰：“诗家虽率意，而造语亦难。若意新语工，得前人所未道者，斯为善也。必能状难写之景，如在目前，含不尽之意，见于言外，然后为至矣。贾岛云：‘竹笼拾山果，瓦瓶担石泉’，姚合云：‘马随山鹿放，鸡逐野禽栖’，等是山邑荒僻，官况萧条，不如‘县古槐根

① 郭绍虞《宋诗话考》1页，中华书局1979年第1版。

出，官清马骨高’为工也。”余曰：“语之工者固如是。状难写之景，含不尽之意，何诗为然？”圣俞曰：“作者得于心，览者会以意，殆难指陈以言也。虽然，亦可略道其仿佛。若严维‘柳塘春水漫，花坞夕阳迟’，则天容时态，融和骀荡，岂不如在目前乎？又若温庭筠‘鸡声茅店月，人迹板桥霜’，贾岛‘怪禽啼旷野，落日恐行人’，则道路辛苦，羁愁旅思，岂不见于言外乎？”

这是两位大诗人关于诗的对话，既有对诗歌艺术的会心，也有对前人诗论的发挥，并把鉴赏的感受上升到诗学论断的高度。所谓“状难写之景，如在目前；含不尽之意，见于言外”，其本意也就是司空图所说的“象外之象”“景外之景”以及“味外之旨”，但结合各自体会用自己的话重新表述，这里面就包含了对传统观念的发展。并且，这个论断，伴随着欧阳修和梅尧臣的名望和第一部诗话的历史地位代代相传，当属诗话里面的瑰宝。

清何文焕编《历代诗话》是最早的诗话汇编

司马光《续诗话》。欧阳修创诗话之体，很快引来他人纷纷仿效，其中一位仿效者也是个大人物，叫司马光。他认为可以当作“诗话”来记述的事体还有许多，欧阳老先生未竟之业，他来接着续写，所以称作《续诗话》，后人也以司马光之号称作《温公续诗话》。别看司马光是位生性严谨的大学问家，谈起诗来却是有板有眼、有滋有味的，无怪乎《四库全书总目提要》“诗文评”提要称赞他：“光德行功业，冠绝一代，非斤斤于词章之末者。而品第诸诗，乃极精密。”比如以下诸条：

郑工部诗有“杜曲花香酿似酒，灞陵春色老于人”，亦为时人所传诵，诚难得之句也。

林逋处士，钱塘人，家于西湖之上，有诗名。人称其《梅花诗》云“疏影横斜水清浅，暗香浮动月黄昏”，曲尽梅之体态。

李长吉歌“天若有情天亦老”，人以为奇绝无对。曼卿对“月如无恨月常圆”，人以为勍敌。

所谈诗句，是“绝妙好辞”；经他奖掖，更加有名。但这些诗句好在什么地方呢？司马大人并没有明说，而是交给读者自己去体味。这样做也不奇怪，它的原委在于传统诗论的一个惯例，即“摘句”。前人评诗，为简明起见，多摘取整篇诗作中的某联或某句，可以略加点评，也可以不置议论，就用诗句本身去表明诗之精妙。唐人元兢编有《古今诗人秀句》，那是“摘句”的集成之作，既是采摭众诗的菁华，也用于鉴赏和学习。这种做法因广受欢迎，就一直传沿下来，直到近代仍有以摘句的方式授人以读诗门径，如俞陛云先生《诗境浅说》，所选五言七言诗之后又专门有“五言摘句”和“七言摘句”。[1]可见“摘句”成为诗歌鉴赏和批评的通行的方式。诗话之作，更是普遍地采用了摘句的方法，这一来是由于“辨句法”的功能所致，二来也有诗话体式上的原因，因为它短小精悍，容不下长篇大论。至于对所摘之句要不要点评，那要看作者的习性了。许多情况下，在诗话作者看来，他的读者是具备相当的诗学素养或如当代文论所谓“文学能力”的，并不需要把话都说透。告诉人们那是好句即可；至于如何好或好在何处，对懂诗的人来说是无须多说的。说多了，反而无趣，弄不好就成了画蛇添足甚至佛头着粪了。所以，在后来的诗话里，我们可以看到大量的只摘句而不分析的例子。其原因，恐怕是已经预设了一个“理想的读者”。当然，这种批评方法只是诗话里的一个类型；如果所有的评论都只摘不议，那也不能够叫作“诗话”了。

---

① 参见俞陛云《诗境浅说》，上海书店1984年第1版（影印）。

陈师道《后山诗话》。陈师道是北宋著名诗人，但此书是否为他所作，后世多有质疑。主要因为他不应当对老师及友人（苏轼、黄庭坚、秦观）有不满之词；此外他在书中提到身后的人物（雷万庆），也与理不合。其实，这也不是不可以解释的。在诗话里略微批评前辈甚至是老师，未必就有失体统。孔子教学，就有学生当面反驳老师，逼得老夫子收回原话："前言戏之尔。"况且诗话又不是正规著作，原本就有调侃戏说的成分，跟《世说新语》一样，臧否人物，也是本色。至于说到身后的人物，也可能是该书在流传过程中有好事者增补进的材料。这在中国古代典籍里也是常见的事情，经书和诸子尚且有人作伪，何况区区诗话？郭绍虞先生推断："此书既非师道手定之稿，又有后人窜乱之迹。"[①]或许有道理。不管怎样，这部诗话还是很有价值和影响的，里面许多说法及引述，如"韵高才短""以文为诗""以故为新"等，都流传开来，且成为古典文学及文论研究的重要材料。我们选看数则：

> 黄鲁直云："杜之诗法出审言，句法出庾信，但过之尔。杜之诗法，韩之文法也。诗文各有体，韩以文为诗，杜以诗为文，故不工尔。"

> 苏子瞻云："子美之诗，退之之文，鲁公之书，皆集大成者也。"

> 学诗当以子美为师，有规矩故可学。退之于诗，本无解处，以才高而好尔。渊明不为诗，写其胸中之妙尔。学杜不成，不失为工。无韩之才与陶之妙，而学其诗，终为乐天尔。

这几段议论，单独看去，只是在谈诗人的特点以及诗歌的作法，但结合历史背景看，则有一段"公案"，那就是"江西诗派"。"江西诗派"的背景则是"宋诗"；这个"宋诗"，不光指表示时代，而且代表诗风。大体上，唐代诗歌尤其是盛唐诗歌达到顶峰后，后人便望尘莫及、难以为继了。到了黄庭坚

---

① 郭绍虞《宋诗话考》18页，中华书局1979年第1版。

那一代，便动脑筋寻思如何走出困境。经过思考和实践，许多人觉着，向唐人学习不失为便捷而又有效的办法。而唐代大诗人中，最可以也最应当作为学习榜样的，就是杜甫，原因就是这部诗话里所说的，杜诗有“句法”；有句法就有了规矩，而有规矩就可以仿效、研讨。的确，杜甫对诗歌句法是有自觉意识的。朱东润先生评论杜甫的创作观说：

> 然少陵会心之处，似尤在句法。《寄高三十五书记》云：“美名人不及，佳句法如何？”《简薛华》云：“近来海内为长句，汝与山东李白好。”《解闷十二首》云：“最传秀句寰区满，未绝风流相国能。”又云：“复忆襄阳孟浩然，新诗句句俱堪传。”《奉赠严八阁老》云：“新诗句句好，应任老夫传。”①

清丁福保编《历代诗话续编》补《历代诗话》未收之作

其他如“清辞丽句必为邻”（《戏为六绝句》），“晚节渐于诗律细”（《谴闷戏呈路十九曹长》）等，也跟句法相关，可见杜甫作诗论诗，于句法大有讲究。这也就给后人提供了学习的门径。“江西诗派”尊杜甫为“祖”，固然是出于对杜诗成就的敬仰，也因为杜诗句法精妙且可以学习；而所谓“夺胎法”“换骨法”之类，也正是在学杜的基础上推而广之的。这一点，虽屡遭后人诟病，却也未必没有道理。道理在于，诗歌创作的门道很多，学习是其中重要一端。像李白这样天马行空的诗人，其诗作也未尝没有学习前辈诗人，如杜甫所谓“清新庾开府，俊逸鲍参军”（《春日忆李白》），以及“李侯有佳句，往往似阴铿”（《与李十二白同寻范十隐居》）。“诗仙”如此，遑论

① 朱东润《中国文学批评史大纲》84页，上海古籍出版社1983年新1版。

他人？可见学习前人是每一位诗人的必由之路。除此之外，从诗人的类型看，学习也是必然存在的。宋代一位诗人谢尧仁曾把作家分成“天才”和“人力”两类，说：

> 文章有以天才胜，有以人力胜。出于人者可勉也，出于天者不可强也。今观贾谊、司马迁、李太白、韩文公、苏东坡，此数人皆以天才胜，如神龙之夭矫，天马之奔轶，得蹑其踪而追其驾。……若乃柳子厚专下刻深功夫，黄山谷、陈后山专寓深远趣味，以至唐末诸人雕肝琢肺，求工于一言一字之间，在于人力，固可以无限，而概之前数公纵横驰骋之才，则又有间矣。故曰：人可勉也，天不可强也。（《张于湖诗集序》）

他把创作之才分成“天”和“人”两类，并非臆想；又认为“天才”较“人力”为高，也没有错。但一个不容否认的事实是，古今作家，天才只是极少数，而大多数都是要靠“人力”生存的。尤其需要强调的是，作诗这件事情，在中国古代，并非诗人的专利，几乎所有的“书生”或“士人”，为了科举，为了交际，为了名分，甚至就是为了修身养性，都要学诗。能否以诗名家是一回事，需要以诗谋生和生活则是另一件事。整个唐代，真正成为“诗人”的，只是写诗的人里面的一小部分；而能够成为“天才”诗人的，更是凤毛麟角。宋代的情况比唐代更为窘迫，诗人逞才和独创的空间愈发狭小，就如已是宋代诗人冠冕的王安石所感慨的那样：“世间好语言，已被老杜道尽；世间俗言语，已被乐天道尽。”[①]因此，以学习为宗旨的“江西诗派”得以流行，应当是合乎“通变”规律的；而以“句法”为着眼点，也无可厚非。其实，“天才”和“人力”以及独创和模仿的问题，在西方文论史上也有过争论。从古罗马贺拉斯到18世纪“新”古典主义的诗人和批评家们，主张模仿经典和古人的声音都曾甚嚣尘上。另一方面，也有不少人为“天才”和“独创”呼吁，如18世纪英国诗人爱德华·扬格，

---

① 《陈辅之诗话》引，载［宋］胡仔纂集《苕溪渔隐丛话》前集90页，廖德明校点，人民文学出版社1962年第1版。

专门写过一篇长文《试论独创性作品》。但是，扬格虽然崇尚“天才”和“独创”，却也没有将模仿和“好古”（他称之为“学问”）一笔抹杀，在赞美前者的同时也认可了后者的价值和存在的理由。他说：

我们赞美天才，并不因此贬低学问；我们说宝石比黄金价值更大，并不因此损害黄金的价值。……学问我们感谢，天才我们敬仰。那个给我们乐趣，这个使我们狂欢；那个给人知识，这个给人灵感，而且本身就是灵感的产物；天才乃天赐，学问由人求；这个置我们于卑微无知者之上，那个使我们超过博雅多识之士。①

的确，天才是稀有的，创作才能却是许多人都有的；天才不能够习得，但创作的才能尤其是作为“技巧”的才能却是可以学来的。论文和论诗可以崇尚天才，却不能仅仅是为天才立说；事实上，任何时代和任何国家的文论里面，“天才论”都是极少的部分，而绝大多数内容是论述一般的问题并且是讲给一般的创作者和学习者听的。因此，陈师道“诗话”里尊崇杜甫，并将其作为学习对象，又强调句法的重要性，虽有“江西诗派”的背景，却未离诗论和诗艺的正道；其他诗话里的相关议论，也当如是而观。

叶梦得《石林诗话》。古人论诗，常有门户之见，甚至夹杂着个人恩怨，这种毛病也常见于诗话。传说钟嵘《诗品》把同时代文坛盟主沈约列入中品，是因为曾经遭到冷遇而“公报私仇”，事情虽不可尽信，而“相轻”却代有其人。诗话因体近小说，掺杂“小说家言”也不足为奇。《石林诗话》作者叶梦得是太尉蔡京的门生，在“元祐”党争中站在王安石一边，故论其诗极尽好评，而对欧阳修、苏轼等人却很不客气。当然，叶梦得毕竟是诗人和评论家，并且眼力颇高，故而论诗往往入木三分；不然的话，这部诗话也难以流传。《四库全书总目提要》认为读此书应当“略其门户之私，而取其精核之论，分

---

① ［英］爱德华·扬格《试论独创性作品》，袁可嘉译，载《为诗辩护　试论独创性作品》93页，人民文学出版社1998年第1版。

别观之，瑕瑜固两不相掩矣”，也是中肯的意见。且看其中数例：

王荆公晚年诗律尤精严，造语用字，间不容发。然意与言会，言随意遣，浑然天成，殆不见有牵率排比处。如“含风鸭绿鳞鳞起，弄日鹅黄袅袅垂”，读之初不觉有对偶。至“细数落花因坐久，缓寻芳草得归迟”，但见舒闲容与之态耳。而字字细考之，若经檃括权衡者，其用意亦深刻矣。

“池塘生春草，园柳变鸣禽。”世多不解此语为工，盖欲以奇求之耳。此语之工，正在无所用意，猝然与景相遇，借以成章，不假绳削，故非常情所能到。诗家妙处，当须以此为根本，而思苦言难者，往往不悟。

诗语固忌用巧太过，然缘情体物，自有天然工妙，虽巧而不见刻削之痕。老杜“细雨鱼儿出，微风燕子斜”，此十字殆无一字虚设。雨细着水面为沤，鱼常上浮而淰，若大雨则伏而不出矣。燕体轻弱，风猛则不能胜，唯微风乃受以为势，故又有“轻燕受风斜”之语。至“穿花蛱蝶深深见，点水蜻蜓款款飞”，深深字若无穿字，款款字若无点字，皆无以见其精微如此。然读之浑然，全似未尝用力，此所以不碍其气格超胜。

古今论诗者多矣，吾独爱汤惠休称谢灵运为“初日芙渠”，沈约称王筠为“弹丸脱手”两语，最当人意。“初日芙渠”，非人力所能为，而精彩华妙之意，自然见于造化之妙，灵运诸诗，可以当此者亦无几。“弹丸脱手”，虽是输写便利，动无留碍，然其精圆快速，发之在手，筠亦未能尽也。然作诗审到此地，岂复更有余事。

这几段话常被后人所称引，也确实说得好，若非对诗歌艺术深有会心，是讲不出来的。其中既有鉴赏，也有理论；既有对文本的“细读”，也有对规律的把握；既有对前人经验的发挥，又有自己独到的体味，确是诗话著作中难能可贵的好文字。所标举的大的诗学观念是“自然”，却又认为这种“自然”并非简单或平常，而是包含了精深的“为诗之用心”，就作品而言，是将精湛的技巧出之于天然的风韵；就创作而言，是具有深厚功力的前提下在一刹那间捕捉到自然的精神。这也就是中国古典诗歌在创作和作品两方面的拿手好戏，谁能够看得真切、深入并表述得精彩、独到，谁就是最好的批评家。

杨万里《诚斋诗话》。杨万里是南宋著名诗人，也是“江西诗派”的传人和积极倡导者；虽然他本人的创作手法和风格已经越出门派，但对“江西诗派”还是恋恋不舍的。曾作《江西宗派诗序》，说“江西诗派”里的诗人并非都籍贯江西，而是由相似的诗风维系在一起，即所谓“系之者何？以味不以形也”。这个“味”，可以理解为一种“风韵”或“神似”，但它仍来自特定的方法，比如“江西诗派”诗人所津津乐道且乐此不疲的“夺胎法”和“换骨法”。它的意思，宋代诗僧释惠洪所著《冷斋夜话》载有黄庭坚的解释：“诗意无穷而人才有限，以有限之才追无穷之思，虽渊明、少陵不得工也。不易其意而造其语，谓之换骨法；规摹其意而形容之，谓之夺胎法。”（《诗人玉屑》引）这就是说，相对于诗歌的广阔天地，人的才思总是相对渺小的；即便是大师级的诗人也会望洋兴叹，而普通的诗人若想和诗界“天公”试比高，那简直是自不量力。怎么办呢？有实际和实用的办法，那就是学习和模仿，或用前人的好句法表达自己的意思，这叫“换骨法”；或用自己的语句表达前人表达过的诗意，这叫“夺胎法”。有此两法，作诗就不再是件难事，而主题和题材也将取之不尽。这种方法，杨万里是认可的，这从他在诗话里举的正面的例子就可以看出：

> 句有偶似古人者，亦有述之者。杜子美《武侯庙》诗云：“映阶碧草自春色，隔叶黄鹂空好音。”此何逊《行孙氏陵》云“山莺空树响，垅月自秋晖”也。杜云：“薄云岩际宿，孤月浪中翻。”此庾信“白云岩际出，清月波中上”也，“出”“上”二字胜矣。阴铿云：“莺随入户树，花逐下山风。”杜云：“月明垂叶露，云逐渡溪风。”又云：“水流行地

日，江入度山云。”此一联胜。庾信云：“永韬三尺剑，长卷一戎衣。”杜云：“风尘三尺剑，社稷一戎衣。”亦胜庾矣。南朝苏子卿《梅》诗云：“只言花是雪，不悟有香来。”介甫云：“遥知不是雪，为有暗香来。”述者不及作者。陆龟蒙云：“殷勤与解丁香结，从放繁枝散诞香。”介甫云：“殷勤为解丁香结，放出枝头自在春。”作者不及述者。

庾信《月》诗云：“渡河光不湿。”杜云：“入河蟾不没。”唐人云：“因过竹院逢僧话，又得浮生半日闲。”坡云：“殷勤昨夜三更雨，又得浮生尽日凉。”杜《梦李白》云：“落月满屋梁，犹疑照颜色。”山谷《簟诗》云：“落日映江波，依稀比颜色。”退之云：“如何连晓语，只是说家乡。”吕居仁云：“如何今夜雨，只是滴芭蕉。”此皆用古人句律，而不用其句意，以故为新，夺胎换骨。

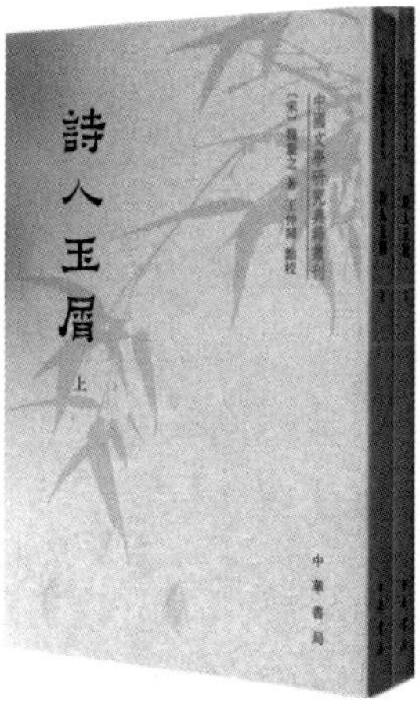

宋魏庆之编《诗人玉屑》载有各类“诗法”论述

当然，论者在此已经将“夺胎换骨”加以变通了，因为既有述者不及作者，也有作者不及述者。但究其根本，仍是在模仿中创造，“古为今用，推陈出新”。杜甫尚且如此，吾辈何不追随呢？其实，不仅是“江西诗派”诗人，无论历史上哪个时代的诗人，都会面临诗歌传统所造成的压力。杨万里以杜甫对前人的“模仿”作为“夺胎换骨”的事例，恰说明学习和模仿对任何诗人的创作和创新都是必要的。而这一点，对宋代诗人尤其重要，因为唐诗的伟大，几乎使所有诗人放弃了“超越”的念想。用当代文论的观点去看，在诗人的潜意识里是否存在某种“影响的焦虑”呢？应当是有可能的，不然就不会舍大逐小，把全部的心思和气力用在对“句法”的斤斤计较。美国当代文论家布鲁姆在讨论西方当代诗歌与传统的关系时曾说：“一部成果斐然的‘诗的影响’的历史——亦即文艺复兴以来的西方诗歌的主要传统——乃是一部焦虑和自我拯救之漫画的历史。”[①]同样，自打有了“个体”诗人之日起，中国历代诗人尤其是唐代以后的诗人们，又何尝不是在焦虑之中“自我拯救”呢？只不过他们不是像西方现代诗人那样对传统加以“误读”甚至“颠覆”，而是用比较温和、恭敬的方法，也即在句式和句意上苦心经营的“夺胎换骨”。当然，“江西诗派”诗人凭借“夺胎换骨”的句法在传统中寻求出路，但他们手眼却并非完全被“句法”所限，否则“宋诗”这面旗帜不会在诗史上迎风招展，而相关的诗话也早湮没无闻了。即以该派的领军人物黄庭坚而论，按游国恩先生意见，他学习杜甫，虽意在句法却也超出句法，表现在“一为法杜之读破万卷，一为法杜之语必惊人。非必从字句篇章间之迹象以求之也”[②]。的确，如果黄庭坚只是在杜甫的句法里讨生活，他也就不可能成为能够与苏轼并称的大诗人。其他“江西诗派”的诗家，凡能够在宋代以至于中国诗歌史上留名的，恐怕也都能够在精研唐人句法后自铸“惊人之语”。这也是宋代诗歌及诗话至今仍不褪色的一个重要原因。

宋代诗话很多，仅以流传下来或辑佚而成并且有一定价值的而言，就还有尤袤《全唐诗话》、刘攽《中山诗话》、魏泰《临汉隐居诗话》、周紫芝《竹坡诗话》、吕本中《紫微诗话》、强幼安《唐子西文录》、张表臣《珊瑚钩诗话》、葛立方《韵语阳秋》、周必大《二老堂诗话》、姜夔《白石道人诗说》、蔡梦弼《杜工部草堂诗话》、范晞文《对床夜语》、张戒《岁寒堂诗话》、吴聿《观林诗话》以及严羽《沧浪诗话》等，还有按内容或门径汇集各家诗论的诗话类编，如胡仔《苕溪渔隐丛话》、阮阅《诗话总龟》、魏庆之《诗人玉屑》等。这里面，大多数作品近乎笔记，以闲谈、片段为特征，但也有的作品写得完整而严密，具有成熟的诗学观和内在的逻辑性，最典型的是严羽的《沧浪诗话》。宋以后诗话，也有与之相仿的专论且很有理论建树的，如明代谢榛《四溟诗话》，清代叶燮《原诗》和王夫之《姜斋诗话》等，我们把这类著述归为一类，专门去看。

---

① ［美］哈罗德·布鲁姆《影响的焦虑》31页，徐文博译，生活·读书·新知三联书店1989年第1版。

② 游国恩《论山谷诗之渊源》，载《游国恩学术论文集》433页，中华书局1989年第1版。

十二、诗话（二）

严羽是南宋后期人物；那时候，诗话这种批评方式已经很发达了，到他手里成就一部“截断众流”的翘楚之作，也是顺理成章的事情。当然，严羽作《沧浪诗话》，也不是纯粹的理论思考，而是有破有立，或者说是“因破而立”。他批评的对象，正是在宋代诗坛由来已久且声势很大的“江西诗派”。他认为这种作风偏离了诗歌的本性，把诗歌创作引入歧途，流毒很大、害人不浅，亟需纠弹。他本人便是以肩负“天下之大任”的姿态挺身而出且摧陷廓清、拨乱反正的，因此语锋颇为犀利。并且他用以论辩的手段大大出乎人们意料，叫作“以禅喻诗”：

禅家者流，乘有小大，宗有南北，道有邪正。学者须从最上乘，具正法眼，悟第一义，若小乘禅，声闻辟支果，皆非正也。论诗如论禅，汉魏晋与盛唐之诗，则第一义也；大历以还之诗，则小乘禅也；已落第二义矣。晚唐之诗，则声闻辟支果也。学汉魏晋与盛唐诗者，临济下也；学大历以还之诗者，曹洞下也。（《诗辨》）

这段话让人猛地一看，着实摸不着头脑：禅跟诗是一回事吗？而不懂禅宗的人更是如坠云雾：“具正法眼”是什么？“声闻辟支果”是什么？“临济”和“曹洞”又是什么？要想弄明白这些术语的意思，是不要先去进修禅学？其实问题也没有那么复杂。严羽拿禅宗来说事，无非是用作比喻，即所谓“以禅喻诗”，给人们来个冷水浇身或醍醐灌顶的下马威，下面要说的才是重点：

大抵禅道惟在妙悟，诗道亦在妙悟。且孟襄阳学力下韩退之远甚、而其诗独出退之之上者，一味妙悟而已。惟悟乃为当行，乃为本色。然悟有浅深、有分限，有透彻之悟，有但得一知半解之悟。汉魏尚矣，不假悟也。谢灵运至盛唐诸公，透彻之悟也；他虽有悟者，皆非第一义也。吾评之非僭也，辩之非妄也。天下有可废之人，无可废之言，诗道如是也。（《诗辨》）

原来他要表明的是“妙悟”，学禅要“悟”，学诗也要“悟”，而且是因“悟”得“妙”。能“悟”，方能为诗，其他都是瞎扯。“悟”的本领是第一位，学问和功力都无足轻重；孟浩然的学问比韩愈差得很远，但作诗却要高明得多，因为他的“悟”性更高。所以，诗人及其作品的高下正要以“悟”的与否去区分，这是天分，也是诗的本性。那么这种“悟”性又是怎样的一种状态呢？严羽接着说：

夫诗有别材，非关书也；诗有别趣，非关理也。然非多读书、多穷理，则不能极其至；所谓不涉理路、不落言筌者，上也。诗者，吟咏情性也。盛唐诸人惟在兴趣，羚羊挂角，无迹可求。故其妙处透彻玲珑，不可凑泊，如空中之音、相中之色、水中之月、镜中之象，言有尽而意无穷。（《诗辨》）

这段话前面作了个铺垫，说作诗这件事，跟学问和道理既没关系，也有关系。无关，是说作诗不能卖弄学问、论道说理；有关，是说诗人平素要精研学问、知书达理，但要把学问和道理融于性情，就像把盐化在水中一样。这种效果，叫作“兴趣”；体现在作品里，是“但见性情，不睹文字”。这跟参禅很像：道理明白了，但不在思想甚至语言之中，只可意会，不可言传，如镜花水月，韵味无穷。看到这里，我们似乎觉得有些眼熟，不错，那是司空图曾经描述过并实践过的诗歌境界，如朱东润先生所称：“其论盛唐确能上承殷璠、司空图绪余而得其奥蕴。”[1]不同的是，严羽把话说得更直接也更有锋芒了，因为他的论辩是有针对性的：

> 近代诸公乃作奇特解会，遂以文字为诗，以才学为诗，以议论为诗。夫岂不工？终非古人之诗也。盖于一唱三叹之音，有所歉焉。且其作多务使事，不问兴致；用字必有来历，押韵必有出处，读之反覆终篇，不知着到何在。其末流甚者，叫噪怒张，殊乖忠厚之风，殆以骂詈为诗。诗而至此，可谓一厄也。（《诗辨》）

这里所指斥的就是“江西诗派”及其追随者。对他们，严羽“痛下杀手”，以为可以一击致命，他不无得意地对人说：“仆之《诗辨》，乃断千百年公案，诚惊世绝俗之谈，至当归一之论。其间说‘江西’诗病，真取心肝刽子手。”（《答出继叔临安吴景仙书》）豪气冲天，信心满满，自以为可以把“江西”余党斩尽杀绝，把“江西”流弊一扫而光。然而谈何容易？在严羽的时代，“江西诗派”确已是强弩之末，但“江西诗派”的诗风以及与之有很深关系的“宋诗”

《沧浪诗话》“以禅喻诗”，力主“妙悟”和“兴趣”

① 朱东润《沧浪诗话参证》，载《中国文学论集》40页，中华书局1983年第1版。

却仍在之后的诗歌创作中延续着，并且“文字”和“才学”也一直跟作诗形影不离。直到今天，学作“古诗”的人依然以用事和明理为能事，其中的“学人”之诗更是如此。可见中国古典诗歌不能够跟“读书”“穷理”撇清关系。严羽标榜的“妙悟”和“兴趣”，确实是诗歌艺术重要的美学特征；但要认为诗歌艺术只需要这两个特征，那也是矫枉过正，只能是“镜花水月”，可望而不可即。当然，作为诗歌美学观念，“妙悟”和“兴趣”自有其理论价值；严羽对“诗话”的杰出贡献，也毋庸置疑。

除了因“以禅喻诗”而提出“妙悟”“兴趣”这样的根本问题外，《沧浪诗话》还论及诗歌艺术的各个方面，并有许多著名的论断，如：

> 诗之法有五：曰体制、曰格力、曰气象、曰兴趣、曰音节。诗之品有九：曰高、曰古、曰深、曰远、曰长、曰雄浑、曰飘逸、曰悲壮、曰凄婉。其用工有三：曰起结、曰句法、曰字眼。其大概有二：曰优游不迫、曰沉着痛快。诗之极致有一：曰入神。诗而入神，至矣！尽矣！蔑以加矣！惟李杜得之，他人得之盖寡也。（《诗辨》）

> 学诗先除五俗：一曰俗体，二曰俗意，三曰俗句，四曰俗字，五曰俗韵。
>
> 有语忌，有语病，语病易除，语忌难除。语病古人亦有之，惟语忌则不可有。（《诗法》）

> 诗有词、理、意兴。南朝人尚词而病于理，本朝人尚理而病于意兴，唐人尚意兴而理在其中，汉魏之诗词理意兴无迹可求。（《诗评》）

这些议论都是有感而发且有的放矢，但即便不问批评对象，人们也能感受到其中对诗歌艺术的真知灼见，可以当作精湛的批评和深刻的理论去学习领会。

明代诗话也很多，谢榛的《四溟诗话》是其中的佼佼者。谢榛是明代文坛“后七子”成员，“前、后七子”创作和批评有很强的复古倾向，主张“文必秦汉，诗必盛唐”；但谢榛论诗却不受门派限制，因而往往有很精到的见解，其中关于情景的论述，是很有分量的：

作诗本乎情景，孤不自成，两不相背。凡登高致思，则神交古人，穷乎遐迩，系乎忧乐，此相因偶然，著形于绝迹，振响于无声也。夫情景有异同，模写有难易，诗有二要，莫切于斯者。观则同于外，感则异于内，当自用其力，使内外如一，出入此心而无间也。景乃诗之媒，情乃诗之胚，合而为诗，以数言而统万形，元气浑成，其浩无涯矣。同而不流于俗，异而不失其正，岂徒丽藻炫人而已。然才亦有异同，同者得其貌，异者得其骨。人但能同其同，而莫能异其异。吾见异其同者，代不数人尔。

这段文字，看上去就是一篇完整的“情景论”，可以说是对前人诸说的概括和深化。中国古代文论里的“情景”说由来已久，从“言志”到“物感”到“取境”，都包含着对文学创作中主客体关系的理解：创作缘于诗人内心受外物的触动，而形象是心与物交融的结果。这种关系，也就是情和景的关系。对此，唐代的诗人和批评家就多有感悟和论述，而宋代诗话和诗论中的研讨更多也更细，使“情景”成了重要的诗学范畴，并作为诗歌鉴赏与评析的重要标准，比如范晞文《对床夜语》里的这段话：

老杜诗：“天高云去尽，江迥月来迟。衰谢多扶病，招邀屡有期。”上联景，下联情。“身无却少壮，迹有但羁栖。江水流城郭，春风入鼓鼙。”上联情，下联景。“水流心不竞，云在意俱迟。”景中之情也。“卷帘唯白水，隐几亦青山。”情中之景也。“感时花溅泪，恨别鸟惊心。”情景相触而莫分也。“白首多年疾，秋天昨夜凉。”“高风下木叶，永夜揽貂裘。”一句情一句景也。固知景无情不发，情无景不生，或者便谓首首当如此作，则失之甚矣。如“淅淅风生砌，团团月隐墙。遥空秋雁灭，半岭暮云长。病叶多先坠，寒花只暂香。巴城添泪眼，今夕复清光”，前六句皆景也。“清秋望不尽，迢递起层阴。远水兼天净，孤城隐雾深。叶稀风更落，山迥日初沉。独鹤归何晚，昏鸦已满林”，后六句皆景也。何患乎情少？

把诗歌中情和景的关系说得很具体也很透彻；尤其是“景无情不发，情无景不生”的表述，可以看作整个宋代诗学里最有说服力和影响力的“大判断”。而谢榛所说的“孤不自成，两不相背”，也就是这个意思。当然，接下来所说的“观则同于外，感则异于内”以及“景乃诗之媒，情乃诗之胚”，较前人“情景”之论更为深刻、更加独到，也更加精彩，是具有理论内涵和思辨性质的诗学观。

若以理论和思辨为标杆，中国古代诗论的冠冕当属清代叶燮的《原诗》。严格地说，这部著作已经不能归为“诗话”了，因为它从头到尾贯通一气，主旨鲜明，结构完整，论述详赡，推理严密，是名副其实的“理论”著作，在整个中国传统诗学乃至于文论中都难得一见。但在时人看来，这种长篇大论与“诗评”体例不合，有旁门左道之嫌，故多不以为然，致使此作反响有限，“引用率”也不算高。其遭际如美国学者宇文所安所说：“这种创立统一系统的冲动使叶燮的文章成了该传统中的一个异己分子；虽然有人读，也得到了赞美，但与同时代那些零零碎碎的文字相比，叶燮的作品显得缺乏影响力。”[①]《四库全书总目提要》称此书“虽极纵横博辨之致，是作论之体，非评诗之体也”，就代表了正统的看法。但这句评语却道出了《原诗》的最大的特色和优点；殊不知“作论”正是中国传统诗论所匮乏的，有此“作论”之作，“中国

① ［美］宇文所安《中国文论：英译与评论》547页，王柏华、陶庆梅译，上海社会科学院出版社2003年第1版。

古代诗歌批评”也就可以大大方方地加上“理论”二字。

《原诗》中精彩的地方多是“长篇大论”，不宜割裂。我们完整地援引一段，既可避免断章取义，也可领略该书“作论”的特点：

清丁福保编《清诗话》专录清代诗话著作

或曰：“先生发挥理事情三言，可谓详且至矣。然此三言，固文家之切要关键。而语于诗，则情之一言，义固不易；而理与事，似于诗之义，未为切要也。先儒云：‘天下之物，莫不有理。’若夫诗，似未可以物物也。诗之至处，妙在含蓄无垠，思致微渺，其寄托在可言不可言之间，其指归在可解不可解之会，言在此而意在彼，泯端倪而离形象，绝议论而穷思维，引人于冥漠恍惚之境，所以为至也。若一切以理概之，理者，一定之衡，则能实而不能虚，为执而不为化，非板则腐。如学究之说书，闾师之读律，又如禅家之参死句、不参活句，窃恐有乖于风人之旨。以言乎事：天下固有有其理而不可见诸事者；若夫诗，则理尚不可执，又焉能一一征之实事者乎！而先生断断焉必以理、事二者与情同律乎诗，不使有毫发之或离，愚窃惑焉！此何也？”

予曰：“子之言诚是也。子所以称诗者，深有得乎诗之旨者也。然子但知可言可执之理之为理，而抑知名言所绝之理之为至理乎？子但知有是事之为事，而抑知无是事之为凡事之所出乎？可言之理，人人能言之，又安在诗人之言之！可征之事，人人能述之，又安在诗人之述之！必有不可言之理，不可述之事，遇之于默会意象之表，而理与事无不灿然于前者也。今试举杜甫集中一二名句，为子晰之而剖之，以见其概，可乎？如《玄元皇帝庙》作‘碧瓦初寒外’句，逐字论之：言乎‘外’，与内为界也。‘初寒’何物，可以内外界乎？将‘碧瓦’之外，无‘初寒’乎？

‘寒’者，天地之气也。是气也，尽宇宙之内，无处不充塞；而‘碧瓦’独居其‘外’，‘寒’气独盘踞于‘碧瓦’之内乎？‘寒’而曰‘初’，将严寒或不如是乎？‘初寒’无象无形，‘碧瓦’有物有质；合虚实而分内外，吾不知其写‘碧瓦’乎？写‘初寒’乎？写近乎？写远乎？使必以理而实诸事以解之，虽稷下谈天之辩，恐至此亦穷矣。然设身而处当时之境会，觉此五字之情景，恍如天造地设，呈于象、感于目、会于心。意中之言，而口不能言；口能言之，而意又不可解。划然示我以默会想象之表，竟若有内有外，有寒有初寒。特借碧瓦一实相发之，有中间，有边际，虚实相成，有无互立，取之当前而自得，其理昭然，其事的然也。”

这一段话，是解释诗歌中“理”的性质。其实设问中关于“诗之至处”的解释，就暗含了对问题的回答，也就是说，诗歌中的“理”，是不可以用语言去说明的，而一定要通过形象去感悟，正如《老子》所说：“道可道，非常道。”（第一章）亦如《庄子》所说：“得意而忘言。”（《外物》）司空图称为“味外之旨”，严羽称为“别趣”，叶燮则称为“冥漠恍惚之境”，又认为此“理”可遇而不可求，并且是“遇之于默会意象之表”；这个意思，颇有些类似我们今天所说的“形象思维”。在20世纪60年代和80年代，“形象思维”是我国文艺理论界热议并且争议的话题；虽遭到过反对甚至批判，但绝大多数理论家都赞同这一观念，并用它来解释文艺创作的本质和规律。形象思维的一个重要特点，就是用“形象”去说“理”，或者说是把“理”蕴含在形象之中。李泽厚先生曾撰文指出：“在情感和想象的自由运动中，理解在暗中起着作用。也正因为如此，才产生审美愉快，使美感不同于生理快感。”但“这种理解是一种领悟而不是说教，它不是概念认识”[①]。言下之意，“理”在象中，须经由形象去体悟。诗人融“理”于“冥漠恍惚之境”，读者会“理”于“默会意象之表”，“虚实相成，有无互立”，此即“形象思维”，也即诗歌境界。

---

① 李泽厚《形象思维续谈》，载《美学论集》275页，上海文艺出版社1980年第1版。

为说明这个观点，叶燮举了杜诗的一句为例，并用一大段文字逐字逐句加以分析，这在古代诗论中是极为罕见甚至可以说是绝无仅有的。古人论诗，多喜欢摘句后点到为止，很少把话说尽，更少见层层叠叠地反复申说。因此，叶燮这样论诗，颇显得特立独行，虽引来“词胜于意”（《四库全书总目提要》语）的非难，但也可以说是弥补了传统文论在方法上的不足。他要说明的，是诗歌中的“理”不可以常理视之，并且诗人的表达常常有悖常理；然而恰恰是因为于理不合，所讲的道理才有兴味，才能引起读者的兴趣，否则再好的道理也不能够成诗。就如杜诗“碧瓦初寒外”这句诗，包含了多种矛盾对立的因素，于“理”似不通，于“象”却无碍，并且正因为矛盾或者“悖论”，所成之“象”才富有“张力”，才关乎诗歌文本的“肌质”而非“构架”，才可以唤起读者无穷的想象，使人觉得情趣盎然，韵味无限。[①]当然，杜甫这句诗也还有另一个特色，或者说是可以作另一种解读，那就是“通感”。“通感”是个心理学概念，是指两种不同性质的感觉在特定的情境中互通，比如在视觉里“看”出声音，在听觉里“嗅”出味道。古人没有这个概念，但在作诗时常常不自觉地把感觉打通，从而产生一种奇异的、令人耳目一新的效果。诗歌评论也注意到这种现象，但往往把它看作一种非同寻常的手法和妙不可言的精彩，就像这里所举叶燮评论杜诗，而没有把这精彩的来由说透。后来王国维赞赏“红杏枝头春意闹”和“云破月来花弄影”，也还是把它当作诗歌境界。直到钱锺书先生写下《通感》一文，才从现代心理学和美学角度揭示出这种现象的成因和价值，由此我们才知道，在杜甫之前就有诗人把“通感”引入创作了，如陆机《拟西北有高楼》：“佳人抚琴瑟，纤手清且闲；芳气随风结，哀响馥若兰。”庾肩吾《八关斋夜赋四城门第一赋韵》：“已同白驹去，复类红花热”等，或打通听觉和嗅觉，或打通视觉和触觉。[②]而杜诗“碧瓦初寒外”，也是打通了触觉和视觉，同时还打破了时间和空间、无形和有形的界限，较前

---

① 这里借用了英美“新批评”文论的术语，具体解释见本书“‘形式主义’和‘新批评’”章。

② 钱锺书《通感》，载《七缀集》60页，上海古籍出版社1985年第1版；着重号原有。

人同类诗句更为精邃。这也是诗歌之“理”，是用一种超妙的手法使理、事、情融密无间。其功效，借用现西方文论术语说，是“语象”及其“象征”。

王夫之是清初一位大学者和思想家，一生著述宏富，合编为《船山全书》。《姜斋诗话》是他论诗之作的合编，包含《诗译》、《夕堂永日绪论》（内外编）以及《南窗漫记》等。王夫之论诗，也采取诗话的“片段”方式，但因为本人有系统的思想，其诗论观点往往有根基、有联系，故而虽以“诗话”为名，却跟普通的诗话之作不可同日而语；有人甚至认为王夫之有自己的“诗学体系”，这也是很有可能的。这里，我们只选看《姜斋诗话》里的重要观点和精彩段落。

其一：

> “昔我往矣，杨柳依依；今我来思，雨雪霏霏。”以乐景写哀，以哀景写乐，一倍增其哀乐。知此，则“影静千官里，心苏七校前”，与“唯有终南山色在，晴明依旧满长安”，情之深浅宏隘见矣。况孟郊之乍笑而心迷，香啼而魂丧者乎？

思想家和批评家王夫之

这是一段很著名的评语，常被当今文艺理论教学用以说明“艺术辩证法”，就是为了强化某种情感，用相反的事物去衬托，这样做往往比同类词语的堆砌更有力量。修辞学上叫作“反衬”；当代诗学里又有所谓“异质原则”，是指比喻的“喻体”和“喻旨”要拉开距离，这样才能增强比喻的力量。把这个原则用于中国古典诗歌的“比兴”，就表明“异质”比“同类”更优，如刘勰所说：“物虽胡越，合则肝胆。”（《文心雕龙·比兴》）王夫之所举的诗例和所讲的道理，很容易让人联想起一个经典的电影镜头，那是斯皮尔伯格导演的《辛德勒的名单》里的场景：当德国法西斯把大批犹太人赶出家园，赶向死亡时，整个画面都是黑白的，唯有一个小姑娘穿的大衣是红色。红色象征生命的温暖，此时却反衬出死亡的阴森，直可谓“一倍增其哀乐”。

其二：

> “池塘生春草”“蝴蝶飞南园”“明月照积雪”，皆心中目中与相融浃，一出语时，即得珠圆玉润，要亦各视其所怀来而与景相迎者也。“日暮天无云，春风散微和”，想见陶令当时胸次，岂夹杂铅汞人能作此语？程子谓见濂溪一月坐春风中。非程子不能知濂溪如此，非陶令不能自知如此也。

这是极力推举自然天成的诗风，上承钟嵘所倡“直寻”，下开王国维所谓“沁人心脾”和“豁人耳目”，代表着中国古典诗歌美学观的主流。而“想见陶令当时胸次”和“非程子不能知濂溪如此”，也体现了“知人论世”的批评方法。

其三：

> “僧敲月下门”，只是妄想揣摩，如说他人梦，纵令形容酷似，何尝毫发关心？知然者，以其沉吟“推”“敲”二字，就他作想也。若即景会心，则或“推”或“敲”，必居其一，因景因情，自然灵妙，何劳拟议哉？“长河落日圆”，初无定景；“隔水问樵夫”，初非想得：则禅家所谓“现量”也。

后人多有研究王夫之的“现量”说，其实“现量”只不过是论者从禅宗借来一个术语而已，它本身是什么意思并不重要，关键在于用它来说明什么。这里要表明的，仍然是“自然”的创作观。王夫之看不起“苦吟”，强调诗歌创作来自真感受和真性情，尤其是一刹那间的直感。离开了眼前所见和心中所感，一门心思去琢磨语言，那是瞎费功夫。后面所说“身之所历，目之所见，是铁门限”，也是此意。

其四：

> 情、景名为二，而实不可离；神于诗者，妙合无垠。巧者则有情中景，景中情。景中情者，如“长安一片月”，自然是孤栖忆远之情；“影静千官里”，自然是喜达行在之情。情中景尤难曲写，如“诗成珠玉在挥毫”，写出才人翰墨淋漓、自心欣赏之景。凡此类，知者遇之；非然，亦鹘突看过，作等闲语耳。

“情景”之论，是传统诗学里的大课题。王夫之此论，着眼于情和景交融和互见，眼光独到，不让前人，也为后人所称道。

其五：

> 论画者曰：“咫尺有万里之势。”一“势”字宜着眼。若不论势，则缩万里于咫尺，直是《广舆记》前一天下图耳。五言绝句，以此为落想时第一义。唯盛唐人能得其妙。如：“君家住何处？妾住在横塘。停船暂借问，或恐是同乡。”墨气所射，四表无穷，无字处皆其意也。

在中国传统文论及其他艺术理论中，“势”都是一个重要的观念，并且最能体现中国古典文艺的创作方法和审美特征。文论讲“体势”，是指各种文体在写作上因体式而对风格的规定；又讲“气势”，是创作及作品体现出的精神和情感力量。书法讲“笔势”，是指用笔通过“提按”“藏锋”“顿挫”“疾涩”“牵丝”等笔法所形成的气韵和神采。绘画讲“远势”，指用有限的画面表达无限的气象，如所谓“江山辽落，居然有万里之势”（《世说新语·言语》），以及“尤工远势古莫比，咫尺应须论万里”（杜甫《戏题王宰画山水图歌》）。其他艺事，如音乐、舞蹈以及舞剑、围棋、园林等等，都有“势”的问题，也都以“势”为美。合而观之，在各类艺术或“艺事”中，要想使作品得“势”，在创作中就要考虑到“蓄势”，就是善于积蓄和内敛，不要让才情一泻而尽，不要让表现一览无余，要能够以近谋远、以少胜多、以静制动、以小见大；由此呈现出的作品，可以唤起人们想象、促使人们思索，并引发人们久久的回味，犹如舞剑之势在于“收”，围棋之势在于“厚”，园林之势在于“借”。这种考量及成效，可以参照18世纪德国文艺理论家莱辛的一个观点去理解。莱辛认为造型艺术表现历史事件时受材料限制，只能够选取整个过程的某一点，这个“点”，不能够是高潮或顶点，而只能是具有“包孕性”的那一刻。他说：

《拉奥孔》区分了诗与画的特性

既然在永远变化的自然中，艺术家只能选用某一顷刻，特别是画家还只能从某一角度来运用这一顷刻；既然艺术家的作品之所以被创造出来，并不是让人一看了事，还要让人玩索，而且长时间地反复玩索；那么，我们就可以有把握地说，选择上述某一顷刻以及观察它的某一角度，就要看它能否产生最大效果了。最能产生效果的只能是可以让想象自由活动的那一顷刻了。我们愈看下去，就一定在它里面愈能想出更多的东西来。我们在它里面愈能想出更多的东西来，也就一定愈相信自己看到了这些东西。在一种激情的整个过程里，最不能显出这种好处的莫过于它的顶点。到了顶点就到了止境，眼睛就不能朝更远的地方去看，想象就被捆住了翅膀，因为想象就跳不出感官印象，就只能在这个印象下面设想一些较软弱的形象，对于这些形象，表情已经达到了看得见的极限，这就给想象划了界限，使它不能向上超越一步。[①]

莱辛这里是从诗和画的区别谈论造型艺术的特点。但在诗歌里面又如何选取那一“点”或者说是具有“包孕性”的那一刻呢？尤其是中国古典诗歌，尤其是中国古典诗歌里的绝句，因为篇幅短小所以惜墨如金，那一“点”就显得特别重要，就像著名诗词学家沈祖棻先生所说的：

> 七绝这种以短小的篇幅来表达丰富深刻内容的特征规定了：它在创作中，必须比篇幅较长的诗歌更严格地选择其所要表达的内容，摄取其中具有典型意义，能够从个别中体现一般的片段来加以表现。因而它所写的就往往是生活中精采的场景，强烈的感受，灵魂底层的悸动，事物矛盾的高潮，或者一个风景优美的角落，一个人物突出的镜头。[②]

这里讲的，也就是取“势”的效果，用寥寥数语的描写，选取最能够伸展时间并拓展空间的那一顷刻，以唤起读者的自由想象并引发读者无穷的回味。就拿王夫之作为范例的这首五言绝句来说，写一个女子欲与人相问的那一刻，略去了相问后的种种反应：激动、惊讶、羞怯、伤感、思念……，所以能够产生“墨气所射，四表无穷，无字处皆其意也”的巨大想象空间和感人力量。

除了《姜斋诗话》，王夫之的《古诗评选》也是重要的诗学论著；其中的评语跟上述诗学观互通，可以参看。

---

① ［德］莱辛《拉奥孔》18页，朱光潜译，人民文学出版社1979年第1版。

② 沈祖棻《唐人七绝诗浅释》引言3页，上海古籍出版社1981年第1版。

十三、词话（一）

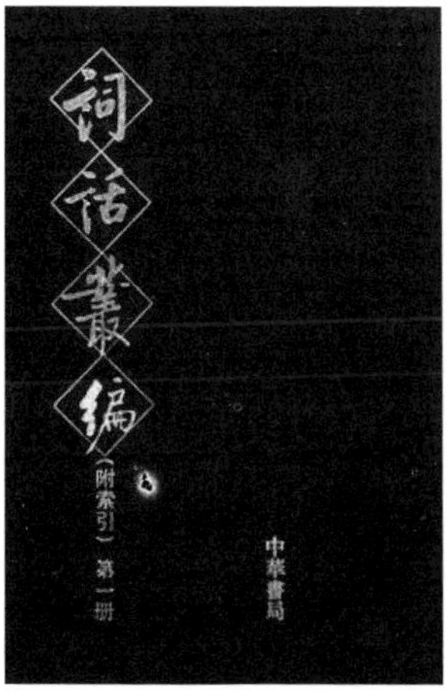

唐圭璋编《词话丛编》汇集了历代词学论著

诗有“诗话”，词有“词话”，都属于“诗歌批评”，但具体对象不同，因为在“诗歌”这个大概念下面，“诗”和“词”是两种不同的体式。今天我们把“诗”和“词”并称，而在古代，这两种诗体的地位是不平等的。“诗”之为体，年既长、位又尊；“词”，不过是“诗”的小兄弟罢了。虽然诗和词有着亲缘关系，但词在成长初期，是很不受待见的，连个正经名字都没有，被称作“曲子”“乐府”“诗余”或“长短句”，就像是小名，听起来是够寒碜的了。不仅如此，词在流行开来并受到文人喜爱后，起初还只能在“教坊”和青楼里浅吟低唱，不登大雅之堂。有身份的文人们白天或“工作时间”是拿“诗”作门面，到了夜间或“八小时以外”，才趁着玩兴或酒劲弄一把“词”。除了像柳永那样“奉御旨”“且去填词”的“孤魂野鬼”，很少有人以词为业的，更谈不上要靠词去留名了。正因为如此，词这种体裁在流行了很长时间后，在评论中却悄无声息。词学界通常认为，五代后蜀欧阳炯的《花间集序》是专文论词之始；“词话”之创，则为北宋元丰初年杨绘所作《本事曲》（《时贤本事曲子集》）。诗话里偶有论词之语，如《后山诗话》所记“子瞻以诗为词”以及“张子野老于杭，多为官妓作词”云云，也是词话的滥觞。苏轼及其门生开启了论词的风气，但多为就事论事，零敲碎打。[①]真正具备理论和批评价值的专论，是生活在北宋末年的李清照专为词写的《词论》。这篇评论，在中国词学史上具有里程碑的意义，略录如下：

> 乐府声诗并著，最盛于唐。……自后郑、卫之声日炽，流靡之变日烦。已有《菩萨蛮》《春光好》《莎鸡子》《更漏子》《浣溪沙》《梦江南》《渔父》等词，不可遍举。五代干戈，四海瓜分豆剖，斯文道熄。独江南李氏君臣尚文雅，故有“小楼吹彻玉笙寒”“吹皱一池春水”之词。语虽奇甚，所谓“亡国之音哀以思”也。逮至本朝，礼乐文武大备，又涵养百余年，始有柳屯田永者，变旧声作新声，出《乐章集》，大得声称于世；虽协音律，而词语尘下。又有张子野、宋子京兄弟，沈唐、元绛、晁次膺辈继出，虽时时有妙语，而破碎何足名家！至晏元献、欧阳永叔、苏子瞻，学际天人，作为小歌词，直如酌蠡水于大海，然皆句读不葺之诗尔，又往往不协音律。何耶？盖诗文分平侧，而歌词分五音，又分五声，又分六律，又分清浊轻重。且如近世所谓《声声慢》《雨中花》《喜迁莺》，既押平声韵，又押入声韵；《玉楼春》本押平声韵，有押去声，又押入声。本押仄声韵，如押上声则协，如押入声则不可歌矣。王介甫、曾子固，文章似西汉，若作一小歌词，则人必绝倒，不可读也。乃知别是一家，知之者少。后晏叔原、贺方回、秦少游、黄鲁直出，始能知之。又晏苦无铺叙，贺苦少典重，秦即专主情致，而少故实，譬如贫家美女，虽极

① 有关“词论”和“词话”的起源，参见吴熊和《唐宋词通论》第五章“词论”，浙江古籍出版社1985年第1版。

妍丽丰逸，而终乏富贵态。黄即尚故实而多疵病，譬如良玉有瑕，价自减半矣。

这篇文字不长，既简介了词的来龙去脉，又评价了历史上重要词人，还提出了有关于词的“本色”的重要问题。

关于词的起源，历来说法很多，近代也一直争论。刘永济先生在其《词论》一书中辨析词的起源，列举旧说数十种，重点在于寻找词的产生原因，可以参看。[①]唐圭璋先生撰有《历代词学研究述略》一文，专门论及“词的起源”，说道：

> 我们认为词的起源是和音乐有密切的关联，我们不能离开音乐而谈词的起源。如果就诗歌的长短句形式来说，那么，在《诗经》和乐府诗里实早已有之。如果就音乐而言，则秦以前用的是雅乐，汉、魏、六朝乐府用清乐，隋、唐的新乐则用燕（同宴）乐。由于隋统一了南北朝，将胡部乐和中原乐综合起来，成为当时的新乐——燕乐，词即由此产生。所以宋人王灼在他的《碧鸡漫志》中说：“盖隋以来，今之所谓曲子者渐兴。”这就是说明了词的起源和音乐的密切关系。唐沿隋制，在音乐和文学方面日益发展，词就随之而兴起，这是很自然的事。[②]

这是说，起先的词，是歌曲，是音乐的产物，并且是外来音乐影响下的产物。此所谓“外来音乐”，是相对于“中原”而言，也即西域胡人的音乐。大体上，中原音乐端丽含蓄，故为“雅”；而西域音乐活泼妖冶，故为“俗”。比作女子，犹如淑女和辣妹；比诸今乐，犹如“严肃音乐”和“流行歌曲”或“美声”和“通俗”。通俗的音乐往往流行得快，不但风靡民间，且影响到宫廷，这就有了隋朝的文人或乐师把“中”与“西”相结合，做成新的音乐。

---

① 刘永济《词论》“缘起第二”，上海古籍出版社1981年第1版。

② 唐圭璋《历代词学研究述略》，载《词学论丛》812页，上海古籍出版社1986年第1版。

受西域音乐影响而产生的“燕乐”是词的源头

由这种音乐谱写的歌曲叫“曲子”，也就是词的前身；再把“曲子”的词跟音乐分开，用语言去吟诵或文字去书写，就成了作为文学体裁的词了。就今天所见的史料看，在盛唐，至迟到中唐，就出现了具有很高文学水准的“词”作。因此，李清照从文学的角度说词“最盛于唐”，是大体不差的。

词产生后，大多是在主流社会的边缘或“娱乐”场所流行，虽有文人染指，但总的来说是不被重视的；而文人作词，也多出于应景，为环境和对象所限，因而格调不高，如李清照所说，是“郑、卫之声日炽，流靡之变日烦”，如同我们今天所说的“靡靡之音”。甚至被后人无比推崇的南唐二主李璟、李煜，写下“杨柳岸，晓风残月”的柳三变（永），写下“云破月来花弄影”的“张三影”（先）等，都不入李清照的法眼，或是“亡国之音”，或是“语词尘下”，或是虽有妙语却破烂不堪。这还不算，再往后，连晏殊、欧阳修、苏轼等也是一顿痛批，原因很简单，就是这几位文坛“大佬”胆大妄为，不讲词学规矩，结果把词作成了“诗”。其他如王安石、曾巩等也犯一样的毛病，成了词坛的笑柄。李清照这一番批驳，居高临下、指点江山，尽显词界巾帼的率真和胆识。但这并不是意气用事，而有一个极为重要的根据，即所谓“词别是一家”。词跟诗乃是不同体裁，有着独特的并且是严密的格律。作词，就要先把这格律弄清楚，并且一一遵循，否则，写诗就行，干吗非要跟词过不去呢？这个态度，放在当时，并非没有道理，甚至可以说是有着充分的道理。在一种诗体成熟之后，行家里手们对这种体裁的感受，很大程度上是要依靠“声音形式”的。在李清照的时代，对词与非词的辨识，重要的标准正在于这种“声音形式”，因此，有人为之辩护，当在情理之中。至于时过境迁，词学观念发生变化，人们用更加通达的眼光看待词的创作和鉴赏，那是“与时俱进”，不能用来责难当事人目光短浅。

与此相关的，还有一个问题，就是后人认为李清照站在“婉约派”的立场排斥“豪放派”。这一看法，无论是从李清照词论本身还是从北宋词坛的创作实际看，都站不住脚。因为李清照非议欧阳修、苏轼等，主要是以作词的格律出发，有点类似后来明代戏曲界里“吴江派”和“临川派”之争，而所谓“婉约”与“豪放”则主要是词境和风格上的区别，并且是后人的说法，不能算作李清照的主张。因此，李清照在一个特定的朝代，坚持“词别是一家”，强调不能把词混同于诗，并无不妥。对于同一时代的不同文学或艺术观念，并不一定非要用非此即彼的“二元对立”方法去判别高下。就像今天人们对待中国古典戏曲，有人喜欢古色古香、原汁原味的老“折子戏”，有人喜欢加上时代和时尚元素的新编戏，这里面就不一定非得有“进步”和“落后”的区别。对艺术发展来说，创新固然可贵，“保守”也未必落后，毛泽东在1956年同音乐工作者谈话时曾说：“艺术的民族保守性比较强一些，甚至可以保持几千年。”[①]可以想见，假如没有像李清照这样的“保守派”，也就没有那些保持着严格体式的词的流传，至少在词这种体式中间是缺了一些东西，而且很可能是缺失了最重要的东西，那将是一个很大的遗憾。

当然，这样说，绝不是否定苏轼等“破体”以及“豪放”一派的成就和价值，文学创作原本就应该百花齐放、争奇斗妍，观念的不同及理论上的论辩也应当是锦上添花，不然的话，哪来的“批评”？从这个意义上讲，跟李清照同一时代出现的另一篇词论也很重要，这就是胡寅的《酒边词序》。序中对苏轼的豪迈词风极尽赞美之词，说：“及眉山苏氏，一洗绮罗香泽之态，摆脱绸缪宛转之度，使人登高望远，举首高歌，而逸怀浩气超然乎尘垢之外。”这话没错，苏轼的词也当得起这样的评价。不过紧接着对《花间集》（主要收晚唐五代温庭筠、韦庄及蜀中词人的作品）及柳永的贬抑，所谓“《花间》为皂隶，柳氏为舆台”（“皂隶”和“舆台”都是做低贱事的人），则稍显过头。温、柳等人的词风虽与苏轼不侔，但也有很好的作品，尤其是柳永，到今天人们还

① 毛泽东《同音乐工作者的谈话》，载中共中央书记处研究室文化组编《党和国家领导人论文艺》16页，文化艺术出版社1982年第1版。

在吟诵他的名篇佳句，就能证明他是宋代词人中优秀的一位，不能因其不够“豪放”或某些作品格调不高就将其价值一笔抹杀。其实，就在当时，人们对苏和柳所代表的两种风格并非视为冰炭，而是都能够接受的。南宋文人俞文豹的笔记《吹剑录》记有一则轶事：“东坡在玉堂日，有幕士善讴，因问：‘我词比柳词何如？’对曰：‘柳郎中词，只好十七八女孩儿，执红牙拍板，唱“杨柳岸晓风残月”；学士词，须关西大汉，执铁板，唱“大江东去”。’公为之绝倒。”虽是趣谈，却能够看出苏词和柳词不过两种风格而已，不要当作“对头”，更不宜强分贵贱。

十四、词话（二）

传统文论中关于词的评论，有的形成了专论或专著，但更多的是见于各类“词话”之作以及各种词集的序跋，我们选取宋代及以后一些较有影响的著述，重点关注其中提出的有价值的观点和有代表性的批评案例。

魏庆之《诗人玉屑》所附“诗余”。《诗人玉屑》是对已流行诗话作分门别类的辑录，并冠以名目，如“诗法”“诗体”“句法”“命意”“造语”“压韵”等，看上去像是指导初学的“作诗指南”。后面附有“诗余”，可见那时候作词已经为文人所重，可以攀附诗的“骥尾”了。如所录：

> 晁无咎评本朝乐章云：世言柳耆卿之曲俗，非也。如《八声甘州》云：“渐霜风凄紧，关河冷落，残照当楼。”此唐人语，不减高处矣。欧阳永叔《浣溪沙》云：“堤上游人逐画船，拍堤春水四垂天，绿杨楼外出秋千。”要皆绝妙。然只一“出”字，自是后人道不到处。苏东坡词，人谓多不谐音律，然居士词横放杰出，自是曲中缚不住者。（《复斋漫录》）

这几句评语，很是得当。第一部分是为柳永洗刷恶名。的确，柳永笔下不少词句颇有格局和气象，不能够一股脑地当作“艳词”去看待。第二部分看上去是不是眼熟？可不是吗，王国维《人间词话》里那句著名的“境界”之论：“‘红杏枝头春意闹’，着一‘闹’字而境界全出。”此处已着先鞭，只不过王氏“拈出”境界，立意更高罢了。第三部分或为“知人论世”之评，指出苏轼不是不懂词的音律，而是满腔豪情，不愿为音律束缚；而他这一放任不打紧，却开辟了词作的新道路。在这个问题上，今人罗忼烈先生也曾引录许多史料予以证明，认为“他当然不像他的世侄辈周邦彦那么精通音律，也不屑‘分五音，又分五声，又分六律，又分清浊清重’，像李清照所论。因此他有些作品在协律的程度上被打了折扣，不像柳永、周邦彦那么铢两悉称罢了”[①]。言下之意，苏轼懂得音律也能遵守音律却为表达的需要而打破音律；因此，“豪放”一派的出现，并非简单地“以诗为词”，而是深谙规律后的创新。

张炎《词源》。这是一部完整且有体系的词学理论著作，作者生活在南宋晚期。全书讨论了“制曲”“句法”“字面”“虚字”“清空”“意趣”“用事”“咏物”“节序”“赋情”“离情”“令曲”等有关词的音律和创作问题，其“清空”的主张对后世影响较大，说：

> 词要清空，不要质实。清空则古雅峭拔，质实则凝涩晦昧。姜白石词如野云孤飞，去留无迹。吴梦窗词如七宝楼台，眩人眼目，碎拆下来，不成片段。此“清空”“质实”之说。梦窗《声声慢》云：“檀栾金碧，婀娜蓬莱，游云不蘸芳洲。”前八字恐亦太涩。如《唐多令》云：“何处合成愁？离人心上秋。纵芭蕉不雨也飕飕。都道晚凉天气好，有明月、怕登楼。前事梦中休。花空烟水流。燕辞归客尚淹留。垂柳不萦裙带住，谩长是，系行舟。”此词疏快，却不质实。如是者集中尚有，惜不多耳。白石词如《疏影》《暗香》《扬州慢》《一萼红》《琵琶仙》《探春》《八归》《淡黄柳》等曲，不惟清空，又且骚雅，读之使入神观飞越。

① 罗忼烈《东坡词杂说》，载《两小山斋论文集》43页，中华书局1982年第1版。

《词源》《乐府指迷》是早期词学专著

认为词以“清空”为美，这跟“诗”的美学观念是相通的，如钟嵘《诗品》所说“清水芙蓉”以及李白所谓“清水出芙蓉，天然去雕饰”，都可以说是“清空”之美。张炎以姜夔的词为清空的典范，而姜夔的诗学观也是主张“清空”的。他的《白石道人诗说》有“高妙”一题，对其中的“自然高妙”的解释是：“非奇非怪，剥落文采，知其妙而不知其所以妙。”这是一种“妙合无垠”的高妙境界了，与“清空”十分相近。至于姜词的长处是否就在“清空”，也有不同意见。[①]但总的来说，用姜词说明“清空”之美，还是得体的。反面例子则是吴文英，所谓“如七宝楼台，眩人眼目，碎拆下来，不成片段”。这也成了词论里一段名言，是对作词而犯“质实”之病的诊断。而“质实”之病，既犯在用语上，如所举“檀栾金碧，婀娜蓬莱”之流；也犯在用事上，就是把典故用得太直白、碍眼。所以张炎又要求作词用事须“体认著题，融化不涩”；“不涩”，应当是“清空”的具体表现。

沈义父《乐府指迷》。作者为南宋后期人，全书共有二十八则论词之语，篇幅不大，言语精练，多言及词的具体作法。沈氏认为作词较作诗困难，首先要懂得音律，否则就作成“长短之诗”了。其他方面，如“下字”“用字”“发意”等，也须精思，要符合词的体制。而在这些方面做得好的，首推周邦彦：

凡作词，当以清真为主。盖清真最为知音，且无一点市井气。下字运

① 夏承焘先生认为“清空”二字不能赅括姜词风格；参见《词源注》“前言”6页，人民文学出版社1963年第1版。

意，皆有法度，往往自唐宋诸贤诗句中来，而不用经史中生硬字面，此所以为冠绝也。学者看词，当以《周词集解》为冠。

周邦彦的词，在今人心目中远不如苏、辛、秦（观）、李（清照）等，也没有多少能够让我们挂在嘴上的名句，但在当时（南宋）以及后世许多历史时期，都是词坛正宗，也是学词的典范，因为它是严格按照词的要求写出的，即所谓“下字运意，皆合法度”。周邦彦作词不像那些“束缚不住”的词人“以诗为词”，而是将好的诗句融化为词的“字面”，熨帖而高雅，因此最有益于仿效、学习。而与周词相比，姜夔和吴文英均下一等，即“姜白石清劲知音，亦未免有生硬处”，“梦窗深得清真之妙，其失在用事下语太晦处，人不可晓”。这跟《词源》对姜吴二人的评价显然有别，或者说张崇姜，沈崇周；而对吴词的批评意见则大体相近。

《乐府指迷》对词的作法或“法度”谈得很细，如“起句”“过处”“结句”“造句”“押韵”“去声字”“词腔”等等，多有见地。如论“起句”说：“大抵起句便见所咏之意，不可泛入闲事，方入主意。”论“结句”说：“结句须要放开，含有余不尽之意，以景结尾最好。”都不错。但也有些看法让人觉得稍显刻板，不太圆通，比如关于咏物，论者强调要用“代字”，即：

炼句下语，最是紧要，如说桃，不可直说破桃，须用“红雨”“刘郎”等字。如咏柳，不可直说破柳，须用“章台”“灞岸”等字。又咏书，如曰“银钩空满”，便是“书”字了，不必更说“书”字。“玉箸双垂”，便是“泪”了，不必更说“泪”。如“绿云缭绕”，隐然“髻发”；“困便湘竹”，分明是“簟”，正不必分晓。如教初学小儿，说破这是甚物事，方见妙处。往往浅学俗流，多不晓此妙用，指为不分晓，乃欲直捷说破，却是赚人与耍曲矣。如说情，不可太露。

对所咏之物用代字，或是转喻（相邻关系，如“章台”“灞岸”），或是隐喻（相似关系，如“玉箸”“绿云”），用以曲折语意，引发联想，增加词句的韵味。但用多了或反复用，也会成为俗套，不仅丧失了趣味，还会使人厌倦，反倒不如直称其物显得清新自然，比如苏轼《水调歌头》起句就是“明月几时有”，就让人感到亲切明快，非要找个代字，如“嫦娥”“桂树”“玉轮”等去替代，反而读起来难受了。看整个这一段的意思，还是强调词这种体式“蕴藉”“委婉”的特征，即所谓：“如说情，不可太露”。用心是好的，但非抓住“代字”做文章，恐怕有点目光如豆或者因小失大了。

杨慎《词品》。杨慎是明代文人。今天，普通人知道这个名字，多半是因为他那首《临江仙》“滚滚长江东逝水”，作为电视连续剧《三国演义》的主题歌词传遍大江南北；而他的成就远不止于此，他在学术和文学方面都有著述。在文学上，除了创作，还有批评；诗的批评有《升庵诗话》，词的批评则有《词品》。《词品》的内容很专业，也很丰富，既探讨了诗的音律和作法，也评论了很多词人。且看其中对李清照的品评：

明杨慎《词品》和陈霆《渚山堂词话》

宋人中填词，李易安亦称冠绝。使在衣冠，当与秦七、黄九争雄，不独雄于闺阁也。其词名《漱玉集》，寻之未得。《声声慢》一词，最为婉妙。……荃翁张端义《贵耳集》云：此词首下十四个叠字，乃公孙大娘舞剑手。本朝非无能词之士，未曾有下十四个叠字者。乃用《文选》诸赋格。“守着窗儿，独自怎生得黑。”此“黑”字不许第二人押。又“梧桐更兼细雨，到黄昏点点滴滴”，四叠字又无斧痕，妇人中有此，殆间气也。晚年自南渡后，怀京洛旧事，赋元宵《永遇乐》词云：“落日镕金，暮云合璧。”已自工致。至于“染柳烟轻，吹梅笛怨，春

> 意知几许”，气象更好。后叠云：“于今憔悴，风鬟霜鬓，怕见夜间出去。”皆以寻常言语，度入音律。炼句精巧则易，平淡入妙者难。山谷所谓“以故为新，以俗为雅”者，易安先得之矣。

这段评语中掺杂着他人的看法，但论者是用以印证自己的论断的，这个论断就是：李清照的词才，是巾帼压倒须眉，是宋代词人的“冠绝”。对一个女词人如此称颂，可见杨慎的心胸之宽和见识之高。文中所讲的易安词在叠字、押韵上的功力和独创，以及南渡后所达到的新境界，也确是真知灼见。尤其是对叠字的运用，其实是中国古典诗歌艺术手法的传统，如顾炎武所说“诗用叠字最难”，从《诗经·卫风·硕人》中的“河水洋洋，北流活活。施罛濊濊，鳣鲔发发。葭菼揭揭，庶姜孽孽”到《古诗·青青河畔草》“青青河畔草，郁郁园中柳。盈盈楼上女，皎皎当窗牖。娥娥红粉妆，纤纤出素手”的六叠字，以及屈原《九章·悲回风》中的六叠字和宋玉《九辩》中的十一叠字，都是叠字艺术的典范。[①]而李清照连叠七字，则是知难而进，对这种艺术手法的创新发展，成为宋词里的绝唱，的确值得激赏。至于把易安词和“江西诗派”的余波也即“以故为新、以俗为雅”扯到一起，倒未必恰切，不如说诗和词的创作有共同的规律罢了。

刘体仁《七颂堂词绎》。这部清代人的著述篇幅不大，若非专门从事词学研究，恐怕知道的人也不多。但有学者认为王国维提出“境界”说，刘氏词论可为滥觞，因而把刘氏观点当作“境界”说的先声。的确，《七颂堂词绎》就有“境界”二字，如：

> 词中境界，有非诗之所能至者，体限之也。大约自古诗“开我东阁门，坐我西阁床”等句来。

---

① ［清］顾炎武著、黄汝成集释《日知录集释》中册1190—1191页，上海古籍出版社2006年第1版。

又用“妙境”评词：

文长论诗曰：“如冷水浇背，陡然一惊，便是兴、观、群、怨。”应是为佣言借貌一流人说法。温柔敦厚，诗教也。徒然一惊，正是词中妙境。

还有摘句与王国维词论略同：

“红杏枝头春意闹”，一“闹”字卓绝千古。

但平心而论，刘氏所提“境界”，跟王国维的“境界”之说相差很大，看不出必然的关系。前一句只是说诗、词各有境界，而词若作得好，其境界甚至能超过诗。玩其语意，这里所说“境界”大体是词的格调、风味以及体式上的特征，跟王国维以“观物”以及“自然”和“理想”为内涵的境界相去甚远。后一句中的“妙境”，是说词作用于人的精神的效果，类似于后来梁启超论小说境界中的“提”，跟王国维的“境界”说也挨不上。而举“红杏枝头春意闹”中“闹”字之妙，跟王国维的引用确实暗合，但用来说明的问题却不相同。当然，刘氏论词亦有高见，在词学史上自有其价值，只是不一定非得跟王国维扯上关系。

李调元《雨村词话》。作者是清代所谓“蜀中三才子”之一，而蜀地才子往往不循规蹈矩，爱发表“非常可怪之论”，比如此书在序的开头就给从前“诗余”之论当头一棒，说：“词非诗之余，乃诗之源也。”论者的第一个论据就是：“周之《颂》三十一篇，长短句居十八。”把《诗经》“颂”体里长短不一的诗句当作词的源头，无非是为词被当作诗之“卑体”或“残羹冷炙”的处境鸣不平，替它找一个高贵的血统；且前人也有类似说法，算不上是“非常可怪之论”。他又声称自己作词论的主要目的是非议，这也有点惊世骇俗的意思，说：

> 大凡表人之妍而不使美恶交混曰“话”，摘人之媸而使之瑕瑜不掩亦曰“话”。余之为词话也，表妍者少，而摘媸者多，如推秦七、抑黄九之类，其彰彰也。盖妍不表则无以著其长，媸不摘则适以形其短，非敢以非前人也，正所以是前人。存前人之是，正所以正今人之非也。非特以正今人之非，实以证己之非也。

对“话”的解释是他自己一厢情愿。但如果能够“破”字当头，通篇都是“批评”，那还是真会成为中国传统文论里一部“奇书”。然而论者又做了让步，说对前人的肯定也是对今人的批评，这就有些暧昧了，甚至有混淆概念之嫌。看来“蜀中才子”确实有才，话到他嘴里怎么说都对。当然，在序中说些“大话”，无非是为了引人关注；而书中内容却是大体沿着以往词论的路数，没有太多惊世骇俗之语。至于具体评论，也很能体现论者细腻、精微的鉴赏功力。如论“织”字的运用：

> 词用“织”字最妙，始于太白词“平林漠漠烟如织”。孙光宪亦有句云：“野棠如织。”晏殊亦有“心似织”句，此后遂千变万化矣。

又论“割”字：

> 词非诗比，诗忌尖刻，词则不然。魏承班《诉衷情》云：“皓月泻寒光，割人肠。”尖刻而不伤巧。词至唐末初盛，已有此体。如东坡“割愁还有剑铓山”，巧矣，以之入诗，终嫌尖削。

对词语分析的出发点是词在体式以及“体势”上的规定，就是说有些词语诗不宜用而词能用，但要用得巧妙妥当——也就是工巧而不失于“尖削”，不要让人感到词作者是故意逞才——也不要伤害词的气格。这看法应当没错，但具体到词人所用“割”字是好是坏，那也是见仁见智的事情，不能一概而论。除此之外，还有对词人创作方法和风格的评论，也有可观。如论辛弃疾：

> 辛稼轩词肝胆激烈，有奇气，腹有诗书，足以运之，故喜用《四书》成语，如自己出。如“今既盟之后”“贤哉回也”“先觉者贤乎”等句，为词家另一派。

这实际上是“江西诗派”的“以故为新”，诗话里已有人谈论，用来论词，意思是一样的。又论李清照：

> 易安在宋诸媛中，自卓然一家，不在秦七、黄九之下。词无一首不工。其炼处可夺梦窗之席，其丽处真参《片玉》之班。盖不徒俯视巾帼，直欲压倒须眉。

这话前人也说过，但以李清照压倒吴文英，比肩周邦彦，则是把李清照的地位又高举一头，还是有识力和胆魄的。

周济《宋四家词选目录序论》。周济的词论代表清嘉庆后期词坛的“常州派”，它的敌手是所谓“浙西派”。“浙西派”的坛主是著名词人朱彝尊，麾下词人词作大都注重声调音律，技术很好，但立意不高，其末流更是专事雕琢，内容空虚。“常州派”以“风骚”“比兴”矫正其弊，提出“寄托”之说。其先驱人物张惠言论词就以寄托为准，评词也是以寻找寄托为能事。如评欧词《蝶恋花》（“庭院深深深几许”）说：

> “庭院深深”，闺中既以邃远也。“楼高不见”，哲王又不寤也。“章台”“游冶”，小人之经。“雨横风狂”，政令暴急也。“乱红飞去”，斥逐者非一人而已，殆为韩、范作乎？（张惠言《词选》）

完全把写景之句解读为政治斗争的折射。又评苏词《卜算子》（“缺月挂疏桐”）说：

> 此东坡在黄州作。鲖阳居士云：“缺月”，刺明微也。“漏断”，暗时也。“幽人”，不得志也。“独往来”，无助也。“惊鸿”，贤人不安也。“回头”，爱君不忘也。“无人省”，君不察也。“拣尽寒枝不肯栖”，不偷安于高位也。“寂寞沙洲冷”，非所安也。此词与《考槃》诗极相似。（《词选》）

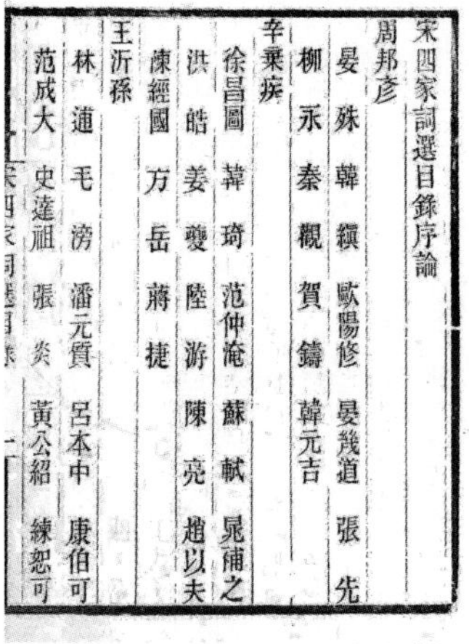
宋四家詞選目錄序論
周邦彥
晏　殊　韓　縝　歐陽修　晏幾道　張　先
柳　永　秦　觀　賀　鑄　韓元吉
辛棄疾
徐昌圖　韓　琦　范仲淹　蘇　軾　晁補之
洪　皓　姜　夔　陸　游　陳　亮　趙以夫
陳經國　方　岳　蔣　捷
王沂孫
林　逋　毛　滂　潘元質　呂本中　康伯可
范成大　史達祖　張　炎　黃公紹　練恕可

以选本表达“常州派”词学观念的《宋四家词选》

也把一首写景抒情的作品读成了彻头彻尾的“咏怀”词。事情真的如此吗？很难说。一方面，中国古典诗歌就有因“比兴”而寄托的传统，从屈原的“美人香草”到魏晋的“咏怀诗”到唐代的“古风”和“无题”，诗人在看似写景抒情的诗句里寄寓很深的情怀甚至“本事”，都很常见。另一方面，如果没有太多根据，随意从写景抒情的诗句里找出寄寓和“本事”，也难免牵强附会，以至于任何一部作品都能够以“寄托”视之。上举两首，究竟有没有寄托？在没有作者本人说明的情况下，是很难下断语的。至少我们今天去读，还是欣赏它们境界，只把“寄托”之论当作一说。词学家夏承焘先生曾批评“常州”一派论词“都勇于立论而疏于考核，因之多附会失实的话”[1]，正指出这方面的缺点。这个问题，词学家詹安泰先生也有过评说，认为读词的人若要确认所读之词有无寄托，须以“知人论世”的态度，对词人的

① 夏承焘《词论十评》，载华东师范大学中文系古典文学研究室编《词学研究论文集（1949—1979年）》77页，上海古籍出版社1982年第1版。

性格及其所处时代环境有所了解。他举例说：

> 寄托之深、浅、广、狭，固随其人之性分与身世为转移，而寄托之显晦，则实左右于其时代环境。大抵感触所及，可以明言者，固不必务为玄远之辞以寄托也。故唐、五代词，虽镂玉雕琼，裁花剪叶，绮绣纷披，令人目眩，而不必有深大之寄托。（有寄托者，极为少数，殆成例外。）以其时少忌讳，则滞箸所郁，情意所蓄，不妨明白宣泄发抒也。北宋真、仁以降，外患浸亟，党派渐兴，虽汴都繁丽，不断歌声，而不得明言而又不能已乎言者，亦所在多有；于是辞在此而意在彼之词，乃班秩以出。及至南宋，则国势陵夷，金元继迫，忧时之士，悲愤交集，随时随地，不遑宁处；而时主昏庸，权奸当道，每一命笔，动遭大僇，逐客放臣，项背相望；虽欲不掩饰其辞，不可得矣。故词至南宋，最多寄托，寄托亦最深婉。[①]

就是说，判别一首词的“寄托”有无，主要依据在于词人所处时代。环境宽松时，词人创作多随兴而发，不会特意去掩饰什么；而环境窘迫甚至高压时，词人就往往把真实的想法掩藏在文字和意象后面，而读这样的词，读者是要多留个心眼，不能被表面现象给迷惑的。南宋词人生活在内忧外患之中，其创作普遍地隐含着深切的寄寓，因而理当着眼于“寄托”去分析和评价。这个观点，是对“常州派”的“寄托”论的解释和辩护，也有相当道理。

当然，“常州派”提倡寄托，主要目的不完全是解读前人作品，而是要通过解读前人作品倡导一种词风，具有创作方法的意义。这种词学观，在周济的词论里就明确表达出来了。《宋四家词选目录序论》中提出了“非寄托不入，专寄托不出”的著名论断。意思是说，作词要讲寄托，但不能时时处处都是寄托，那样的话，写出的作品该是多么滞重，读起来又是多么费劲！所以，既要有深邃的意蕴，又要有空灵的境界；或者说既要有“诗骚”的风骨，又要有词

① 詹安泰《论寄托》，载《宋词散论》64页，广东人民出版社1980年第1版。

的体格。处理好这样的关系，才称得上是既能“入”又能“出”的寄托。这一追求，从周济对词学入门的指导也能看出：

初学词求空，空则灵气往来；既成格调求实，实则精力弥满。初学词求有寄托，有寄托则表里相宜，斐然成章；既成格调求无寄托，无寄托，则指事类情，仁者见仁，知者见知。（《介存斋论词杂著》）

《白雨斋词话》以“深郁”为词的本性和品格

最终的结果是把寄托融化在词境之中，让人看了若有若无，或者初看无而细想有。而这样的寄托，才是词的寄托；这样的寄托之词，才是真正有寄托的“词”（而非诗）。

陈廷焯《白雨斋词话》。这是清代词话里较晚出也较重要的一部。论者颇为自负，对“常州派”主张不屑一顾，认为是“规模虽隘，门墙自高，循是以寻，坠绪未远”（《序》）。而其他诸家词论，虽各有所长，却“皆未能洞悉本原，直揭三昧”，唯有他本人所撰《白雨斋词话》能够“尽扫陈言，独标真谛”。（《引言》）这个“真谛”就是“沉郁”，它不仅仅是一种风格，也是词所以为词的必然要求或者说是文体特征。诗固然也以“沉郁”取胜，但可以将“沉郁”出之于不同风格，而词则仅有“沉郁”一体：“舍沉郁之外，更无以为词。”可见“沉郁”就是词的命根子。那么“沉郁”是怎样一种情形呢？论者这样描述：

所谓沉郁者，意在笔先，神余言外；写怨夫思妇之怀，寓孽子孤臣之感。凡交情之冷淡，身世之飘零，皆可于一草一木发之；而发之又必若隐若见，欲露不露，反复缠绵，终不许一语道破。匪独体格之高，亦见性情之厚。

这看上去似乎跟“寄托”并没有本质的区别，如果寄托的不是“事”而是“情”，或者把身世之感寓于情或托于物，不也是“沉郁”的效果吗？当然，还得把话说得吞吞吐吐、隐隐约约，欲言又止，欲罢还休；还得以“风骚”为根柢。这些意思，“常州派”的张惠言和周济不是也表达过吗（如张所谓“深美闳约”和周所谓“神理超越”）？还有，陈廷焯以温庭筠为“沉郁”的典范，而张惠言、周济也都用温词表明“寄托”，或是不谋而合，正可见“沉郁”和“寄托”殊途同归。两种意见，都是为了阻止词的创作走向轻靡和空疏，都是为了让“词”这种体式回归“诗”学正统，合而观之，则是清代词学的一个大的趋向。这个趋向，也见于更晚出的词论名著《蕙风词话》，作者况周颐既受“常州派”影响，也推崇“沉郁”之美，如所谓“作词有三要，曰重、拙、大”“重者，沉着之谓”，以及“意内言外，词家之恒言也”。足以见“寄托”跟“沉郁”并不矛盾，或者说二者是在用不同的话语表述着相同或类同的观念。当然，强调“寄托”或“沉郁”，只是清代词论里的一个“大观念”，除此之外，词人或词学家们论词还涉及创作、鉴赏和批评的方方面面，也有很精妙的心得和很精彩的观点。比如况周颐自述对“词境”和“词心”的感受就颇受人称道。他说：

> 人静帘垂。灯昏香直。窗外芙蓉残叶飒飒作秋声，与砌虫相和答。据梧暝坐，湛怀息机。每一念起，辄设理想排遣之。乃至万缘俱寂，吾心忽莹然开朗如满月，肌骨清凉，不知斯世何世也。斯时若有无端哀怨，枨触于万不得已；即而察之，一切境象全失，唯有小窗虚幌、笔床砚匣，一一在吾目前。此词境也。三十年前，或月一至焉。今不可复得矣。（《蕙风词话》）

这种有些神秘感的词境，跟先前龚自珍《宥情》所描述的情状有些相似：“龚子又内自鞫也，状如何？曰：予童时逃塾就母时，一灯荧然，一砚、一几时，依一妪抱一猫时，一切境未起时，一切哀乐未中时，一切语言未造时，亦尝阴气沉沉而来袭心，如今闲居时。”[①]万籁俱寂、万念俱息，颇有“入禅”甚至“涅槃”的意味，是极为澄澈的创作心境。可惜况氏虽生活到20世纪初，却与西学或“新学”无缘，故其词论只是为传统收尾；而开辟词论新“境界”的，是王国维的《人间词话》。这部划时代的批评著作，我们放在后面跟王国维的文学观及小说评论一块说。

① 龚自珍《宥情》，载《龚自珍全集》89-90页，上海人民出版社1975年新1版。

十五、曲论（一）

要了解中国传统戏曲的理论批评，先要知道它的基本特征。概括地讲，中国传统戏曲是将诗、歌、舞融为一体的艺术形式，它的审美特征如李泽厚先生所说：

> 这是一种经过高度提炼的美的精华，千锤百炼的唱腔设计，一举手一投足的舞蹈化的程式动作，雕塑性的亮相，象征性、示意性的环境布置，异常简洁明了的情节交代，高度选择的戏剧冲突（经常是能激起巨大心理反响的伦理冲突）。内容和形式交融无间，而特别突出了积淀了内容要求的形式美。①

表明中国传统戏曲是取得很高成就的艺术形式，这也是古代“曲论”的前提和来由。相关的材料既有论词的，也有论乐的，还有论舞的。尤其是早期的曲论，往往是诗（词）、歌（音律）、舞（动作）的“综论”；今人编纂中国古代词论、乐论、舞论，以至于表演理论，都从中选辑资料。但因为戏

---

① 李泽厚《美的历程》192页，文物出版社1981年第1版。

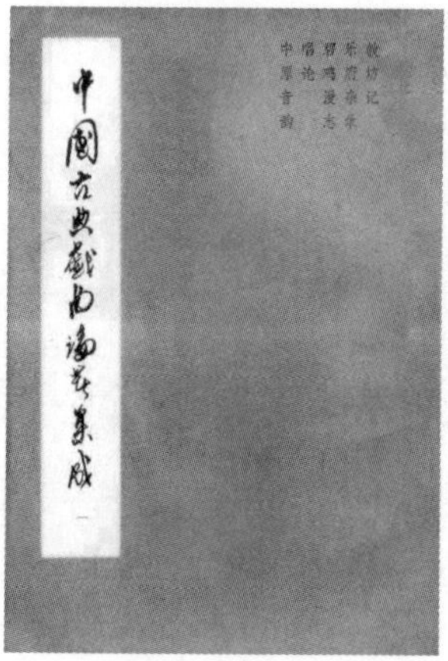

《中国古典戏曲论著集成》汇集了历代戏曲学论著

曲是一门综合艺术，相关论著因其“综合性”而归为“曲论”，还是合乎情理的。20世纪50年代，中国戏剧出版社出版了由中国戏曲研究院编辑的10册本《中国古典戏曲论著集成》，收录了中国古代重要的“曲论”著作。之后，随着研究的深入，资料收集、整理的规模也越来越大，又有《中国古典戏曲序跋汇编》《新编中国古典戏曲论著集成》（即《历代曲话汇编》）等大型作品问世，给“曲论”研究提供了更加丰富的材料。

崔令钦《教坊记》。这是作于唐代的笔记。所谓“教坊”，类同于现今的“艺校”，是培养戏曲演艺人才的地方。本书专门记载教坊中乐伎们教习、排练及演出活动，并保留了一些中国古代戏曲发展的资料，多为后世戏曲研究所采用。如关于“兰陵王”：

> 《大面》出北齐。兰陵王长恭，性胆勇而貌若妇人。自嫌不足以威敌，乃刻木为假面，临阵著之，因为此戏，亦入歌曲。

又如“踏谣娘”：

> 《踏谣娘》，北齐有人姓苏，疱鼻，实不仕，而自号为郎中。嗜饮酗酒，每醉辄殴其妻；妻衔悲，诉于邻里。时人弄之，丈夫著妇人衣，徐步入场，行歌，每一叠，旁人齐声和之云：“踏谣和来，踏谣娘苦和来。”以其且步且歌，故谓之“踏谣”；以其称冤，故言“苦”。及其夫至，则作殴斗之状以为笑乐。

从这里面可以看到戏曲在成型之时的演出状况。

段安节《乐府杂录》。这是成书于唐代末年的有关戏曲创作和表演的笔记，作者出身士族，父亲是作家（作《酉阳杂俎》的段成式），岳父是著名词人（温庭筠），其本人又精通音律，故对音乐（乐器曲牌及“歌唱家”）颇为内行，文笔也好。其中有关于“参军”戏的掌故：

> 开元中，黄幡绰、张野狐弄“参军”。始自后汉馆陶令石耽。耽有赃犯，和帝惜其才，免罪。每宴乐，即令衣白夹衫，命优伶戏弄辱之，经年乃放。后为“参军”，诫也。开元中有李仙鹤善此戏，明皇特授韶州同正参军，以食其禄，是以陆鸿渐撰词云“韶州参军”，盖由此也。

关于“参军戏”的来由，说法很多，此亦聊备一说。

王灼《碧鸡漫志》。作者是南宋人，曾寄居成都碧鸡坊妙胜院，对教坊之事耳濡目染，遂有此书。但所记多是歌词和音律，主要内容又是评论宋代词人，因此该书对于词学研究的意义更大。其中有一段记载伶人趣闻，与诗、词以及戏曲表演都有关系，且常被后世文学史所引用：

> 开元中，诗人王昌龄、高适、王之涣诣旗亭饮。梨园伶官亦招妓聚燕，三人私约曰：“我辈擅诗名，未定甲乙，试观诸伶讴诗，分优劣。”一伶唱昌龄二绝句云：“寒雨连江夜入吴，平明送客楚帆孤。洛阳亲友如相问，一片冰心在玉壶。”“奉帚平明金殿开，且将团扇共徘徊。玉颜不及寒鸦色，犹带昭阳日影来。”一伶唱适绝句云：“开箧泪沾臆，见君前日书。夜台何寂寞，犹是子云居。”之涣曰：“佳妓所唱，如非我诗，终身不敢与子争衡。

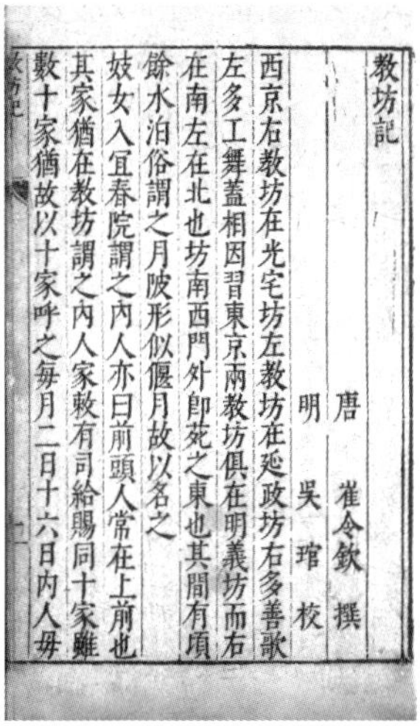
教坊記
唐 崔令欽 撰
明 吴琯 校
西京右教坊在光宅坊左教坊在延政坊右多善歌左多工舞蓋相因習東京兩教坊俱在明義坊而右在南左在北也坊南西門外即苑之東也其間有頃餘水泊俗謂之月陂形似偃月故以名之
妓女入宜春院謂之內人亦曰前頭人常在上前也其家猶在教坊謂之內人家敕有司給賜同十家雖數十家猶故以十家呼之每月二日十六日內人毋

《教坊记》记载了戏曲掌故和演出情形

不然，子等列拜床下。”须臾妓唱：“黄河远上白云间，一片孤城万仞山。羌笛何须怨杨柳，春风不度玉门关。”之涣揶揄二子曰：“田舍奴，我岂妄哉。”以此知李唐伶伎，取当时名士诗句入歌曲，盖常俗也。

这原本是描述诗人争胜的雅兴和场景，但所提及的伶人的表演，就从教坊中来，在当时也属于“戏”，因此，这段记载作为戏曲史料，也很珍贵。中国古典戏曲的唱词优美，受诗词浸染很深，所谓“取当时名士诗句入歌曲”，当是重要的成因。因此，这条材料虽是诗人趣事，却也透露出戏曲的消息。

燕南芝庵《唱论》。作者是元代人，姓甚名谁已不可详考。这部著作主要讲唱腔，略同于今天的“表演艺术”，专业性较强，所用的术语也多为当时的行话，外行人或许不太容易看明白。但也有些论述里面包含的审美趣味和艺术观念，还是可以揣摩得出的，比如：

正宫唱，惆怅雄壮；道宫唱，飘逸清幽；大石唱，风流酝藉；小石唱，旖旎妩媚。

这讲的是音乐里不同的调式适合表达不同的情感，跟西方音乐里大调小调及各种曲式的区别相类。又比如：

凡人声音不等，各有所长。有川嗓，有堂声，背合破箫管。有唱得雄壮的，失之村沙；唱得蕴拭的，失之乜斜；唱得轻巧的，失之闲贱；唱得本分的，失之老实；唱得用意的，失之穿凿；唱得打掏的，失之本调。

这讲的是不同的演唱者有不同的声音条件和特长，演唱时发挥自身的特长要把控好分寸，过犹不及，凡事走向极端，也容易走向反面。这个道理不光是戏曲演唱适用，其他类别的艺术创作也要思量。比如白乐天诗以通俗为特长，但太过通俗而全无构思，也就索然无味了；李长吉（贺）诗以奇崛为个性，若是过分奇怪而晦涩难懂，也会令人望而生畏。艺术创作里的“度”，是中国古典美学思想的一个重要观念。诗歌如此，戏曲也如此；创作如此，表演也如此。

夏庭芝《青楼集》。元代戏曲创作和表演发达，知名艺人很多，但大都地位卑下，女戏子更是被达官贵人视为玩物。戏曲史家董每戡先生曾专门撰文讲述中国古代“女演员”的悲苦遭际，说：“唐代原多女优，尤其风流天子玄宗的宫里，不知有几百几千个舞女歌伎？宜春院中女优真是太多了。这还只被蓄在宫中供统治者享乐享乐；到了宋代更不必说起，在勾栏（不是妓院，是宋代戏院）中卖艺的更多；到了清代，这些女戏子的身份自然更低下，因为在封建意识还笼罩的中国，女人的地位本就不如男子，被视为下贱是当然的事！”①因此，在那样一种氛围里，有文人为受歧视和被玩弄的女艺人从正面作传，是需要相当的同情心和正义感的。《青楼集》为活动在元大都、金陵、扬州、武昌以及山东、江浙、湖广等地的歌妓、艺人110余人记事并点评，对艺人们的技艺和性情多有赞许，同时也保存了元代戏曲演出的许多史料。其中记“解语花”事迹说：

> 姓刘氏，尤长于慢词。廉野云招卢疏斋、赵松雪饮于京城外之万柳堂。刘左手持荷花，右手举杯，歌《骤雨打新荷》曲。诸公喜甚，赵即席赋诗云：“万柳堂前数亩池，平铺云锦盖涟漪。主人自有沧洲趣，游女仍歌《白雪》词。手把荷花来劝酒，步随芳草去寻诗。谁知咫尺京城外，便有无穷万里思。”

“左手持荷花，右手举杯”，描摹出当时艺伎表演的婀娜情态，很让人联想起京剧《贵妃醉酒》；赵松雪（孟頫）的诗句“谁知咫尺京城外，便有无穷万里思”，也传神地表现出艺人的出色表演所产生的效果。

钟嗣成《录鬼簿》。这是一部重要的戏曲史料著作，作者为元代人，全书记录了自金代末年到元朝中期的80余位杂剧和散曲艺人的姓名、生平和作品目

---

① 董每戡《说女演员》，载《说剧》125页，人民文学出版社1983年第1版。

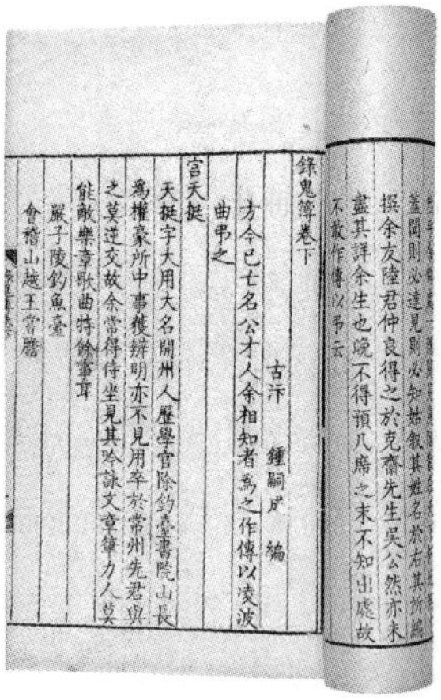

《录鬼簿》留下了许多杂剧作家的名字

录，一些最重要的杂剧作家如关汉卿等，都是因为这部著作传名于后世的。书前有序，表达了作者对戏曲创作的认识，是中国古代曲论里一篇重要文献。其中说道：

> 余因暇日，缅怀故人，门第卑微，职位不振，高才博识，俱有可录，岁月弥久，湮没无闻，遂传其本末，吊以乐章；复以前乎此者，叙其姓名，述其所作，冀乎初学之士，刻意词章，使冰寒于水，青胜于蓝，则亦幸矣。名之曰《录鬼簿》。嗟乎！余亦鬼也。使已死未死之鬼，作不死之鬼得以传远，余又何幸焉？若夫高尚之士，性理之学，以为得罪于圣门者，吾党且噉蛤蜊，别与知味者道。

所谓“鬼”，乃是激愤和感慨之词，感于那些才华出众的杂剧和散曲作者因世人偏见而湮没无闻。不唯在中国古代，在西方戏剧史上，剧作家作品盛行而本人地位低下且埋没姓名的现象也是常见的。现代英国剧作家肖伯纳曾说：“在法国和英国，大多数靠写剧本为生的都不出名，况且说到教育的话，几乎都没受过什么教育。他们的名字不值得登在海报上，因为他们的观众既不知道也不关心剧作者是谁，还常常以为一出戏都是演员临时编凑的，因为他们有时候确实也即兴创作过台词。”[①]元代的剧作家们，命运大多如此，所以成“鬼”。而钟嗣成出于义愤为“鬼”立传，显示出过人的胸怀和眼光。并且他的这段话还表达出两点可贵的见识：一是充分肯定杂剧、散曲之类流行于市井的俗文学的传世的和不朽的价值；二是认定俗文学大可以跟道貌岸然的“性理之学”分道扬镳，去满足人们另类的——或许也是更加惬意和愉快的——兴趣

① ［英］肖伯纳《怎样写通俗剧本》，葛林译，载中国社会科学院外国文学研究所外国文学研究资料丛刊编辑委员会编《外国现代剧作家论剧作》61页，中国社会科学出版社1982年第1版。

和口味。当然，最重要的是许多优秀的剧作家因为“录鬼”而没有被历史的沙尘掩盖，不然的话，中国古代戏曲史及文学史就要出现一大片空白。

徐渭《南词叙录》。作者为明代著名文人，诗、书、画俱精，尤以画闻名；“雅事”之余，不乏“闲情”，对音乐和戏曲也十分喜爱并且内行，曾作有《四声猿》《歌代啸》等剧作。《南词叙录》是一部专门论述“南戏”的戏曲理论著作。所谓“南戏”，是流行于中国南方的剧种，在元代杂剧兴盛时不为人所重，后来杂剧衰落，南戏得以振兴，其容量较杂剧大幅度增加，由四折一楔子扩充到十几折甚至几十折，演出时间也拉长了，可以连演好几天；因故事性强，亦取名为“传奇”。“南戏”最初的兴盛起于永嘉（浙江温州），主要唱腔为“弋阳腔”“余姚腔”和“海盐腔”，后“昆山腔”独占鳌头，发展为“昆曲”。这段历史，在《南词叙录》里有清晰的记述：

> 南戏始于宋光宗朝，永嘉人所作《赵贞女》《王魁》二种实首之，故刘后村有“死后是非谁管得，满村听唱蔡中郎”之句。或云：“宣和间已滥觞，其盛行则自南渡，号曰‘永嘉杂剧’，又曰‘鹘伶声嗽’”。其曲，则宋人词而益以里巷歌谣，不叶宫调，故士夫罕有留意者。元初，北方杂剧流入南徼，一时靡然向风，宋词遂绝，而南戏亦衰。顺帝朝，忽又亲南而疏北，作者猬兴，语多鄙下，不若北之有名人题咏也。永嘉高经历明，避乱四明之栎社，惜伯喈之被谤，乃作《琵琶记》雪之，用清丽之词，一洗作者之陋，于是村坊小伎，进与古法部相参，卓乎不可及已。

琵琶記卷上
第一齣 副末開場
水調歌頭 秋燈明翠幕夜案覽芸編今來古往其間故事
幾多般少甚佳人才子也有神僊幽怪瑣碎不堪觀正是
不關風化體縱好也徒然○論傳奇樂人易動人難知音
君子這般另作眼兒看休論插科打諢也不尋宮數調只
看子孝共妻賢正是驊騮方獨步萬馬敢爭先（問內科）且
問後房子弟今日敷演誰家故事那本傳奇（內應科）三不從琵琶
記（末云）原來是這本傳奇待小子略道幾句家門便見
戲文大意
沁園春 趙女姿容蔡邕文業兩月夫妻奈朝廷黃榜遍招

《琵琶记》是“南戏”代表作之一

> …………
>
> 今唱家称“弋阳腔”，则出于江西，两京、湖南、闽、广用之；称

“余姚腔”者，出于会稽，常、润、池、太、扬、徐用之；称“海盐腔”者，嘉、湖、温、台用之。惟“昆山腔”止行于吴中，流丽悠远，出乎三腔之上，听之最足荡人，妓女尤妙此，如宋之嘌唱，即旧声而加以泛艳者也。

两段合观，就是一部“南戏”小史。作者文学功底深厚，鉴赏水平很高，因而对“南戏”语言及风格的赏析十分精到，如评价《琵琶记》：

惟《食糠》《尝药》《筑坟》《写真》诸作，从人心流出，严沧浪言“水中之月，空中之影”，最不可到。如《十八答》，句句是常言俗言，扭作曲子，点铁成金，信是妙手。

这是讲戏曲唱词的自然而又精妙。又评价南曲和北曲的差异及其感人力量：

听北曲使人神气鹰扬，毛发洒淅，足以作人勇往之志，信胡人之善于鼓怒也，所谓“其声噍杀以立怨”是已；南曲则纡徐绵眇，流丽婉转，使人飘飘然丧其所守而不自觉，信南方之柔媚也，所谓“亡国之音哀以思”是已。夫二音鄙俚之极，尚足感人如此，不知正音之感（人）何如也！

这种由戏曲唱腔体现出来的效果，是中国传统戏曲“象征性”的特点，就是说，以抽象的形式表达情感和意义。如今我们把秦腔和昆曲比照着听，不用弄懂所唱的内容，单凭唱腔，就能分明感受到“刚”与“柔”的情感表达。不唯唱腔，就是单用锣鼓，也能够以象征意味感动观众，如钱穆先生所说：“戏台无布景，只是一个空荡荡的世界，锣鼓声则表示在此世界中之一片喧嚷。有时表示得悲怆凄咽，有时表示得欢乐和谐。这正是一个人生背景，把人生情调即在一片锣鼓喧嚷中象征表出，然后戏中情节，乃在此一片喧嚷声透露。这正大有诗意。”①

李开先《市井艳词序》。所谓“市井艳词”，也就是民间小调，深受社会底层人民喜爱。然而民间小调里多有“艳词”甚至“淫词”。这“艳”和“淫”包含两层意思，一是指男女之情，相当于我们今天所说的“爱情”；二是指过分的甚或露骨的对男女之情的描写，这在民间小调里也是常见的，尤其是那些未经删改的作品，不乏对两性关系的渲染，这跟明代春宫小说泛滥有着同样的社会背景。明代李开先所序的“艳词”当染有这种习气。但他并没有把这类作品视作洪水猛兽，而是认为其天然的情趣颇有可观之处，说：

> “忧而词哀，乐而词亵”，此古今同情也。正德初尚《山坡羊》，嘉靖初尚《锁南枝》，一则商调，一则越调。商，伤也；越，悦也；时可考见矣。二词哗于市井，虽儿女子初学言者，亦知歌之。但淫艳亵狎，不堪入耳，其声则然矣，语意则直出肺肝，不加雕刻，俱男女相与之情，虽君臣友朋，亦多有托此者，以其情尤足感人也。故风出谣口，真诗只在民间。《三百篇》太半采风者归奏，予谓今古同情者，此也。

所谓“真诗只在民间”，是那个时代暮气沉沉的诗论里清亮悦耳的好声音；而这里所说的“诗”，也是“曲”，取其词则为诗论，取其声则是曲论了。

何良俊《曲论》。作者是明代著名学者和文人，精通音律，论曲主张“律”重于“词”；论词则主张“当行”和“本色”。以此为准，有些名望甚高的作家就受到了质疑，比如王实甫和高则诚：

> 盖《西厢》全带脂粉，《琵琶》专弄学问，其本色语少。盖填词须用本色语，方是作家。

---

① 钱穆《中国京剧中之文学意味》，载《中国文学论丛》178页，生活·读书·新知三联书店2002年第1版。

而所谓“元剧四大家”也须重新排队：

元人乐府，称马东篱、郑德辉、关汉卿、白仁甫为四大家。马之辞老健而乏姿媚，关之辞激厉而少蕴藉，白颇简淡，所欠者俊语。当以郑为第一。

举例来说：

郑德辉《倩女离魂》“越调《圣药王》”内“近蓼花，缆钓槎，有折蒲衰草绿蒹葭。过水洼，傍浅沙，遥望见烟笼寒水月笼沙，我只见茅舍两三家。”如此等语，清丽流便，语入本色；然殊不秾郁，宜不谐于俗耳也。

而王作浅露杂芜：

《西厢》内如“如魂灵儿飞在半天”，“我将你做心肝儿看待”，“魂飞在九霄云外”，“少可有一万声长吁短叹，五千遍捣枕椎床”，语意皆露，殊无蕴藉。如“太行山高仰望，东洋海深思渴”，则全不成语。此真务多之病。余谓：郑词淡而净，王词浓而芜。

高作繁缛乏味：

高则诚才藻富丽，如《琵琶记》“长空万里”，是一篇好赋，岂词曲能尽之？然既谓之曲，须要有蒜酪，而此曲全无。正如王公大人之席，驼峰熊掌，肥腯盈前，而无蔬、笋、蚬、蛤，所欠者风味耳。

都不是制曲的正体。从这些评语，可以看出论者的批评观念和标准是与众不同的，既不同以往，也不同后来。这究竟是高见还是误判？今天也不必深究。应当说，这对于文艺批评来说肯定是好事。一个时代，有不同的批评观念和标准，对以往的成见提出质疑甚至引发争论，都有助于批评深化和发展。至于其本人观点是否正确倒是其次的事情；即便错了，也因其具有理论根据的“标新立异”而不会被历史埋没。如果在“词”的问题上，论者的观点尚没有掀起大的波澜，那么，同书提出的“宁声叶而辞不工，无宁辞工而声不叶”之论，就在以后闹出大的动静了。

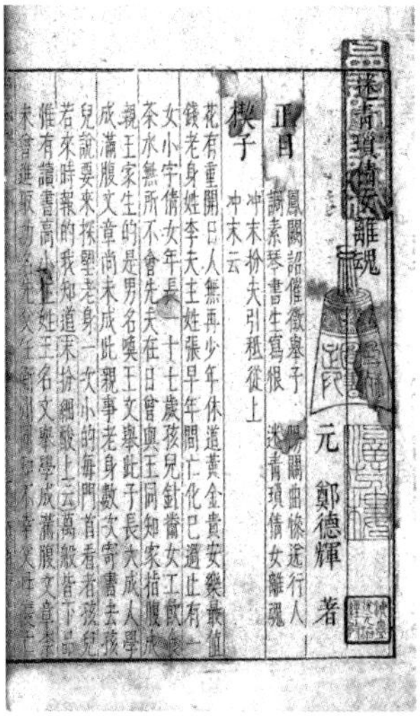
迷青瑣倩女離魂

元 鄭德輝 著

正目

鳳闕詔催徵舉子 陽關曲慘送行人

調素琴書生寫恨 迷青瑣倩女離魂

楔子

冲末扮夫人引祗從上

元郑光祖《倩女离魂》是优秀杂剧作品

王世贞《曲藻》。作者是明代著名文人，与李攀龙、谢榛等同列“后七子”，著有诗论著作《艺苑卮言》，《曲藻》就是从该书的附录中辑录出来的。王氏作为大诗人，鉴赏水平颇高，故论曲之言颇为精当，如论南、北曲在音律上的差异：

> 凡曲：北字多而调促，促处见筋；南字少而调缓，缓处见眼。北则辞情多而声情少，南则辞情少而声情多。北力在弦，南力在板。北宜和歌，南宜独奏。北气易粗，南气易弱。此吾论曲三昧语。

这种“南北”之别，如果我们把当今的河北梆子和苏州评弹放到一块听，就能体会到了：前者情随词生，冲口而出，干脆利落，一吐为快；后者经常把词融化到了声腔里面，一个字要呜呜呀呀地在口腔和鼻腔里转悠半天，而情感就要靠这婉转的声音去表达了。杂剧作家里面论及马致远：

> 马致远“百岁光阴”，放逸宏丽，而不离本色，押韵尤妙。长句如：“红尘不向门前惹，绿树偏宜屋角遮，青山正补墙东缺。”又如：“和露摘黄花，带霜烹紫蟹，煮酒烧红叶。”俱入妙境。小语如：“上床与鞋履相别。”大是名言。结尤疏俊可咏。元人称为第一，真不虚也。

南戏作家里面论及高则诚：

> 则诚所以冠绝诸剧者，不唯其琢句之工、使事之美而已，其体贴人情，委曲必尽；描写物态，仿佛如生；问答之际，了不见扭造：所以佳耳。至于腔调微有未谐，譬如见钟、王迹，不得其合处，当精思以求诣，不当执末以议本也。

都很有见地，且触及戏曲创作的特性和方法，具有相当的理论价值。而在“词”与“声”孰轻孰重的问题上，论者当是看重前者，也即主张音律服从语言表达和形象刻画的。

十六、曲论（二）

伟大的戏剧家汤显祖

汤显祖《牡丹亭》及评价。汤显祖是明代著名戏剧家，也是中国古代最伟大的戏剧家之一。他的代表作是“临川四梦”，其中最有名的是《还魂梦》，也即《牡丹亭》。现今多有人将汤显祖与莎士比亚相提并论，视为中西双璧，或称之为“东方莎士比亚”；而昆曲《牡丹亭》也以“青春版”的崭新面目再度风靡，足以见其人其作在中国文学史和戏曲史上崇高的地位。不唯创作，汤显祖还对戏曲创作发表过精辟的见解，在戏曲理论批评史上也留下浓墨重彩的一笔。他曾自述《牡丹亭》的特色说：

天下女子有情，宁有如杜丽娘者乎！梦其人即病，病即弥连，至手画形容，传于世而后死。死三年矣，复能溟莫中其所梦者而生。如丽娘者，乃可谓之有情人耳。情不知所起，一往而深。生而不可与死，死可以生。

生而不可与死，死而不可复生者，皆非情之至也。梦中之情，何必非真？天下岂少梦中之人耶？必因荐枕而成亲，待挂冠而为密者，皆形骸之论也。……嗟夫！人世之事，非人世所可尽。自非通人，恒以理相格耳；第云理之所必无，安知情之所必有邪！

这段话说得痛快淋漓、情真意切，或可看作戏曲创作中“唯情论”的最强音。人物在生与死的境地中转换，这在现实中是不可能的，而在艺术中却是很必要的，并且非如此不足以把情写到极致。创作之“理”，非生活之“理”；情感之“理”，非道理之“理”。艺术的宗旨是写“情”而非说“理”，只要情真，只要感人，只要道出了普天之下所有有情人心中的愿景，就是最大的成就，就可以蔑视一切以“理”来横加责难的哓哓怪声。近代曲学大师吴梅先生颇为赞赏汤显祖的“唯情论”，说：“盖唯有至情，可以超生死忘物我而永无消灭，否则形骸且虚，何论勋业？仙佛皆忘，况在富贵！世人持买椟之见者，徒赏其节目之奇，词藻之丽，固非知音；而鼠目寸光者至诃为绮语，诅以泥犁，尤为可笑。”[①]可谓会心之评。由此而观，汤显祖的戏曲创作观是颇有超越时代的浪漫精神的。这种浪漫精神还体现在创作手法上不受拘束，为表情达意而打破格律的限制，由此引发了在当时及以后都反响很大的“临川”和“吴江”之争。“临川派”的代表就是汤显祖，他认为戏曲创作跟为文是一个道理，应该以传神写照为主，而不宜斤斤计较于一字一声，说：“凡文以意趣神色为主。四者到时，或有丽词俊音可用，尔时能一一顾九宫四声否？如必按字摸声，即有窒滞迸拽之苦，恐不能成句矣。”（《答吕姜山》）“吴江派”的盟主是沈璟，他认为既然要写“戏”，就得严格遵循音律的规定并符合唱腔的要求，否则如何在舞台上搬演呢？所以他说：“名为‘乐府’，须教合律依腔。宁使时人不鉴赏，无使人挠喉捩嗓。”“怎得词人当行，歌客守腔，大家细把音律讲。”“纵使词出绣肠，歌称绕梁，倘不谐律吕，也难褒奖。”

① 吴梅《中国戏曲概论》，载王卫民编《吴梅戏曲论文集》159页，中国戏剧出版社1983年第1版。

（《词隐先生论曲》）据此，“吴江派”对汤显祖不守格律之举大不以为然，甚至将《牡丹亭》中字句加以改动，这使得汤显祖非常生气，以王维画雪中芭蕉为例加以嘲讽（见《答凌初成》）。然而两派人物都坚持己见，不作退让。同时代的戏曲理论家王骥德曾评述这段“公案”说：

> 临川之于吴江，故自冰炭。吴江守法，斤斤三尺，不欲令一字乖律，而毫锋殊拙；临川尚趣，直是横行，组织之工，几与天孙争巧，而屈曲聱牙，多令歌者齰舌。吴江尝谓：“宁协律而不工。读之不成句，而讴之始协，是为中之之巧。”曾为临川改易《还魂》字句之不协者，吕吏部玉绳（郁蓝生尊人）以致临川，临川不怿，复书吏部曰：“彼恶知曲意哉！余意所至，不妨拗折天下人嗓子。”其志趣不同如此。郁蓝生谓临川近狂，而吴江近狷，信然哉！（《曲律·杂论》）

这段“平议”之论，于两派各自有所肯定，也有所批评，但在戏曲创作才能的问题上，还是向着“临川”这边的，因为论者又比较汤、沈的创作说：

> 词隐之持法也，可学而知也；临川之修辞也，不可勉而能也。大匠能与人规矩，不能使人巧也。其所能者，人也；所不能者，天也。（《曲律·杂论》）

这也符合后人对汤显祖的评价以及《牡丹亭》的成就和地位。其实，这个问题还可以换一个思路去看，那就是，我们今天把《牡丹亭》当作“戏剧文学”去看，当然汤显祖的观点占了上风，但如果是把《牡丹亭》当作戏曲去唱呢？或者设身处地成为一名昆曲演员

《牡丹亭题辞》：“梦中之情，何必非真？”

去排练《牡丹亭》的唱段，又会如何去看待声律和唱腔出现的问题呢？这时候，恐怕就会想到沈璟及“吴江派”的观点不无道理。毕竟，“拗折天下人嗓子”对于戏曲表演来说不是一件太好的事情。

音律上的争议并不影响汤显祖在他那个时代就建立的名望，崇高的名望又引来种种赞誉，这实际上已经开启了对汤显祖戏曲创作艺术的评论和研究。各种赞词多见于为《牡丹亭》及“四梦”所作的序、跋和题词，其中不乏精辟之论，也代表着那时候的戏曲批评的水平。我们选看二则。一是沈际飞的《牡丹亭题词》：

> 临川作《牡丹亭》词，非词也，画也：不丹青，而丹青不能绘也；非画也，真也：不啼笑而啼笑，即有声也。……柳生骏绝，杜女妖绝，杜翁方绝，陈老迂绝，甄母愁绝，春香韵绝，石姑之妥，老驼之勚，小癞之密，使君之识，牝贼之机，非临川飞神吹气为之，而其人遁矣。

一是王思任的《批点玉茗堂牡丹亭叙》：

> 其款置数人，笑者真笑，笑即有声；啼者真啼，啼即有泪；叹者真叹，叹即有气。杜丽娘之妖也，柳梦梅之痴也，老夫人之软也，杜安抚之古执也，陈最良之雾也，春香之贼牢也，无不从筋节窍髓以探其七情生动之微也。

两段评语都着眼于戏曲人物形象的塑造，都赞叹汤显祖把戏里人物性格、神态和韵致刻画到极致，活灵活现、呼之欲出，让人过目难忘、拍案叫绝。这是极高的评价，而作为文学家的汤显祖也完全当得起这个评价。《牡丹亭》在中国戏剧文学史上，是继《西厢记》之后的又一座丰碑。

王骥德《曲律》。这是明代出现的一部很有分量的曲论著作，被戏曲理论史研究家看作“以其理论的创新性和系统性而成为明代戏剧学研究的高峰”[1]。并且对后世曲论也产生重要影响，比如李渔《闲情偶寄》“词曲部”。而王氏本人也从事戏曲创作，著有《男王后》《题红记》等，因此他对戏曲艺术心领神会，理论和评论都很实在、贴切。

王骥德《曲律》是明代戏曲理论高峰

《曲律》所论十分宽泛，包括了戏曲的来由、体式、手法及作品等各个方面。前四章似为总论，即“曲源”论及戏曲的渊源，“南北”论及戏曲的流派，“调名”罗列所有的词牌和曲牌并加以类分，“宫调”辨析“宫”和“调”并对历来宫调加以“正名”。这之后从“平仄”到“讹字”，是讲创作和表演的方法，其中有许多精彩论述。如《论腔调》说：

> 古之语唱者曰：“当使声中无字。”谓字则喉、唇、齿、舌等音不同，当使字字轻圆，悉融入声中，令转换处无磊块，古人谓之“如贯珠”，今谓之“善过度”是也。

这讲的是把语言的“字”变成演唱的“声”，二者发音的方法和效果是有很大区别的，须仔细钻研并反复练习，方能婉转动听。又如《论须读书》说：

> 词曲虽小道哉，然非多读书，以博其见闻，发其旨趣，终非大雅。须自《国风》《离骚》、古乐府及汉、魏、六朝、三唐诸诗，下迨《花间》《草堂》诸词，金、元杂剧诸曲，又至古今诸部类书，俱博搜精采，蓄之胸中，于抽毫时，掇取其神情标韵，写之律吕，令声乐自肥肠满脑中流出，自然纵横该洽，与剿袭口耳者不同。

---

① 叶长海《中国戏剧学史稿》195页，上海文艺出版社1986年第1版。

中国古典戏曲的词语部分，本性是诗；因此要写好戏曲，就得有诗词打底子，也就需要多读书，并在创作中融会贯通，自然流露。又如《论句法》说：

> 句法，宜婉曲不宜直致，宜藻艳不宜枯瘁，宜溜亮不宜艰涩，宜轻俊不宜重滞，宜新采不宜陈腐，宜摆脱不宜堆垛，宜温雅不宜激烈，宜细腻不宜粗率，宜芳润不宜噍杀。又总之，宜自然不宜生造。

前几句意思，既有诗歌创作句法论的影响，又有文人制曲的审美趣味；后一句强调“自然”，是戏曲唱词的要求：若非“自然”，则佶屈聱牙，既不好演唱，也难以听懂。又如《论用事》说：

> 曲之佳处，不在用事，亦不在不用事。好用事，失之堆积；无事可用，失之枯寂。要在多读书，多识故实，引得的确，用得恰好；明事暗使，隐事显使，务使唱去人人都晓，不须解说。又有一等事，用在句中，令人不觉，如禅家所谓撮盐水中，饮水乃知咸味，方是妙手。

这话里，既能看到对自钟嵘“滋味”说以来诗学传统的继承，又能看见严羽“以禅喻诗”的影响，虽是论曲，亦可以为诗论所借鉴。又如《论插科》说：

> 插科打诨，须作得极巧，又下得恰好。如善说笑话者，不动声色而令人绝倒，方妙。大略曲冷不闹场处，得净、丑间插一科，可博人哄堂，亦是剧戏眼目。若略涉安排勉强，使人肌上生粟，不如安静过去。

这几句话很值得如今的影视工作者们仔细思量。艺术中的“笑”一定是一种艺术，属于“喜剧”的审美形态；而“高级”的“笑”更包含着一种智慧，是与人性及人心相关的自嘲或悖反。这个意义上的“笑”略同于美学范畴里的“幽默”。英国戏剧理论家尼柯尔曾论述“喜剧中的幽默”，指出这种幽默是“自然流露的笑”，“是一种醇美的情调”，其间，“感情和理智结合在一起，敦厚的精神和讽刺的精神结合在一起”①。现今我们影视中的许多“搞笑”，或粗鄙低俗，或莫名其妙（“无厘头”），鲜有“不动声色而令人绝倒”，而多是“安排勉强，使人肌上生粟”（起鸡皮疙瘩），当好好学习中国传统曲论的“插科”之法。

《曲律》第三十九章上、下为《杂论》，作者自称“系纵笔漫书，初无伦次”，或是对前面各章所论问题的补充，或是全书完成后又产生的零星想法，其中多有对具体的戏曲作家作品的评论，以及有关“评论”的评论，并引发创作观念和方法问题。如论“虚实”：“剧戏之道，出之贵实，而用之贵虚。《明珠》《浣纱》《红拂》《玉合》，以实而用实者也；《还魂》、‘二《梦》’，以虚而用实者也。以实而用实也易，以虚而用实也难。”这讲的是对历史题材的想象和虚构的问题。“出”者，乃是史实或传说，剧作家当言之有据；“用”者，乃是构思和加工，剧作家须驰骋想象。显然，戏剧创作的奥秘是在后者，也就是把现成的素材变幻成既妙不可言而又令人信服的剧情，这也就是“虚”比“实”难的道理。又如批评何良俊对王实甫和高则诚的批评（批评的批评）：“《西厢》组艳，《琵琶》修质，其体固然。何元朗并訾之，以为‘《西厢》全带脂粉，《琵琶》专弄学问，殊寡本色。’夫本色尚有胜二氏者哉？过矣！”极为王、高二氏鸣不平。还有对“临川派”和“吴江派”之争的评述等等，都颇有见地且异彩纷呈。

沈德符《顾曲杂言》。作者为明代著名文人，著有长篇笔记《万历野获编》，后人往往从中辑录出同类内容编为专著，《顾曲杂言》就是把有关戏曲的言论编辑成书的。其中有关于前人及时人创作戏曲而影射现实的议论：

填词出才人余技，本游戏笔墨间耳，然亦有寓意讥讪者。如王渼陂

① ［英］阿·尼柯尔《西欧戏剧理论》273页，徐士瑚译，中国戏剧出版社1985年第1版。

> 之《杜甫游春》，则指李西涯及杨石斋、贾南坞三相。康对山之《中山狼》，则指李空同。李中麓之《宝剑记》，则指分宜父子。近日王辰玉之《哭倒长安街》，则指建言诸公是也。又闻汤义仍之《紫箫》，亦指当时秉国首揆。才成其半，即为人所议，因改为《紫钗》。而屠长卿之《彩毫记》，则竟以李青莲自命，第未知果惬物情否耳？

事实是否真如所言？已很难详考了。但古人作小说影射时政或时人的作法，却是有案可查的，最有名的如《金瓶梅》，就有人认为是作者为报复仇家的"泄愤"之作；而《红楼梦》也被认为是暗含了历史和政治，所以有了"索隐派"的研究。到了近代，写小说而影射现实的流风依然很盛，如所谓"谴责小说"中的《老残游记》和《孽海花》，几乎可使现实中的人物对号入座，其后更有流于"丑诋私敌，等于谤书"的所谓"黑幕小说"。[①]可见通俗文学影射现实，蔚为风气。小说如此，戏曲恐怕也难脱干系。因此，沈德符所说的情况，无论准确与否，还是揭示出传统戏曲创作的一种现象的，值得戏曲研究和文学批评加以关注。

凌濛初《谭曲杂札》。凌濛初因编刻两种短篇小说集即《初刻拍案惊奇》和《二刻拍案惊奇》而青史留名，在戏曲方面也是行家里手，曾创作杂剧《虬髯翁》和传奇《衫襟记》等，理论批评则集为这本《杂札》。他论曲总的倾向是崇尚"本色"、反对雕琢，对"吴江派"以"律"害意深致不满，但对汤显祖作品里的粗疏之处也有批评：

> 近世作家如汤义仍，颇能模仿元人，运以俏思，尽有酷肖处，而尾声尤佳。惜其使才自造，句脚、韵脚所限，便尔随心胡凑，尚乖大雅。至于填调不谐，用韵庞杂，而又忽用乡音，如"子"与"宰"叶之类，则乃拘于方土，不足深论；止作文字观，犹胜依样画葫芦而类书填满者也。义仍

① 参见鲁迅《中国小说史略》第二十八篇"清末之谴责小说"有关"谤书及黑幕小说"的论述，载《鲁迅全集》第九卷292页，人民文学出版社1981年第1版。

自云："骀荡淫夷，转在笔墨之外，佳处在此，病处亦在此。"

可见他以元杂剧传沿下来的"本色"之美为正宗，同时强调戏曲创作应遵守格律，不能胡编乱凑，即便是像汤显祖这样得元杂剧真传的大家也不能姑息。在这问题上，他似乎又与"吴江"一派引为同调了。

魏良辅《曲律》。魏良辅在戏曲界声望很高，生前便有许多名人与他讨论或向他请教戏曲音律问题，而他本人又对"南曲"的改革和发展做出重大贡献，被后人尊为"昆曲始祖"。所作《曲律》在传统戏曲理论中也有很高地位，但主要是谈音律问题，对戏曲音乐的创作、表演和欣赏都很有帮助。比如论"四声"：

五音以四声为主，四声不得其宜，则五音废矣。平、上、去、入，逐一考究，务得中正，如或苟且舛误，声调自乖，虽具绕梁，终不足取。其或上声扭做平声，去声混作入声，交付不明，皆做腔卖弄之故，知者辨之。

又论"清唱"之难：

清唱，俗语谓之"冷板凳"，不比戏场借锣鼓之势，全要闲雅整肃，清俊温润。其有专于磨拟腔调而不顾板眼，又有专主板眼而不审腔调，二者病则一般。惟腔与板两工者，乃为上乘。至如面上发红，喉间筋露，摇头摆足，起立不常，此自关人器品；虽无与于曲之工拙，然能戒此，方为尽善。

今天的戏曲也有清唱，那是很见表演者功力的。[①]不唯戏曲，歌曲也有清

① 郑振铎先生解释"清唱"为没有动作及道白的单纯的歌唱，并称："唱时，只用弦索、笙笛、鼓板等，不用锣鼓。"见《中国俗文学史》379页，商务印书馆2005年第1版。

唱；歌唱家不用伴奏，更不用音响，凭嗓音和招式让听众如醉如痴，那是一种极高的艺术境界。书中又谈欣赏唱腔的要领：

听曲不可喧哗，听其吐字、板眼、过腔得宜，方可辨其工拙。不可以喉音清亮，便为击节称赏。大抵矩度既正，巧由熟生，非假师传，实关天授。

中国传统戏曲表演不是孤立的，而是生成于包括观众在内的整个剧场；也就是说，观众也是戏曲表演的组成部分，不但会听，还须恰到好处地击节喝彩。这种具有“专业性”的反应，会给舞台上表演的艺术家以振奋，使表演更加精彩；而精彩的表演又使台下观众更加兴奋，循环往复，形成了积极的剧场效应。英国戏剧理论家艾思林曾说：“如果观众有反应，演员就会为这种反应所鼓舞，而这转过来又会引起观众越来越强烈的反应。这就是舞台和观众之间的著名的反馈作用。”[①]中国古典戏曲因形态和场地的特点，这种“舞台和观众的反馈作用”十分明显也十分重要，观众被看作除编、导、演之外的第四个创作成员，甚至有所谓“观众中心论”，它强调：“戏曲艺术是为观众而存在的，戏曲演出是依赖了观众才成立的，戏曲的创作是在观众的想象参与下最后完成的。……观众既是美的欣赏者，又是美的创造者。”[②]而戏曲批评能关注并提醒观众的作为，也中国古代戏曲艺术本身所决定的。

臧懋循《元曲选序》。明代臧懋循编辑整理的《元曲选》，收入150部元人杂剧，是后人了解和研究元代杂剧的重要依据。里面有编者写的两篇序，也是重要的戏曲理论批评文献；尤其是后一篇提出的“名家”和“行家”的说法，集中表达了对戏曲创作和表演的审美特征的认识：

总之曲有名家，有行家。名家者，出入乐府，文彩烂然，在淹通闳博

---

① ［英］马丁·艾思林《戏剧剖析》18页，罗婉华译，中国戏剧出版社1981年第1版。

② 张赣生《中国戏曲艺术》48页，百花文艺出版社1982年第1版。

之士，皆优为之。行家者，随所妆演，无不摹拟曲尽，宛若身当其处，而几忘其事之乌有；能使人快者掀髯，愤者扼腕，悲者掩泣，羡者色飞；是惟优孟衣冠，然后可与于此，故称曲上乘，首曰“当行”。

臧懋循编《元曲选》是元代杂剧的“总集”

这意思是说，元杂剧作家分为两种人。一种人文化水平较高，满腹经纶，才高八斗，但所长在为文，没有什么舞台经验。另一种人长年在戏曲舞台上摸爬滚打，有丰富的舞台经验和高超的表演技巧，能把人物和故事演得活灵活现，所谓“创作”，即从表演中来；由此而来的剧作，比那种只是好在文字上的作品，更胜一筹，更吸引观众，当然也更能体现戏曲艺术的特点。能够写出这种作品的人物叫作“行家”，如关汉卿等，他们活跃在戏曲舞台，“争挟长技自见，至躬践排场。面傅粉墨，以为我家生活偶倡优而不辞者”（《元曲选序》）。他们的作品以“本色”“当行”吸引人、感动人，是元曲里的佼佼者。显然，臧懋循的“行家”之说是十分正确的。中国传统戏曲从一开始就与诗结缘，甚至可以说本性是诗，但它又是与诗不同的另一种艺术形式，最重要的特征是“戏”。因为是“戏”，所以要把诗的语言化为让观众听得明白的“唱词”，并且要有动作感、情境感，跟戏剧情节水乳交融。毕竟，写“诗歌”和写“歌词”是很不相同的两件事情；如果是写流行歌曲的歌词，那么跟作诗的差异更大。更何况，在元杂剧风行的时代，关汉卿等剧作家“服务”的对象大多数是普通民众，其作品必定是以“俗”为美而雅俗共赏的，因此，成为“行家”而非“名家”，也是必然的。不唯中国，在西方戏剧史上也有著名的事例，那就是莎士比亚。“他是演员、剧作家和剧院企业的股东。”[1]他在

① ［英］艾弗·埃文斯《英国文学简史》167页，蔡文显译，人民文学出版社1984年第1版。

舞台上积累了丰富的表演经验。他的剧作，都是为演出而作，因而是真正意义上的“戏剧”；而他本人也可归入中国传统戏曲理论中的“行家”。

吕天成《曲品》。“品”，是中国古代文论里一种特殊的批评方式，主要目的是将众多文艺家分出高下，同时对其创作成就及风格作出评价。历代著名的“品”论，诗歌如钟嵘《诗品》（也叫《诗评》），绘画如谢赫《古画品录》，书法如庾肩吾《书品》；待戏曲创作繁荣之后，自然也会出现以“品”论曲的著作，晚明吕天成的《曲品》就是这样一部书。它的体例仿效前代“品”论而有变通，先分出“神”“妙”“能”“具”四品，然后再分出从“上上”至“下下”九等，“品”和“等”各自为阵。列“神品”第一的是高则诚；列为“上之上”的是沈璟和汤显祖。列出的作家，都有长短不一的评语，用骈句写成，如论高则诚：

> 永嘉高则诚，能作为圣，莫知乃神。特创调名，功同仓颉之造字；细编曲拍，才如后夔之典音。志在笔先，片言宛然代舌；情同境转，一段真堪断肠。化工之肖物无心，大冶之铸金有式。关风教特其粗耳，讽友人夫岂信然？勿亚于北剧之《西厢》，且压乎南声之《拜月》。

溢美之词，无以复加。但高氏《琵琶记》是否就真的可以跟《西厢记》平起平坐？还是令人生疑的。其实这也是以“品”论文或论艺容易出现问题的地方。文艺创作不像体育比赛，要十分精确地排出名次，很不容易。且不说要受到评论家本人鉴赏能力和趣味的影响，还要考虑时代、环境等因素。更重要的，文艺作品的价值往往需要时间的检验，故而后代的评价往往更准确也更有“公信力”。今天看去，把高则诚放在“神品”第一未必妥当，把沈璟列于汤显祖之前亦非公论。正因如此，这种批评方法容易引人关注，也容易引发争议。当然，也有批评家十分自信，认为自己完全有能力指点江山，立此存照，如稍晚出且仿效吕天成此作的祁彪佳的《远山堂曲品》就当仁不让，确信已经后来居上、推陈出新，序中说道：

故吕以严，予以宽；吕以隘，予以广；吕后词华而先音律，予则赏音律而兼收词华。要亦以执牛耳者代不数人，虑词帜之孤标，不得不奖诩同好耳。世有知者，吾言不与易也。如或罪我，吾亦任之。

的确，祁“品”较吕“品”收录作品更多，品第也更加细致，比如同一作家的不同作品，就可能列入不同的“品”，如凡例所说：

文人善变，要不能设一格以待之。有自浓而归淡，自俗而趋雅，自奔逸而就规矩。如汤清远他作入“妙”，《紫钗》独以“艳”称；沈词隐他作入“雅”，《四异》独以“逸”称。必使作者之神情，与评者之藻鉴，相遇而成莫逾之面目耳。

评语也更加客观，如论汤显祖《紫钗记》：

先生手笔超异，即元人后尘，亦不屑步。会景切事之词，往往悠然独至，然傅情处太觉刻露，终是文字脱落不尽耳，故题之以“艳”字。

指出汤显祖作品中描写虽然高妙，但也偶尔有不够含蓄蕴藉的瑕疵，这比一味地称颂，显然更能起到“批评”的作用，也更能有助于品第的准确，尽管对汤显祖成就和地位的估量仍嫌不足。

李渔《李笠翁曲话》。李渔是清代一位大文人和大名人，多才多艺、多产多销。他有学问，善诗文，通戏曲，懂小说，擅鉴赏，著有《笠翁十种曲》，包括《风筝误》《奈何天》《比目鱼》等；写有小说《无声戏》（又名《连城璧》）《十二楼》等；还评点过长篇小说《金瓶梅》，编辑出版画学教材《芥子园画谱》。而影响最大也流传最广的，是那部包括词曲、演习、声容、居室、器玩、饮馔、种植、颐养等内容的《闲情偶寄》，像是文人生活的“小百

李渔是清代最有成就的戏曲理论家

科”。因李渔本人酷爱戏曲，又深谙创作和表演之道，所以该书专论戏曲的部分就有很高的理论价值。后人将这部分内容分别出来成为专著，名之为《李笠翁曲话》，在中国传统曲论中很有地位，具有“总结性”或“集大成”的意义。《曲话》的内容很多，我们只选看其中几个有关戏曲创作方法的重要观点。

一是“立主脑”。李渔称一部戏的主脑为“作者立言之本意也”，看上去像是今天所谓“主题思想”，其实他所说的主脑是指剧中主要人物。剧中人物虽多，但一定要确立一个“中心”，其他人物都是陪衬，围绕这个“中心”活动并发挥其功能。而这个主要人物又代表着作者要表达的意思；把他的故事写好了，整个戏就好看了，此即所谓：“此一人一事，即作传奇之主脑也。”就现今所见的传统戏曲的剧目看，大都符合李渔所谓“立主脑”的标准，大都是讲的“一人一事”，一气贯通；即便是有两条线索，也有主有次，或有实有虚，并且最后也都交汇在一起。这恐怕要归功于古人对戏曲（包括其他通俗文艺）的审美心理：喜欢明朗清晰，而不喜欢晦涩复杂。

二是“脱窠臼”。这是指戏曲创作要常有新的题材和故事；同一个故事写多了并演多了，会使观众厌倦，即落入“窠臼”。这个问题，要结合中国传统戏曲创作的实际情况去看。传统的戏曲“创作”，跟我们今天理解的“创作”很不一样。戏曲人物故事多有原本，极少“原创”。其原本或来自历史，或来自传说，或来自“讲话”（话本小说）。戏曲家的功夫是用在结构故事、刻画人物、撰写唱词以及审订音律之上。这就需要戏曲家不断发现新的题材，或者将旧有的题材加以创新，让观众经常有新的剧目可看，并且常有耳目一新的感受。否则，“若此等情节业已见之戏场，则千人共见，万人共见，绝无奇矣，焉用传之？”英国戏剧理论家阿契尔曾谈论过剧本创作中如何引起并保持观众的“好奇”和“兴趣”的问题，指出：“戏剧理论的矛盾在于：一方面我们的目的是要使写出来的剧本能久演不衰，或者至少能家喻户晓，因而自然地，任何一场演出中的颇大一部分观众，会事先就知道它的内容；而另一方面，我们却一直在考虑如何才能唤起和保持只有在第一次看到这个戏，事先对它的剧情毫无所知的人才会有的那种兴趣，或者更准确点说，那种好奇心。”[①]面对这个矛盾，中国传统戏剧创作既要靠“避”，就是把从前话本小说以及民间传说里讲滥了的故事避开；也可以“犯”，就是把前人讲过的故事用戏曲的形式讲得更精彩，尤其是充分运用舞台艺术手段，让观众百看不厌，历久弥新。

三是“减头绪”。中国传统戏曲的故事情节总体上是比较单纯的；即便是像《赵氏孤儿》写复仇，《十五贯》写破案，也不能过于曲折，或者观众心里已经知晓了结局（昭雪或团圆）。这是因为，戏曲艺术的“形式感”很强，观众要花很多的精力去欣赏所谓“唱、念、做、打”，也就是演唱、念白、舞蹈和武功等，如果情节过于复杂，势必影响欣赏的效果。所以，戏曲情节愈是通俗、简易甚至“透明”愈好，如李渔所说：“三尺童子观演此剧，皆能了了于心，便便于口，以其始终无二事，贯串只一人也。”如此，“戏曲”之美方能凸显出来。当然，从戏曲创作的一般手法看，“减头绪”也包含着简洁、明快的意思，即所谓“能以‘头绪忌繁’四字刻刻关心，则思路不分，文情专一；其为词也，如孤桐劲竹，直上无枝”。换一个说法，就是剪除一切无关紧要的枝蔓，就像俄国小说家契诃夫给青年作家传授“简洁是天才的姊妹”时所说的那样：“您不肯或者懒得用刀子把一切多余的东西都剔掉。要知道在大理石上刻出人脸来，无非是把这块石头上不是脸的地方都剔掉罢了”。[②]这种“减头绪”的要求，也可以视为“纯洁性”，而“纯洁性”也就是中国传统戏曲的艺术性的重要来由。对此，美国当代戏剧家和评论家斯达克·扬曾有过论述：

> 这种中国戏剧的纯洁性在于它所运用的一切手段——动作，面部表情，声音，速度，道白，故事，场所等等——绝对服从于艺术目的，所以

---

① ［英］威廉·阿契尔《剧作法》129页，吴均燮、聂文杞译，中国戏剧出版社1964年第1版。

② ［俄］契诃夫《契诃夫论文学》243页，汝龙译，人民文学出版社1958年第1版。

结出来的果实本身便是一个完全合乎理想的统一体，一种艺术品。①

戏剧理论家谭霈生先生曾讲过中国传统戏曲跟话剧的一个不同，是不需要戏剧性而完全以单纯的表演成"戏"，比如京剧《游园惊梦》："戏曲中的这种折子戏，所以能够吸引广大观众，靠的是戏曲多种表现手段，诸如音乐、歌唱、舞蹈等等，也靠的是演员独到的功夫。"②所谓"减头绪"也就是在剧情方面尽量简洁，这跟其他方面的艺术手段追求"纯洁性"以实现艺术目的，是同声相应并融为一体的。

四是"审虚实"。李渔说：

> 传奇所用之事，或古或今，有虚有实，随人拈取。古者，书籍所载，古人现成之事也；今者，耳目传闻，当时仅见之事也；实者，就事敷陈，不假造作，有根有据之谓也；虚者，空中楼阁，随意构成，无影无形之谓也。人谓古事多实，近事多虚。予曰：不然。传奇无实，大半皆寓言耳。欲劝人为孝，则举一孝子出名，但有一行可纪，则不必尽有其事，凡属孝亲所应有者，悉取而加之；亦犹纣之不善不如是之甚也，一居下流，天下之恶皆归焉。

这是说，戏曲创作的题材可以有不同的来由，或有案可查，或纯属捏造。有一种意见以为，古代的事情因史书有载，须据实写来，不能胡编乱造，而当代传说的事情本来就是以讹传讹，大可以随意增添。李渔不同意这种看法，他认为，戏曲是艺术，就得虚构；无论要写的事情是真是假，创作中都要加工、改造，使所写的人或事更具有代表性，因为戏曲是要对观众产生伦理上的作用的，也就是劝善惩恶。这样一来，如果要写一个孝子，完全可以把各种各样的

---

① ［美］斯达克·扬《梅兰芳》，载中国梅兰芳研究学会、梅兰芳纪念馆编《梅兰芳艺术评论集》693页，中国戏剧出版社1990年第1版。

② 谭霈生《论戏剧性》89页，北京大学出版社1981年第1版。

孝行加在他一个人身上，而不必顾忌此人是否当得起一个近乎完人的孝子。同样，若要写一个恶人，也可以把天底下所有恶行都算在此一恶人头上，让观众对孝子爱得心悦诚服，对恶人恨得咬牙切齿。这样写，戏曲就可以最大限度地发挥移风易俗的功效。不难看出，这话里已经包含“典型化”的意思了。当然，所举的例子更像是“类型化”，但我们不必苛求太甚，一是因为论者不是有意识地在谈“典型化”问题，二是中国传统戏曲人物原本就有很强的“类型化”（也可以看作“程式化”）色彩，原因如上所讲，为了表现形式之美而不能复杂。

《曲话》对戏曲创作、表演、导演以及欣赏还有许多精辟见解，是中国古代曲论中最为完整并最有分量的著作之一，也是中国古典戏曲美学思想的总结。

十七、小说批评（一）

王先霈、周伟民《明清小说理论批评史》是最早的古代小说理论研究论著之一

中国古代小说，受儒家思想的制约，发展得比较缓慢，虽然也出现了伟大的作品，却一直处于“在野”的状态；在正统的文人士大夫眼里，它受重视的程度，尚不如戏曲——戏曲尚能“公演”而小说在很多时候只能“偷看”——更不用跟诗、文相比了。相应地，小说理论批评也差不多是“地下工作”的性质，不登大雅之堂。古代典籍整理的“四部”分类中，有“诗文评”一席之地；戏曲评论虽不入“四部”，却多有专论专著，且跟诗、词以及音乐有千丝万缕的联系。轮到小说理论，境遇可寒碜多了，唐宋以前多是文人笔记里的零敲碎打，明代小说创作兴盛后，方依托着序跋和评点等形式抛头露面。而这方面的材料，在当时的条件下是不被看重的，其作者本身也未必都有“批评”或“评论”的自觉意识。只是到了近代，小说随新兴社会思潮而身价猛增，理论

批评才有了底气并成了气候。与之相应，古代文论研究里渐渐有了小说理论批评的位置，但在很长时间里仍然只是诗论、文论的陪衬。直到20世纪80年代，中国古代小说理论研究方受到相当的重视，各种“史”和“论”的专著纷纷问世。这时候人们才发现，传统的小说理论批评的内容和价值还是相当可观的呢。

“小说”这个概念出现在汉代，如此，小说理论批评的源头也可以追溯到汉代，当然，那不是严格意义上的小说理论批评，而且那时人们谈论的“小说”，跟后世的小说差之远矣！最具有代表性的意见是史学家班固在《汉书·艺文志》里的说法：

> 小说家者流，盖出于稗官，街谈巷语，道听途说者之所造也。孔子曰：“虽小道，必有可观者焉，致远恐泥，是以君子弗为也。”然亦弗灭也。闾里小知者之所及，亦使缀而不忘。如或一言可采，此亦刍荛狂夫之议也。

这段话的背景是进行学术分类，即所谓“九流十家”。“小说”不入流，只能成为排在最末尾的一“家”。这时的“小说”，是“街谈巷语，道听途说”之类的“八卦”，不算正经学问；里面或许有些辅助视听的“参考消息”，所以有人收集，但不可尽信也不能沉迷。对这个界定，后世学者多有异议，如史学家张舜徽先生就认为子部的“小说”相当于史部的“杂钞”，是用来帮助记忆的，因此“小说一家，固书林之总汇，史部之支流，博览者之渊泉，而未可以里巷琐谈视之矣”①。即便如此，这种文体跟正经的子史之作还是有所区别，那就是新奇、好看且不乏杜撰；流传到后代，就成为“笔记”的一种，里面多是听来的或看来的传闻和掌故，跟诗话、词话也相通。在汉代，这种“小说”或“笔记”就有不少，以后更是层出不穷，蔚为大观，内容则林林总总、包罗万象。里面确有一部分是具有相当“文学性”的，可以当作小

① 张舜徽《四库提要叙讲疏》176页，台湾学生书局2002年初版。

说去看。比如有的神奇，像“搜神述异”之类；有的诙谐，像“优语解颐”之类；还有的善于刻画人物，如《世说新语》；如此等等，形形色色。这些东西的确也被算作“史部之支流”或所谓“野史稗乘”，时常跟正史搅和在一起，甚至被史学家取作材料，比如《晋书》里就有不少内容跟《世说新语》相同；但更多的时候，是被当作不可尽信甚至尽不可信的“小说”传阅的。再后来，笔记逐渐成为重要的著述体裁，而故事性和传说性强的那些作品，就被汇集在一起，成为“故事”或“野史”意义上的“小说”，比如宋代人编纂的《太平广记》。总之，“小说”这个名称的含义虽代有不同，但后世笔记或“笔记体小说”是继承了这一概念的最初的意思的，并且发展成为中国古代文言短篇小说一体，它的高峰，是清代蒲松龄的《聊斋志异》。传说蒲松龄作《聊斋》，就是在村口摆茶桌，让南来北往的路人说故事，能说的不收茶钱，然后记录、加工成书，这不正是班固所说的“道听途说”“缀而不忘”吗？可见，班固这段话无意中也道出了后世小说的一个重要特征。

然而，笔记体小说写作虽然兴盛，但作者对“小说”的认识却是跟作为文学体裁的“小说”相去较远的，也就是说，没有把记载或加工的具有文学意味的故事当作创作，而是当作实录。这中间，观念和写作实际之间是存在着矛盾的。这种矛盾，清楚地见于早先几位文人为他人或自己所作神仙或“志怪”书所写的序中，如东晋郭璞就认为《山海经》所写的都实有其事，读者以为离奇不可信，那是自己少见多怪，即所谓“物不自异，待我而后异，异果在我，非物异也”。（《注山海经叙》）又如仍是东晋的葛洪认为自己收集编写神仙故事皆有灵验，懂行的知其为真，懵懂的疑其为幻，所以他作书“以传知真识远之士，其系俗之徒思不经微者，亦不强以示之矣”（《神仙传自序》）。也就是只跟大方之家切磋，不与井底之蛙计较。同代干宝也称其所作《搜神记》大体为实事，从前人那听来的不敢打保票，而自己收集来的，是敢于拍胸脯的。他说：

今之所集，设有承于前载者，则非余之罪也。若使采访近世之事，苟

有虚错，愿与先贤前儒分其讥谤。及其著述，亦足以发明神道之不诬也。（《搜神记序》）

还有梁朝的萧绮，在为王嘉《拾遗记》所作的序中说：

绮更删其繁紊，纪其实美，搜刊幽秘，捃采残落，言匪浮诡，事弗空诬。推详往迹，则影彻经史；考验真怪，则叶附图籍。

宋罗烨《醉翁谈录》载有话本小说的史料

凡此，都言之凿凿地声明神怪故事的真实性，究其原因，恐怕都是“子不语怪、乱、力、神”的古训在作祟。人的天性里是有好奇心的，那些奇奇怪怪的“天方夜谭”总会让人心驰神往，而枯燥无味的圣贤经典多半使人昏昏欲睡。因此，荒诞不经的“小家珍说”就很可能成为抢手的读物，不然的话，也不会有那么些人去撰写或收集这些“浅薄无聊”的东西。但面子上还得过得去，不能让人觉得自己是在跟圣人唱对台戏，所以，就以幻为真、以奇为正，强词夺理，把那些听来的和瞎编的故事说得有鼻子有眼，仿佛自己亲身经历过一样。其实都是“障眼法”，为“小说”的散布而迂回开道呢！这，或许也可以看作中国文学史上早期的“小说观”，虽然保守，却暗含着对小说的快感性质的肯定；而后人为小说“正名”或张扬小说的功能，也往往着眼于这种快感性质。如宋人洪迈赞唐代传奇：“洵有神遇而不自知者。”（《唐人说荟》引）罗烨夸耀讲小说的人：“讲鬼怪令羽士心寒胆战，论闺怨遣佳人绿惨红愁。”（《醉翁谈录·舌耕叙引》）当然，很多时候，论者都没忘记小说的教化作用，但大都认为，小说是因其通俗易懂而又使人愉快的特点，较“高雅”文学能够更有效地发挥教化作用。这种认识，在明代及以后的小说序跋中，就每每谈起，成为普遍的见解了。

凌云翰《剪灯新话序》等。《剪灯新话》是明代文人瞿佑创作的文言短篇小说，因顶着“小说”的俗名，开始是以抄本的方式流传，却没承想大受各界人士欢迎，一发而不可收。当时正统官吏的描述是：“近年有俗儒假托怪异之事，饰以无根之言，如《剪灯新话》之类，不惟市井轻浮之徒争相诵习，至于经生儒士多舍正学不讲，日夜记意以资谈论，若不严禁，恐邪说异端日新月盛，惑乱人心。”（《明英宗实录》载国子监祭酒李时勉言）这还得了？道学先生撇开正经学问不讲，却对“小说”里荒诞无稽的事情津津乐道，“是可忍，孰不可忍”！因此，《剪灯新话》问世不久，就遭到禁毁。但这也恰恰说明，此作品是发挥了小说特长因而具有相当吸引力的。作者瞿佑自称“其事皆可喜可悲，可惊可怪者”，却“又自以为涉于语怪，近于诲淫，藏之书笥，不欲传出”。后因“客闻而求观者众，不能尽却之”，再三考虑，觉得该书“虽于世教民彝，莫之或补，而劝善惩恶，哀穷悼屈，其亦庶乎言者无罪，闻者足以戒之一义云尔”，所以拿出来给众人传阅。可见，广大读者对小说是怀有浓厚兴趣的。另一位文人凌云翰在为该书写的序里，就更详尽地道出了小说的快感性质了：

> 是编虽稗官之流，而劝善惩恶，动存鉴戒，不可谓无补于世。矧夫造意之奇，措词之妙，粲然自成一家言，读之使人喜而手舞足蹈，悲而掩卷堕泪者，盖亦有之。自非好古博雅，工于文而审于事，曷能臻此哉！

先挑明了小说也能够“载道”，起到劝善惩恶的作用——这一点往往是个托词，当权者未必听得进去，不然也不会对它下“禁毁”的狠手——重点却在后面，就是“读之使人喜而手舞足蹈，悲而掩卷堕泪”，这可是一般的正经诗文做不到的；就是戏曲，如果不演，也很难有此效果，唯有小说也就是“稗官之流”能够给读者带来这样的大喜大悲。而这个特征，其他的文言小说作者以及看重文言小说的文人，也都不约而同地点明了。如吴承恩在为其所作《禹鼎志》所作的序中说：

> 余幼年即好奇闻。在童子社学时，每偷市野言稗史，惧为父师诃夺，私求隐处读之。比长好益甚，闻益奇。迨于既壮，旁求曲致，几贮满胸中矣。尝爱唐人如牛奇章、段柯古辈所著传记善模写物情，每欲作一书对之，懒未暇也。

他自述的少年经历，许许多多的“成功人士”都讲过，就是小时候不愿意念经习史，而通俗小说却读得废寝忘食。这既是出于人的天性，同时也得益于小说的手段，如所谓“善模写物情”。论者又称其创作小说的情形为“盖怪求余，非余求怪也”，这个“怪”，正是小说的情感和情节所产生的魅力，也就是小说的文体特征和艺术特色。再如汤显祖《点校虞初志序》说：

> 《虞初》一书，罗唐人传记百十家，中略引梁沈约十数则，以奇僻荒诞、若灭若没、可喜可愕之事，读之使人心开神释、骨飞眉舞，虽雄高不如《史》《汉》，简澹不如《世说》，而婉缛流丽，洵小说家之珍珠船也。

所谓“心开神释、骨飞眉舞”，是小说故事产生的效果；而“婉缛流丽”，是小说文辞产生的效果，二者并美，就是文言小说之所以受人喜欢的原因了。

上面讲的“小说”，都是文言写成，供“文化人”阅读并在“文人”圈子里流传。其性质既“俗”亦“雅”，或者说“俗”在文体，“雅”在文辞。用今天的标准去看，还不能算作真正的通俗文学，从而也不能算作“小说”一体的正宗。真正能够充分体现小说特征和成就的，是以通俗语言创作并在广大民众中流行的那些长篇和短篇的作品，它们来自唐代的“俗讲”和宋代的“话本”；在明代，则成为历史演义小说和“拟话本”小说。这些小说印行时大都附有序跋，而“大多数序跋都是小说评论，包含着小说理论批评的内容”[①]。

冯梦龙《古今小说序》。冯氏有很高的文化水平和文学造诣，对通俗文艺也怀有很大的热情并取得了很大的成就。在小说观念上，他极力宣扬“通俗”的好处，认为小说的妙用是经典和诗文都比不上的：

> 大抵唐人选言，入于文心；宋人通俗，谐于里耳。天下之文心少而里耳多，则小说之资于选言者少，而资于通俗者多。试今说话人当场描写，可喜可愕，可悲可涕，可歌可舞；再欲捉刀，再欲下拜，再欲决脰，再欲捐金；怯者勇，淫者贞，薄者敦，顽钝者汗下。虽小诵《孝经》《论语》，其感人未必如是之捷且深也。噫，不通俗而能之乎？

小说通俗，不但能够感人至深，而且还能帮助读者了解历史，是另类的“历史教科书”。为此，论者又在《醒世恒言叙》提出“正史之补”的观点：

“话本”代表着中国通俗小说的兴起

> 六经、国史而外，凡著述皆小说也。而尚理或病于艰深，修词或伤于藻绘，则不足以触里耳而振恒心。……崇儒之代，不废二教，亦谓导愚适俗，或有藉焉。以二教为儒之辅可也，以《明言》《通言》《恒言》为六经国史之辅，不亦可乎？

既然于正史有补，那么对道德风化也就有正面作用，因为中国古代史书都包含着伦理观念的。所以，冯梦龙认为，小说作为“野史”，重要的不在于所写事情是真是

① 王先霈《古代小说序跋漫话》72页，辽宁教育出版社1992年第1版。

假，而在于对世道人心能否起到好的作用；如果能够，即便事情是虚构的，也有存在的价值，这就是在《警世通言叙》所说的：

人不必有其事，事不必丽其人。其真者可以补金匮石室之遗，而赝者亦必有一番激扬劝诱、悲歌感慨之意。事真而理不赝，即事赝而理亦真，不害于风化，不谬于圣贤，不戾于《诗》《书》、经、史。若此者，其可废乎？

这就是说，对于历史和现实，实录可以，虚构也可以，但无论是实是虚，道理不能偏。写真人真事且表达“真”理，固然是好的；写假人假事仍然表达“真”理，也未必就不对。这让人联想起当今红火的历史小说及历史题材电视剧（后者往往由前者改编），对他们的评价也应当有“历史”和“伦理”两个标准。历史真实是对“事”的要求，伦理正确是对“理”的要求。前者固然必要，而后者更为要紧；如果用看似真实的历史呈现去表现甚至赞美一种错误伦理观念——比如宗法制度下的违背人性的孝道以及妇德女德之类——那就是“赝品”，而无论其对历史的再现如何“真实”，其所谓的历史真实也只能是“虚假”的。亚里士多德认为“诗”高于历史，“因为诗所描述的事带有普遍性，历史则叙述个别的事”[①]。所谓“普遍性”，既指历史规律的必然性，也指伦理道德的普遍性。史实有误，尚可补正；道德沦丧，则无可救药。这是写小说以及其他形式文艺创作要多多思量的。

即空观主人（凌濛初）《拍案惊奇序》。《二拍》和《三言》齐名，所录小说的内容、体式和风格类似，序里表达的观念也相仿。这篇由凌氏自己写的序言仍以“奇”为小说之所以受人喜爱的特点，但这个“奇”不一定非得是奇闻异事，而大可以来自日常生活，即所谓“今之人但知耳目之外牛鬼蛇神之为奇，而不知耳目之内、日用起居，其为谲诡幻怪非可以常理测者固多也”。

① ［古希腊］亚里士多德《诗学》，罗念生译，载《诗学　诗艺》29页，人民文学出版社1962年第1版。

以此为本而创作的作品，“其事之真与饰，名之实与赝，各参半。文不足征，意殊有属。凡耳目前怪怪奇奇，当亦无所不有，总以言之者无罪，闻之者足以为戒，则可谓云尔已矣”。这是说，小说里的故事，一半来自生活中发生的事件，一半缘于作者的想象和加工；那些看上去匪夷所思的事情，既不要大惊小怪，也不要过于当真，只要能够说明一点道理，就行了。的确，无论是《三言》还是《二拍》，其作品都是带有寓意的，伦理色彩很明显；而这也是那时候小说的普遍特征，甚至可以说是小说以及戏曲创作的根本性质，犹如《琵琶记》里说的：“不关风化体，纵好也徒然。”所以小说理论中也每每将这一点指出，作为评价的标准。至于具体作品中道德说教是否得当，用于告诫的反面事例是否适得其反（如以风月之事戒淫，其描写就往往过分，让人疑心是为了让小说畅销），则是另一码事了。

睡乡居士《二刻拍案惊奇序》。这位睡乡居士应当是《惊奇》作者的友人或“粉丝”，因为他对凌濛初赞美有加：“其人奇、其文奇，其遇亦奇。”小说观念也近似，强调“奇”的特征；而这个“奇”，不是那种让人心惊肉跳、目瞪口呆的“奇异”之“奇”，而是通过真实描写让人感到如闻其声、如见其人的“奇妙”之奇。论者举例说：

> 至演义一家，幻易而真难，固不可相衡而论矣。有如《西游》一记怪诞不经，读者皆知其谬。然据其所载，师弟四人各一性情、各一动止。试摘取其一言一事，遂使暗中摹索，亦知其出自何人。则正以幻中有真，乃为传神阿堵而已，而已有不如《水浒》之讥。岂非真不真之关，固奇不奇之大较也哉！

显然，所谓“奇”，也就是“真”，是对生活中人物和事件的真实而生动的描写——不是“自然主义”的照抄，而是具有“典型化”意义的“传神写照”。这种手法，在中国古典小说评论里叫作“白描”，就是用简洁的语言传达人物的性格和精神。对《西游》这类神魔小说来讲，是“幻中有真”；而对《水浒》这种写实小说而言，就是“真中有奇”了。对小说艺术来说，这“真”与“奇”实在是一对辩证的关系。

上述各序主要就《三言》《二拍》发表对小说的看法。另有一篇笑花主人的《今古奇观序》对冯梦龙赞口不绝，称“所纂《喻世》《警世》《醒世》三言，极摹人情世态之歧，备写悲欢离合之致，可谓钦异拔新，洞心骇目。而曲终奏雅，归于厚俗”。强调小说反映生活并感动人心的特征，跟冯、凌的观念是一以贯之的。据考，该序作者“与冯梦龙可能是熟悉的朋友”①，因此在小说观念上应声附和也不足为奇。

十八、小说批评（二）

上面介绍的序跋，都是针对“笔记”或“拟话本”，如当今所谓“短篇小说”。明代的小说创作成就，主要体现在长篇小说，包括“演义”“侠义”“神魔”和“世情”等类别，代表作就是所谓“四大奇书”——《三国演义》《水浒传》《西游记》和《金瓶梅》。这几部作品的序和跋，可以看作那个时代的“长篇小说论”。

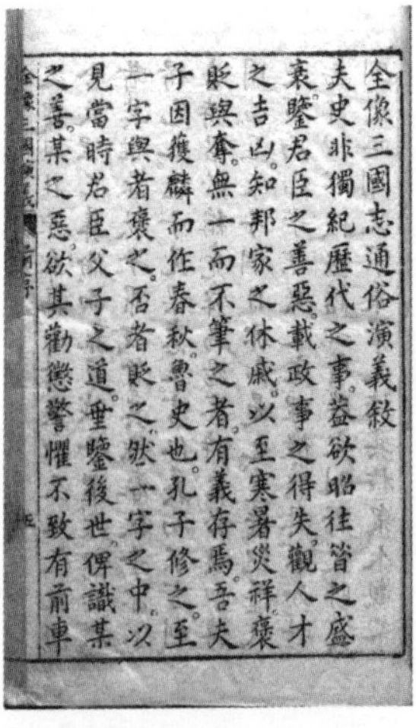
全像三國志通俗演義敘
夫史非獨紀歷代之事蓋欲昭往昔之盛
衰鑒君臣之善惡載政事之得失觀人才
之吉凶知邦家之休戚以至寒暑災祥褒
貶與奪無一而不筆之者有義存焉吾夫
子因獲麟而作春秋魯史也孔子修之至
一字與者褒之否者貶之然一字之中以
見當時君臣父子之道垂鑒後世俾識某
之善某之惡欲其勸懲警懼不致有前車

庸愚子（蒋大器）《三国志通俗演义序》是明代小说批评重要文献

庸愚子（蒋大器）《三国志通俗演义序》。“三国故事”出现很早，唐代的民间说唱艺术就有“说三国”一类；宋代话本里有“讲史”，“说三国”是重要内容；元代杂剧里也有用“三国故事”编写的剧目。明代文人在前人说书的基础上，创作出“半文言”的长篇历史小说《三国演义》，这标志着中国古代长篇小说的成型，同时也为历史题材长篇小说定型（“演义”）。庸愚子这篇序，主要谈论历史演义小说能够因其“通俗”的特征而起到普及历史并有助道德的作用：

孝节义必当师，奸贪谀佞必当去。

这讲的可是实情，就是在今天，严肃而又深奥的正史之著——比如“二十四史”或严肃的历史教科书——也是很少有普通民众能够耐得住性子去认真研读的，但喜欢读历史小说或看历史小说改编的影视作品的，却大有人在且乐此不疲。因此，有人用小说的形式去写历史并成就了历史演义小说，就是顺应人心且大快人心的事情；而“入耳而通其事，因事而悟其义，因义而兴乎感”，也是对历史演义小说特征和作用的最好的概括。

施耐庵《序水浒传》。古人著小说多不愿留名，故而“著作权”往往成谜，就连“四大名著”的作者都是到了近现代经专家考证才“验明正身”的；而《金瓶梅》的作者是谁，至今仍未可知，还归在“兰陵笑笑生”这个笔名之下。这篇归为作者的“自序”也只是根据文本的“想定”，是否出于书商伪托或有其他来路，还有待考证。书中自述《水浒传》的成书经过，似过于轻松，也不免令人生疑。作者说：

有时亦思集成一书，用赠后人，而至今阙如者：名心既尽，其心多懒，一；微言求乐，著书心苦，二；身死之后，无能读人，三；今年所作，明年必悔，四也。是《水浒传》七十一卷，则吾友散后，灯下戏墨为多；风雨甚，无人来之时半之。然而经营于心，久而成习，不必伸纸执笔，然后发挥。盖薄莫篱落之下，五更卧被之中，垂首捻带，睇目观物之际，皆有所遇矣。或若问：言既已未尝集为一书，云何独有此《传》？则岂非此《传》成之无名，不成无损，一；心闲试弄，舒卷自恣，二；无贤无愚，无不能读，三；文章得失，小不足悔，四也。

这说的是，作者曾有意著书，但想来想去，觉着意义不大，所以作罢。但又写下了这部篇幅不小的《水浒传》，乃是闲暇之时的游戏笔墨，并不指望靠它博得名声；而这种书，适合大众阅读，应该能够流传，至于写好写坏以及他

> 元日，实愤宋事。是故愤二帝之北狩，则称大破辽以泄真愤；愤南渡之苟安，则称灭方腊以泄其愤。问泄愤者谁乎？则前日啸聚水浒之强人也，欲不谓之忠义不可也。是故施、罗二公传《水浒》而复以忠义名其传焉。

他认为《水浒传》的作者是用小说去影射历史，并用对民间英雄的赞颂去痛斥朝廷的贪官污吏（如五十七回回评所说“当时在朝强盗还多些”）。因此，小说的主旨是“忠义”，是作者发愤而作，绝非闲来无事的无病呻吟。

李贽不仅揭示了《水浒传》的主题思想，对作品的艺术手法也多有洞见，涉及小说人物、情节和描写的方方面面，如：

> 李和尚曰：描画鲁智深，千古若活，真是传神写照妙手。且水浒传文字妙绝千古，全在同而不同处有辨。如鲁智深、李逵、武松、阮小七、石秀、呼延灼、刘唐等，众人都是急性的。渠形容刻画来，各有派头，各有光景，各有家数，各有身分，一毫不差，半些不混，读去自有分辨，不必见其姓名，一睹事实就知某人某人也。读者亦以为然乎？读者即不以为然，李卓老自以为然，不易也。（三回回评）

这说的是人物形象共性之中有个性，写出个性差异，就有“传神写照”的妙趣。又如：

> 秃翁曰：《水浒传》文字原是假的，只为他描写得真情出，所以便可与天地相终始。即此回中李小二夫妻两人情事，咄咄如画。若到后来“混天阵”处，都假了，费尽苦心亦不好看。（十回回评）

这说的是小说要真实地观察并描写生活细节，虽是虚构却如在目前；如果只是凭臆想大而化之或虚张声势，就是写真事也会让人觉得是在作假，令人生厌。又如：

把小说艺术提升到新的高度的法国小说家福楼拜

而莫泊桑经过刻苦的训练并凭借个人的天赋，也达到了这样的要求。美国小说家亨利·詹姆斯称赞他的小说“总是不同寻常地生动简要”，因为他能够用眼睛“攫取事物或情景所在的独特之处，然后以一位大师的巧妙简洁手法表达出来，就留下了一幅感人的、独到的画面”[①]。对中国古典小说来讲，这也就是“白描”的效果，是小说家靠着对生活的观察以及超凡的文字能力而为描写对象“传神写照”。

李贽评点《水浒传》，还有一种鲜明的倾向，就是尚“真”，即真性情、真人品。这突出体现在对李逵和宋江这两个人物的评价上。对李逵，李贽极尽赞美之词，认为是“上上人物”，原因就在于这个人物描写得极其直率：“如李大哥虽是卤莽，不知礼数，却是情真意实、生死可托。”（三十八回回评）“那里如李大哥，独自一个，两把板斧，便自救人，是何如胆略！如何忠义！”（四十回回评）“我家阿逵只是直性，别无回头转脑心肠，也无口是心非说话。”（五十二回回评）“李大哥一派天机，妙人趣人，真不食烟火人也。”（七十五回回评）而对宋江，李贽很不入眼，视之为善用心计的“假道学”：“宋公明只是一个黄老之术，以退为进，以舍为取。”（六十四回回评）“要知宋江之让，只为中心有愧于卢俊义耳，非真让也。”（六十八回回评）“宋公明已是假道学了，又有假假道学的，好笑，好笑。”（七十三回回评）“只是宋公明有些秀才气耳；即出至诚，一觉可厌，况参之以诈乎！”（八十三回回评）这种态度，来自崇尚真情实感、主张人性解放的人生观和文学观。李贽作有《童心说》一文，认为人的本性在于童心：“夫童心者，真心

① ［美］亨利·詹姆斯《居伊·德·莫泊桑》，乔佖译，朱乃长校，载《小说的艺术》232页，上海译文出版社2001年第1版。

不确。该序不同意将《水浒传》视作“盗书”，并认为小说的艺术多有可取：“如良史善绘，浓淡远近点染尽工；又如百尺之锦，玄黄经纬一丝不紕。此可与雅士道，不可与俗士谈。视之《三国演义》，雅俗相牵，有妨正史，固在不侔。”进而认为可以和《史记》相提并论。这些观点，都是很有见地的，也为后来《水浒传》的评论者所采纳。

欣欣子《金瓶梅词话序》。作者称“笑笑生”为“吾友”，当为《金瓶梅》最早的序文。明代小说受世风所染，“诲淫”之作甚多；而未入此流的作品也多少受影响，往往掺杂“秽笔”，这在《三言》《两拍》以及《水浒传》《西游记》里都能看到。《金瓶梅》以写“世情”为主，但因“秽笔”较多，也被当作“淫书”。对此，有不少文人打抱不平，认为此书写淫并不“宣淫”，而是“戒淫”，类乎所谓“以毒攻毒”；不仅如此，还“寄意于时俗，盖有谓也”。如此序就认为作者的目的在于“解忧”：

> 其中语句新奇，脍炙人口，无非明人伦，戒淫奔，分淑慝，化善恶，知盛衰消长之机，取报应轮回之事，如在目前始终；如脉络贯通，如万系迎风而不乱也。使观者庶几可以一哂而忘忧也。

也就是说，从书中描写看出人生善恶因缘，报应轮回，“皆不出循环之机”，于是心平气和，忘却烦忧，顺应天时，自得其乐。类似看法还有署名廿公的《金瓶梅跋》，说：

> 《金瓶梅传》，为世庙时一巨公寓言，盖有所刺也。然曲尽人间丑态，其亦先师不删《郑》《卫》之旨乎？中间处处埋伏因果，作者亦大慈悲矣。今后流行此书，功德无量矣。不知者竟目为淫书，不惟不知作者之旨，并亦冤却流行者之心矣。

照他看来，《金瓶梅》就是讽刺之书，所揭露的“人间丑态”，是让读者其中朝野之政务，官私之晋接，闺闼之媟语，市里之猥谈，与夫势交利合之态，心输背笑之局，桑中濮上之期，尊罍枕席之语，驵驵之机械意智，粉黛之自媚争妍，押客之从臾逢迎，奴佁之稽唇淬语，穷极境象，骇意快心。

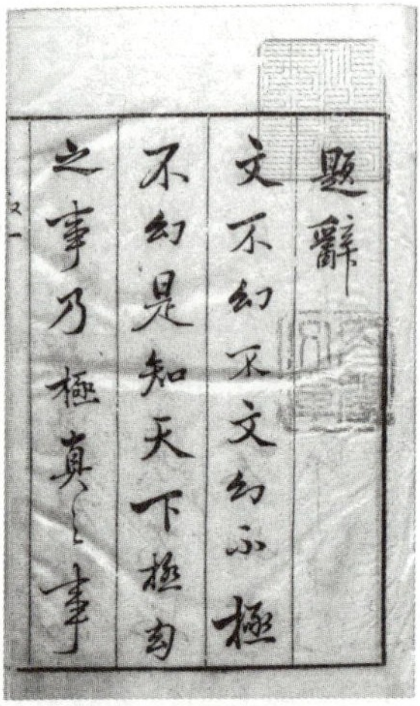

袁于令《西游记题词》提出“幻”与“真”的小说观

这是称赞小说反映社会生活的方方面面，刻画出形形色色的人物和场景，如同现今所谓“现实主义创作方法”；而这种创作方法，对《红楼梦》是多少产生了影响的。

幔亭过客（袁于令）《西游记题词》。作为“四大奇书”之一的《西游记》，在明代不如《三国》《水浒》风行，所附序跋也往往是从“谬悠荒唐”里寻求微言大义，如陈元之《西游记序》所谓“故魔以心生，亦心以摄。是故摄心以摄魔，摄魔以还理。还理以归之太初，即心无可摄”。袁于令所作“题词”，提出了“真幻”的观念，虽仍着眼于作品关于“神”和“魔”的描写，却跟创作有了关联，这就是：“文不幻不文，幻不极不幻。是知天下极幻之事，乃极真之事；极幻之理，乃极真之理。”如果单就小说创作手法来看，像《西游记》这样的神魔小说，是以超出现实世界的幻想而引人入胜的，但这幻想又有现实世界的根据，并且蕴含着人世间的道理，所以是“亦真亦幻”而“幻中有真”。如果我们把小说中超现实的想象看作一种“浪漫主义”，那么提出“文不幻不文，幻不极不幻”也算得上是小说评论中的“浪漫”思想了。

现，令人过目难忘。

在《读第五才子书法》里，金圣叹从多个方面论述了《水浒传》的艺术成就。他认为，《水浒传》比《西游》和《三国》写得好：

> 或问：题目如《西游》《三国》，如何？答曰：这个都不好。《三国》人物事体说话太多了，笔下拖不动，踅不转，分明如官府传话奴才，只是把小人声口，替得这句出来，其实何曾自敢添减一字？《西游》又太无脚地了，只是逐段捏捏撮撮，譬如大年夜放烟火，一阵一阵过，中间全没贯串，便使人读之，处处可住。

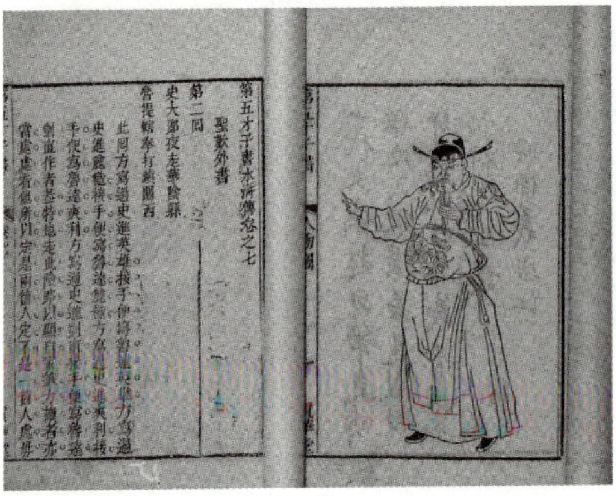

金圣叹评点《水浒传》是中国古代小说理论的一个高峰

这是说，《三国》里人物都是死板僵硬的，是替作者代言而不是自己讲话，因而缺乏个性和神采。的确，小说家出于某种原因而过分地控制笔下的人物，往往会使人物形象僵化或不自然。相反，真正懂得小说艺术的作者，是会让人物按自身的性格去说话、行动的，甚至容许“人物的叛变”，就如列夫·托尔斯泰所说的：“一般说来，我的男女主角色们，有时跟我开那种玩笑，我简直不太喜欢！他们作那些现实生活中应该作的，和现实生活中常有的，而不是我愿意的。”①《三国演义》的人物要为历史及“正统”的观念服务，故而只能说历史规定的或作者想要说的话；而《水浒传》的人物就应该讲自己的话。要让人物讲好自己的话，作者是要下一番“格物”的功夫的。至于《西游》的情节，因为大都是预先设定，而不是从人物性格生发出来

① ［苏联］巴乌斯托夫斯基《金蔷薇》47页，李时译，上海译文出版社1980年新1版。

有看头，就在于把人物性格写了出来：

> 别一部书，看过一遍即休，独有《水浒传》，只是看不厌，无非为他把一百八个人性格都写出来。

可不是吗，一部小说让人爱不释手且百读不厌，最重要的是把人物写活，就像美国作家海明威所说，“作家写小说应当塑造活的人物”[①]。这个“活”字，很大程度上体现为性格鲜明，而《水浒传》虽然人物众多，且为同类，却没有通常小说爱犯的千人一面的毛病：

> 《水浒传》写一百八个人性格，真是一百八样。若别一部书，任他写一千个人，也是一样；便只写得两个人，也只是一样。

举例来说：

> 《水浒传》只是写人粗卤处，便有许多写法。如鲁达粗卤是性急，史进粗卤是少年任气，李逵粗卤是蛮，武松粗卤是豪杰不受羁靮，阮小七粗卤是悲愤无说处，焦挺粗卤是气质不好。

有时用对比的方法使人物性格更加鲜明：

> 只如写李逵，岂不段段都是妙绝文字？却不知正为段段都在宋江事后，故便妙不可言。盖作者只是痛恨宋江奸诈，故处处紧接出一段李逵朴诚来，做个形击。其意思自在显宋江之恶，却不料反成李逵之妙也。此譬如刺枪，本要杀人，反使出一身家数。

---

① 董衡巽编选《海明威谈创作》2页，生活·读书·新知三联书店1985年第1版。

和张三有事，却又先写宋江讨阎婆惜，却又先写宋江舍棺材等。凡有若干文字，都非正文是也。

有极省法。如武松迎入阳谷县，恰遇武大也搬来，正好撞着。又如宋江琵琶亭吃鱼汤后，连日破腹等是也。

这是小说叙事中的“时间”。当代叙事学认为，小说里的“文本时间”跟事件发生的实际时间往往是不相等的，有时候“文本时间”长于实际时间，这也就是所谓“极不省法”，省到极致即为“停顿”，即“故事时间跨度为零”；有时候“文本时间”短于实际时间，这也就是所谓“极省法”，省到极致即为“省略”，即“本文篇幅是零”。[①]这个特点在中国古典戏曲里也很明显，比如生活中走几步路，舞台上可以演唱好半天；而现实中的几年甚至几十年，舞台上一个转场就带过了。这既是叙事的需要，也是叙事的“艺术”，因为只有叙事的张弛有度，才能使读者感到新奇并产生快感。20世纪俄国形式主义文论有个“陌生化”的观点，说是叙事作品要打乱实际事件的“编年”的顺序，使“故事”成为“情节”，这也就是“陌生化”以及“文学性”的来由。金圣叹指出了《水浒传》叙事的种种“法”，多是作者为使叙事（讲述）更加曲折动听而有意为之，未尝不可以看作是形式化或“陌生化”的手法。能认清这一特点，也需要评论者非凡的眼力。

“读法”之外，“回批”也颇有可观。这里略举其有关“因缘生法”的一段议论。意思是说，作家塑造人物形象，往往设身置地，化身为所写人物。但《水浒》中的人物形形色色，高高低低，以施耐庵之人品，写英雄而化身为英雄自不必论，化身为奸雄也情有可原，但他能够把淫妇和偷儿写得活灵活现，这又是怎样回事呢？难道他也化身为淫妇和偷儿不成？对此，金圣叹的回答是肯定的，认定施耐庵在刻画淫妇和偷儿时就是化身为淫妇和偷儿：

---

① ［以］里蒙-凯南《叙事虚构作品》95页，姚锦清等译，生活·读书·新知三联书店1989年第1版。

《金瓶梅》，何为而有此书也哉？曰：此仁人志士、孝子悌弟不得于时，上不能问诸天，下不能告诸人，悲愤鸣邑，而作秽言以泄其愤也。（《竹坡闲话》）

又认为作品中寄寓着作者的苦难与悲凉：

作者不幸，身遭其难，吐之不能，吞之不可，搔抓不得，悲号无益，借此以自泄，其志可悲，其心可悯矣。故其开卷，即以“冷热”为言，煞末又以“真假”为言。（《竹坡闲话》）

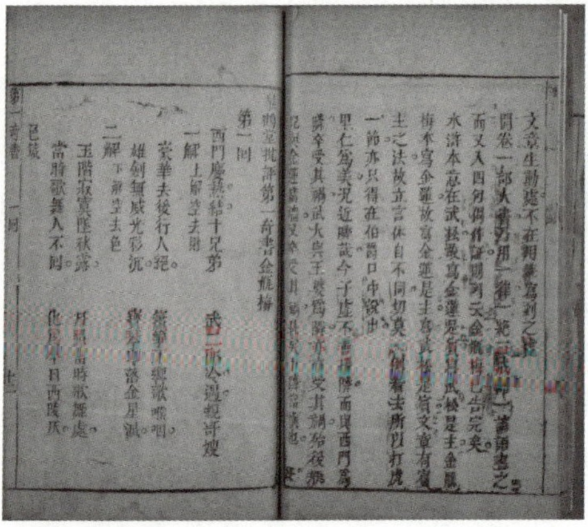

《金瓶梅》被张竹坡看作深有寓意的“愤书”

而现实的情况是，“不意世之看者，不以为惩劝之韦弦，反以为行乐之符节，所以目为淫书，不知淫者自见其为淫耳”（《第一奇书非淫书论》）。那些把《金瓶梅》当作“淫书”去看的人真是瞎了眼睛，而把《金瓶梅》当作“淫书”去卖的人更是歪了心思，好端端的一部“奇书”，就此被埋没甚至糟蹋了。张竹坡要做的，就是为这部“第一奇书”恢复名誉，并向世人揭示其价值，不光是思想价值，还有艺术价值。《批评第一奇书〈金瓶梅〉读法》里，就有对该书艺术手法的评论，如：

文章有加一倍写法，此书则善于加倍写也。如写西门之热，更写蔡、宋二御史，更写六黄太尉，更写蔡太师，更写朝房，此加一倍热也。如写一金莲，更写一瓶儿，可谓犯矣，然又始终聚散，其言语举动，又各各不乱一丝。写一王六儿，偏又写一贲四嫂。写一李桂姐，偏又写一吴银姐、郑月儿。写一王婆，偏又写一薛媒婆、一冯妈妈、一文嫂儿、一陶媒婆。写一薛姑子，偏又写一王姑子、刘姑子。诸如此类，皆妙在特特犯手，却又各各一款，绝不相同也。

“犯”和“避”，是中国古典小说常用的手法，是指对相同或相似的事件或人物，描写时要显现出差异来。比如《水浒》里写了武松打虎，再写李逵杀虎，就不能重复；梁山好汉多都是英雄，但英雄跟英雄要有不同的特点。张竹坡所说的“犯笔不犯”，主要体现在人物形象：同一类人物，写了一个，再写一个，就是“犯”；而再写的这个跟前一个同中有异，就是“犯笔不犯”。如果作家不是回避同类人物，而是有意去写同类人物，而又“各各一款，绝不相同”，那就展示出高超的小说创作艺术。实际上，不唯《金瓶梅》，凡优秀的中国古典小说，其成功之道在很大程度上都得益于“犯笔不犯”，比如《水浒传》里的好汉，《三国演义》里的战争，以及后来《红楼梦》里的小姐和丫鬟们：这在创作方法上可以看作是“典型化”的手法。而凡是没有达到“典型”而使人物成为“传话奴才”或“脸谱”的小说，都多少要减损艺术价值，至少在人物形象的塑造上是如此——这跟戏曲艺术所需要的“程式化”和“类型化”不太一样。

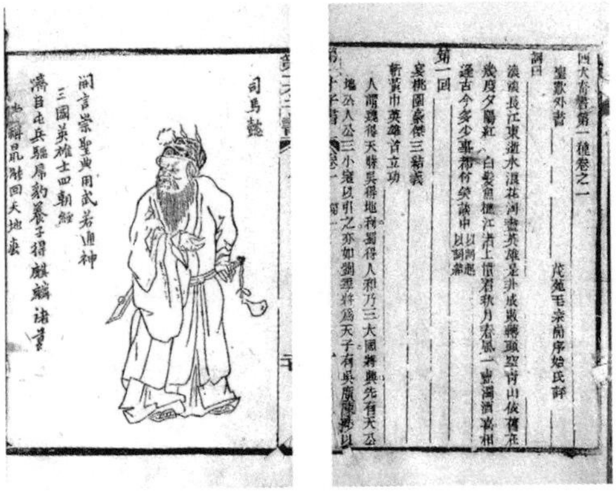
毛宗岗对《三国演义》进行了加工和评论

毛宗岗评点《三国演义》。古代批评家在对小说进行评点时，间或对小说原作作些删改或修订，这在金评《水浒》就有表现，而在毛宗岗（或许还有其父）对《三国演义》的评点中，体现得更加突出。目前大致可以确认，我们现今看到的《三国演义》，是经过毛氏加工和润色的，去掉了许多枝蔓的情节和杂芜的描写，使叙事更加清晰、语言也更加规范了。这也说明，古人小说的评点，确实是既“评”又“点”，因为“点”不仅有“圈点”的意思，还有“点灭”和“点窜”的意思。当然，作为“评论家”的毛宗岗，对小说理论批评的贡献还在《三国演义》艺术手法的评价上，他的《读三国志法》里对《三国演义》的叙事手法多有点赞，如：

> 《三国》一书，有同树异枝、同枝异叶、同叶异花、同花异果之妙。作文者以善避为能，又以善犯为能。不犯之而求避之，无所见其避也；惟犯之而后避之，乃见其能避也。如纪宫掖，则写一何太后，又写一董太后；写一伏皇后，又写一曹皇后；写一唐贵妃，又写一董贵人；写甘、糜二夫人，又写一孙夫人，……而其间无一字相同。

这里也讲到“犯”和“避”，跟金圣叹、张竹坡谈论的大体相同，是说对相类的人物描写要避免雷同，所谓“同树异枝、同枝异叶、同叶异花、同花异果”，是对中国古典小说“犯”“避”艺术的很好的概括。又如：

> 《三国》一书，有横云断岭、横桥锁溪之妙。文有宜于连者，有宜于断者。如五关斩将，三顾草庐，七擒孟获，此文之妙于连者也。如三气周瑜，六出祁山，九伐中原，此文之妙于断者也。盖文之短者，不连叙则不贯串；文之长者，连叙则惧其累坠，故必叙别事以间之，而后文势乃错综尽变。后世稗官家鲜能及此。

这讲的是叙事中的照应和变化。有的小故事须合成大事件后方见其意义，故而需要先后照应，一气呵成，不给人以孤立和破碎之感。而有的大事件若一口气讲完，则少了些跌宕和悬念，故而须适当地加以顿挫。断中有连，连中有断，使故事既流畅自然又引人联想，犹如山水画卷里既烟云明灭又山水相连，尽得虚实掩映之妙趣。又如：

> 《三国》一书，有隔年下种、先时伏着之妙。善圃者投种于地，待时而发。善奕者下一闲着于数十着之前，而其应在数十着之后。文章叙事之法亦犹是已。如西蜀刘璋乃刘焉之子，而首卷将叙刘备，先叙刘焉，早为取西川伏下一笔。

这说的是“伏笔”，也是小说叙事的重要一环。小说里有的人物和事件在开始时看不出作用，但当情节进入高潮或结局后才“大放异彩”，这往往给读者带来惊奇和回味，是匠心独运的叙事手法。《三国演义》里这种“隔年下种、先时伏着”的例子很多，如“桃园结义”就为刘备后来的伐吴的败亡埋下伏笔，张飞的嗜酒也为后来的为部将所杀埋下伏笔。这跟史实或许不符，却是小说家的精心安排。又如：

> 读《三国》胜读《水浒传》。《水浒》文字之真，虽较胜《西游》之幻，然无中生有，任意起灭，其匠心不难，终不若《三国》叙一定之事，无容改易，而卒能匠心之为难也。且三国人才之盛，写来各各出色，又有高出于吴用、公孙胜等万万者。吾谓才子书之目，宜以《三国演义》为第一。

这明明是在跟金圣叹唱反调，金说《三国》不如《水浒》，毛偏说《水浒》不如《三国》，原因在于两人出发点各不相同。金认为《三国》呆板，缺乏想象，不如《水浒》云谲波诡；而毛则认为这恰恰是《三国》高明的地方，如同“带着镣铐跳舞”，更需要小说家的功力。今天看去，这两种观点都有道理，“仁者见仁”，在文艺批评里不妨“公婆”各说其理。在回评里，毛宗岗也有不少好的观点，如第三十七回评论“三顾茅庐”：

此卷极写孔明，而篇中却无孔明。盖善写妙人者，不于有处写，正于无处写。写其人如闲云野鹤之不可定，而其人始远；写其人如威凤祥麟之不易睹，而其人始尊。且孔明虽未得一遇，而见孔明之居则极其幽秀；见孔明之童则极其古淡；见孔明之友则极其高超；见孔明之弟则极其旷逸；见孔明之丈人则极其清韵；见孔明之题咏则极其俊妙；不待接席言欢，而孔明之为孔明，于此领略过半矣。

从小说叙事艺术，我们容易看出“三顾茅庐”的情节是作者有意为之，先吊足读者的胃口，然后再让人物出场；因为人物重要，所以得“蓄势”。而在毛宗岗看来，这里面还暗藏着一种写人的妙法，就是“不于有处写，正于无处写”；人物虽未出场，作者却已经通过环境、他人以及相关器物在不知不觉中描写了。甚至人物的不出场本身就是一种描写，暗示人物的重要和神奇。而且，这种写法较之正面的和直接的描写更加曲折、含蓄，更符合中国古典美学里“意在言外”和“味外之旨”的理想。

脂砚斋评点《红楼梦》。“脂砚斋”这个名字随着“《红》学”的红火而为越来越多的人知晓；但“脂砚斋”是谁？跟曹雪芹及《红楼梦》是怎样的关系？至今差不多还是个谜，没人完全说得清楚。大体上，“脂砚斋”跟曹雪芹是相识的，因为他在评点中提到给曹氏提过修改意见——当然这也有可能是为了掩人耳目；并且他是最先看到《红楼梦》手稿并进行评点的人——这一点专家的考证已经加以证实。脂砚斋对《红楼梦》的评点被称作“脂评”，对“《红》学”研究很有用处。“脂评”的主要目的是揭示作者的

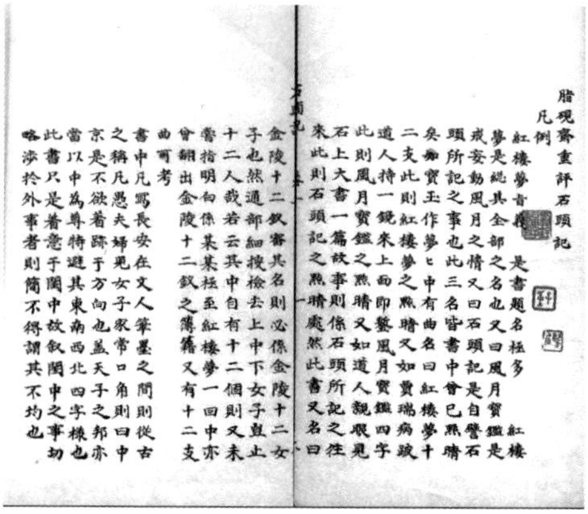
脂硯齋重評石頭記
凡例
紅樓夢旨義是書題名極多紅樓
夢是總其全部之名也又曰風月寶鑑是
戒妄動風月之情又曰石頭記是自譬石
頭所記之事也此三名皆書中曾已點睛
矣如寶玉作夢夢中有曲名曰紅樓夢十
二支此則紅樓夢之點睛又如賈瑞病跛
道人持一鏡來上面即鏨風月寶鑑四字
此則風月寶鑑之點睛又如道人親眼見
石上大書一篇故事則係石頭所記之往
來此則石頭記之點睛處然此書又名曰
金陵十二釵審其名則必係金陵十二女
子也然通部細搜檢去上中下女子豈止
十二人哉若云其中自有十二個則又未
嘗指明白係某某極至紅樓夢一回中亦
曾翻出金陵十二釵之簿籍又有十二支
曲可考
書中凡寫長安在文人筆墨之間則從古
之稱凡愚夫婦兒女子家常口角則曰中
京是不欲着跡于方向也蓋天子之邦亦
當以中為尊特避其東南西北四字樣也
此書只是着意于閨中故叙閨中之事切
略涉於外事者則簡不得謂其不均也

脂砚斋评点《红楼梦》是“《红》学”研究的重要材料

用意。因为中国古典小说向来被认为有“春秋笔法”，有的读者自视高明，也怕别人看不清，就在回首回尾或字里行间加以说明，“脂评”就属此类；但有时说得高兴，借题发挥，表达出对小说创作的见解，这就有了小说理论批评的自觉意识了。在“脂评”里，这样的言论还真不少，所以“脂砚斋”算得上清代一位懂得小说艺术的批评家。比如，《红楼梦》第一回有作者关于创作方法的一段自白：“至若离合悲欢，兴衰际遇，则又追踪蹑迹，不敢稍加穿凿，徒为供人之目而反失其真传者。”脂砚斋有眉批曰：

> 事则实事，然亦叙得有间架、有曲折、有顺逆、有映带、有隐有见、有正有闰，以致草蛇灰线、空谷传声、一击两鸣、明修栈道、暗渡陈仓、云龙雾雨、两山对峙、烘云托月、背面敷粉、千皴万染诸奇书中之秘法，亦不复少。余亦于逐回中搜剔刮剖，明白注释，以待高明再批示误谬。（甲戌本第一回眉批）[①]

这是告诉读者：别听作者的谦词，其实作品里面是大有玄机的，放出了很多的手段，不信就等我来揭开谜底，看是不是这么回事。这话说得没错，曹雪芹是在作小说，而不是写日记；他写的人和事之所以吸引人并赚人眼泪，是“创作”使然，而非“实录”的效果。因此，“脂评”在这里提醒读者注意，把这部作品当“小说”去读，还是很有必要的。又比如，在第二回回首，“脂评”指出《红楼梦》叙事的用心，也很有见地：

> 此回亦非正文本旨，只在冷子兴一人，即俗谓“冷中出热，无中生有”也。其演说荣府一篇者，盖因族大人多，若从作者笔下一一叙出，尽一二回不能得明，则成何文字？故借用冷字一人，略出其大半，使阅者心中，已有一荣府隐隐在心，然后用黛玉、宝钗等两三次皴染，则耀然于心

① 《红楼梦》“脂评”异文颇多，本书引用，录自［法］陈庆浩编著《新编石头记脂砚斋评语辑校》（增订本），中国友谊出版公司1987年第1版。

中眼中矣。此即画家三染法也。（甲戌本第二回总评）

这说的是，要讲一个大家族的故事，先让一个“旁观者”略作交代，再由人物徐徐进入，这样自然而然且层次分明，是小说家讲故事的高明之处。这见解也有道理，长篇小说从何处起笔是有讲究的。《红楼梦》是从“外”到“内”，让读者对整个叙述对象有个大致了解，心里有了预期，这对整个叙事的推进，会有好处；不然的话，每个重要人物出场，都要费许多笔墨去交代。再比如，《红楼梦》虽有“幻设之语”，如青梗峰的顽石以及一僧一道等等，但总体上是排斥迷信的，对那些装神弄鬼的把戏往往予以揶揄、调笑。但是，小说里也不时出现一些“神异”事情，说得像真的一样，比如秦钟将死之时，“正见许多鬼判持牌提索来捉他”。对这种一本正经讲鬼神的描写，脂评指出：

《石头记》一部中皆是近情近理必有之事，必有之言。又如此等荒唐不经之谈，间亦有之，是作者故意游戏之笔耶？以破色取笑，非如别书认真说鬼话也。（庚辰本第十六回眉批）

原来作者是跟读者开开玩笑，千万别当真。这“游戏之笔”在长篇小说里是必要的，它可以调剂读者的阅读心理；在此处，就使一个死亡的事件抹上些许幽默色彩，让人读来不至于沉重悲切。再比如，作者在开篇不久就借“石头”的话表明自己不循老套，鄙薄“满纸潘安子建、西子文君”的佳人才子之书，在后面还借贾母的口再次批驳“佳人才子”的老套，他本人在作品里描写到“佳人才子”时就力求避免这种“老套”，使笔下的小姐、公子们接近现实，显出个性；有时候，不惜给正面人物加上一点“缺陷”，比如史湘云的“咬舌”——俗称“大舌头”。这方面的用意，“脂评”也了然于心，特意点出：

可笑近之野史中，满纸“羞花闭月”“莺啼燕语”。殊不知真正美人方有一陋处，如太真之肥、飞燕之瘦、西子之病，若施于别个，不美矣。今见“咬舌”二字加之湘云，是何大法手眼，敢用此二字哉？不独不见其陋，且更觉轻巧娇媚，俨然一娇憨湘云立于纸上，掩卷合目思之，其“爱”“厄”娇音如入耳内。然后将满纸“莺啼燕语”之字样，填粪窖可也。（己卯本第二十回夹批）

这种描写有两方面作用，一是使人物更加可信，因为生活中就有“大舌头”的小姐；二是使人物更加可爱，因为一个漂亮小姐带上点发音上的毛病，非但不减其美，反而增其“媚”。这是艺术表现上的辩证法，有人称之为“缺陷美”，也不是没有道理。与此相关的是，“脂评”对于《红楼梦》，是十分看重人物刻画的，常常用“妙”“摹神”“毕肖”“好看”以及“如见如闻，活现于纸上之笔”“真是人人俱尽，个个活跳”等评语去点赞；而评语中对人物性格的概括，也能够追神摄影，如：

细想香菱之为人也，根基不让迎、探，容貌不让凤、秦，端雅不让纨、钗，风流不让湘、黛，贤惠不让袭、平，所惜者幼年罹祸，命运乖蹇，致为侧室，且虽曾读书，不能与林、湘辈并驰于海棠之社耳。（庚辰本第四十八回夹批）

这显然是批评家的手笔，也是一篇很好的批评文字；后来涂瀛写《〈红楼梦〉论赞》，想必就是由此而来。

关于《红楼梦》，自脂砚斋后，评论日多，但总体上理论价值不高，直到20世纪初“新《红》学”出现后，才在考证和批评两方面都有了重大突破。但“旧《红》学”里有一篇文献是令人高看一眼的，那就是戚蓼生《石头记序》。戚氏生活在18世纪中后期，能有如此见解，诚属难能可贵。序中说道：

第观其蕴于心而抒于手也，注彼而写此，目送而手挥，似谲而正，似则而淫，如《春秋》之有微词、史家之多曲笔。试一一读而绎之：写闺房则极其雍肃也，而艳冶已满纸矣；状阀阅则极其丰整也，而式微已盈睫矣；写宝玉之淫而痴也，而多情善悟不减历下琅琊；写黛玉之妒而尖也，而笃爱深怜不啻桑娥石女。他如摹绘玉钗金屋，刻画芗泽罗襦，靡靡焉几令读者心荡神怡矣，而欲求其一字一句之粗鄙猥亵，不可得也。

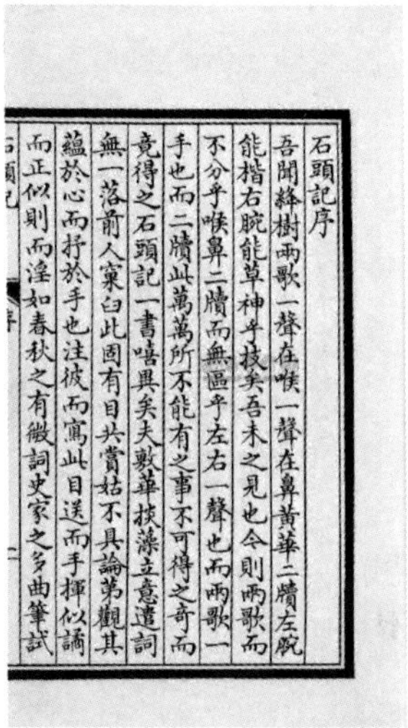
石頭記序
吾聞絳樹兩歌一聲在喉一聲在鼻黄華二牘左腕能楷右腕能草神乎技矣吾未之見也今則兩歌而不分乎喉鼻二牘而無區乎左右一聲也而兩歌一手也而二牘此萬萬所不能有之事不可得之奇而竟得之石頭記一書嘻異矣夫敷華掞藻立意遣詞無一落前人窠臼此固有目共賞姑不具論第觀其蘊於心而抒於手也注彼而寫此目送而手揮似譎而正似則而淫如春秋之有微詞史家之多曲筆試

戚蓼生《〈石头记〉序》超越了“旧《红》学”的水准

这里面重要的是指出了《红楼梦》寓意及批判精神，小说所写的那些道貌岸然的做作，虚情假意的门面，以及钟鸣鼎食的豪奢，烈火烹油的气焰，这一切，都是一个封建贵族家庭走向没落的征兆；而与此形成对照的，是那种乖张叛逆的举止，落落寡合的性格，反倒散发出人性和人情的光辉。此即所谓“注彼而写此，目送而手挥”，是伟大作品的思想和艺术的体现。能够指出这一点，就表明批评家跳出了自身的局限，与小说产生了真正的共鸣。

二十、“格调”“神韵”“肌理”

这是中国传统文论中三个重要的诗学观念，既表达出古人对诗歌本性的理解，也体现不同时代的创作观念。

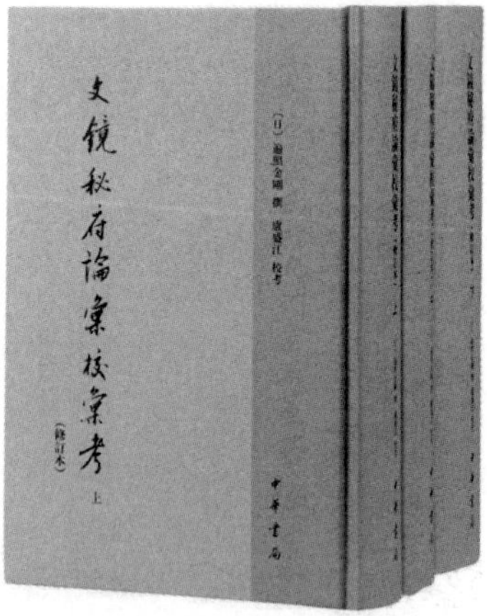

《文镜秘府论》收集了南朝到中唐的诗学资料

中国古代文论里一些重要术语的意思往往不太固定，说话的人不愿把意思坐实，而在不同语境里同样的词语也有不同的含义。因此，运用或评析相关术语的人，往往只能“仿佛其意”，说得太具体，会被讥为“固哉”；而说得太活泛，又可能被笑话为“不通”。比如“格调”，放在一起较好理解，是一种精神或气质，如唐代诗人秦韬玉所写“谁爱风流高格调”（《贫女》）；但把两个字分开来说，情况就有些复杂了，比如唐代日本僧人遍照金刚所纂《文镜秘府论·论文意》里说：“凡作诗之体，意是格，声是律，意高则格高，声辨则律清，格律全，然后始有调。”看上去“格”是诗歌的“意”（意象、意境或意蕴？），而“声”是指诗歌的声律，这也许是后来“格调”之“调”的来由。皎然《诗式》评谢灵运说：“不然，何以得其格高，其气正，其体贞，其貌古，其词深，其才婉，其德宏，其调逸，其声谐哉！”提到“格高”“调逸”，又评《邺中集》说：“不由作意，气格自高。”所说“格”类乎“气”或“韵”，而“调”既可能是“风调”，也可能是“声调”，就看跟后面说的“其声谐”是否相类。殷璠《河岳英灵集》评储光羲：“格高调逸，趣远情深。削尽常言，挟风雅之迹、浩然之气。”结合下文，可知“格”与“调”是同一事情的两个方面，如同下面“趣”和“情”一样，是由风雅和正大的风格使然。又结合同书相关评语看，“格调”与“气”“骨”“兴象”“风骨”等观念以及风格和“造语”等因素相关，如评陶翰：“既多兴象，复备风骨。”评高适：“多胸臆语，兼有气骨。”评岑参：“语奇体峻，意亦造奇。”评崔颢：“忽变常体，风骨凛然。”评孟浩然：“半遵雅调，全削凡体。”当然也可能跟声律有关，如评刘昚虚：“声律宛态，无出其右。”但没有用“调”字。另一部唐代诗集，高仲武《中兴间气集》，也以“格”和“调”评诗，如评钱起：“体格新奇，理致清赡。”评皇甫冉：“发调新奇，远出情外。”“体格”或指诗歌的体制和风格，“发调”或指诗歌的语言和风调。从这些评语可见，唐人论诗，多用“格调”作评，但意思比较笼统，大致是表示诗歌的审美特征，“格”偏重“意”，而调偏重“体”，但区分并不明晰。如果将“格”与“调”合而观之，则相当于殷璠所说的“情来、气来、神来”以及“兴象”和“风骨”。

宋姜夔《白石道人诗说》说：“意格欲高，句法欲响，只求工于句、字，亦末矣。故始于意格，成于句、字。句意欲深、欲远，句调欲清、欲古、欲和，是为作者。”其中“格”是“意”的表现，“调”是“句”的特点；“意格”深远是境界，“句调”清和是声韵，二者各有所重。各种诗话也常以“格”论诗，如陈师道《后山诗话》：“鲁直谓荆公之诗，暮年方妙，然格高而体下。”所说的“格”当是“意”，“体”当是“语”，意谓诗意很好，却没有同样的语句把它表达出来。也有相反的情况，即诗意平平，诗的语句却颇能出新，吴可《藏海诗话》："唐末人诗，虽格不高而有衰陋之气，然造语成就。今人诗多造语不成。"这里说的"格"仍属诗意。再如魏泰《临汉隐居诗话》："老杜云：'美名人不及，佳句法如何。'盖诗欲气格完邃，终篇如一，然造句之法亦贵峻洁不凡也。"诗"格"属于"气"，需要用峭拔的语句去体现出来。

宋人论诗，以"格"为主，与之相对应的"句调"或所谓"体"和"造语"，大致是指诗歌的句法和声律，这方面内容，在明代诗论里受到相当重视，成为"格调"之说中"调"的内容。李东阳论诗，特重声调、音节，如《麓堂诗话》所说"古律诗各有音节"，"古诗歌之声调节奏，不传久矣"，"今之歌诗者，其声调有轻重、清浊、长短、高下、缓急之异"等等。而他所说的"格调"，也常常是指诗歌的声调："今泥古诗之成声，平侧短长，句句字字，摹仿而不敢失，非惟格调有限，亦无以发人之情性。"这里面"格调"就是指古诗的声音效果。李东阳认为，每个时代的诗歌都有自己的声音效果，即便有着规定的字数和格律，但若仔细讽咏和领会，还是能够察觉声音效果的不同。他说：

> 所谓律者，非独字数之同，而凡声之平仄，亦无不同也。然其调之为唐为宋为元者，亦较然明甚。此何故耶？大匠能与人以规矩，不能使人巧。律者，规矩之谓，而其为调则有巧存焉。敬非心领神会，自有所得，虽日提耳而教之无益也。

又说：

> 汉魏六朝唐宋元诗，各自为体，譬之方言，秦、晋、吴、越、闽、楚之类，分疆画地，音殊调别，彼此不相入。此可见天地间气机所动，发为音声，随时与地，无俟区别，而不相侵夺。然则人囿于气化之中，而欲超

乎时代土壤之外，不亦难乎？

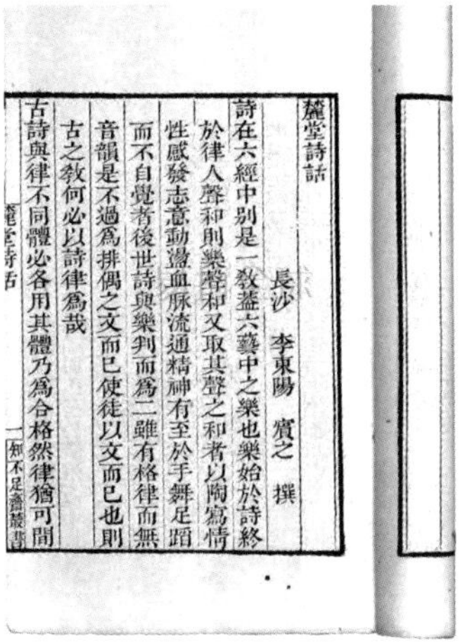
麓堂詩話
長沙 李東陽 賓之 撰
詩在六經中別是一教蓋六藝中之樂也樂始於詩終
於律人聲和則樂聲和又取其聲之和者以陶寫情
性感發志意動盪血脉流通精神有至於手舞足蹈
而不自覺者後世詩與樂判而爲二雖有格律而無
音韻是不過爲排偶之文而已使徒以文而已也則
古之教何必以詩律爲哉
古詩與律不同體必各用其體乃爲合格然律猶可間
麓堂詩話 一 知不足齋叢書

李东阳论诗崇尚“格调”

因此，对诗歌艺术来说，“调”的辨识就十分重要了；判别一首诗的好坏，不仅靠眼，还要靠耳，这也就是李东阳所说的“诗必有具眼，亦必有具耳。眼主格，耳主声”（《麓堂诗话》）。并且，学习古人，也须从“格调”入手；诗人可能是宋代的，但写出的诗句却可以是唐诗的“格调”，比如李东阳就称赞宋代严羽：“严沧浪‘空林木落长疑雨，别浦风多欲上潮’，真唐句也。”（《麓堂诗话》）所谓“唐句”，就是唐诗的“格调”。这个意思，其实宋代诗话里就有，比如刘攽《中山诗话》说：“潘阆字逍遥，诗有唐人风格。”李东阳不过把模仿和学习的态度更加理论化了而已。

“格调”说在明代诗坛曾风光一时，因为它顺应了一种复古的势力，即“前、后七子”都标榜过的“文必秦汉，诗必盛唐”。盛唐诗歌是难以逾越的高峰，对此，宋人的态度是变通，而明代诗人的做法是模仿，拿唐诗作范本，学得越像越好。而“格调”正是学习的门径，学会了“唐调”，就作得了唐诗。“前七子”领袖李梦阳说：“诗至唐，古调亡矣，然自有唐调可歌咏，高者犹足被管弦。宋人主理不主调，于是唐调亦亡。”（《缶音序》）宋代诗人不明白这个道理，舍本逐末，所以宋诗完蛋了；当代（明代）人如果不愿重蹈覆辙，就得老老实实地去吟诵唐诗，模仿唐“调”。这样写出的诗，方能够“格古、调逸、气舒、句浑、音圆、思冲”（《潜虬山人记》），或如所谓“高古者格，宛亮者调”（《驳何氏论文书》）。“后七子”的代表人物王世贞也随声附和，为“格调”立说：“才生思，思生调，调生格。思即才之用，调即思之境，格即调之界。”（《艺苑卮言》）可见“调”是“格”的前提，“格”是“调”的作用。诗人因自己的才情去构思，先找到声音的形式，进而才有了诗歌的境界。

前后“七子”还有明代许许多多的诗人都把“格调”说当成宝贝，但“格调”并没有给他们带来意想中的惊喜。后人看去，明诗非但不及唐诗，跟宋诗比也差得不少。钱锺书先生认为：“整个说来，宋诗在元诗、明诗之上，也超过了清诗。”①十分准确。一个简单的事实是，明代能够找出苏、黄以及陆游那样大气磅礴且风格鲜明的诗人吗？恐怕没有。可见无论是唐人还是“格调”，都不是诗歌的救世主。关键在于，一味复古，只能是死路一条。这一点，“前七子”的一位重要人物何景明就有所察觉，他曾经在与李梦阳的书信往还中对死守古人的作法不以为然，认为作诗应当“富于材积，领会神情，临景构结，不仿形迹”（《与李空同论诗书》），而不必一门心思地模仿古人的腔调，或者就拿古人的模样做门面。由此，“格调”的影响力也在渐渐减弱。到清代，除了还有像沈德潜那样借“格调”去宣扬封建礼教的之外，多数诗人还是回归诗歌本身，去寻找更加空灵蕴藉的东西。特别是有一位领袖人物提出全新的观念，给诗坛带来新的风尚，那就是王士禛和他的“神韵”说；而王氏鼓吹“神韵”的初衷，就是对“格调”说的发难，如翁方纲所说：“渔洋所以拈举神韵者，特为明朝李、何一辈之貌袭者言之。”（《坳堂诗集序》）

王士禛论诗标举“神韵”

其实，“神韵”也不是什么全新观念，一来前代诗论、文论、画论多有论及，二来王士禛提出“神韵”也有所本。就前者而言，东晋画家顾恺之有“传神写照”说，南齐谢赫《古画品录》提出“气韵生动”，又用“神韵”评论画家，如评顾骏之：“神韵气力，不逮前贤；精微谨细，有过往哲。”唐张彦远《历代名画记·论画六法》说：“至于鬼神人物，有生动之可状，须神韵而

① 钱锺书《宋诗选注》13页，人民文学出版社1958年第1版。

后全。”就后者也即传承而言，诗论里，唐司空图《与李生论诗书》所说“韵外之致”，宋严羽《沧浪诗话》所谓“入神”以及“空中之音，相中之色，水中之月，镜中之象”和“羚羊挂角，无迹可求”等，都是“神韵”说的先导。王士禛自己曾说：“余于古人论诗，最喜钟嵘《诗品》、严羽《诗话》、徐祯卿《谈艺录》。”（《带经堂诗话》）往前上溯到钟嵘的“滋味”和“直寻”，往后延及明代徐祯卿。其实，由明到清，以“神韵”论诗已屡见不鲜，如胡应麟《诗薮》评韩愈五律：“有大家之具，而神韵全乖。”评岑参七律：“句格壮丽而神韵未扬。”评陈师道诗：“神韵遂无毫厘。”评盛唐诗：“盛唐气象混成，神韵轩举。”论“诗之美”说：“色泽神韵，犹花蕊也。”王夫之《明诗评选》评贝琼《秋怀》：“一泓万顷，神韵奔赴。”《古诗评选》评《大风歌》：“神韵所不待论。”评谢朓《铜雀台同谢咨议赋》：“凄清之在神韵者。”以上俱可见“神韵”一语已在诗论里站稳脚跟。但真正使这个术语成为一种诗学观念并形成创作思潮的人物，还当属王士禛。

王士禛提倡“神韵”，是出于他个人对诗的趣味，就是喜好空灵而有韵致的诗境，这在以往，是诗歌境界的一种，而王士禛认为是诗歌艺术本身或诗歌境界的极致。他曾说过自己所受司空图诗论的影响：“表圣论诗，有二十四品。予最喜‘不著一字，尽得风流’八字。又云‘采采流水，蓬蓬远春’，二语形容诗景亦绝妙，正与戴容州‘蓝田日暖，良玉生烟’八字同旨。”（《香祖笔记》）又称自己特别钟爱严羽的“以禅喻诗”：“严沧浪以禅喻诗，余深契其说，而五言尤为近之。如王（维）、裴（迪）《辋川》绝句，字字入禅。”（《蚕尾续文》）并称：“唐人五言绝句，往往入禅，有得意忘言之妙，与净名默然，达磨得髓，同一关捩。”（《香祖笔记》）又论创作，推崇“兴会神到”或“兴会超妙”，说：“大抵古人诗画，只取兴会神到。”（《池北偶谈》）“古人诗只取兴会超妙。”（《渔洋诗话》）诸如此类，在其门人所编《带经堂诗话》里比比皆是，从不同方面说明“神韵”的妙用。虽然王士禛并没有专门为“神韵”下个定义，但从他谈诗论艺的只言片语大致可以明白这种主张是在为诗歌“减负”，减去那些社会、政治、伦理的内容甚至情感和形式，让诗歌只剩下一种超凡脱俗的神秘体验。就此而言，“神韵”说跟欧洲19世纪诗论里的唯美主义和象征主义有些许相似。唯美主义排斥一切现实的和功利的因素，主张“为诗而诗”；象征主义向往诗歌的神秘境界，认为诗歌的手段只能是“暗示”。凡此，都和王士禛对“神韵”的阐说略有暗合。刘若愚先生把王士禛的“神韵”说归为“妙悟”一派，认为：“他们赋予诗歌的概念，如果用现代的术语讲就是：诗是诗人对周围世界与自己内心感知的化身。”[①]又指出这派批评家就主张诗歌多用暗喻。的确，把诗的本质看作一种“感知”和看作一种“情感”，是有相当大的差别的，前者应当是对诗歌本质的认识的发展和深化。在西方，由浪漫主义到象征主义的发展，也体现在这种差异上。并且所谓“暗喻”能“暗”到什么程度呢？假如“暗”到费解甚至无解，那不也就成为象征了吗？“神韵”说推崇“以禅喻诗”，就蕴含了这种倾向，因为禅宗里的意思是不能说也不可解的；诗歌至此，多少应该有象征的意味了。英国现代诗人托·斯·艾略特说：“伟大的诗歌可以不直接运用任何感情而写成，而是单独由各种感受组成的。”[②]这话如果王士禛能够听到，应当感到正中下怀，因为“神韵”不是来自感情，而是来自“感受”。

当然，王士禛钟情“神韵”，主要还是出于他个人的审美趣味，是抓住了诗歌审美特征中的一项而推向极端；对于凸显这一特征的诗人诗作推崇备至，而对于不属此类的诗人诗作则白眼相看，甚至不顾这些诗人在诗歌史上的地位有多高。他曾编有《唐贤三昧集》，专收王维、韦应物等人的“冲和淡远”“趣味澄敻”的作品，而不选李白、杜甫诗；又曾明确表示不喜欢杜甫诗歌，对那些现实性和思想性较强的诗人诗作，如白居易、元稹、刘禹锡、杜牧、杜荀鹤、罗隐等人及其作品，也都不屑一顾，甚至斥之为“下劣”“恶诗”。这种偏执的趣味和态度，显然有失公允，也会招来非难和批驳。各种辩驳之中，诗人和学者翁方纲写的三篇《神韵论》较有影响，虽然也未见得就

---

① ［美］刘若愚《中国诗学》98页，赵帆声等译，河南人民出版社1990年第1版。

② ［英］托·斯·艾略特《传统与个人才能》，载《艾略特文学论文集》7页，李赋宁译注，百花洲文艺出版社1994年第1版。

完全击中要害，却也指出了王氏“神韵”说的偏颇和狭隘。如《神韵论》之“上”说道：

盛唐之杜甫，诗教之绳矩也，而未尝言及神韵。至司空图、严羽之徒，乃标举其概，而今新城王氏畅之。非后人之所诣能言前古所未言也。天地之精华，人之性情，经籍之膏腴，日久而不得不一宣泄之也。自新城王氏一倡神韵之说，学者辄目此为新城言诗之秘，而不知诗之所固有者，非自新城始言之也。且杜云：“读书破万卷，下笔如有神。”此“神”字即神韵也。杜云“熟精《文选》理”，韩云“周《诗》三百篇，雅丽理训诰”，杜牧谓“李贺诗使加之以理，奴仆命骚可矣”。此“理”字即神韵也。

《神韵论》之“中”说道：

射者必入彀，而后能心手相忘也；筌蹄者必得筌蹄，而后筌蹄两忘也。诗必能切己、切时、切事，一一具有实地，而后渐能几于化也。未有不有诸己，不充实诸己，而遽议神化者也。是故善教者必以规矩焉，必以彀率焉。神韵者，以心声言之也；心声也者，谁之心声哉！吾故曰先于肌理求之也。知于肌理求之，则刻刻惟规矩、彀率之弗若是惧，又奚必其言神韵哉！

《神韵论》之“下”说道：

其实神韵无所不该，有于格调见神韵者，有于音节见神韵，亦有于字句见神韵者，非可执一端以名之也。有于实际见神韵者，亦有于虚处见神韵者，有于高古浑朴见神韵者，亦有于情致见神韵者，非可执一端以名之也。此其所以然，在善学者自领之，本不必讲也。

翁氏的大致意思是，作诗可以讲“神韵”，但不必囿于一端，而要把它理解为诗歌艺术的全部，或者说是诗人凭借深厚的素养而对诗歌艺术的驾驭。这个意义上的“神”，略同于“神遇”或“神化”，是每一个诗人都努力追求的，而不是为某家某派所专有。说到这里，论者笔锋一转，乘势抛出了自己的诗学观，那就是“肌理”。他认为，“神韵”并不神秘，就是作诗的道理，或者说是诗人对诗歌艺术的理解，靠的是诗人的学养、锻炼和专致。因此，“神”就是“理”，“韵”也是“理”；“神韵”虚缈难察，“肌理”切实可见。言“神韵”不如讲“肌理”：只知“神韵”，是一叶障目，羊肠小道；认清“肌理”，是登高望远，大路朝天。翁方纲很得意，认为他提出的“肌理”说，完全可以取代“神韵”，甚至连更早的“格调”（见所作《格调论》三篇）也可以一并收编。

青木正儿《清代文学评论史》对清代各派诗论加以述评

事情果真如此吗？当然未必。事实上，翁氏“肌理”说也就是一家之言；对于诗歌艺术，他并没有说出更多的新的东西，甚至不如“神韵”之说离诗歌本质更近。所谓“理”，虽然顾及了“诗法”，但也特别强调道德、学问，如所谓“诗必研诸肌理，而文必求其实际。夫非仅为空谈‘格’‘韵’者言也，持此足以定人品学问矣”（《延辉阁集序》），“义理之理，即文理之理，即肌理之理也”（《志言集序》），“必有人焉，先出而为之伐毛洗髓，使斯文元气复还于冲淡渊粹之本然，而后徐徐以经术实之也”（《神韵论》下），“易曰‘君子以言有物’，理之本也。又曰‘言有序’，理之经也”（《杜诗熟精文选理理字说》）。如此等等，可见翁方纲批“格调”、驳“神韵”，顺带着就把自家的私货给贩卖出去了。而从他的相关论述看，“肌理”比“格调”和“神韵”也高明不到哪里去，甚至有迂腐、固执之嫌。“格调”说好歹强调了声调的作用，“神韵”说也深化了“境界”的内涵，而“肌理”说把诗歌艺术扯向道德和学问，看似圆通，实则更偏，且与诗歌艺术的“调”和“神”，都渐行渐远了。我们当然不能说诗歌与道德学问没有关系，但这关系绝不是像翁氏说的那样是用诗歌去“定人品学问”，更无须“徐徐以经术实之”。如果非得那样，中国古典诗歌里最脍炙人口的作品一多半都得被枪毙，而靠学问写出的作品恐怕也没有几篇能够流传得开来。翁氏提出“肌理”的本意是补救“神韵”的“空寂”，或如日本汉学家青木正儿所说：“他所要求的肌理则可解释为相对于空虚的质实，即实质的东西。”[①]但中国古代诗学的传统总是以“清空”胜过“质实”，是以“空灵”为美而不是以“实质”为美的。当诗歌被当作变相的“经术”甚至用来考证（如翁氏自己所作），那也就只能是诗歌的“样子”而不是诗歌本身了。也正因为如此，翁方纲连篇累牍，把“肌理”讲得头头是道，却对诗歌创作实际没产生多大影响，对理论批评的贡献也十分有限。

① ［日］青木正儿《清代文学评论史》144页，杨铁婴译，中国社会科学出版社1988年第1版。

二十一、王国维

王国维："独拥最高层"

王国维身处中国历史从古代向现代转折的时期，敏感睿思，对中国学术做出巨大贡献，在哲学、文学、史学以及语言文字学等方面都有卓越成就。他躲避世俗，不问政事，人生态度就如所作词《临江仙》中所写："依依残照，独拥最高层。"他曾经的同事、著名历史学家陈寅恪曾经总结说：

其学术内容及治学方法，殆可举三目以概括之者：一曰取地下之实物与纸上之遗文互相释证，凡属于考古学及上古史之作，如《殷卜辞中所见先公先王考》及《鬼方昆夷猃狁考》等是也；二曰取异族之故书与吾国之旧籍互相补正，凡属于辽、金、元史事及边疆地理之作，如《萌古考》及《元朝秘史之主因亦儿坚考》等是也；三曰取外来之观念与固有之材料互相参证，凡属于文艺批评及小说戏曲之作，如《红楼梦评论》及《宋元戏曲考》《唐宋大曲考》等是也。此三类之著作，其学术性质固有异同，所用方法亦不尽符会，要皆足以转移一时之风气，而示来者以轨则。[1]

概括得十分精确。王国维的文学批评，是借用西方文艺美学观念解释中国古典文学，代表作是《〈红楼梦〉评论》和《人间词话》，相关的还有《文学小言》和散见在其他著述中有关言论。王国维早年接受西学影响，曾撰文介绍康德、叔本华和尼采的学说，这对他的文学批评产生很大影响。他的第一篇重要文论《〈红楼梦〉评论》，就是用叔本华的悲剧观破除“旧《红》学”的谬见，重新解释并评价中国文学史上这部最伟大的小说。

《红楼梦》写出后，先是在文人圈里传抄并传阅，很快就流传到社会上并风行起来，以至于有“开口不谈《红楼梦》，读尽诗书亦枉然”的美誉。相应地，也有人对《红楼梦》加以评论和研究。19世纪末20世纪初，陆续出现了一些较有分量的论著和较有影响的观点，这些观点大都致力于探求《红楼梦》的“本事”，后被称为“索隐派”，并被归为“旧《红》学”。据胡适先生《红楼梦考证》的归纳，“旧《红》学”里大致有“董鄂妃（董小宛）事迹说”“吊明之亡政治小说说”以及“纳兰性德身世说”等等。[2]这些旧说，遭到倡导“科学”的考据方法的“新《红》学”的清算。而王国维著《〈红楼梦〉评论》，也是有感于“旧《红》学”的悠谬而加以纠偏，当然，更是因为受西学启示而重估《红楼梦》的价值。

王国维立论的基点，是叔本华的人生观和美学观。叔本华认为世界和人的本质都是“意志”，意志就是欲望，它既是事物生长的动力，也是人生痛苦的根源：人的欲望得不到满足，会产生痛苦，而一个欲望满足后，接着会产生又一个欲望，仍然是痛苦；即便是所有欲望都满足了，天长日久，心生厌倦（无聊），这还是痛苦。“所以人生是在痛苦和无聊之间像钟摆一样来回摆动

① 陈寅恪《王静安先生遗书序》，载《金明馆丛稿二编》219页，上海古籍出版社1980年第1版。

② 参见胡适《红楼梦考证》中的介绍，载《中国章回小说考证》，实业印书馆1942年版，上海书店1979年影印。

着；事实上痛苦和无聊两者也就是人生的两种最后成分。”[①]也因为如此，人生在世，最重要的课题就是如何从欲望和痛苦中解脱。这中间，审美和艺术就能发挥很大的作用。按叔本华的说法，审美对象可分为优美和壮美两种，优美的对象可以使人暂时地摆脱现实生活中各种因果的和功利的关系的制约，从而暂时地忘却欲望所带来的痛苦。而壮美的对象则以强大的震撼力使人意识到生活的本质是那样可悲，从而主动地放弃，也就斩断了欲望和痛苦的根源。这后一种解脱，在文艺作品中，常常就体现为悲剧的作用；也就是说，文艺作品用艺术的形式演示生活的悲剧，观看者虽不必亲身经历，却从中认识到世界和人生的本质为悲，从而大彻大悟，断然与生活告别，进入无欲无求的境界。叔本华的这个思想，被王国维全盘接受，并用来检视中国古典文学，结果发现一部真正具有悲剧性质的伟大作品，那就是《红楼梦》；并且正因为真正具有悲剧性质，《红楼梦》在伦理学和美学上都具有极高的价值。就前者而言，它通过一个大家族的衰败以及小说中几乎所有人物的悲剧命运，告诉读者生活原来就是一场因欲望而来的不可避免的悲剧；就后者而言，它在中国古典小说戏曲中几乎是唯一的“彻头彻尾”的悲剧，超越了“团圆”和“报应”的庸常心理及套路。最难能可贵的是，《红楼梦》并没有刻意渲染强烈的矛盾冲突，而只是对日常生活中的普通人物及普通事件加以叙写。这种方法最符合叔本华对悲剧的要求，即“彼示人生最大之不幸非例外之事，而人生之所固有故也”。从而也能够揭示生活的本质，是“悲剧中之悲剧”。

《遗书》中《静庵文集》收有王国维早期文学批评文章

① ［德］叔本华《作为意志和表象的世界》427页，石冲白译，杨一之校，商务印书馆1982年第1版。

根据上述，王国维最后对“旧《红》学”加以批驳，并提出如何看待和研究小说作品的问题：

> 夫美术之所写者，非个人之性质，而人类全体之性质也。惟美术之特质，贵具体而不贵抽象，于是举人类全体之性质，置诸个人之名字之下。譬诸副墨之子、洛诵之孙，亦随吾人之所好名之而已。善于观物者，能就个人之事实而发见人类全体之性质。今对人类之全体而必规规焉求个人以实之，人之知力相越岂不远哉？故《红楼梦》之主人公，谓之贾宝玉可，谓之子虚乌有先生可，即谓之纳兰容若、谓之曹雪芹亦无不可也。（《〈红楼梦〉评论》）

这是中国文论史上全然一新的文学观，指出了小说人物的个别特性和普遍意蕴的关系问题。诚然，先前的小说理论也触及小说形象的典型性以至于典型化手法，如李贽、金圣叹等人的小说评点；但那只是鉴赏和评价，并不具有哲学和美学思想上的推论。而王国维则是在通晓了西方哲学和美学之后，对中国传统小说作出全新的论证，指出文学以个别表达全体的性质，其来由在于“理念的感性显现”以及“作为意志和表象的世界”。这一点，从文章的分析和论证文字完全可以看出。所以说，《〈红楼梦〉评论》是中国传统文论向现代转型的第一篇重要文献。尽管有些观点还不太容易为时人所接受，也为后来了解西学更多的人指出疏漏，但它的意义无疑是巨大的，作用也是无可替代的。对此，吴文祺先生给予极高的评价，说：“中国的文学批评，自刘舍人、钟记室以后，一千余年来，竟无人能继其轨躅，读中国文学批评史，真不胜萧条寂寞之感！至王国维出，开始以西洋的文学原理来研究中国文学，常有石破天惊的伟论，使中国的文学批评，摆脱了旧的牢笼，而走了新的途径。”[①]这评价是很有分量也很有道理的。

---

① 吴文祺《近百年来的中国文艺思潮》，载中国人民大学古代文论资料编选组编《中国古代文论研究论文集》642页，上海古籍出版社1989年第1版。

王国维的另一部文论著作《人间词话》较晚写出，在身后的知名度更高，也更受追捧，主要原因是这部著作在中西之间较多地保持了平衡，更加注重融会贯通，而不是像先前那样直截了当地宣扬西方文艺观，并用来解释中国作品。此外，王国维作《人间词话》时，也不像先前那样对中国传统文学持强烈的批判态度，而是体现出一种“回归”；加之他对古典文学深厚的功底和高超的鉴赏力，使这部诗学著作既受研究者重视，也受到广大文学爱好者的喜爱，如叶嘉莹先生所说：“因为中国的旧文学既原有其历久不磨的悠长的历史价值，虽在新文学盛行之后，而中国的旧文学却仍一直是从事中国文学的人们所欣赏和研究的主要对象。在这种情形下，要想在中国传统的批评中，寻找出一本可以给那些已与中国旧传统逐渐脱节，在新文化中成长起来的青年们作为欣赏旧文学之指导入门的书籍，则《人间词话》一书便恰好是可以导引现代读者通向古代的文学，结合西方之观念与中国传统之心智的一座重要桥梁。”[1]的确，《人间词话》问世一百多年来盛行不衰，至今还是人们津津乐道的批评名著，雅俗共赏，历久弥新，在中国传统和现代文论里都是不多见的。

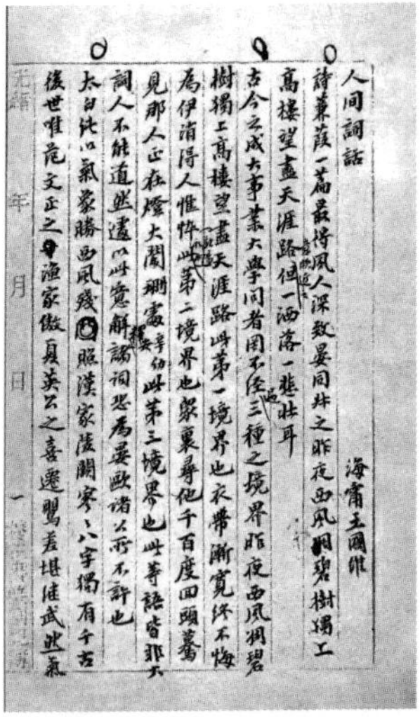
人间詞話　海甯王國維
詩蒹葭一篇最得風人深致晏同叔之昨夜西風凋碧樹獨上
高樓望盡天涯路似之一洒落一悲壯耳
古今之成大事業大學問者罔不經過三種之境界昨夜西風凋碧
樹獨上高樓望盡天涯路此第一境界也衣帶漸寬終不悔
為伊消得人憔悴此第二境界也衆裏尋他千百度回頭驀
見那人正在燈火闌珊處此第三境界也此等語皆非大
詞人不能道然遽以此意解釋諸詞恐為晏歐諸公所不許也
太白純以氣象勝西風殘照漢家陵闕寥寥八字獨有千古
後世惟范文正之漁家傲夏英公之喜遷鶯差堪繼武然氣

《人间词话》：“取外来之观念与固有之材料互相参证”

《人间词话》的核心观念是“境界”。王国维自认为他提出“境界”较前人诸说更胜一筹：

然沧浪所谓“兴趣”，阮亭所谓“神韵”，犹不过道其面目，不若鄙人拈出“境界”二字为探其本也。

对此，后来研究者也有人提出异议，认为“境”“境界”或“意境”等概念，在传统诗论中已经有过，不能说是王国维独创。这一点

① 叶嘉莹《王国维及其文学批评》127页，广东人民出版社1982年第1版。

不假。但我们也要看到，王国维所标“境界”之说，跟前人所论，名同而实异，因为其中输入了西方文艺思想。因此，王国维说他的“境界”说可以“探本”，正表明其说的内涵与前人所论大有不同。比如，他把“境界”分为成“造境”和“写境”，并用“理想”和“写实”加以解释：

有造境，有写境，此“理想”与“写实”二派之所由分。然二者颇难分别，因大诗人所造之境必合乎自然，所写之境亦必邻于理想故也。

又用“写实家”和“理想家”加以阐发：

自然中之物，互相关系，互相限制。然其写之于文学及美术中也，必遗其关系限制之处。故虽写实家，亦理想家也。又虽如何虚构之境，其材料必求之于自然，而其构造亦必从自然之法律。故虽理想家，亦写实家也。

又说：

诗人必有轻视外物之意，故能以奴仆命风月。又必有重视外物之意，故能与花鸟共忧乐。

这显然是借鉴了西方文论的观念，让人想起歌德的名言：“一个人只要宣称自己是自由的，就会同时感到他是受制约的。如果他敢于宣称自己是受约束的，他就会感到自己是自由的。”[①]还有那段谈论艺术家与自然的“双重关系”的话：

① ［德］歌德《歌德的格言和感想集》49页，程代熙、张惠民译，中国社会科学出版社1982年第1版。

> 艺术家对于自然有着双重关系：它既是自然的主宰，又是自然的奴隶。他是自然的奴隶，因为他必须用人世间的材料来进行工作，才能使人理解；同时他又是自然的主宰，因为他使这种人世间的材料服从他的较高的意旨，并且为这较高的意旨服务。①

从这里面，可以看出王国维“境界”说跟传统“境界”说的不同。又比如“有我之境”和“无我之境”：

> 有有我之境，有无我之境。“泪眼问花花不语，乱红飞过秋千去。”“可堪孤馆闭春寒，杜鹃声里斜阳暮。”有我之境也。“采菊东篱下，悠然见南山。”“寒波澹澹起，白鸟悠悠下。”无我之境也。有我之境，以我观物，故物皆著我之色彩。无我之境，以物观物，故不知何者为我，何者为物。古人为词，写有我之境者为多，然未始不能写无我之境，此在豪杰之士能自树立耳。

把“境界”分有“有我”和“无我”，在中国诗学里是第一次，其缘由既在中国传统文论，也在西方美学。王国维强调“境界”的生成取决于“观”。所谓“观物”，实际上就是审美，即对自然和人生的超脱于利害关系的观照，如《〈红楼梦〉评论》里所说的“欲者不观，观者不欲”。诗人的观照，或重主观，或重客观，因而有了“有我”和“无我”之分；由此创造出的境界，分别体现为“优美”和“壮美”的审美形态，也就是王国维所说：“无我之境，人惟于静中得之。有我之境，于由动之静时得之。故一优美，一宏壮也。”（《人间词话》）这种区分，是传统诗论里“境界”说没有的。

在这对概念中，王国维特别看重“无我之境”，认为“豪杰之士”方有所作为，这种认识，在中国传统文论有脉络可寻，比如庄子思想里的“物化”说。《庄子·齐物论》里有过一个著名的“梦蝶”的寓言：

---

① ［德］爱克曼辑录《歌德谈话录》137页，朱光潜译，人民文学出版社1978年第1版。

昔者庄周梦为胡蝶，栩栩然胡蝶也。自喻适志与！不知周也。俄然觉，则蘧蘧然周也。不知周之梦为胡蝶与，胡蝶之梦为周与？周与胡蝶则必有分矣。此之谓物化。

相关的还有《人间世》里的“心斋”：

回曰：“敢问心斋。”仲尼曰：“若一志，无听之以耳而听之以心；无听之以心而听之以气！听止于耳，心止于符。气也者，虚而待物者也。唯道集虚，虚者，心斋也。”

《知北游》里的“无虑”：

黄帝曰：“无思无虑始知道，无处无服始安道，无从无道始得道。”

《大宗师》里的“坐忘”：

他日复见曰：“回益矣！”曰：“何谓也？”曰：“回坐忘矣！”仲尼蹴然曰：“何谓坐忘？”颜回曰：“堕肢体，黜聪明，离形去知，同于大通。此谓坐忘。”

等等，都是表示一种停止感官和心理活动，从而忘却自我的心理状态。庄子认为进入这种状态才能够悟出“至道”。这在哲学上或许有神秘主义的倾向，但对于文艺创作而言，能够达到“物化”“心斋”“坐忘”或“无虑”的境界，却是有益的和必要的，它能够使艺术家更加客观、准确和深入地体察描写对象的“神理”。后来陆机讲“收视反听，耽思傍讯”，刘勰讲“陶钧文思，贵在虚静”，就包含这个道理。苏轼则直接上承庄子，推崇“凝神”：

与可画竹时，见竹不见人。
岂独不见人，嗒然遗其身。
其身与竹化，无穷出清新。
庄周世无有，谁知此凝神。（《书晁补之所藏与可画竹三首》之一）

关于《人间词话》有很多研究和评论的著述

这几句诗，正可以用来说明王国维看好的“无我之境”。话虽如此，但在创作中要真正做到“无我”又谈何容易？对于作为创作主体的艺术家来说，表达情感易，而收敛情感难；张扬个性易，而泯灭个性难。但是，如果收敛了情感并泯灭了个性，却反而使艺术作品更加动人并具有更高的审美价值，那是艺术创作的至高境界，也就是司空图在《二十四诗品》里所说的：“不著一字，尽得风流。语不涉己，若不堪忧。”这个意思，在西方诗论里也能看到，比如19世纪英国诗人雪莱说：“诗是不受心灵的主动能力的支配，诗的诞生及重现与人的意识或意志也没有必然的关系。”[①]因而诗人越是隐去，就越能够获得诗神的垂青。同时代另一位英国诗人济慈则主张一种“消极能力”：“它没有个本身——它一切皆是又一切不是——它没有特性——它喜爱光明和黑暗……一位诗人在生活中是最少诗意的，因为他没有一个自己——他不断地要去成为别的什么——太阳，月亮，海。”[②]到20世纪初，托·斯·艾略特更强调诗人所应有的“客观性”，说：

① ［英］雪莱《为诗辩护》，缪灵珠译，载刘若端编《十九世纪英国诗人论诗》157页，人民文学出版社1984年第1版。

② ［英］济慈《论诗书信选》，周珏良译，载刘若端编《十九世纪英国诗人论诗》184页，人民文学出版社1984年第1版。

“诗不是放纵感情，而是逃避感情，不是表现个性，而是逃避个性。”①几位英国诗人主张放弃“自我”的初衷各有所重，跟中国传统诗论里的“无我”并非完全是一个意思。但从美学的角度看，注重“客观”或许较之偏向“主观”更能够回归诗歌艺术本身，因为情感和个性本身不能够成为诗歌，而只有情感和个性化作语象及其韵致后，那才是诗的诞生；这也就是诗境以“无我”为美的缘由。

因为崇尚“无我之境”，王国维评价诗歌又特别看重“自然”，说：

> 大家之作，其言情也必沁人心脾，其写景也必豁人耳目；其词脱口而出，无矫揉妆束之态。以其所见者真，所知者深也。诗词皆然。持此以衡古今之作者，可无大误矣。

把“自然”作为审美理想和批评标准，在中国传统文论里由来已久，如诗论里的“清水芙蓉”，词论的“清空”，小说理论中的“白描”，戏曲理论中的“化工”，以至于绘画理论中的“逸品”，都是具有代表性的意见。王国维所说的“沁人心脾”和“豁人耳目”，也是传统的延续；当然，王国维对“自然”的理解，包含了“观物”“写实”以及“无我”的意思，应当具有审美观照和审美形态的内涵，较之旧说是一种升华。此外，王国维崇尚“自然”，不仅仅是将它看作某种类型或风格，而是当作超乎类型和风格之上的品质；也就是说，只要具备了“自然”的品质，就达到了很高的水准和境界，其他方面的浅陋和稚嫩是无伤大雅的。这一点，在通俗文学作品身上体现得最为明显。如元杂剧，王国维评价说：

> 元曲之佳处何在？一言以蔽之，自然而已矣。古今之大文学，无不

① ［英］托·斯·艾略特《传统与个人才能》，卞之琳译，载中国科学院文学研究所西方文学组编《现代美英资产阶级文艺理论文选》上编54页，作家出版社1962年第1版。

以自然胜，而莫著于元曲。盖元剧之作者，其人均非有名位学问也；其作剧也，非有藏之名山、传之其人之意也。彼以意兴之所至为之，以自娱娱人。关目之拙劣，所不问也；思想之卑陋，所不讳也；人物之矛盾，所不顾也。彼但摹写其胸中之感想与时代之情状，而真挚之理与秀杰之气时流露于其间。故谓元曲为中国最自然之文学，无不可也。（《宋元戏曲史》）

可见“自然”在文学创作中是能够高于其他要素而独自为美的，这在文人的诗词之作中不言而喻，而民歌、小说、戏曲等更是自然而然。根本原因在于“真”：“故能写真景物真感情者，谓之有境界。”（《人间词话》）表现为“赤子之心”：“词人者，不失其赤子之心者也。”（《人间词话》）还有“血书”：“尼采谓：‘一切文学余爱以血书者’。后主之词，真所谓以血书者也。”（《人间词话》）就此而论，王国维所倡“境界”的最主要的特征就是“自然”。

《人间词话》之外，王国维另作有《文学小言》，原是对《词话》补充，后人加以辑录，或附于《词话》，或单独成册。其中的见解也颇为可观，如第一条就特别强调文学的非功利性：

昔司马迁推本汉武时学术之盛，以为利禄之途使然。余谓一切学问皆能以利禄劝，独哲学与文学不然。何则？科学之事业，皆直接间接以厚生利用为旨，古未有与政治及社会上之兴味相刺谬者也。至一新世界观与新人生观出，则往往与政治及社会上之兴味不能相容。若哲学家而以政治及社会之兴味为兴味，而不顾真理之如何，则又决非真正之哲学。以欧洲中世哲学之以辩护宗教为务者，所以蒙极大之污辱，而叔本华所以痛斥德意志大学之哲学者也。文学亦然；哺餟的文学，决非真正之文学也。

这在中国文论里，也足以振聋发聩，其意义远远超出论文，而表达出对中国传统学术文化的反思。王国维青年时代对康德及其哲学极为膺服，又曾反思中国古代“无纯粹哲学”之缺憾，因而在早期教育思想和文学批评里都表达非功利的观念。他本人毕生所从事的学术研究，也大都远离现实和社会，这也可以看作是对个人信仰的坚守。然而，正是这种看似无用且与时代脱节的学问，却有着超越历史的价值意义，对中国学术的转型和进步起到不可估量的作用。所以，直到今天，人们读王国维的文论及其他方面的学术著作，仍觉得兴味无穷，受益无穷；所谓“大师”和“经典”，正体现在这样的穿越时空的人物和著作之上。

二十二、“近代”文学观念变革

“近代”这个概念，大抵是指中国历史从1840年鸦片战争到1919年“五四”新文化运动前夕这段时间。在这个历史时期，中国封建社会受内外冲击，急转直下，走向末途；而思想和文化也持续动荡，发生裂变。最剧烈的阶段是从甲午战争后到“五四”运动前，这期间的文学创作和文学思想呈多元和碰撞的状态，传统的如“桐城派”和“宋诗派”之流还有相当势力，新兴的如改良或维新派文学家梁启超、黄遵宪等致力于文学变革，其他还有宣传革命思想的、借“国学”而排满反清的，以及超出党派和流派之纷争，借助新观念和新方法进行文学研究的。这里我们主要介绍改良派的文学理论和批评，因为由此而生的文学改良或者说是变革，成了几千年传统文学和文论的终结。

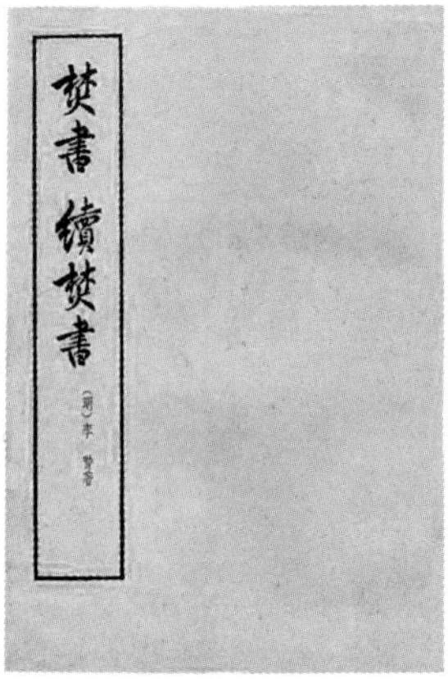

李贽：“文何必先秦？”

当然，任何一种文学的终结都不是一时间的事情；虽然疾风暴雨式的运动随社会动荡迅猛而来，但传统文学之所以会断裂，还有内生的原因，还有长时间的酝酿。中国近代发生的文学变革，虽然在19世纪和20世纪之交达到高潮，但变化的伏笔却早已埋下了。这个伏笔可以追溯到鸦片战争的前夜，甚至可以再往前追溯到晚明的文学思潮。那时候，李贽倡导“童心”说和通俗文学，“公安派”因反对复古而高举“性灵”的大旗；他们都主张文学创作不要装模作样、拿腔拿调，不要在圣贤面前缩手缩脚、战战兢兢，而要回归人的本性和初心，要顺应时代要求，要打假祛魅，要返璞归真。由此而提出的口号，真是愤世嫉俗、大快人心。比如李贽所痛诋的“六经”：

诗何必古《选》？文何必先秦？降而为六朝，变而为近体，又变而为传奇，变而为院本，为杂剧，为《西厢曲》，为《水浒传》，为今之举子业，皆古今至文，不可得而时势先后论也。故吾因是而有感于童心者之自文也，更说什么六经，更说什么《语》《孟》乎！（《童心说》）

又标榜“至文”：

且吾闻之，追风逐电之足，决不在于牝牡骊黄之间；声应气求之夫，决不在于寻行数墨之士；风行水上之文，决不在于一字一句之奇。若夫结构之密，偶对之切；依于理道，合乎法度；首尾相应，虚实相生，种种禅病皆所以语文，而皆不可以语于天下之至文也。（《杂说》）

袁宗道主张“口舌代心”：

口舌，代心者也；文章，又代口舌者也。展转隔碍，虽写得畅显，已恐不如口舌矣，况能如心之所存乎？故孔子论文曰：“辞达而已。”达不达，文不文之辨也。（《论文》上）

袁宏道主张“独抒性灵，不拘格套”：

大都独抒性灵，不拘格套，非从自己胸臆流出，不肯下笔。（《序小修诗》）

又认为“代有升降，法不相沿”：

唯夫代有升降，而法不相沿，各极其变，各穷其趣，所以可贵；原不可以优劣论也。（《序小修诗》）

这些言论，对传统文学无疑是具有相当的震撼力和破坏力的，不仅为后代致力于创新的文人所称颂，就是放在整个中国传统文论中看，也是具有划时代意义和经久回响的格言警句。这之后，凡是响应这种打破传统束缚，回归人性本真主张的文学观，都可以视为变革的思想。周作人探讨中国新文学的源流，认为“公安派”和随后的“竟陵派”是“革命”在先，说：“那一次的文学运动，和民国以来的这次文学革命运动，很有些相像的地方。两次的主张和趋势，几乎都很相同。更奇怪的是，有许多作品也都很相似。”[①]虽说这两次运动的社会背景和思想观念有根本的差别，但从解放个性和文体的要求看，认定二者有着“源”和“流”的关系，也有道理。当然，在这之间，还有一个重要的环节，那就是“晚清”文学里的新思潮，代表人物则是龚自珍。

龚自珍生活在鸦片战争前夜，那时候的封建王朝看上去还是太平盛世，但已经露出衰败的征兆，龚自珍敏感地察觉到这一点，并期盼着自上而下的变革：“我劝天公重抖擞，不拘一格降人才。”（《己亥杂诗》）这是那个时代思想界的最强音。他的散文《病梅馆记》，深切表达了对人性遭到桎梏的痛惜，也是对前代“童心”和“性灵”之说的呼应：

江宁之龙蟠，苏州之邓尉，杭州之西溪，皆产梅。或曰：“梅以曲为

① 止庵编《周作人讲演集》136—137页，河北人民出版社2004年第1版。

美，直则无姿；以欹为美，正则无景；以疏为美，密则无态。”固也。此文人画士，心知其意，未可明诏大号以绳天下之梅也；又不可以使天下之民斫直，删密，锄正，以夭梅病梅为业以求钱也。梅之欹之疏之曲，又非蠢蠢求钱之民能以其智力为也。有以文人画士孤癖之隐，明告鬻梅者：斫其正，养其旁条，删其密，夭其稚枝，锄其直，遏其生气，以求重价。而江、浙之梅皆病。文人画士之祸之烈至此哉！予购三百盆，皆病者，无一完者。既泣之三日，乃誓疗之，纵之、顺之，毁其盆，悉埋于地，解其棕缚；以五年为期，必复之全之。予本非文人画士，甘受诟厉，辟病梅之馆以贮之。呜呼！安得使予多暇日，又多闲田，以广贮江宁、杭州、苏州之病梅，穷予生之光阴以疗梅也哉！

龚自珍："觅我童心"

真是情感深挚、寓意深刻的好文章。在龚自珍眼里，那个时代文人士大夫的趣味是病态的，人格也是扭曲的，以病为美，以虐为快，与人性相背，与自然相违，陈陈相因，迷不知返。如此陈规陋习，理当破除；其本人则敢为天下之先，发出了变革的声音。对于文学，他的感触是："不似怀人不似禅，梦回清泪一潸然。瓶花帖妥炉香定，觅我童心廿六年。"（《午梦初觉，怅然诗成》）"不是无端悲怨深，直将阅历写成吟。可能十万珍珠字，买尽千秋儿女心。"（《题红禅室诗尾》）"天教伪体领风化，一代人材有岁差。我论文章恕中晚，略工感慨是名家。"（《歌筵有乞书扇者》）"少年哀乐过于人，歌泣无端字字真。既壮周旋杂痴黠，童心来复梦中身。"（《己亥杂诗》）从这里面，也不难看出明代"童心""性灵"诸说的影响。

甲午战争是中国近代历史的重要分水岭。此前，由于国门被打开，朝廷和官僚知道了大清跟列强的差距，因而开始"睁了眼睛看世界"，开始接触和学习西方；但这学习大体只在“器物”的层面，是所谓“洋务运动”。甲午一战，大清朝苦心经营的海军全军覆没，使得朝野震动，发现了只在“器物”层面学习西方是不够的，而要在制度上进行变革，从而有了要求“变法”的维新运动。这场运动因其先天不足，很快就失败了。两位领袖人物康有为和梁启超幸免于难而仓皇流亡。之后，两人走上不同道路，康有为思想渐趋保守，最终沦为保皇一党；而梁启超则著书立说，致力于思想文化的启蒙。之所以如此，一个重要原因，是意识到了维新运动的失败，很大程度上是因为没有群众基础，广大百姓尚未能觉悟并觉醒。因此，中国的改良，就寄希望于百姓的觉醒；而百姓要觉醒，需要有志之士去宣传教育，这就是所谓“开启民智”。“开启民智”的手段很多，如办学、办报以及改良文字等，还有一种被看好并隆重推出的，是小说。改良家们发现，小说这样东西，因其通俗性而深受广大民众喜爱，用来宣传新思想，范围既广，影响也大，是再好不过的“开启民智”的工具。并且，以小说服务于政治，在西方就已经有成功的事例。这两方面的意思，梁启超在《译印政治小说序》里都说到了，一是：

> 仅识字之人，有不读经，无有不读小说者。故六经不能教，当以小说教之；正史不能入，当以小说入之；语录不能谕，当以小说谕之；律例不能治，当以小说治之。天下通人少而愚人多，深于文学之人少而粗识之无之人多，六经虽美，不通其义，不识其字，则如明珠夜投，按剑而怒矣。

二是：

> 在昔欧洲各国变革之始，其魁儒硕学，仁人志士，往往以其身之所经历，及胸中所怀政治之议论，一寄之于小说。于是彼中缀学之子，黉塾之暇，手之口之；下而兵丁、而市侩、而农氓、而工匠、而车夫马卒、而妇女、而童孺，靡不手之口之，往往每一书出而全国之议论为之一变。彼美、英、德、法、奥、意、日本各国政界之日进，则政治小说为功最高

焉。英名士某君曰：小说为国民之魂。岂不然哉！岂不然哉！

在另一篇专论小说的文章《论小说与群治之关系》里，梁启超更加旗帜鲜明地提出要用小说去改造国民：

> 欲新一国之民，不可不先新一国之小说。故欲新道德，必新小说；欲新宗教，必新小说；欲新政治，必新小说；欲新风俗，必新小说；欲新学艺，必新小说；乃至欲新人心，欲新人格，必新小说。

之所以如此，是因为小说有“熏”“浸”“刺”“提”四种力，能够最大限度地感染人、作用人，从而最容易让人接受新观念和新思想，并改变人的性格，提升人的心智。然而遗憾的是，中国传统小说的内容实在不好，各种腐朽和堕落的思想杂陈其间，毒害了一代又一代人民；广大民众的坏习性全都因为小说唆使而成，比如迷信、奴性、狡诈、贪婪、好色等等。“故今日欲改良群治，必自小说界革命始；欲新民，必自新小说始。”“新小说”，是“开启民智”的第一步，也是最重要的一步。

显然，梁启超对小说力量的估计有些言过其实了，对中国传统小说祸害民众的种种责难，也有些危言耸听。这件事情的缘由及误区是，“他把专制统治在人民身上造成的恶果，说成是人民群众不争气，甚至把这些说成是专制统治得以长期存在的原因，这就是把是非弄颠倒，使自己的立场滑到历史唯心主义方面去了”[①]。因而，受广大民众喜爱的小说也受到牵累。但是就当时的社会背景看，这种言论和态度也不足为怪，因为，论者的主要目的不是进行小说理论批评，而

梁启超：提倡“新小说”

① 钟叔河《走向世界》456页，中华书局1985年第1版。

是在进行宣传鼓动。他要唤起小说家们创作小说的热情，尤其是要多写“政治小说”，以此去推动中国社会的启蒙和改良。由此，形成了声势浩大的“小说界革命”，它是整个近代“文学革命”里的最重要的一个方面。对这场革命，梁启超不仅摇旗呐喊，也身体力行，创作了宣扬“立宪”的政治小说《新中国未来记》。一时间，小说创作风起云涌，翻译和评论也闻风而动，迎来了中国文学史上小说创作最为繁荣的时代。阿英先生总结这种繁荣的原因说：

> 第一，当然是由于印刷事业的发达，没有前此那样刻书的困难；由于新闻事业的发达，在应用上需要多量产生。第二，是当时智识阶级受了西洋文化影响，从社会意义上，认识了小说的重要性。第三，就是清室屡挫于外敌，政治又极窳败，大家知道不足与有为，遂写小说，以事抨击，并提倡维新与革命。[①]

这大体上是当时小说兴盛的缘由和态势。不唯改良派写，革命派也写，再加上其他各路人马，泥沙俱下，轰轰烈烈，使小说成为时代的新宠和文学的新潮。不唯创作，小说翻译也跟着走红；其中最令人称奇的是，翻译家里成就最高、影响最大的竟然是那位以“桐城”传人自居且一门外语也不懂的冬烘先生林纾。虽说他翻译西洋小说的目的或是为了贩卖“古文”，或是为了赚钱[②]，但客观上却成为小说事业兴旺的推手。至此，中国传统文学观念经历了一次最重要的变革，那就是小说不仅在文学家族里占有一席之地，并且名正言顺地成为文学的正宗和主流。这一改变，影响了整个中国文学的走向，至“五四”新文学运动展开，小说更是担负起传播思想和疗治社会的功能，比如鲁迅的《狂人日记》和《阿Q正传》；而小说也成为最受广大民众喜爱也最能够代表整个文学创作成就的体裁。

---

① 阿英《晚清小说史》1页，人民文学出版社1980年第1版。

② 黄海章先生说：“林纾从事翻译，他的主要目的是在赚钱，并不在于介绍西洋文学。”载《中国文学批评简史》362页，广东人民出版社1981年第2版。

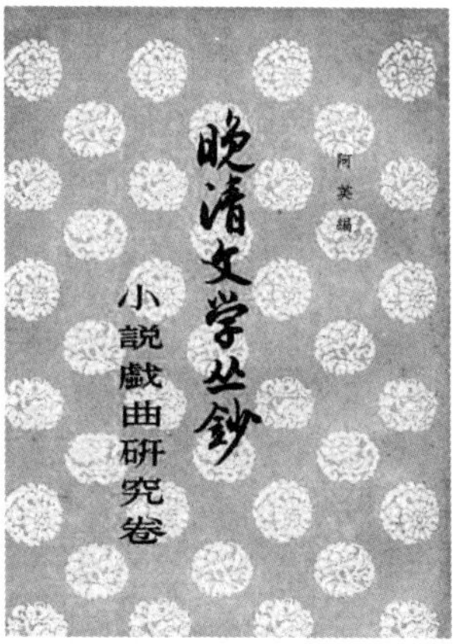

阿英（钱杏邨）开启了中国近代小说戏曲研究

往深一层看，“近代”文学观念的变革，既体现在小说这种文学体裁的“正名”和“升格”，也体现在人们对小说一体的性质和功能的认识的深化。梁启超谈论小说，虽意在宣传，却也分析了小说的艺术特征和社会功能。跟他相仿，还有为传播新思想而鼓吹小说的文人和“报人”从不同角度阐发小说的特性和作用，如严复、夏曾佑的《国闻报馆附印说部缘起》看重小说移风易俗的作用，说：

夫说部之兴，其入人之深，行世之远，几几出于经史之上。而天下之人心风俗，遂不免为说部之所持。……本馆同志，知其若此，且闻欧、美、东瀛，其开化之时，往往得小说之助。是以不惮辛勤，广为采辑，附纸分送。或译诸大瀛之外，或扶其孤本之微。文章事实，万有不同，不能预拟。而本原之地，宗旨所存，则在乎使民开化。自以为亦愚公之一畚，精卫之一石也。

夏曾佑的《小说原理》特别强调小说的快感性质，说：

于是乎小说遂为独一无二可娱之具。一榻之上，一灯之下，茶具前陈，杯酒未罄，而天地间之君子、小人、鬼神、花鸟杂沓而过吾之目，真可谓取之不费、用之不匮者矣。故画有所穷者也；史平直者也；科学颇新奇，而非尽人所解者也；经文皆忧患之言，谋乐更无取焉者也；而小说之为人所乐，遂可与饮食、男女鼎足而三。

陶曾佑的《论小说之势力及其影响》认定小说为“文学界之最上乘”，说：

> 自小说之名词出现，而膨胀东西剧烈之风潮，握揽古今利害之界线者，唯此小说；影响世界普通之好尚，变迁民族运动之方针者，亦唯此小说。小说！小说！诚文学界中之占最上乘者也。其感人也易，其入人也深，其化人也神，其及人也广。是以列强进化，多赖稗官；大陆竞争，亦由说部。然则小说界之要点与趣意，可略睹一斑矣。

狄葆贤的《论文学上小说之位置》同样认为“小说者实文学之最上乘也”，文中满怀深情说道：

> 吾以为今日中国之文界，得百司马子长、班孟坚，不如得一施耐庵、金圣叹；得百李太白、杜少陵，不如得一汤临川、孔云亭。吾言虽过，吾愿无尽。

凡此等等，虽不一定有理论的深度，却成为时代的强音；并且“众人拾柴火焰高”，有这么多文人墨客和社会名流为小说立说，中国传统文学的其他体裁就都被小说的光芒所笼罩了；中国传统文论也因此进入了新的时期。

下篇

西方文论

一、古希腊、古罗马文论

古希腊文论集中体现在两位伟大的思想家——柏拉图和亚里士多德——的论述中；但两位思想家对待文艺的态度及其文艺观的来源并不完全一样。柏拉图的文艺观主要来自于他的哲学思想，是他本人思想体系的组成部分；而亚里士多德的文艺观虽有其“唯物”思想的背景，却更多地来自并贴近文艺创作和文艺作品，并成为一门独立的学问——“诗学”。虽有这种区别，两人的文艺观对后世的影响都是巨大而深远的。

柏拉图思想的核心，是对世界本质的追问，这也被后人视作“实在”论或“本体”论；这种好奇、深思以及因此而来的追问，也正是哲学家与常人的不同之处。在我们普通人看来，眼前的世界就摆在那里，山就是山，水就是水，物就是物，人就是人，没有什么真实和虚假之分；而在哲学家看来，尤其在那些沉迷于玄学和思辨的哲学家眼里，这里面可大有玄机。眼前看到的物就是物吗？不对，那只是

柏拉图：“美在理念”

“物”的假象，真正的“物”或者说“物”的本性是看不见的，要去想；还不是一般性地想，而是用“灵魂回忆”的方式去想。因为眼睛看到的或感官接触到的，完全靠不住，它在不断地变化。比如今天看见的“天”是阳光灿烂，明天它就可能是阴云密布或电闪雷鸣；今天看到的“人”是容光焕发，明天可能就是愁云惨淡甚至老态龙钟了；如此等等。这个世界是那样地变幻莫测，让人难以捉摸。那么，真正的、那个永远不变的“天”或“人”在哪里，又是什么呢？这，就是哲学家们要思索的问题，他们要找到那个永恒的“本体”或“实在”。柏拉图先生认为他找到了，并且信誓旦旦地告诉大家：那个东西叫作“理念”，是这个世界上一切事物的根本，或者说是这个世界的根本。从本质论的角度看，一切事物都是这个理念的外化；从发生学的角度看，一切事物都是按照“理念”预制的模子创造出来的（但由谁来创造，柏拉图并没有明说）。理念是万物之源，也是万物之法。人类的行为要合乎理念，这是伦理；国家的治理要合乎理念，这是政治；艺术的创造也要合乎理念，这是审美。一切归于理念，一切依循理念。所谓“知识”或“思想”，无非是寻找隐藏在万事万物背后的那个理念。从价值论的角度看，理念高高在上，而由理念派生出来的“世界”及事物则等而下之。这一点，引导出柏拉图的文艺观；不幸的是，这种文艺观对文艺是加以贬抑和否定的。

柏拉图反对文艺的理由有两个。第一个理由，他认为文艺乃是对现实世界的模仿，现实世界本身就不真实，模仿出来的东西当然也就不会真实；不真实也就没有价值和意义可言，是徒劳无功的行为。柏拉图曾举过一个著名的“床”的例子，大意是现实中的床是对床的理念的模仿，而画家画的床是对现实的床的模仿，因而与真理隔了两层，是“下下品”。第二个理由，是出于建立“理想国”的需要。建立“理想国”，需要理想的公民。这种公民，不仅体格强健，而且意志坚韧，要摒弃一切哀伤和软弱的东西。而艺术——主要是指“诗歌”——往往触动人心中最薄弱的部分，让人变得多愁善感；并且，诗歌里模仿的东西也往往不能够尽善尽美，不利于理想公民及其人格的塑造。因此，除却那些歌颂神明以及正义和勇敢品行的诗人，其他的，诸如抒情诗和史诗的作者，都不值得尊敬也不需要保留，应该从城邦里驱逐出去。

展现人体美的古希腊雕塑《掷铁饼者》（公元前450年）

但事情就像柏拉图想的和说的那样简单吗？显然不是。就在柏拉图的家乡也就是雅典，民众和艺术家可不觉得对现实世界的模仿有什么不好，他们乐见于现实世界里美的事物，也对模仿现实世界里美的事物而产生的艺术作品满心欢喜。就像18世纪德国艺术史家温克尔曼所描述的那样："任何别的民族都没有像希腊人那样使美享受如此的荣誉。因此，在希腊人那里，凡是可以提高美的东西没有一点被隐蔽起来，艺术家天天耳闻目见。美甚至成为一种功勋，就如我们在希腊历史中读到的关于最杰出的人物的记述那样。"[①]也正因为如此，后人才能看见那么多美到极致的古希腊雕像及其他类型的艺术作品，而古希腊艺术和史诗才能够成为如马克思所说的"高不可及的范本"[②]。可见柏拉图的反文艺且反模仿的论断是站不住脚的。不仅如此，反对并鄙视诗人的柏拉图，在谈到诗歌的创作源泉时，反倒是颇有见地，由此提出的观点也在后世产生深远反响。比如著名的"迷狂"说。这意思大致是，诗人写诗的才能不是学来的，也不是一种技艺，而是因为神灵附身而得到的灵感：

> 诗神就像这块磁石，她首先给人灵感，得到这灵感的人们又把它递传给旁人，让旁人接上他们，悬成一条锁链。凡是高明的诗人，无论在史诗或抒情诗方面，都不是凭技艺来做成他们的优美的诗歌，而是因为他们得

① ［德］温克尔曼《论希腊人的艺术》，载《论古代艺术》134页，邵大箴译，中国人民大学出版社1989年第1版。

② ［德］马克思《〈政治经济学批判〉导言》，载《马克思恩格斯选集》第二卷114页，人民出版社1972年第1版。

到灵感，有神力凭附着。[1]

他在对话中反复说明，诵诗人不是将官，不是御车人，不是船长，不是牧牛人，不是纺织妇，却能把这些人的“技艺”说得很好，足以证明写诗这件事靠的是灵感而不是技艺。今天看去，柏拉图这种论证很是牵强，假如诗人一辈子没有听说过战争，没有见过马车和牛羊，不知道航海和纺织，还能够仅凭神灵附体写出这种种的“技艺”吗？恐怕不行，历史上也找不出这样的事例。但是，柏拉图说诗人作诗要靠灵感，要进入一种“迷狂”的状态，这倒也没错。旁证于中国古代诗歌，所谓“诗言志”就可能是最早的诗人（祭司）在迷狂状态中的“念念有词”，后来的诗人也常有“梦中作”或“醉后作”，如所谓“醉后乐无极，弥胜未醉时。动容皆是舞，出语总是诗”（唐张说《醉中作》）。而真实的原因则在于艺术思维和理性、逻辑的思维不同，它更多地需要情感和想象去推动；发挥关键作用的往往不是理智而是灵感，不是意识而是无意识。从这一点看，反文艺的柏拉图却揭示出文艺创作的一个最深刻的特征，并为以后的西方文艺创作论打开一扇窗口，比如浪漫主义文论：“正是在柏拉图这些令人难忘的文字中，我们可以追溯到浪漫主义诗歌理论的源头。——这种理论把诗歌视为未曾预谋的、自动发生的和非关理性的，即一种并不按照诗人意图和自觉思考而发出的‘天籁’。”[2]“无心插柳柳成荫”，这或许并非柏拉图的本意，却在无意间做了一件功德无量的事情。

亚里士多德是柏拉图的弟子，但他把老师的世界观给翻转过来了，认为现实世界是真实地存在着，并不是理念的产品和附庸。既然如此，对现实世界的模仿也不是什么低下的和无聊的事情，相反，它能够给人带来愉悦；而文艺创作之所以必要，就因为它是一种能够使人愉快的模仿。

实际上，亚里士多德的文艺理论就是从“模仿”出发的。首先，“诗”

① ［古希腊］柏拉图《伊安篇》，载《文艺对话集》8页，朱光潜译，人民文学出版社1963年第1版。

② 张隆溪《道与逻各斯》36页，冯川译，四川人民出版社1998年第1版。

的起源就是模仿，因为模仿是人的天性，也是人区别于动物或者说是人成其为人的本性。而人们之所以喜欢模仿，是因为经过模仿而来的“作品”，让人看着高兴。比如一具死尸是令人厌恶的，而把这死尸画成图画，则不但不让人生厌，反而让人觉着赏心悦目。这里面暗含的意思是，对事物的模仿是一种“形式化”的工作，由模仿而来的“作品”，不是实物本身而是实物的形式，人们是因为形式而产生了快感。这看上去像是一种因形式而探求艺术本质的美学观；如今有人将亚里士多德的诗学看作形式主义文论的鼻祖，也不是没有道理的。

其次，模仿的所用的材质、方式和对象不同，导致艺术的类型以及“诗”的种类不同。比如，用声音去模仿产生音乐，用色彩去模仿产生绘画，而用语言去模仿产生“诗”。在“诗”里面，由于模仿方式不同而产生抒情诗、史诗和戏剧；在戏剧中，由于模仿对象不同而产生喜剧和悲剧，也即“喜剧倾向于表现比今天的人差的人，悲剧则倾向于表现比今天的人好的人”[①]。这些，为后世的文学体裁论以及“艺术形态学”奠定了基础。

第三，诗的模仿不是对现实的实录，而是要揭示社会和生活的本质和规律，因而比历史著作更高级。这就是那段为后人十分看重的论述：

> 诗人的职责不在于描述已经发生的事，而在于描述可能发生的事，即根据可然或必然的原则可能发生的事。……所以，诗是一种比历史更富哲学性、更严肃的艺术，因为诗倾向于表现带普遍性质的事，而历史却倾向于记载具体事件。[②]

这段话也可以看作是对诗以至于各类艺术本质的界定，或者说是对“模仿”的补充，意思是，艺术创作虽然以现实或历史为对象，却不是对现实或历史的单纯的摹写，它要透过现象把握事物本质，并以艺术的方式表达出来。这

---

① ［古希腊］亚里士多德《诗学》36页，陈中梅译注，商务印书馆1996年第1版。

② ［古希腊］亚里士多德《诗学》81页，陈中梅译注，商务印书馆1996年第1版。

个观点，对后世“现实主义”创作和文论影响很大，要点在于作家要通过对现实的描写而去揭示生活的本质和历史的规律。

在各类“诗”中，亚里士多德对悲剧最为看重，论述也多。他对悲剧下的定义是：

> 悲剧是对于一个严肃、完整、有一定长度的行动的摹仿；它的媒介是语言，具有各种悦耳之音，分别在剧的各部分使用；摹仿方式是借人物的动作来表达，而不是采用叙述法；借引起怜悯与恐惧来使这种情感得到陶冶。①

《诗学》《诗艺》是古希腊和古罗马文论的代表作

在这后面又指出悲剧有情节、性格、言语、思想、场景和唱段等六个要素。这是古希腊悲剧的基本形态，也预示了后来西方戏剧的走向——包括话剧和歌剧。在批评史上，18世纪古典主义戏剧理论的“三一律”就是对这个定义的继承和发展。这段话里，还有一个观点在后世产生的反响很大，那就是“陶冶”，汉语译名更多是采用“净化”。由于亚氏没有对这一术语做进一步的解释，导致后人的解释颇多歧义。大体上，这个术语的原初的含义或许跟古希腊的医学有关，指通过某种手段将人体内有害的物质或体液排出，以保持肌体健康。亚氏的父亲是医生，他本人也懂得医术，因而借用医学术语论诗，是很有可能的。但后人解释“净化”多偏重疏导和宣泄的意义，认为这种疏导和宣泄可以使紧张的心理得到释放，并使精神得到升华。这样一来，“净化”就用来表示

① ［古希腊］亚里士多德《诗学》，罗念生译，载《诗学　诗艺》19页，人民文学出版社1962年第1版。

感染人和教育人的作用。悲剧如此，其他类型的戏剧也是如此。17世纪法国启蒙思想家狄德罗谈论“严肃喜剧”的一段话，很能说明悲剧作用的代代相传，也能体现“净化”或“陶冶”一词的意义的延伸与拓展。他说：

> 只有在戏院的池座里，好人和坏人的眼泪才融汇在一起。在这里，坏人会对自己可能犯过的恶行感到不安，会对自己曾给别人造成的痛苦产生同情，会对一个正是具有他那种品性的人表示气愤。……那个坏人走出包厢，已经比较不那么倾向于作恶了，这比被一个严厉而生硬的说教者痛斥一顿要有效得多。①

其实，能够起到“净化”作用的又何止悲剧或“严肃喜剧”呢？推开来看，一切优秀的文艺作品，无不起到净化心灵和提升精神的作用，只不过悲剧是以灾难和毁灭引起人的“怜悯与恐惧”，而更多的文艺作品靠的是感染与默化罢了。在这方面，古希腊悲剧给后世西方文学树立了典范，其本质作用如同20世纪美国剧作家尤金·奥尼尔所说：“他们感到悲剧使他们变得崇高。悲剧使他们更深刻地理解生活。他们在悲剧里发现摆脱一切日常生活琐事的自由。他们认为，悲剧使人崇高。”②悲剧的作用，对古希腊人如此，对后世的读者和观众也是如此。这也许就是亚里士多德所说的“净化”或“陶冶”的深刻而又普遍的意义。

把“古希腊”和“古罗马”放在一块说，是因为这两者在文化形态上的“同质”，也就是说，后者是对前者的承续；有人称之为“破坏性继承”，也不错，因为罗马人把希腊人的城邦给征服了，却做了希腊文化的臣仆。这在文论里也有体现，比如贺拉斯的《诗艺》，就传承了古希腊人的文艺思想，尤其

---

① ［法］狄德罗《论戏剧诗》，徐继曾、陆达成译，载《狄德罗美学论文选》137页，人民文学出版社1984年第1版。

② ［美］尤金·奥尼尔《论悲剧》，刘保端译，载《美国作家论文学》246页，生活·读书·新知三联书店1984年第1版。

是把亚里士多德给艺术定下的规矩变成新的、更加规范的法则。

贺拉斯是著名诗人，是那个时代的受人尊崇的文坛泰斗。他留下的《诗艺》是写给贵族比索父子三人的书信，经后人编辑成为专著。贺拉斯德高望重，讲话也是用了训诫的口吻，谆谆教导，语重心长，有点像中国古时的大儒——诸如王通、朱熹等——给学生授课的情形。

贺拉斯的第一个观点是“得体”，也有人译为“合适”，它的意思大体是“适中”或“恰如其分”。比如作品不宜太短，也不要太长；写人物要跟要使性格和年龄相配；戏剧里每幕出现的人物要固定；等等。这些，进一步强化了文艺创作的法则和形式，故而也被称作是“古典主义”。

第二个观点是“模仿”。贺拉斯把“模仿自然”当作创作的必由之路，但他所说的“自然”有两层意思，一是世界，一是古人。模仿世界固然重要，而模仿古人也不可或缺，甚至更为要紧。因为前辈大师以其经典之作，昭示了模仿自然的门径，后学反复揣摩，就能够知晓创作的奥秘。这个观点虽颇受后人诟病，其实不是没有道理的。任何文艺创作，都有一个经由学习而进步的过程，问题在于学习前人而不要让“经典”扼杀了自身的个性。为此，后人论及古罗马诗学遗产时，就特别强调“模仿”说的合理性：“人们通过模仿‘最优秀的’——他最崇拜的古典作家——学习写作。这种观念占统治地位的时间非常之长。今人看来不免枯燥或者会有疑义。但它确实具有可操作的优点（从儿童时起，我们的大部分活动都是模仿），其结果也足以证明这种方法的有效。”①当然，如果把“模仿”仅限于对前人立下的规矩亦步亦趋，那确实有些问题。在这方面，贺拉斯确有保守的一面，比如对戏剧作品中人物和场景的要求，但这并不足以全然抹杀他并重经典并强调“学习”的合理性。

第三个观点是“苦学”。贺拉斯意识到艺术创作有“天才”的作用，也意识到一个诗人只有将天才和苦学结合起来，才能成功。但在“天才”和“苦学”之间，他更看重后者，认为所有的文艺作品都是经过反复修改而成，是千

① ［英］理查德·詹金斯主编《罗马的遗产》272页，晏绍祥、吴舒屏译，上海人民出版社2016年第1版。

锤百炼、精益求精的结果。因此，要想成为一名优秀诗人，必须经受“苦学”的历练。

第四个观点是“寓教于乐”。贺拉斯非常注重文艺作品的教育作用，这承续了古希腊思想家的一贯看法。他说：“诗人的愿望应该是给人益处和乐趣，他写的东西应该给人以快感，同时对生活有帮助。”“寓教于乐，既劝谕读者，又使他喜爱，才能符合众望。”[①]这些话无疑都是很有道理的，也符合他那个时代文艺创作的实情。这跟中国早期文艺思想也很相近，比如孔子所说的“尽善尽美”以及“兴、观、群、怨”等，就是看取了文艺作品的快感性质，并有意识地借助这种特性去达到教化目的。直到今天，“寓教于乐”仍是文艺作品最基本的特征和最普遍的作用。

古罗马的另一部重要的文论著作是《论崇高》，作者名叫郎吉弩斯。关于他的生平，后人知道不多，甚至没弄清究竟是哪个“郎吉弩斯”，因为据考证公元1世纪和3世纪各有一名学者叫“郎吉弩斯”。今天，多数专家认可是生活在公元1世纪的苏斯·郎吉弩斯。

“论崇高”是个译名，文章是讨论语言风格的，或许跟古罗马时盛行的雄辩术有关，故而也有人认为应当根据其原意译为“论雄伟文体”，但这样一来，“崇高”这个范畴就没有着落了，因为美学史和文论史上，“崇高”都作为一个跟“优美”对举的范畴沿用着，郎吉弩斯的这篇文章是“开山的纲领”。

郎吉弩斯探讨的问题主要是“崇高”风格的来源，他认为有五个重要原因：掌握伟大思想的能力、强烈深厚的激情、运用词藻的能力、高雅的措辞、卓越的结构。其中最重要的又在前两项，即思想和激情。因此，归根到底，崇高是人的心灵活动的结果，或者说：“崇高是伟大心灵的回声。”而“思想深沉的人，语言就会闳通；卓越的语言，自然属于卓越的心灵”[②]。由此可见，

---

① ［古罗马］贺拉斯《诗艺》，杨周翰译，《诗学　诗艺》155页，人民文学出版社1962年第1版。

② ［古罗马］郎加纳斯《论崇高》，钱学熙译，郭斌龢校，载伍蠡甫等编《西方文论选》上册124页，上海译文出版社1979年新1版。

郎吉弩斯提出"崇高"论，是为了培养一种强大的演讲能力；而这种能力的培养，不能只着眼于语言和修辞本身，必须在思想、情感和人格上下功夫。这很容易让人想起中国传统文论里的"养气"说。起先，"养气"指的是临文之时的一种精神状态，后来"养气"的含义更加宽泛，指的是人格、学问甚至道德的修养了。最具有代表性的是韩愈所谓"气，水也；言，浮物也。水大而物之浮者大小毕浮。气之与言犹是也，气盛则言之短长与声之高下者皆宜"（《答李翊书》）。这话听上去跟"伟大心灵的回声"是多么相像啊！

郎吉弩斯特别推崇"崇高"的风格，进而他认为这种风格高于另一种与之形成对比的风格，今天我们通常称之为"优美"。他说：

> 一个人如果四方八面地把生命谛视一番，看出在一切事物中凡是不平凡的、伟大的和优美的都巍然高耸着，他就会马上体会到我们人是为什么生在世间的。因此，仿佛是象按着一种自然规律，我们所欣赏的不是小溪小涧，尽管溪涧也很明媚而且有用，而是尼罗河、多瑙河、莱茵河，尤其是海洋。……总之，我们可以说，凡是对人有用和必需的东西，人总能得到；凡是使人惊心动魄的总是些奇特的东西。[①]

的确，崇高和优美虽然是两种不同的风格或者说是审美形态，在自然和艺术创作中各有其美，不可或缺，但就其对人心产生的作用来看，二者之间还是有高下之分的；也就是说，崇高的审美对象的影响力要高于优美的审美对象。这也就是为什么在现实中，人们不满足于眼前的秀美小景而不辞远足去寻访名山大川；而在艺术中，最伟大的艺术作品都是以"崇高"为品格和主要特征。如果考虑到艺术作品的社会作用，"崇高"的意义和价值更有理由超过"优美"。对此，中国当代画家吴冠中先生说过一句引起争议却不无道理的话，即"100个齐白石也抵不上一个鲁迅的社会功能"。他的理由是："齐白石利用

① ［古罗马］朗吉弩斯《论崇高》，朱光潜译，载北京大学哲学系美学教研室编《西方美学家论美和美感》49页，商务印书馆1980年第1版。

花鸟草虫创造了独特的美，是画家的荣幸，也是民族文化的荣幸，他提高了社会的审美功能，但这比之鲁迅的社会功能就有太大的差异了。”[①]的确，白石先生的画让人感到赏心悦目，具有很高的审美价值，而鲁迅先生的许多文字却让人感到力量、震撼以及精神的历练，属于郎吉弩斯所说的“使人惊心动魄”的和“奇特的东西”。这正是“崇高”高于“优美”的效用。

跟鲍姆加通提出“美学”这个概念一样，郎吉弩斯在美学史和文论史上的贡献也在提出“崇高”这个概念，而这个概念也成为美学和文艺思想中的重要范畴。对此，后世美学家和批评家高度重视，并对其意义不断加以拓展和深化，使之在美学研究和文艺批评中生根开花并枝繁叶茂。比如，18世纪英国美学家伯克认为“崇高”感来源于痛苦的情感和恐怖的方式：

> 任何适于激发产生痛苦与危险的观念，也就是说，任何令人敬畏的东西，或者涉及令人敬畏的事物，或者以类似恐怖方式起作用的，都是崇高的本源；即它产生于人心能感觉的最强有力的情感。我之所以说痛苦的是最强烈的感情是因为我相信痛苦这一观念远比快乐强有力得多。[②]

19世纪德国思想家黑格尔认为“崇高”是人格及其理念在矛盾冲突中的产物：

> 人格的伟大和刚强只有借矛盾对立的伟大和刚强才能衡量出来，心灵从这对立矛盾中挣扎出来，才使自己回到统一；环境的互相冲突愈多，愈艰巨，矛盾的破坏力愈大而心灵仍能坚持自己的性格，也就愈显出主体性格的深厚和坚强。只有在这种发展中，理念和理想的威力才能保持住，因

① 吴冠中《我负丹青——吴冠中自传》99页，人民文学出版社2004年第1版。

② ［英］伯克《崇高与美——关于崇高美和秀丽美概念起源的哲学探讨》，载《崇高与美——伯克美学论文选》）36页，李善庆译，上海三联书店1990年第1版。

为在否定中能保持住它自己，才足以见出威力。[①]

19世纪德国诗人、思想家席勒指出“崇高”是一种伴随痛苦的道德感：

敌人越是凶险，胜利便越光荣；只有遭到反抗，才能显出力量。由此可以得出结论：“只有在暴力的状态中，斗争中，我们才能保持住我们的道德本性的最高意识，而最高度的道德快感总有痛苦伴随着。”[②]

19世纪德国思想家叔本华认为时空的无限是“崇高”的境界：

当我们沉溺于观察这世界在空间和时间上无穷的辽阔悠久时，当我们深思过去和未来的若干千年时，——或者是当夜间的天空把无数的世界真正展出在我们眼前因而宇宙的无边无际直印入我们的意识时，——那么我们就觉得自己缩小〔几〕至于无物，觉得自己作为个体，作为活的人身，作为无常的意志现象，就象是沧海一粟似的，在消逝着，在化为乌有。[③]

19世纪俄国文学家和美学家车尔尼雪夫斯基认为崇高就是伟大，是“伟大的东西”在人的心中唤起的惊奇以及由惊奇而产生的自信和自尊：

一方面，我们在一个显露出异常强烈的热情和智慧等等力量的人的面前感到自己的渺小，一种好像忌妒或者羞耻的感情把我们攫住了；但是，还有一种更强烈、更容易听到的相反的感情，这就是：他是人，我也是人；人是多么伟大，多么坚强！从而（顺便说说）：我也是多么伟大和坚

---

① ［德］黑格尔《美学》第一卷227-228页，朱光潜译，商务印书馆1979年第2版。

② ［德］席勒《论悲剧题材产生快感的原因》，孙凤城、张玉书译，杨业治校，载《古典文艺理论译丛》第六册78页，人民文学出版社1963年第1版。

③ ［德］叔本华《作为意志和表象的世界》286页，石冲白译，杨一之校，商务印书馆1982年第1版。

强！对伟大人物的看法使我们因此而骄傲：我们是人，人的尊严和感情得到了提高。[1]

如此等等，在西方美学思想中还有许多；具体到文艺创作实践，崇高的风格及审美形态又受到源于希伯来文化的基督教思想影响，加深了苦难和救赎的宗教情怀。这些特征，在当今西方的文学及其他艺术形式中仍然显著且可观。对于文论，郎吉弩斯及其“崇高”论也有深远的影响，美国文论家艾布拉姆斯指出：

他以狂喜状态而不是分析作为衡量作品优劣的标准，这也为早期的批评以趣味和情感取代分析批评的做法开了先河。我们将会看到，十九世纪的一些批评家认为，只有强烈的，因而必然也是简短的片断才算是诗，这种看法也是来自朗吉努斯。他坚持认为，启迪心智的揭示，纷至沓来的意象，撼人肺腑热情，都会使人心狂神迷。除此之外，我们发现他身上还具有一种新式实用批评的萌芽。……只消以“诗”这个表示美的术语来替代朗吉努斯的表示质的术语“崇高”，便可将《论崇高》的绝大部分理论吸收到浪漫主义模式中来……[2]

《镜与灯》探讨了西方浪漫主义文论的源流

这样看来，郎吉弩斯凭借着一部讨论雄辩术和修辞学的著作，历史性地成为后世浪漫主义精神及其文论的先驱了。

① ［俄］车尔尼雪夫斯基《论崇高与滑稽》，载《车尔尼雪夫斯基论文学》中卷72页，辛未艾译，上海译文出版社1979年新1版。

② ［美］M.H.艾布拉姆斯《镜与灯：浪漫主义文论及批评传统》112页，郦稚牛等译，王宁校，北京大学出版社1989年第1版。

二、“古典的”和“浪漫的”

布瓦洛：“理性的光芒”

西方文论在古希腊、古罗马之后，还经历了中世纪、文艺复兴以及启蒙运动，这一千多年里，也出现过各种文艺思想，也有过许多文艺批评和论争。在文艺复兴时期，但丁关于诗歌“四重义”以及诗歌采用意大利俗语的观点，薄伽丘关于诗歌的看法，塞万提斯对于小说创作的见解，以至于莎士比亚在戏剧和诗歌中即兴发表的有关文艺的议论，都跟那个时代的创作紧密相关，也都成为那个时代的文论。文艺复兴后期文坛爆发的“古今之争”，则是后来“新古典主义”的预演。启蒙运动的思想家们，如狄德罗、卢梭、伏尔泰等，多以文艺作为启蒙的工具，不仅动手创作小说、戏剧和散文等文艺作品，还为文艺创作撰写评论，促进了文艺批评的生长。所有这些，在一部完备的文论史上都应记述；但我们这里只是在历史进程中取其“节点”，故不赘述，而把重点放在产生重大影响或具有变革意义的流派及其观念，先看“古典主义”和“浪漫主义”。

按通常说法，17世纪兴起的古典主义文学可以看作古希腊、古罗马文艺的“中兴”，甚至可以说必然的结果。此前的文艺复兴运动，就是凭借着光复古希腊、古罗马文化而兴起的，虽然以倡导人性且破旧立新为口号，却并没有抛弃传统；而诸如贺拉斯所倡导的“经典”和“法则”等观念及方法，也一直有人继承并坚守，在时代氛围适宜的时候，还会登上历史舞台，甚至成为“主潮”。在17世纪的法国，这样的历史机遇就出现了，表现为政治上崇尚王权，思想上恪守理性，而文艺创作以古希腊、古罗马为典范。于是乎，在文艺批评里就有人站出来总结并完善先贤立下的法则，最著名的，就是布瓦洛（波瓦洛）和他的《诗的艺术》。这部著作，条理清晰、层次分明，被看作是法国古典主义文学的“宝典”，也是继贺拉斯《诗艺》之后西方文论里又一部系统而完备的理论专著。

布瓦洛立论的出发点是“理性”：

> 因此，首须爱理性：愿你的一切文章
> 永远只凭着理性获得价值和光芒。①

理性贯穿于文学创作的方方面面，从创作对象看是“永恒的自然”和“永恒的人性”；从创作方法看涉及人物的类型、文体的纯洁以至于音韵的和谐等。理性是创作的唯一指南，作家必须不离不弃、始终如一：

> 一切要合乎常情，但要达到这一点，
> 路是滑而难行的，很不易防止过偏；
> 你稍微走差一步就堕落不能自救。
> 理性之向前进行常只有一条正路。②

---

① ［法］布瓦洛《诗的艺术》5页，任典译，人民文学出版社2009年第2版。

② ［法］布瓦洛《诗的艺术》6页，任典译，人民文学出版社2009年第2版。

造型严谨、准确的古典主义绘画：法国画家安格尔的素描作品

为此，就要虚心地向古希腊、古罗马作家学习，比如荷马、维吉尔，他们是贯彻理性的最完美的典范，是“取之不尽”的“众妙之门”或“情意绵绵”的“神到之作”，值得当代作家认真模仿；而模仿古人，就是模仿自然，模仿理性。显然，这个观点是将贺拉斯的“模仿”说发扬光大。

法国古典主义文学的主要成就体现在戏剧创作，出现了高乃依、拉辛、莫里哀等伟大作家；而法国古典主义戏剧最突出的特征是“三一律”的情节和“类型化”的人物。对这两点，布瓦洛都有总结。“三一律”是：

> 剧情发生的地点也需要固定，说清。
> 比利牛斯山那边诗匠能随随便便，
> 一天演完的戏里可以包括许多年：
> 在粗糙的戏曲里时常有剧中英雄
> 开场是黄口小儿终场是白发老翁。
> 但是我们，对理性要服从它的规范。
> 我们要求艺术地布置着剧情发展；
> 要用一地、一天内完成的一个故事
> 从开头直到末尾维持着舞台充实。①

关于人物性格，是就演员表演而论的，但前提仍在于创作：

① ［法］布瓦洛《诗的艺术》32—33页，任典译，人民文学出版社2009年第2版。

光阴改变着一切，也改变我们性情：
每个年龄都有其好尚、精神与行径。
青年人经常总是浮动中见其躁急，
他接受坏的影响既迅速而又容易，
说话则海阔天空，欲望则瞬息万变，
听批评不肯低头，乐起来有似疯癫。
中年人比较成熟，精神就比较平稳，
他经常想往上爬，好钻谋也能审慎，
他对于人世风波想法子居于不败，
把脚跟抵住现实，远远地望着将来。
老年人经常抑郁，不断地贪财谋利；
他守住他的积蓄，却不是为着自己，
一切计划进行时，脚步僵冷而连蹇；
老是抱怨着现在，一味夸说着当年；
青年沉迷的乐事，对于他已不相宜，
他不怪老迈无能，反而骂行乐无谓。
你教演员们说话万不能随随便便，
使青年象个老者，使老者象个青年。①

这两个特征及其理论在后世常受到非议，被认为是古典主义“食古不化”的最突出的表现。其实，对这个问题应当历史地去看。无论是“三一律”还是“类型化”，在戏剧乃至于整个文学创作发展史上都起到过重要促进作用，其自身也有着相当的艺术价值。戏剧作为一种舞台艺术，表演的时间是有限的。要在有限时间内抓住观众，情节就必须紧凑；把地点、时间和人物行动给限制起来，是使剧情紧张并扣人心弦的重要手段。后来话剧艺术中出现的经典剧目，有许多都符合“三一律”的要求，如中国剧作家曹禺的《雷雨》《日出》

---

① ［法］布瓦洛《诗的艺术》53—54页，任典译，人民文学出版社2009年第2版。

等。至于“三一律”的法则被打破，甚至整个古典戏剧的基本形式被“表现主义”及其他现代戏剧创作思潮所颠覆，那是文艺创作的创新和变革的结果，并不表明先前的规律或法则没有价值。“类型化”也是如此。无论是西方还是中国，传统的小说或戏剧人物都以类型居多。以中国古代小说、戏曲人物为例，至少在《红楼梦》问世之前，大都属于“类型”。所谓类型，就是可以将某个人物归为某个概念，且其性格并没有太多的发展和变化，比如《三国演义》里的将相与英雄，《水浒传》里的好汉、奸臣和“淫妇”等等。这种人物虽然性格单一，但作家却往往能够刻画得活灵活现，因而深受广大读者喜爱，甚至比那些“非类型化”的人物更易于流传。著名英国小说家福斯特曾把小说人物分成“圆的”和“扁的”。所谓“扁的”，大体就是指“类型化”的人物形象。他说这种人物有两个长处：“一大长处是容易辨认，他一出场就被读者那富于情感的眼睛看出来。”“第二个长处是他们事后容易为读者所记忆。由于他们不受环境影响，所以始终留在读者心中。”[①]可不是吗，到今天中国老百姓能够津津乐道的古代小说、戏曲人物，有几个不是“类型”？而莫里哀喜剧留下的“伪君子”和“悭吝人”，也是古典主义“类型化”创造出的经典形象。就以18世纪法国文学所取得的成就而论，古典主义的观念和“法则”都起到了至关重要的促进作用，诚如后来为浪漫主义和现实主义推波助澜的大批评家圣勃夫（圣伯夫、圣佩韦）所说：

> 今天，我们应该称赞，应该感谢那个伟大世纪的这种高尚而紧密的和谐。如果当时没有波瓦洛，如果当时没有路易十四能识得波瓦洛使之总管文坛，我们试想想，情况会怎样呢？就是最伟大的天才能产生出现在成为他们最结实的光荣遗产的那些作品吗？我恐怕拉辛会多写些《白勒妮丝》一类的温情剧，拉封丹会多写些故事，少写些寓言，连莫里哀也会在斯卡班一类人物里多兜些圈子，或者就不会达到像《恨世者》那样严肃的高度，总之，这些美妙的天才每一个都会多犯些他所固有的毛病。赖有波瓦

① ［英］爱·摩·福斯特《小说面面观》60页，苏炳文译，花城出版社1984年第1版。

> 洛，也就是说，赖有这位工于批评的诗人的卓识，再加上那位伟大君主的贤明的支持，他们一个个的都被掌握住了；有波瓦洛在那里，受着大家的尊敬，因而就逼着他们写出他们的最佳、最庄严的作品。①

可见“古典”的法则是能够催生出优秀的作品的。当然，古典主义的成就固然可喜，而弊病也显而易见；尤其是当有所谓“权威”拿着法则去训诫作家、艺术家该如何创作时，那些教条就惹人生厌了。还有，时代变了，人心变了；当王权不再在思想领域成为绝对的权威，当理性从启蒙的光芒蜕变成为对情感和感性的压制，曾经威风八面的古典主义也就不可避免地遭受来自新兴力量的冲击，最终无奈地走下神坛，取而代之的是犹如暴风骤雨横扫整个欧洲大陆的浪漫主义。

起初，浪漫主义并不是一个有自觉意识的文学运动。18世纪法国的启蒙运动崇尚个性以及英国的感伤主义文学注重情感，都可视作浪漫主义的先声；而十八世纪七八十年代发生在德国的“狂飙突进”运动，则可以看作是浪漫主义文学的正式登场。这场运动是以德国剧作家克林格的剧本《狂飙突进》命名的，代表性作家作品有歌德的小说《少年维特之烦恼》和戏剧《铁手骑士葛兹·封·贝利欣根》、席勒的戏剧《强盗》和《阴谋与爱情》、克林格的戏剧《孪生兄弟》、伦茨的戏剧《家庭教师》、施蒂林的小说《亨利希·施蒂林的青年时代》等；同时还有施勒格尔兄弟文艺批评的特立独行并高歌猛进。之后，在法国，出现以雨果为代表的浪漫主义文学；在英国，出现以“湖畔派”诗人为代表的浪漫主义文学；在俄罗斯，有以普希金诗歌为代表的浪漫主义文学。其他国家，诸如东欧和北欧诸国，也遥相呼应，在文坛刮起“浪漫”之风。其他艺术，诸如音乐、绘画等，也受其影响而一改古典风格，汇入了浪漫主义洪流，美术界出现了德拉克洛瓦的《自由女神引导人民》、籍里科的《梅杜萨之筏》等优秀作品；音乐界则出现了以肖邦、李斯特等为代表的一大批浪

---

① ［法］圣勃夫《波瓦洛》，载《圣勃夫文学批评文选》344—345页，范希衡译，南京大学出版社2016年第1版。

漫风格的音乐家以及影响了整个欧洲的“民族乐派”。由此，浪漫主义作为一场文艺运动，催生出一大批优秀的艺术家及作品，也改变了整个西方文艺思想和文艺观念的走向，为新型的美学观和文艺批评奠定了基础。至于浪漫主义的特征，朱光潜先生总结为三点：一是主观性，它“反映上升资产阶级个人主义的进一步发展，受到德国唯心主义哲学的直接影响”。二是“回到中世纪”，“在接受传统方面，特别重视中世纪民间文学”，“其特点在想象的丰富，情感的深挚，表达方式的自由以及语言的通俗”。三是“回到自然”，表现为对自然的崇拜，这使得“自然景物描写成为浪漫主义文艺的一个特点”。①亲身经历了浪漫主义运动的法国诗人戈蒂耶曾用诗意的笔调描述：

> 那个时代，人的思想何等活跃，当代人是难于想象的；一场和文艺复兴运动类似的运动发生了。生活中涌动着新的活力，势不可当。各种东西同时萌动、发芽、破土而出。鲜花开放，散发出醉人的芳香；连空气都令人陶醉，大家迷恋着抒情诗，迷恋着艺术。那模样，如同刚刚重新发现了一个业已失传的大秘密，事实上确实如此：我们重新发现了诗。②

的确，浪漫主义的时代是一个“发现”的时代，那时的人们发现了自然，发现了自我，发现了生命，当然也就发现了“诗”。诗人和艺术家们因此而以“浪漫主义”的称号为荣，就像法国画家德拉克洛瓦（德拉克罗瓦）所说：“如果认为我的浪漫主义是意味着自由地表达个人的感受，不墨守陈规，不喜欢教条的话，那么我不仅承认我是浪漫主义者，而且还承认自我十五岁起，……我就已是个浪漫主义者了。”③

浪漫主义文论散见于各种批评文章，其中有的是宣扬浪漫主义文学的主

---

① 朱光潜《西方美学史》下卷727—728页，人民文学出版社1979年第2版。

② ［法］泰奥菲尔·戈蒂耶《雨果和他的浪漫派》，载《浪漫主义回忆》1—2页，赵克非译，人民文学出版社2011年第1版。

③ ［法］德拉克罗瓦《德拉克罗瓦日记》11页，李嘉熙译，人民美术出版社1981年第1版。

张，有的则是与浪漫思潮有一定距离的学术研究或理论上的沉思。当然，这两者之间总有一定的关系。以下简略介绍数家。

席勒是文学家，也是思想家，在德国古典美学思想里占有重要地位。也许是受思想家气质的影响，他的文学创作主观意识较强，成为“时代精神的传声筒”，被恩格斯略带批评意味地概括为“席勒式”的创作方法，但这并不降低席勒作为浪漫主义文学家的地位。

席勒：“只有当人游戏时，他才完全是人”

席勒的文学观和美学思想是融为一体的，或者说，他是用哲学家的头脑去思考文学艺术的性质和作用的。他给美学史和文论史留下两部重要文献，即《论素朴的诗与感伤的诗》和《审美教育书简》。前者，把古今诗歌分为两类。一类是古代的，如古希腊史诗和抒情诗，那时候的人类文明处于浑然状态，人与自然尚未分离，诗人和诗歌就是自然，因而是“素朴”的。一类是现代的，这时候的诗人与自然已经全然分离，主体与客体处于对立状态；诗人把现实提高到了理想的地步，却仍旧怀念着往昔那物我不分的诗情画意，因而此时的诗歌是“感伤”的。这种对诗歌作“素朴”和“感伤”的两分，其初衷仍是浪漫主义的情怀。一方面，浪漫主义文学因突出自我而具有主观和理想的特征；另一方面，浪漫主义文学家又对人类的童年一往情深，梦想着“回到自然”。这些，在席勒本人的创作中就有所体现，如诗歌《希腊的群神》所写：

那时，还有诗歌的迷人的外衣
裹住一切真实，显得美好，
那时，万物都注满充沛的生气，
从来没有感觉的，也有了感觉。
人们把自然拥抱在爱的怀中，

给自然赋予一种高贵的意义，
万物在方家们的慧眼之中，
都显示出神的痕迹。[1]

是啊，古希腊艺术最让心醉的就是那充满了神性的自然，又怎能不令浪漫诗人们深情怀念呢！

后一部著作，是席勒就人的本性及其发展问题写的若干封书信的汇编。作为文学家的席勒有着很深的人文情怀，他看到他所生活的时代的制度及“文明”对人性的束缚，进而从哲学和美学的高度为人性的回归以及人类生活的完满寻找出路。他认为，人和动物一样，都具有与生俱来的“游戏冲动”，但动物的“游戏冲动”只是出于本能的剩余精力的发泄，而人则在精神的层面进行有意味的游戏，并在游戏中解放天性，获得心灵的自由。这种游戏，就是审美，就是艺术；只有能够进行这种游戏的人，才是完整的人。从这一点看，艺术的使命理所当然是“人”，或者说是使人成为真正意义上的人。所以席勒断定：“只有当人游戏时，他才完全是人。”[2]

歌德：“从客观世界出发”

歌德和席勒是好友，但文艺观念并不相同。歌德曾是“狂飙突进”的先驱，但随着阅历的增长和创作的成熟，他的创作理念逐渐从“理想”转到了“现实”。因此，他的文学思想，常常被用来证明现实主义创作方法，诸如典型化手法中的主观与客观、特殊与一般的关系等等。的确，歌德本人曾明确表达过对“浪漫”文学的不满。他说：

① ［德］席勒《希腊的群神》，载《席勒诗选》17—18页，钱春绮译，人民文学出版社1984年第1版。

② ［德］席勒《审美教育书简》80页，冯至、范大灿译，北京大学出版社1985年第1版。

古典诗和浪漫诗的概念现在已经传遍全世界，引起了许多争执和纠纷。这个概念起源于席勒和我两个人。我主张诗应采取从客观世界出发的原则，认为只有这种创作方法才可取。但是席勒却用完全主观的方法去写作，认为只有他那种创作方法才是正确的。[①]

又说：

我把“古典的”叫做“健康的”，把“浪漫的”叫做“病态的”。这样看，《尼伯龙根之歌》就和荷马史诗一样是古典的，因为这两部诗都是健康的，有生命力的。最近一些作品之所以是浪漫的，并不是因为新，而是因为病态、软弱；古代作品之所以是古典的，也并不是因为古老，而是因为强壮、新鲜、愉快、健康。[②]

显然，歌德对“浪漫”文学是很有意见的，尽管他也曾经是“浪漫派”的一员，并写下了《少年维特之烦恼》那种极为感伤却也名满天下的“浪漫”作品。他主张文学创作要立足现实，作家要淡化自己的主观意识，要将理想和现实融合起来，要把观念融化在形象之中；他还表白：“我的全部诗都是应景即兴的诗，来自现实生活，从现实生活中获得坚实的基础。我一向瞧不起空中楼阁的诗。”[③]这些主张，确实跟“现实主义”创作方法已经相当接近了。

“德国浪漫派”里以批评为主业并推动思潮的，是施勒格尔兄弟，其中弟弟弗·施勒格尔在后世更受推崇。1798年，弗·施莱格尔在《雅典娜神殿》陆续发表《断片》，对“浪漫派”文学大加称颂。他把“浪漫诗”界定为进步的、有普遍意义的诗，认为“浪漫诗”的使命既应当“重新统一诗歌的各种不

① ［德］爱克曼辑录《歌德谈话录》221页，朱光潜译，人民文学出版社1978年第1版。

② ［德］爱克曼辑录《歌德谈话录》188页，朱光潜译，人民文学出版社1978年第1版。

③ ［德］爱克曼辑录《歌德谈话录》6页，朱光潜译，人民文学出版社1978年第1版。

同体裁，使诗歌跟哲学与修辞发生联系”，也应当“把诗歌与散文、天才与批评、艺术诗与自然诗结合起来”。因此，他认为批评跟诗的性质相同，也应当是一门艺术，说：“诗只能通过诗来批评。一个艺术判断，如果本身不是一个艺术作品，……在艺术的王国里应根本没有公民权。”[1]这种观点，在后来也产生不小的共鸣，比如王尔德声称“评论本身就是一种艺术”，并且“完全是创造性的”。[2]波德莱尔更是主张“对一幅画的评述不妨是一首十四行诗或一首哀歌”。[3]还有小说家法朗士所说：“评论是一种小说，……优秀的评论家是那种能够讲述其心灵在名作之中奇遇的人。”[4]这后一句话也被译为“灵魂在杰作中的探险”。直到当代，仍有批评家标榜“批评就是我自己。”可见由“狂飙突进”运动所导引出的这种“浪漫的”——也可以说是主观的和印象的——批评观的影响之大。当然，弗·施勒格尔对批评的提倡并不止于喊出口号或提出论断，他对批评态度和方法也有独到见解，认为批评家应当注重自己的印象，并且能够重建作品中的“心灵”。这里面，已经隐约透露出“解释学”的意思了，但它不是宗教的解释，而是艺术的体验。

雨果：“丑就在美的旁边”

法国浪漫主义的旗手是雨果，他的一系列“檄文”对古典主义戏剧和文学产生了摧枯拉朽的作用，而他的诗歌、戏剧和小说创作，也席卷了法国文坛。雨果早期文论里集中体现浪漫思想的篇章是《〈克伦威尔〉序》。《序》中，

① ［德］弗·施勒格尔《批评断片集》，载《浪漫派风格——施勒格尔批评文集》58页，李伯杰译，华夏出版社2005年第1版。

② ［英］王尔德《评论家也是艺术家》，汪培基译，载《英国作家论文学》259页，生活·读书·新知三联书店1985年第1版。

③ ［法］波德莱尔《一八四四年的沙龙》，载《波德莱尔美学论文选》215—216页，郭宏安译，人民文学出版社1987年第1版。

④ 转引自［法］罗杰·法约尔《法国文学评论史》224页，怀宇译，四川文艺出版社1992年第1版。

雨果通过对古典主义法则的批判来树立新的文学创作观念。他认为文学创作的第一要素是情感，没有什么法则能够对情感加以约束。“诗人乃是这样一种人，具有强烈的感情，并运用比一般语言更有表现力的语言，来传达这种感情。”而“除了感情外，诗几乎就不存在了”。就戏剧而言，古典戏剧以“美”为最高理想，排除了一切丑的、滑稽的因素，因而远离现实也违背真实。而近代戏剧以真实为原则，把滑稽丑怪和崇高优美、可怕和可笑、悲剧和喜剧融合在一起，这是对生活以及真理的最为真实的写照，因为在现实中，“丑就在美的旁边，畸形靠近着优美，丑怪藏在崇高的背后，美与恶并存，光明与黑暗相共”[①]。古典戏剧只取其一，而有意遮蔽另一方面，因而是虚假的。近代戏剧则对矛盾双方予以如实反映，因而是真实的。这种真实，还表现在戏剧情节上。雨果认为，古典主义所尊崇的“三一律”是违背现实从而也是极不自然的，比如其中的“时间一致”：

> 把剧情勉强地纳入二十四小时之内，就好象把情节硬塞在过道里一样可笑。一切情节有它特定的过程，就象有它一定的地点一样。对不同的事件竟然规定同样长短的时间！对一切事物竟然用同一种尺度！如果一个鞋匠给大小不同的脚做同样大小的鞋，岂不好笑，但竟然有人把时间一致和地点一致的规则交错起来，成为鸟笼的方格，然后用亚里士多德的名义傻头傻脑地把一切事件、一切民族和各种形象都塞进去！而这些事件、民族和形象本来是散布在广阔的现实之中的。这样做就是对人对事进行摧残，就是丑化历史。[②]

这一段揶揄加痛斥，把古典主义“三一律”批得体无完肤，为的是开辟浪漫主义文学的康庄大道，并且也确实达到了目的。在法国，当浪漫主义文学异

---

① ［法］雨果《〈克伦威尔〉序》，载雨果《论文学》30页，柳鸣九译，上海译文出版社1980年第1版。

② ［法］雨果《〈克伦威尔〉序》，载雨果《论文学》50页，柳鸣九译，上海译文出版社1980年第1版。

军突起后，以雨果为代表的一批作家很快以非凡的才情将这种新兴的文学推向高峰，创作出一大批风靡世界的并永垂不朽的文学经典，而古典主义也就无奈地进入了历史博物馆，“理性”“法则”和“模仿”也被文学家和批评家们抛到九霄云外了。

英国“湖畔派”诗人也被归为“浪漫主义”，主要是因为他们的诗歌崇尚情感、崇尚自然，还加上一些神神秘秘的“泛神论”和“唯灵论”；这跟古典主义文学大异其趣。但在文学观念上，“湖畔派”的“浪漫”与雨果的“浪漫”相去甚远，没有面向现实、改造社会和人心的锐气，而沉湎于温情脉脉的乡村生活，陶醉于对往日情感的甜蜜回忆，还有对冥冥之中造物主的敬畏和赞美。的确，华兹华斯（渥兹渥斯）把情感定义为“强烈情感的自然流露”，但接着强调这种情感是平静回忆中的情感。他说，诗歌“起源于在平静中回忆起来的情感。诗人沉思这种情感直到一种反应使平静逐渐消逝，就有一种与诗人所沉思的情感相似的情感逐渐发生，确实存在于诗人的心中”[①]。因为情感出自人的天性，它使人产生愉快，使人感受到美。所以，诗人的工作和科学家孤独地寻求知识有很大不同，“诗人唱的歌全人类都跟他合唱。……诗人是捍卫人类天性的磐石，是随处都带着友谊和爱情的支持者和保护者”[②]。

“湖畔派”诗人：情感、想象和“消极能力”

情感总是和想象联系在一起的，因而崇尚情感的浪漫派诗人也大都连带着鼓吹想象。在西方文学史上，想象的地位正是伴随着浪漫主义的兴起而提升并确立的。此前，“想象”在美学和文艺思想中的位置虽代有升降，但总体不高，并且常常作为“理性”和“理智”的对立面遭到贬

① ［英］渥兹渥斯《〈抒情歌谣集〉序言》，曹葆华译，载刘若端编《十九世纪英国诗人论诗》22页，人民文学出版社1984年第1版。

② ［英］渥兹渥斯《〈抒情歌谣集〉序言》，曹葆华译，载刘若端编《十九世纪英国诗人论诗》17页，人民文学出版社1984年第1版。

抑。“到了十九世纪，随着浪漫主义运动的进展，‘想象’的地位愈来愈高，没有或很少人再否认或贬低它的作用了。有些思想家和作家——例如谢林——甚至说概念或逻辑思维也得依靠‘想象’。他们企图使‘想象’渗透或吞并理智，颂赞它是最主要、最必需的心理功能。因此，‘错误和虚诳的女主人’（巴斯楷尔语）屡经提拔，高升而为人类‘一切功能中的女王陛下’（波德莱尔语）”①。在这一过程中，“湖畔派”诗人的诗论也起到重要作用。华兹华斯就把“想象”和“幻想”当成五种“写诗所需要能力”之一。②在“想象”和“幻想”之间，又特别推崇“想象”，认为虽然二者都基于“相似”，但“幻想”所赋予的“相似”，只限于外形、轮廓以及偶然突出的特性，它“激发和诱导我们天性的暂时部分”；而“想象”所给予的“相似”，应“更多地在于神情和影响”，揭示天生的、内在的特性，激发和支持我们天性的永久部分。“想象”为诗歌创造意象，具有赋予、抽出和修改三种力量，能够通过“造型和创造”，“把众多化为单一”，又“把单一化为众多”。这个意思，很像是刘勰《文心雕龙·比兴》里说的“诗人比兴，触物圆览。物虽胡越，合则肝胆。拟容取心，断辞必敢。攒杂咏歌，如川之澹”。有了想象，不仅看见事物外在的相似，而且能够发现事物内在的相似，所以，人类的种种情感就可以用大自然和现实生活中的万事万物加以表达，是所谓“寂然凝虑，思接千载；悄焉动容，视通万里”（《文心雕龙·神思》）。诗人插上了想象的翅膀，就拥有了无穷的创造力。

关于“想象”，另一位英国浪漫派诗人柯勒律治（柯尔立治）也有过重要论述。他与华兹华斯一样，推崇“想象”而贬抑“幻想”，认为后者跟“记忆”没有什么不同，只是按照“联想律”从现成的材料里获取素材，而想象则是源自人类心灵的创造力。进一步，柯勒律治将人类想象活动分为“第一位”

---

① 中国社会科学院外国文学研究所外国文学研究资料丛刊编辑委员会编《外国理论家作家论形象思维》6—7页，中国社会科学出版社1979年第1版。

② 另外四种分别是“观察和描绘”“感受性”“沉思”和“虚构”，后二者也跟“想象”相关。见《〈抒情歌谣集〉一八一五年版序言》，曹葆华译，载刘若端编《十九世纪英国诗人论诗》36—37页，人民文学出版社1984年第1版。

和“第二位”想象两种：

> 我把想象分为第一位的和第二位的两种。我主张，第一位的想象是一切人类知觉的活力与原动力，是无限的“我存在”中的永恒的创造活动在有限的心灵中的重演。第二位的想象，我认为是，第一位的想象的回声，它与自觉的意志共存，然而它的功用还是在性质上与第一位的想象相同的，只有在程度上和发挥作用的方式上与它有所不同。它溶化、分解、分散，为了再创造：……[①]

这段话说得比较抽象，大致意思是，“第一位想象”源于人的“本体”或“实在”，类乎康德的“主体”、黑格尔的“绝对精神”、谢林的“直观”以及叔本华的“意志”，当然，也可能是大多数浪漫诗人宗奉的“上帝”或“自然神”。而“第二位想象”则是“第一位想象”在人的类心灵的体现。因为有“第一位想象”为根基，“第二位想象”就不同于一般的“幻想”，不是对自然界事物的简单联想和比附，而是能够洞悉事物的本质，并且按照“神灵”的意旨创造出全新的意象。当然，也有人用“无意识”和“意识”去解释这两种想象的区别，即所谓“这里的‘原发想象’（即第一位想象）系受谢林影响，是无意识而自发的，但又是积极而有创造性的，它既存在于自然过程，也存在于人的知觉之中；而‘次级想象’（即第二位想象）是有意识的诗意的力量”[②]。这样解释也讲得通。无论如何，19世纪浪漫主义文论是把想象和情感一道推向了文学的峰巅。

---

① ［英］柯尔立治《文学生涯》，刘若端译，载刘若端编《十九世纪英国诗人论诗》61页，人民文学出版社1984年第1版；着重号原有。

② ［美］门罗·C.比厄斯利《西方美学简史》229页，高建平译，北京大学出版社2006年第1版。

三、“社会”和“历史”

在这个大的名目当中，包含着许多创作和批评的观念。先从声势浩大且影响深远的“现实主义”运动说起。

从18世纪末到19世纪初，欧洲文坛上浪漫主义思潮盛极一时。浪漫主义崇尚“激情”，但“激情”这东西来得容易去得快，时间一长，便难以为继。于是，创作观念和方法又出现转向，诗歌（包括诗剧）方面开始向“唯美”和“象征”转，小说方面则向“现实”转，出现了在19世纪欧洲文坛最为壮观并在世界范围内产生巨大影响的现实主义文学。

“现实主义”这个名称的来由可以追溯到法国小说家商弗洛里，他在1850年发表了名为《艺术中的现实主义》的文章，用这个名称表示一种新的创作趋势。之后，画家库尔贝因其作品为沙龙画展所拒而愤然举办个人画展，此举受到正统的画家和评论家的嘲笑，他的作品被戏称为“现实主义”。经过一番论战，“现实主义”的名称与它所代表的创作一道，反而站稳了脚跟，成为一种新的流派。于是，在文学领域，“现实主义”一语就正大光明地流行开来，标志着19世纪后半期在欧洲文学占主导地位的创作思潮。

现实主义文学最大的特点就是客观性。这一特点，许多被归于“现实主义”的作家都有过明确表白。如巴尔扎克声称，他的小说旨在揭示法国社会的风俗：“法国社会将写它的历史，我只能当它的书记。”[①]福楼拜（弗洛贝尔）的艺术理想是小说家从创作中隐去：“艺术家不该在他的作品里面显露自己，就象上帝不该在自然里面露面一样。人算不了什么，作品才是正经！”[②]而左拉更是把小说创作等同于医学，认为小说家的创作跟医学研究没有什么两样，是对人和社会的肌体进行解剖。这种观点，被称作“自然主义”，其实跟现实主义的主张是一脉相承的。

马克思和恩格斯倡导现实主义和“典型化”创作方法

这些言论，似乎让人感觉“客观性”是现实主义文学唯一的和最高的标准。其实不然。强调客观，确实是现实主义文学的总的原则，而现实主义作家们在标榜自己的创作方法时也喜欢把对“客观性”的追求说到极致。但实际上，文学创作中绝对的客观是不存在的，而那些优秀的现实主义文学的价值也不仅仅在于“客观”。这也就是说，巴尔扎克、福楼拜以至于左拉们的宣言跟他们的创作是有差异的；而现实主义文学的价值尤其是美学价值，除了客观性外，还有其他的原因。这个原因，按照马克思主义文学批评的说法，是“典型化”，也就是通过客观而真实的描写，揭示出社会生活的本质和发展规律，并且这种描写本身具有鲜明的形象性和较高的艺术价值。恩格斯在评价巴尔扎克的创作成就时说：

> 巴尔扎克，我认为他是比过去、现在和未来的一切左拉都要伟大得多的现实主义大师，他在《人间喜剧》里给我们提供了一部法国“社会”特别是巴黎“上流社会”的卓越的现实主义历史，……这一切我认为是现实

---

① ［法］巴尔扎克《〈人间喜剧〉前言》，陈占元译，载王秋荣编《巴尔扎克论文学》62页，中国社会科学出版社1986年第1版。

② ［法］弗洛贝尔《致乔治·桑》，载伍蠡甫等编《西方文论选》下卷210页，上海译文出版社1979年新1版。

主义的最伟大胜利之一，是老巴尔扎克最重大的特点之一。[①]

充分肯定了巴尔扎克小说的客观性和真实性，认为这是“现实主义的最伟大胜利”和“最重大的特点”。进而指出：“现实主义的意思是，除细节的真实外，还要真实地再现典型环境中的典型人物。”[②]可见，现实主义文学不能停留在描写或“反映”的真实，还要塑造出“典型环境中的典型人物”。这种人物，既具有鲜明的个性，又能够概括社会中某一类人；既是一个偶然出现的个体，又能够预示出社会发展的必然趋势。亦如恩格斯所说：“每个人都是典型，但同时又是一定的单个人，正如老黑格尔所说的，是一个‘这个’，而且应当是如此。”[③]作家创作必定会有自己的倾向，但“倾向应当从场面和情节中自然而然地流露出来，而不应当特别把它指点出来”[④]。这也正是典型化手法的作用和特征。显然，马克思主义文艺批评所倡导的“典型化”，较之单一的“客观性”更深刻地触及了现实主义创作方法的本质。20世纪一位西方马克思主义思想家、匈牙利人卢卡契曾专门写过一篇《现实主义辩》，对马克思主义文学批评中的“现实主义”加以阐发：

伟大的现实主义所描写的不是一种直接可见的事物，而是在客观上更加重要的持续的现实倾向，即人物与现实的各种关系，丰富的多样性中那些持久的东西。除此之外，它还认识和刻画一种在刻画时仍处于萌芽状态、其所有主观和客观特点在社会和人物方面还未能展开的发展倾向。掌握和刻画这样一些潜在的潮流，乃是真正的先锋们在文学方面所要承担的

① ［德］恩格斯《致玛·哈克奈斯》，载《马克思恩格斯选集》第四卷462—463页，人民出版社1972年第1版。

② ［德］恩格斯《致玛·哈克奈斯》，载《马克思恩格斯选集》第四卷462页，人民出版社1972年第1版。

③ ［德］恩格斯《致敏·考茨基》，载《马克思恩格斯选集》第四卷453页，人民出版社1972年第1版。

④ ［德］恩格斯《致敏·考茨基》，载《马克思恩格斯选集》第四卷454页，人民出版社1972年第1版。

伟大历史使命。[①]

他认为现实主义文学的“客观性”不仅仅指现实生活的中客观现象，而更应当是事物以及社会发展的客观规律。现实生活看得见的人和事固然是“客观”，而现实生活中看不见却可以按历史规律想见的人和事也是“客观”。因此，现实主义文学不是简单的对现实的反映，而是对现实的“总体性”（卢卡契语）的把握；不只是再现生活，而且要发现、引领并创造生活。

现实主义文论的各种观点汇集起来，后期发展成为“社会—历史”批评方法。对这种方法产生过作用和贡献的，还有19世纪的实证主义思想及文学批评，它的源头可以上溯到18世纪德国艺术史家温克尔曼的艺术史研究以及19世纪浪漫主义文学家斯达尔夫人的文学研究。温克尔曼认为“希腊人在艺术中所取得优越性的原因和基础，应部分地归结为气候的影响，部分地归结为国家的体制和管理以及由此产生的思维方式”[②]。斯达尔夫人从地理环境考察不同文学的特质和性格，认为整个欧洲文学可以分为“南方文学”和“北方文学”。南方自然环境宜人，其人民多天性快乐，其文学多有享乐性质；而北方环境艰苦，其人民多具忧郁性情，其文学多有悲凉色彩。这种区分，在中国传统文论也有不少，是刘勰所谓“江山之助”。如李延寿《北史·文苑传》说：“江左宫商发越，贵于清绮；河朔词义贞刚，重乎气质。气质则理胜其词，清绮则文过其义。”还有画论，区分得更加具体，如清代画家沈宗骞论绘画的“南北气秉”：

天地之气，各以方殊，而人亦因之。南方山水蕴藉而萦纡，人生其间，得气之正者，为温润和雅，其偏者则轻佻浮薄。北方山水奇杰而雄厚，人生其间，得气之正者，为刚健爽直，其偏者则粗厉强横。此自然之

① ［匈］卢卡契《现实主义辩》，载中国社会科学院外国文学研究所外国文学研究资料丛刊编辑委员会编《卢卡契文学论文集》（二）22页，中国社会科学出版社1981年第1版。

② ［德］温克尔曼《论希腊人的艺术》，载《论古代艺术》133页，邵大箴译，中国人民大学出版社1989年第1版。

理也。于是率其性而发为笔墨，遂亦有南北之殊焉。[①]

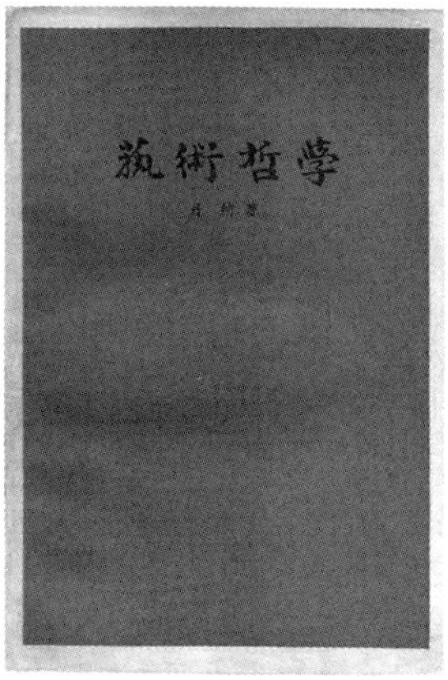

丹纳：种族、时代和环境

除此之外，近代刘师培著《南北文学不同论》，王国维著《屈子文学之精神》，均着眼于地理环境对文学创作的影响，也都有“实证”的意味，可以看作是中国传统文论中的实证主义。当然，斯达尔夫人的文论或者说文学研究，不仅局限于地理环境与文学的关系，还放眼整个“社会”的方方面面，也就是她所说的：“我的本旨在于考察宗教、风尚和法律对文学的影响以及文学对宗教、风尚和法律的影响。”[②]这是一种“社会实证”观点，也蕴含了后世“文学社会学”的原则。

真正使实证主义批评形成气候的，是社会学研究的实证方法，其代表人物是法国19世纪社会学家孔德。他认为各类人文社会科学只有引进实证的方法才是有效的，而对人的研究只有从社会的角度加以实证，方能得出正确的结论。他说：“实证精神认为，单纯的人是不存在的，而存在的只可能是人类，因为无论从何种关系来看，我们整个发展都归功于社会。”[③]并认为“艺术如同人类的其它技能一样，离不开具体的社会状况，研究艺术需有适用于天文学研究的那种公正、无私”[④]。受这种观念影响，文学批评就不再满足于印象式或感受性的评价，批评家也不能自以为是地天马行空，而是要用科学的方法去分析，用真实的材料去印证。那个时代最有名望的大批评家圣勃夫（圣佩韦）

---

① 沈宗骞《芥舟学画编·山水》，载于安澜编《画论丛刊》上卷324页，人民美术出版社1989年第1版。

② ［法］斯达尔夫人《论文学》12页，徐继曾译，人民文学出版社1986年第1版。

③ ［法］奥古斯特·孔德《论实证精神》52页，黄建华译，商务印书馆1996年第1版。

④ ［美］凯·埃·吉尔伯特、［联邦德国］赫·库恩《美学史》627页，夏乾丰译，上海译文出版社1989年第1版。

就宣称自己和同道是“主张在文学中应用自然科学的方法的人”，坚决“拒绝那些模糊概念、空泛言词的诱惑”[①]。美术史家丹纳把实证方法用于美术史讲座，提出著名的“种族、时代和环境”三要素，对文学批评产生了重大影响。他认为，种族是内部的根源，环境是外部的压力，时代是后天的动力。因此，“我们要分析所谓时代精神与风俗概况，要根据人性的一般原则，研究某种情况对群众与艺术家的影响，也就是对艺术品的影响”[②]。当然，这并不意味着有了“种族、时代、环境”的条件，就可以产生优秀的艺术作品。丹纳虽然以实证的方法研究艺术，却没有忘记艺术作品的本质属性。对此，他认为应当着眼于作品的“主要特征”。他说：“主要特征是一种属性；所有别的属性，或至少是许多别的属性，都是根据一定的关系从主要特征引申出来的。”[③]这种“主要特征”也就是艺术家的理想的表达，是艺术创作的目的所在。他举例说，一个叫作但纳的画家用好几年画一幅肖像，极为逼真，连皮肤下的毛细血管都隐约可见，让人一眼望去以为是个大活人；可是这肖像远不如凡·戴克那寥寥几笔的速写有价值。显然，这个观点隐约包含着“典型”甚至可以说是“传神”的意思了。也正因为如此，丹纳的艺术批评虽强调“实证”，却没沦为社会学或“自然科学”，而是作为“艺术”的批评而为世人所重，并成为文艺批评中“社会—历史”方法的先导。

关于“社会—历史”批评，我们不能忘了19世纪俄国几位民主主义批评家别林斯基、车尔尼雪夫斯基、杜勃罗留波夫等。他们的批评活动及论争，代表了当时的进步思想，不仅对文学创作起到促进作用，也形成了独具特色的批评理论。这些理论，曾经非常深刻地影响到中国二十世纪五六十年代文艺思想和“文艺学”的建设；尤其是“现实主义”和“典型”说，更成为那个时代文艺批评的理论基础和核心观念。

---

① ［法］圣佩韦《泰纳的〈英国文学史〉》，陆达成译，载伍蠡甫等编《西方文论选》下卷205页，上海译文出版社1979年新1版。

② ［法］丹纳《艺术哲学》32页，傅雷译，人民文学出版社1963年第1版。

③ ［法］丹纳《艺术哲学》23页，傅雷译，人民文学出版社1963年第1版。

别林斯基的早期文艺思想来自黑格尔美学，按照“美是理念的感性显现”的定义，把艺术看作是对大自然理念的表达：“用言辞、声响、线条和色彩把大自然一般生活的理念描写出来，再现出来：这便是艺术的唯一而永恒的课题。”[①]后来，他的思想逐渐向转向“唯物”，文学观念也立足于“现实”，并极力主张“现实的诗歌”：“它的显著特点，在于对现实的忠实；它不再造生活，而是把生活复制、再现，象凸面玻璃一样，在一种观点之下把生活的复杂多彩的现象反映出来，从这些现象里面汲取那构成丰满的、生气勃勃的、统一的图画时所必需的种种东西。”[②]当然，所谓对现实的“复制”和“再现”，并不是对现实的照抄或单纯的“反映”，而是经过思考、提炼，并加以艺术化的表达，这就是“典型化”的手法，它是艺术的本质特征，也是艺术创作的内在规律。这也就是别林斯基所说的：

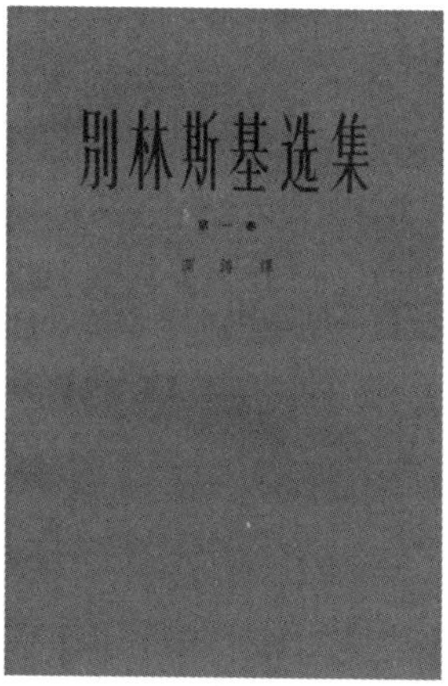

别林斯基：“熟悉的陌生人”

创作独创性的，或者更确切点说，创作本身的显著标志之一，就是典型性——如果可以这样说的话，——这就是作者的纹章印记。在一位具有真正才能的人写来，每一个人物都是典型，每一个典型对于读者都是似曾相识的不相识者。[③]

最后一句，也被翻译为“熟悉的陌生人”，也就是小说创作的典型形象

---

① ［俄］别林斯基《文学的幻想》，载《别林斯基选集》第一卷21页，满涛译，上海译文出版社1979年新1版。

② ［俄］别林斯基《论俄国中篇小说和果戈理君的中篇小说》，载《别林斯基选集》第一卷154页，满涛译，上海译文出版社1979年新1版。

③ ［俄］别林斯基《论俄国中篇小说和果戈理君的中篇小说》，载《别林斯基选集》第一卷191页，满涛译，上海译文出版社1979年新1版。

车尔尼雪夫斯基："美是生活"

或典型性格。它既能够概括某一类人的性格特征，又具有鲜明的个性；既是生活中偶然出现的人物，又能够揭示生活的本质及社会发展的规律。这种典型形象或典型性格，是一部现实主义小说得以成功的标志，当然也是"社会—历史"批评最重要的着眼点。

车尔尼雪夫斯基的美学思想较其文艺批评的影响要大很多；而美学思想中影响最大的是那个著名的判断："美是生活。"这被认为是把此前的"形而上"的美学观从天上拉到地上，给抽象、空洞的美学观念充实进了生活的内容。这种观念，很自然地成为现实主义文学创作和批评的美学基础；并且，这观念跟现实主义文学思想的"典型"说也有内在联系，因为车尔尼雪夫斯基对"美是生活"的命题解释说："美是生活；任何事物，凡是我们在那里面看得见依照我们的理解当如此的生活，那就是美的；任何东西，凡是显示出生活或使我们想起生活的，那就是美的。"①又说："凡是我们可以找到使人想起生活的一切，尤其是我们可以看到生命表现的一切，都使我们感到惊叹，把我们引入一种欢乐的、充满无私享受的精神境界，这种境界我们就叫做审美享受。"②显然，能给人们带来美感的生活不是普通的生活，而是包含着理想，或者说符合人性以及人类社会发展规律的生活。这种"生活"，既存在于生活本身，更来自艺术对生活的表现。从另一方面看，文艺作品的审美本性，也正在于对生活的反映、揭示和创造，进而展现"依照我们的理解应当如此的生活"。因此，"美是生活"就理应成为"社会—历史"批评的重要原则。

杜勃罗留波夫生命短暂，他专意从事文学批评，以评价小说家冈察洛夫

① ［俄］车尔尼雪夫斯基《艺术与现实的审美关系》6页，周扬译，人民文学出版社1979年第2版。

② ［俄］车尔尼雪夫斯基《现代美学概念批判》，载《车尔尼雪夫斯基论文学》中卷23页，辛未艾译，上海译文出版社1979年新1版。

和剧作家奥斯特洛夫斯基的作品而著称，留下《什么是奥勃洛莫夫性格？》和《黑暗王国的一线光明》等名篇。杜勃罗留波夫的文学批评，坚持现实主义原则，并对“典型”观做了进一步阐发。他认为文学创作中，“真实”是第一位的，这是优秀小说家应有的创作态度和可贵品质，“所以冈察洛夫在我们的面前，首先就是一个善于把生活现象的完整性表现出来的艺术家。把生活现象描写出来，就是他的使命，他的欢乐；他那客观的艺术创造，决不给什么理论上的偏见或是先入的观念所迷惑，也决不屈服于任何一种独占性的同情之下。”[①]当然，仅仅具有客观的创作态度还不够，小说家表现生活，是进行艺术创造，是对生活现象的发现、选择和提炼，因而必须具备“典型化”的才能，就像冈察洛夫所做的那样：“他要努力把一种在他面前闪过去的偶然的形象提高到典型的地位，赋予它普遍而又持久的意义。”[②]由此创造出的人物形象，便是既个性鲜明又具有普遍意蕴的文学典型，也就是别林斯基所说的“熟悉的陌生人”。比如冈察洛夫笔下的奥勃洛莫夫，他的“典型性”体现为“奥勃洛莫夫性格”，这种性格，在现实生活中随处可见：

杜勃罗留波夫：“这是一个奥勃洛莫夫”

> 假如现在我看见一个地主，他谈论着人类的权利以及发展个性的必要，——我从他的第一句话就知道，这是一个奥勃洛莫夫。
>
> 假如我碰到一个官吏，他抱怨着官厅事务的错综复杂和困难重重，他就是一个奥勃洛莫夫。
>
> 假如我听到一个军官在怨诉阅兵令人精疲力尽，同时放肆地批评着漫

① ［俄］杜勃罗留波夫《什么是奥勃洛莫夫性格？》，载《杜勃罗留波夫选集》第一卷188页，辛未艾译，上海译文出版社1983年新1版。

② ［俄］杜勃罗留波夫《什么是奥勃洛莫夫性格？》，载《杜勃罗留波夫选集》第一卷186页，辛未艾译，上海译文出版社1983年新1版。

步行进的毫无用处等等时，我就毫不怀疑的说他是一个奥勃洛莫夫。[①]

可不是吗？文学典型就有这样的魔力，能把现实中最有特点也最深刻的东西凝缩并凸显出来，让人们欣赏、玩味且借以认识生活以及人性的本质。中国读者或许不认识“奥勃洛莫夫”，却能从现实生活看到数不清的孙悟空、猪八戒、鲁智深、李逵、张飞、周瑜，还有林黛玉、贾宝玉等等，生活里也会称某人为“林妹妹”或“宝哥哥”以及跟文学典型相同或相似的名号。足以见现实主义文学的魅力在于典型，精髓在于典型，成就在于典型，它的社会作用也是通过典型环境中的典型性格去实现的。

“社会—历史”批评方法还有种种表现和相应的观点，但以现实主义文论为代表和主流。这种批评方法在相当时间里也是中国当代文论的主流。二十世纪八九十年代以来，随着现代西方各种批评流派的引入，“社会—历史”批评不再像从前那样受到尊崇，并且也遭到来自各方面的质疑。其中一个重要的不满就是认为“社会—历史”批评容易陷入机械的反映论，把艺术与社会的关系简单化甚至庸俗化，从而抹杀了艺术创作的审美本性。的确，在文艺批评实践当中，是有一些批评家及其评论过分强调“被反映”的社会历史而有意或无意忽略了文艺作品本身，致使“文艺批评”成为“社会批评”，甚至把文艺作品当作了社会文献。但这种偏差并非“社会—历史”批评所主张或固有，不如说，正是真正的“社会—历史”批评所反对的。这一点，可以用马克思主义经典作家的论断去加以证明。恩格斯在批评卡尔·格律恩《从人的观点论歌德》时说：

我们决不是从道德的、党派的观点来责备歌德，而只是从美学和历史的观点来责备他；我们并不是用道德的、政治的，或‘人的’尺度来衡量

① ［俄］杜勃罗留波夫《什么是奥勃洛莫夫性格？》，载《杜勃罗留波夫选集》第一卷231页，辛未艾译，上海译文出版社1983年新1版。

他。[①]

又在批评斐迪南·拉萨尔的悲剧作品《济金根》时说：

> 我是从美学观点和历史观点，以非常高的、即最高的标准来衡量您的作品的，而且我必须这样做才能提出一些反对意见，这对您来说正是我推崇这篇作品的最好证明。[②]

可见马克思主义文论中的“社会—历史”批评是把“美学观点”和“历史观点”相提并论的。这也就意味着，“社会—历史”批评虽立足于文艺作品与社会、历史的关系，却绝不能忽视对具体对象的“艺术”的分析和评价，否则就不足以成为“文艺”批评。因此，恩格斯所说的“美学观点”和“历史观点”就应当成为“社会—历史”批评的基本准则。

“社会—历史”批评的源头在古希腊文艺思想中的“模仿”论，其要义在于文学和“世界”的依存以及“反映”的关系。传统或经典的“社会—历史”批评认定文学是对“世界”的模仿，同时又强调这种模仿是一种艺术和审美的表达。在20世纪主张“模仿论”的批评家里，也有人把这“模仿”关系看得更深更细，不仅着眼于文学对“世界”的再现，并且把研究的视野扩大到文学作品的特殊形态，或文学作品深层结构与“世界”的关系。前者如德国文学理论家奥尔巴赫，他的批评巨著《摹仿论——西方文学中所描绘的现实》，就是“将三种方法结合起来：文体风格分析，学术史，以及着眼历史的社会学”[③]，由此分析各个时代不同体裁和风格的文学的成因和价值。后者如法国

---

① ［德］恩格斯《卡尔·格律恩〈从人的观点论歌德〉》，转引自纪怀民等编著《马克思主义文艺论著选讲》140页，中国人民大学出版社1982年第1版。

② ［德］恩格斯《致斐·拉萨尔》，载《马克思恩格斯选集》第四卷347页，人民出版社1972年第1版。

③ ［美］雷纳·韦勒克《近代文学批评史》第七卷196页，杨自伍译，上海译文出版社2006年第1版。

马克思主义批评家戈德曼，他认为文学对现实生活的反映不是表现生活本身，而是揭示隐藏在现实背后的“世界观”和“集体意识”，因为，“凡是伟大的文学艺术作品都是世界观的表现，世界观是集体意识现象。而集体意识在思想家或诗人的意识中能达到概念或感觉上最清晰的高度”[①]。当然，这种“世界观”和“集体意识”并不是简单或直白地在作品中表达出来，而是由整个作品的各个部分及其相互关系构成的，需要批评家着眼于意识形态作深入考察。诸如此类，虽不一定非得纳入“社会—历史”批评，却可以看作对“社会—历史”批评的有益的补充。

① ［法］吕西安·戈德曼《隐蔽的上帝》23页，蔡鸿滨译，百花文艺出版社1998年第1版。

四、“唯美”和“象征”

标题上的“唯美”和“象征”，表示创作观、批评观和美学观，但后面都可以加上“主义”二字，因为它们来自19世纪兴起的、既相续又交错的文艺思潮和运动。

唯美主义跟浪漫主义有着血缘关系。在西方思想里，“情感”和“审美”是相互关联的，把情感推崇到极致，是“唯情”，同时也就有了“唯美”的倾向了。在对人类心理的“知”“情”“意”的三大分类中，审美和艺术是相对于情感和感受的。因此，当浪漫主义者为情感而呐喊时，就潜藏着日后文艺创作分化出“唯美”一派的可能。当然，换个角度看，唯美主义登上历史舞台，又是与浪漫主义分手的结果。因为，情感抒发多了，会使人疲倦，会让人感到空泛。于是有人对情感加以冷却，加以沉淀，进而把情感融会到形式中去。由此创作出的文艺作品，情感的热度降低了，而形式的美感却凸显出来了。至此，唯美主义也就应运而生。

唯美主义的思想观念，除了生自文学艺术内部，也受到美学思想的影响，而最重要的影响来自德国古典美学，尤其是康德的美学观。康德对审美的一个重要判断，是非功利性，就是说，一切审美活动，不能掺杂功利目的，否

戈蒂耶："至高无上的诗行"

则就失去了审美的意义。他说："每个人必须承认，一个关于美的判断，只要夹杂着极少的利害感在里面，就会有偏爱而不是纯粹的欣赏判断了。人必须完全不对这事物的存在存有偏爱，而是在这方面纯然淡漠，以便在欣赏中，能够做个评判者。"[①]由此而得到的，是所谓"纯粹美"（与"依存美"相对而言）。这种追求"纯粹美"的"非功利性"，也就是唯美主义的实质；其代表人物、法国诗人戈蒂耶说："我宁可不要土豆也不放弃玫瑰花"，"只有毫无用处的东西才是真正美的"。[②]"一般来说，一件东西一旦变得有用，就不再是美的了；一旦进入实际生活，诗歌就变成了散文，自由就变成了奴役。所有的艺术都是如此。艺术是自由，是奢侈，是繁荣，是灵魂在欢乐中的充分发展。绘画、雕塑、音乐，都决不为任何目的服务。"[③]这与康德的美学观几为同调。戈蒂耶（戈蒂埃）还有一首名为《艺术》的诗作，也表达出了唯美主义的艺术观。其中写道：

是的，最美的作品出自
最坚硬最难对付的
形式——
玛瑙、珐琅、大理石和诗。

虚假的束缚不能容忍！

① ［德］康德《判断力批判》上卷41页，宗白华译，商务印书馆1964年第1版。

② 转引自伍蠡甫《欧洲文论简史》336页，人民文学出版社1985年第1版。

③ ［法］戈蒂耶《〈阿贝杜斯〉序言》，黄晋凯译，载赵澧、徐京安主编《唯美主义》16页，中国人民大学出版社1988年第1版。

但缪斯啊，为了前进，
你不嫌
古希腊舞台的鞋太紧。

容易的韵应受到轻蔑，
犹如尺码太大的鞋
谁的脚
都可穿，也可随意抛却！

…………

天神们自己也都会死。
但至高无上的诗行
留存，
比青铜更为坚强。

雕镂，琢磨，精益求精，
把你流云般的梦
封存
于坚固的磐石之中！[①]

诗中既表示“艺术至上”，也表示“形式至上”，都是唯美主义文论的核心观念。这种观念，在另一位唯美主义代表人物、爱尔兰作家王尔德那里，也有着极端的表述。他声称：“一切艺术都是相当不实用的。”[②]又对艺术的本

① ［法］戈蒂埃《艺术》，载《法国诗选》（中）514—518页，郑克鲁译，河北教育出版社2004年第1版。

② ［爱尔兰］奥斯卡·王尔德《道连·格雷的画像》，载《王尔德作品集》4页，黄源深等译，人民文学出版社2000年第1版。

王尔德："生活模仿艺术"

质和作用加以论述道：

> 艺术除了表现它自身之外，不表现任何东西。它和思想一样，有独立的生命，而且纯粹按自己的路线发展。……第二个原理是这样的：一切坏的艺术都是返归生活和自然造成的，并且是将生活和自然上升为理想的结果。……第三个原理是：生活模仿艺术远甚于艺术模仿生活。……最后的启示是：撒谎——讲述美而不真实的故事，乃是艺术的真正目的。①

这些观点，王尔德也通过他的创作表现出来，无论是小说《道连·格雷的画像》、童话《快乐王子》，还是剧作《莎乐美》，都在用隐喻或象征的手法歌颂人的灵魂的伟大，而灵魂的伟大正体现在对情感与艺术的痴迷和热爱之中。与之遥相呼应的，还有同时代美国作家爱伦·坡，他给诗歌下的定义是："语言的诗是美的有韵律的创造。审美力是它唯一的裁判。它与理智和良心没有直接的关系。除非在少数场合，它与责任和真理都毫无关系。"②

跟唯美主义运动接踵而来是象征主义，它也发生在诗歌创作领域。1886年，希腊的法语诗人让·莫雷亚斯发表《象征主义宣言》，提出了"象征主义"这个概念。此前，法国诗人波德莱尔以及美国作家爱伦·坡等的创作已经采用象征主义手法。属于这一流派的法国诗人还有魏尔伦、兰波和马拉美等；到20世纪初，法国诗人瓦莱里和英国诗人叶芝继承象征主义传统并发扬光大，在创作和理论两方面都卓有建树并产生世界性影响。此时的象征主义已经成为"现代主义"文学的一脉，并且影响到其他的现代主义文学派别，比如"意象

① ［爱尔兰］奥斯卡·王尔德《谎言的衰朽（对话录）》，杨恒达译，载赵澧、徐京安主编《唯美主义》142—144页，中国人民大学出版社1988年第1版。

② ［美］埃德加·爱伦·坡《诗歌原理》，载董衡巽编选《美国十九世纪文论选》71页，陈克明译，上海译文出版社1991年第1版。

派”诗人庞德、休姆等。

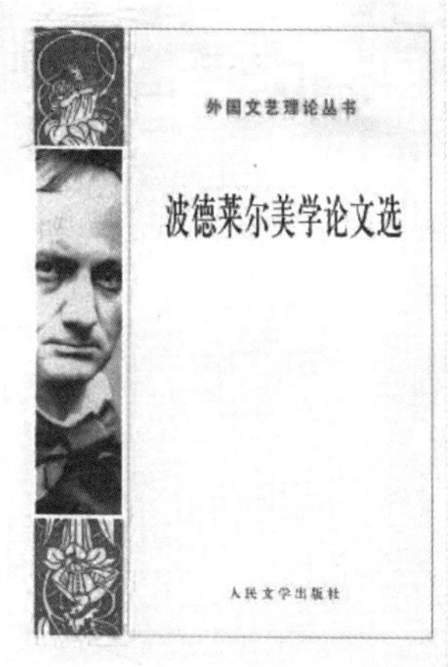

波德莱尔：“自然是一座神殿”

象征主义诗人也有“唯美”的情结，但所欣赏的美跟传统美学里那种给人以感官愉悦的“优美”全然不同，其对象及特征都发生了很大的变异，不但美的事物进入审美的视野，而人类生活中丑的和恶的事物也都成为审美和艺术创作的对象了。这一点，突出地体现在波德莱尔的诗作中。诗人的眼光从自然转向了都市，忧郁地打量着那些丑陋而又阴暗的场景，用精美的诗句描写着畸形的人和物，用暗示、烘托和联想的手法营造朦胧的意境，把读者的思绪引向另一个神秘的世界，用诗的语言及其音响跟悠远的苍穹以及深邃的人心产生“感应”。这，也就是诗歌所特有的“象征”。波德莱尔有一首名为《感应》的诗，就是这种“象征”的写照：

自然是一座神殿，那里有活的柱子
不时发出一些含糊不清的语音；
行人经过该处，穿过象征的森林，
森林露出亲切的眼光对人注视。

仿佛远远传来一些悠长的回音，
互相混成幽昧而深邃的统一体，
像黑夜又像光明一样茫无边际，
芳香、色彩、音响全在互相感应。

有些芳香新鲜得像儿童肌肤一样，
柔和得像双簧管、绿油油像牧场，

——另外一些，腐朽、丰富、得意扬扬，

具有一种无限物的扩展力量，
仿佛琥珀、麝香、安息香和乳香，
在歌唱着精神和感官的狂热。①

平心而论，这首象征主义诗歌，要让普通的中国读者去读，是很难读出多少妙处来的。因为诗歌作品从一种语言转为另一种语言，即便是经由行家里手的翻译，也会“流失”很多的诗味，甚至就像有人调侃的那样，所谓“诗”，就是经过翻译而失去的东西，更何况象征主义诗歌的“暗示”还有西方文化和宗教的背景。所以，从这首诗里，我们只需约略感受到象征主义诗歌用语言的意象以及声音去传达一种难以言喻的经验，并暗示它背后的某种事物，就可以了。这也就是象征；按照文学辞典的解释，“任何事物，只要它代表了其背后的其他事物——通常是约定俗成相关联的——就是象征”②。

如果说，象征主义诗歌由晦涩的语义去暗示，已经让人觉得费解，那么，当有人进而提出要从字母的发音去表达意义，就更让人感到匪夷所思了。然而，这种效果也正是某些象征主义诗人坚信不疑的，比如兰波，他写了一首名为《元音》的诗，认为每个法语元音的背后，都有可以追寻的“潜在生命”。

A黑，E白，I红，U绿，O蓝：元音呵，
有朝一日我要说出你们的潜在生命：
A，绕着恶臭嗡营钻窜的
苍蝇的黑绒背心；

---

① ［法］波德莱尔《感应》，载《恶之花　巴黎的忧郁》21—22页，钱春绮译，人民文学出版社1991年第1版。

② ［英］波尔蒂克编《牛津文学术语词典》218页，上海外语教育出版社影印，2000年第1版。

阴晦的海湾；E，蒸汽和帐蓬的憨朴，
自豪冰川的峰尖，白袍王子，伞形花的颤栗；
I，殷红，喋血，美人
嗔怪和醉酒时朱唇上浮动的笑意；

U，圆圈，碧海清波的神妙震颤，
牛羊遍野的牧场的宁静，荡漾在
炼金术士勤奋的宽额皱纹里的安详；

O，发出聒耳尖叫的高昂的号角，
星球和仙人遨游的寂寥太空；
奥本加，她眼中泄着幽蓝的秋波！[①]

语音具有象征色彩，这在语言学上是有根据的，如美国语言学家布龙菲尔德就指出，英语一些单词的发音，能够让人联想到某种意义，是所谓“强调形式”或“象征形式”，而“象征形式比起一般言语形式来有比较直接的描绘意义的附带色彩”[②]。这表明，诗借助语音去表达象征意义，具有语言学的基础。但象征主义诗人以元音表达象征，却比“象征形式”要自由和深奥得多。兰波诗里的“象征”看上去有些像是心理学上的“通感”，但心理学上的“通感”是有内在关系的，比如“杏花

马拉美：“暗示，才是我们的理想”

① ［法］兰波《元音》，载《兰波诗全集》93页，葛雷、梁栋译，浙江文艺出版社1998年第1版。

② ［美］布龙菲尔德《语言论》189页，袁家骅等译，钱晋华校，商务印书馆1980年第1版。

枝头春意闹”，在花的灿烂和人的欢欣之间具有情感上的相似。而元音字母跟它背后意义之间的关系就没有那么简单明了，就兰波诗里所描述的意象看，这种关系是非常复杂曲折的。也正因为复杂曲折，所以它不是“通感”，而是“象征”。至于为何A代表黑色，又跟苍蝇和恶臭联系在一起，好像没有什么必然的理由；或者是只有诗人能够体悟得到的神秘原因。兰波自诩有“通灵”的本领，并且认为优秀的诗人应该是“通灵者”，能够看到、听到、感到常人看不到、听不到、感受不到的东西，主张诗人要有意识地打乱自身的感官系统，在错位甚至错乱中接近冥冥之中的“真实”，传达出宇宙的秘密。而这一点，也正是象征主义诗歌的“象征”跟通常的“象征”手法的根本不同。

马拉美是所谓“前期象征主义”最后一位诗人，他对诗歌的“暗示”做了具体说明，认为诗歌绝不是要“说出”一种事物，而是要用“暗示”唤起人们对它们的想象：“直陈其事，这就等于取消了诗歌四分之三的趣味，这种趣味原是要一点点的去领会它的。暗示，才是我们的理想。一点一滴地去复活一件东西，从而展示出一种精神状态，或者选择一件东西，通过一连串疑难的解答去揭示其中的精神状态：必须充分发挥构成象征的这种神秘作用。”[①]简言之，诗歌的“象征”之美由“暗示”而来。

进入20世纪，象征主义诗歌成为“现代派”文学的先导之一，其中一位重要的承前启后的人物是法国诗人瓦莱里，他提倡“纯诗”。所谓“纯”，既来自诗人情感的淡化，成为一种“普遍情感”，“一种对一个世界的逐步感知”；也来自超越意义和情感的“音乐性”，在这方面，诗人是在追随音乐家，“他每时每刻都要创造或者再创造音乐家唾手可得的东西”。[②]这种诗歌，是以纯粹的知觉及声音形式去营造一种“绝对独立”和“绝对自由”的境界。对此，梁宗岱先生解释道：

---

① ［法］马拉美《谈文学运动》，载黄晋凯等主编《象征主义·意象派》41页，中国人民大学出版社1989年第1版；着重号原有。

② ［法］瓦莱里《论诗》，载《文艺杂谈》332页，段映虹译，百花文艺出版社2002年第1版。

所谓纯诗，便是摒除一切客观的写景，叙事，说理以至感伤的情调，而纯粹凭借那构成它底形体的原素——音乐和色彩——产生一种符咒似的暗示力，以唤起我们感官与想象底感应，而超度我们底灵魂到一种神游物表的光明极乐的境域。像音乐一样，它自己成为一个绝对独立，绝对自由，比现世更纯粹，更不朽的宇宙；它本身底音韵和色彩底密切混合便是它底固有的存在理由。①

可见“纯诗”之“纯”，乃在于最大限度降低诗歌语言的表意和抒情的功能，使之成为音乐和色彩的交响，从而“暗示”出超越语言之上的既神秘而又给人带来无限欣喜的境界。同样的意思，还可以用与瓦莱里同时代的象征义诗人叶芝的话表述：

瓦莱里：“纯诗”的“音乐性”

所有的声音、颜色、形式，或者因为它们固有的力量，或者因为丰富的联想，都能激起那种虽然难以言喻但确实无误的感情，或者（我宁愿这样认为）给我们唤来某些无形的力量，它们落在我们心上的脚步我们称之为感情；当声音、颜色、形式之间融为一体，形成一种相互间和谐统一的美妙的关系时，它们似乎变成了同一种声音、同一种颜色、同一种形式，并激发一种感情，这种感情虽由它们各自引起的感情综合而成所产生，但却是同一种感情。②

这也就是诗歌因音乐性及其“暗示”在人的心灵中产生的“感应”，是象

① 梁宗岱《谈诗》，载《诗与真·诗与真二集》95页，外国文学出版社1984年第1版。

② ［英］威·巴·叶芝《诗歌的象征主义》，赵澧译，载戴维·洛奇编《二十世纪文学评论》上册53—54页，上海译文出版社1987年第1版。

征主义诗歌特有的“象征之光”。

瓦莱里被归为“后期象征主义”。他之后，象征主义运动及思潮也就逐渐平息，但影响并没有消失，不仅延续到欧美现代文学的一些流派，也波及中国现代新诗运动中的诗人，如李金发、王独清、戴望舒、卞之琳、冯至以至于艾青等。对此，袁可嘉先生曾撰文指出：“李金发的作品表现了波特莱尔的沉郁气氛、愁苦精神和病态情绪，”而戴望舒，“象征派所强调的各个方面：色彩、音乐性、通感、肌理丰泽、意象奇特、象征和暗示，甚至那种深沉抑郁的情绪都在他的诗里得到了较完美的体现。”“三十年代新诗由浪漫派向象征派的转变中，卞之琳是在借鉴西诗方面卓有成就的一位诗人。”等等。[①]虽说中国新诗里的象征主义并没有持续太久，但给现代诗歌及诗论留下的印迹还是相当醒目的，遗产也是十分可贵的。当然，对于象征主义，也有人觉得难以理喻、不可接受，如丰华瞻先生就认为法国象征主义诗人大都“才力平庸”，作品晦涩难懂，“谈不上显著的成就”，因此，如果写诗而用“象征”手法，“我们应该取中国诗和英国古典诗为楷模，而不应走法国象征主义者的道路”。[②]也是一家之言，可以参考。

① 袁可嘉《西方现代派诗与中国新诗》，载《现代派论·英美诗论》362—373页，中国社会科学出版社1985年第1版。

② 丰华瞻《象征主义手法》，载《中西诗歌比较》169页，生活·读书·新知三联书店1987年第1版。

五、“形式主义”和“新批评”

这两个概念都要加上限定，即“俄国”形式主义和“英美”新批评。它们都是20世纪初期出现的文学批评流派；而这两个流派的产生，在西方文论史上具有重要意义：标志着批评的自觉，也可以说，开启了“批评的时代”。以往，批评虽不能说没有自己独立的品格，但总体上是追随并依附文学创作的——用一个不好听的术语，是“寄生”的；而批评理论也主要借鉴哲学、美学，并没有刻意寻求自身的独立体系和特定话语，以及作为研究对象的终极问题。而俄国“形式主义”和英美“新批评”都致力于对文学（或诗歌）“本体”的探讨，都力图形成一套对任何文学作品都行之有效的批评观念和方法（包括概念、术语及其定义），并且这两个流派都有“学院”的背景，都试图使批评成为一门学问。从这些方面看，俄国形式主义和英美“新批评”的出现，标志着西方文论的重大转折。

俄国的思想运动有个传统，那就是大学里成立的“小组”往往成为新思潮的策源地，别林斯基、陀思妥耶夫斯基、涅克拉索夫等，都曾经是大学里具有进步倾向的“小组”的成员。后来，“小组”或称作“研究会”，但性质和功能是一样的。俄国形式主义就诞生于大学里的“小组”和“研究会”：一个是1915年成立于莫斯科大学的"莫斯科语言学小组"，致力于从语言学研究诗学，代表人物是雅各布森和托马舍夫斯等；另一个是1917年成立于彼得堡大学的"诗歌语言研究会"，以"未来主义"诗歌为范例研究诗歌语言的特点，代表人物有什克洛夫斯基和艾亨鲍姆等。十月革命后，苏联的文艺思想逐渐统一到现实主义乃至于"社会主义现实主义"，形式主义文论遭到批判；而"形式主义"的称谓起初也是否定性的，后来却成为对一种批评流派的冠名。这场由年轻人掀起的"批评"运动昙花一现，很快就夭折了。雅各布森去了捷克，主导的"布拉格学派"成为结构主义的一支，一直延续到美国；什克洛夫斯基在官方压力下，做了自我批判，然后置身于现实主义文论的主流，直到七八十年代他的理论观点在西方被人发现并旧事重提。

什克洛夫斯基："艺术作为手法"

形式主义文论致力于独立的和科学的文学批评，或所谓"文学科学"，认为先前的文学理论及批评或出自主观的感受，或依附于其他学科，都没有回答"文学是什么"的问题。而主要原因，是把研究的对象搞错了，错把文学表达的内容或具体的文学作品当作研究对象，得出的结论自然也就不能够触及文学的本性，也就不具有普遍的意义。那么，文学的本性是什么，或者说文学理论和批评的真正的对象是什么呢？答案只有一个，那就是"文学性"。这是使文学成为文学的根本属性，而这种属性只能够来自语言，是语言的技巧、手法及其构成的"形式"使得语言作品成为"文学"。因此，通过对文学作品语言形式的分析去把握其"文学性"，这才是文学理论和批评的"本职工作"。

进一层看，那种能够使语言作品成为"文学"的"文学性"又由何而来呢？什克洛夫斯基的回答是"陌生化"（也译为"奇化""奇特化"或者"反常化"）。这指的是，艺术家通过特定的手法或技巧，使作品的语言形式变得新奇而特异，给人一种“陌生”的感受；而这种“陌生感”也正是文学作品的特有的美感，它改变了人们对世界的认知，使原本熟悉而乏味的现实生活在文学作品里以“真实”或“本真”的面目出现，令人欣喜并愉悦。什克洛夫斯基说：

> 正是为了恢复对生活的体验，感受到事物的存在，为了使石头成其为石头，才存在所谓的艺术。艺术的目的是为了把事物提供为一种可观可见之物，而不是可认可知之物。艺术的手法是将事物“奇异化”的手法，是把形式艰深化，从而增加感受的难度和时间的手法，因为在艺术中感受过程本身就是目的，应该使之延长。**艺术是对事物的制作进行体验的一种方式，而已制成之物在艺术之中并不重要**。[①]

简单地讲，文学创作是一种“变形”和“赋形”；在文学作品里，经过“变形”或“赋形”的对象跟现实生活中的事物相比发生了很大变化，它给人耳目一新的感觉，而这种感受恰恰是这个“世界”应当给人的真实感受。这让人想起一个艺术创作的事例，印象派绘画在伦敦展出时，观众们看见莫奈的风景画把伦敦的雾画成红色，大为不解。可当他们走出展厅，却惊奇地发现伦敦的雾的确微微泛红。以中国古典诗歌为例，现实生活中见过杏花开放的人不少，但未必都有特别的感受，但当读过“杏花枝头春意闹”的诗句后，再去看杏花，或许就会有别样的感觉；见过云影的人也不少，但未必都有异样的触动，但读过“云破月来花弄影”的诗句后，再看见云影，或许

形式主义文论强调“文学性”和“陌生化”

① ［俄］维·什克洛夫斯基《作为手法的艺术》，载《散文理论》10页，刘宗次译，百花洲文艺出版社1994年第1版；着重号原有。

就会若有所思、流连忘返。原因就在于诗人用特殊的语言使现实中的景象变成了“形式”，并以此更新了人们对现实世界的感知。这表明，对司空见惯的事物，人们并不能够看得真切；而被赋予艺术形式的事物反倒让人看到了全然不同的“世界”。这是“陌生化”的效果，它唤起人们的感受，并让人们从这感受中得到愉悦。对于文学创作来说，读者感受到的是语言形式的“物”，而不是现实生活中的原“物”。对生活中的“物”，人们习焉不察或一瞥而过；而对语言形式的“物”，却要停留、体味并思索，利用感觉的“延长”而得到美感。这时候，生活本身并不存在，也无须联想；存在的只是语言形式。文学阅读和欣赏如此，文学批评也当如此，批评家无须理会作品写的是什么，而只需关心作品中使作品产生“陌生化”效果的手法和形式。

“陌生化”的特征最明显地体现在诗歌作品中，尤其是“未来派”诗人的作品中。在苏联享有盛名的未来派诗人马雅可夫斯基曾以诗歌去表达诗歌语言的产生的困难：

做诗——
和镭的提炼一样：
一年的劳动，
一克的产量。
为了提炼仅仅一个词儿，
要耗费
几千吨
语言的矿。[1]

从这自白，就可以理解诗人对诗歌的语言的苦心孤诣的追求；对于“未来派”诗歌而言，这种追求非常明显地体现在语言形式上。什克洛夫斯基等对

① ［苏联］马雅可夫斯基《和财务检查员谈诗》，载《马雅可夫斯基诗选》中卷211—212页，飞白译，上海译文出版社1982年第1版。

“未来派”诗歌抱着极大兴趣，所提出的“陌生化”观点，也在很大程度上是受“未来派”诗歌启发以及对其优秀作品的研究。其实，如果把“陌生化”当作诗歌艺术的普通特征，那么任何一首诗歌都是通过技巧和“形式”在人与现实之间造成一种“间离”；诗里的事物是“形式”，而作品的“文学性”也在形式当中。比如李商隐《锦瑟》里写道：“沧海月明珠有泪，蓝田日暖玉生烟。”这里面的“月”和“日”显然跟大自然里的月亮和太阳不是一回事，它是一种被创造出来的形式。而诗人描写事物，往往极尽技巧之能事，把读者的注意力吸引到“语言”上来。一个极端的例子是杜甫的诗句：“香稻啄余鹦鹉粒，碧梧栖老凤凰枝。”若以普通语法去读，完全不通，除非还原为：“鹦鹉啄余香稻粒，凤凰老栖碧梧枝”。但这样一来，诗句的意趣大减，也不成其为名句了。这种奇特的句例，古代诗论称之为“错综句法”，而之所以要“错综”，并且不惜“以文害意”，显然是为了突出形式的特征；这也正可以看作是“陌生化”的效果。

诗歌因为形式化特征明显，因而较容易看出“陌生化”的手法及效果，而作为叙事作品的小说，往往以事件为主体，跟生活的“相似度”大，又是什么使它产生“陌生化”效果呢？在俄国形式主义文论看来，关键仍在于“形式”，或者说是小说叙述中的技巧。最根本的，生活中的事物成为小说，就是形式化的结果。比如生活实际发生的事情都是按时间顺序或所谓“编年”的，但在小说中，事情的发展就未必非得按时间顺序，并且在多数情况下都是打乱时间顺序的，比如倒叙、插叙、闪回、预叙等。用形式主义文论的术语说，前者是“故事”，后者是“情节”。小说艺术的最重要的特征之一，就是把“故事”转化为“情节”。此外，叙述的视点也对“情节”的生成产生很大作用。同一件事情，用不同的眼光去看，并用不同的身份去讲述，效果是很不一样的。有的作品，更是用动物的口吻去讲述，能够起到令人耳目一新的“陌生化”作用。这让人想起中国最伟大的古典小说《红楼梦》，其中叙事的视点就往往是变化多端的；有时候用特定人物的眼光去看，就显得妙趣横生，比如这一段：

> 刘姥姥只听见咯当咯当的响声，大有似乎打箩柜筛面的一般，不免东瞧西望的。忽见堂屋中柱子上挂着一个匣子，底下又坠着一个秤砣般的一物，却不住的乱晃。刘姥姥心中想着："这是个什么爱物儿？有煞用呢？"正呆想时，陡听得当的一声，又若金钟铜磬一般，不妨倒吓的一展眼，接着又是一连八九下。（第六回《刘姥姥一进荣国府》）

钱锺书《谈艺录》最早引进俄国形式主义文学观

这写的其实就是当时上层社会不算稀奇的"自鸣钟"，若在贵族阶层的老爷、太太或公子、小姐眼里，是再平常不过了，但让一位初进大观园的乡村姥姥看去，就成了神奇的物件。由此而来的叙述也"陌生"了许多，好看了许多。除了视点，小说叙事作品里人物的名字也能起到"陌生化"的功效，形式主义文论曾以普希金的《叶甫盖尼·奥涅金》为例，说女主人公的名字"达吉亚娜"是乡下村姑常用的名字，用作大家闺秀之名，就产生了奇趣。想必这在中国就像林黛玉不叫林黛玉，而叫"翠花"或"秀姑"之类。实际上，在《红楼梦》里，人物的名字或绰号就是一门艺术，能够产生"陌生化"的效果，只不过不必非得是"雅""俗"之间的反差罢了。比如"卖马的王短腿""小炒豆儿""小吉祥儿"等等，不用人物出场，光看名字就能够体会到叙事和描写的趣味。

形式主义文论里还有一个观点是关于文体演变的，大意是某种文学体裁，初创时令人感到新奇，但天长日久，染指者既多，艺术手法亦殆穷尽，就渐渐失去了新鲜感。这时候，就有原来不入流或未能成"文"的体裁乘虚而入，影响或取代原先的正宗文体。在中国文学史上，诗歌由四言到五言到七言，又由诗到词到曲，均可为例。比如五言诗最早是收入"乐府"的民间歌谣，其体式被看作"会于流俗"；七言诗因为采用民间谣谚和镜铭的句式而形成；词的产生则受作为俗乐的“曲子”的影响，都合乎这一规律。钱锺书先生在论述中国传统诗史上的“文体递变”时，就引用了俄国形式主义文论的这个观点：“许克洛夫斯基论文谓：百凡新体，只是向来卑不足道之体，忽然列品入流，诚哉斯言，不可复易。”①可见“形式主义”关于文体演变的这一观点是经得住各国文学史检验的；这也能看出其理论观点的生命力以及世界性影响。

俄国形式主义的另一支，以雅各布森为代表的“语言研究小组”，主要精力是放在语言学研究上，诗学研究是其语言学研究的一个方面。但就是在这个方面，形式主义者也取得了不同凡响的成就。

跟什克洛夫斯基一样，雅各布森也认为诗歌的本性不在于诗歌所表达或指涉的内容，而在于构成诗歌作品的语言形式。往深处看，文学作品的属性也正在于建立在语言形式基础之上的“文学性”；而文学理论和批评要成为独立的学科甚至“科学”，就需要以“文学性”作为研究对象，否则就不能成为“文学”研究。对此，雅各布森有一段著名的辨析：

> 文学科学的对象不是文学，而是“文学性”，也就是说使一部作品成为文学作品的东西。不过，直到现在我们还是可以把文学史家比作一名警察，他要逮捕某个人，可能把凡是在房间里遇到的人，甚至从旁边街上经过的人都抓了起来。文学史家就是这样无所不用，诸如个人生活、心理学、政治、哲学，无一例外，这样便凑成一堆雕虫小技，而不是文学科学，仿佛他们已经忘记，每一种对象都分别属于一门科学，如哲学史、文化史、心理学等等，而这些科学自然也可以使用文学现象作为不完善的二手材料。②

的确，如果文学研究或文学批评不以“文学性”为对象，就会像那个糊涂

① 钱锺书《谈艺录》35页，中华书局1984年第1版。

② 转引自［俄］鲍·艾亨鲍姆《“形式方法”的理论》，载《俄苏形式主义文论选》24页，蔡鸿滨译，中国社会科学出版社1989年第1版。

警察，胡乱抓了许多不相干的人，却让真正的犯人溜掉了。那么，作为文学作品本质的“文学性”又是什么呢？对此，雅各布森（雅克布逊）十分干脆地答道：“话语何以能成为艺术作品？”[①]这是诗学的基本问题，也是文学研究和理论批评的根基所在。

关于“话语何以能成为艺术作品”，雅各布森从两个方面加以论证，一是话语在交流过程中各种功能的指向，二是话语的历时性与共时性也即所谓“横组合”与“纵组合”的关系。而后者已经超越了形式主义理论，成为结构主义诗学的组成部分。为完整起见，我们将二者一并而观。

雅各布森：“话语何以能成为艺术作品？”

雅各布森认为，话语是用来交流的，由说话人到受话人，过程中还有“语境”“信息”“交流”“代码”四个要素。交流中，话语的重心偏向不同要素，就强调出不同的功能：偏向“说话人”，是表达功能；偏向“受话人”，是意动功能；偏向“语境”，是指涉功能；偏向“接触”，是交流功能；偏向“代码”，是“元语言”功能；而偏向“信息”本身，是诗的功能。这意思大概是，人们用语言进行交流时，如果不在意表达了什么，不在意对方是否理会，也不在意所说的话是对还是错等等，而只在意所说的话是否“好听”，是否能给人以美感，那么就是有意突出了所说话语的“诗”的功能，或者说是有意作“诗”了。举例来说，中国古代魏晋时期文人喜好讲究“音辞”，而经过“音辞”讲究的话语就很容易具有“文学性”。《世说新语·言语》记：“道壹道人好整饰音辞，从都下还东山，经吴中。已而会雪下，未甚寒，诸道人问在道所经。壹公曰：‘风霜固所不论，乃先集其惨澹。郊邑正自飘瞥，林岫便已浩然。’”本来是一段对话，但说话人把话说得对

① ［俄］雅克布逊《语言学与诗学》，载［俄］波利亚科夫编《结构—符号学文艺学——方法论体系和论争》172页，佟景韩译，文化艺术出版社1994年第1版。

仗整齐，音韵悦耳，所说的话的性质就发生了变化，像是在作诗了，至少是“诗”功能明显得到了强化。其实，所有的诗歌作品都是把语言形式的特征突出出来的，让人一言望去知道是诗，并且将注意力停留在语言的层面，玩味、思索、体悟。而从作诗的角度看，诗人也要在语言形式上有所作为，让话语的功能偏向“信息”本身。在这里面，诗人是谁不重要，诗写给谁也不重要，诗与现实生活有怎样的关系更不重要；重要的是诗的语言有没有用种种手法把自身凸显出来，或者用形式主义文论的术语说，是“置于前景”。从这一点看，诗的本质，就是语言的艺术；而诗学的任务，就是破解语言之所以成为艺术的“谜”。

今天看去，雅各布森这个观点多少是显得有些偏狭了。别的不说，就以诗的话语跟现实世界的关系而论，如果二者之间一点联系也没有，是会大大限制诗歌作品的艺术空间的。比如中国古典诗歌，形式感是很强，可以视作一个封闭的语言天地。但人们欣赏它时，总会不自觉地联想到现实世界，并且这种联想往往会增强诗歌作品的艺术感染力。明代画家董其昌曾谈论他本人读诗的体会说：“古人诗语之妙，有不可与册子参者，惟当境方知之。长沙两岸皆山，余以牙樯游行其中，望之地皆作金色，因忆‘水碧沙明’之语。又自岳州顺流而下，绝无高山，至九江则匡庐兀突，出樯帆外，因忆孟襄阳所谓：‘挂席几千里，名山都未逢，泊舟浔阳郭，始见香炉峰’。真人语千载不可复值也。”[①]可见“诗景”和“实景”是能够相得益彰的。当然，雅各布森是为了建立一种“诗学”理论而把话语的功能区分开来并加以定性，从理论建设来说无可厚非，只是我们在鉴赏和批评实践中未必非要拘泥于这种“诗学”的限定。

关于“横组合”和“纵组合”（也有翻译为“组合段”与“聚合体”）理论，是说人的话语有两个维度：一个是横向的，词与词之间是组合关系，其表意的机制来自语法，比如一句话，必须由前到后逐字展开，按照语法的规律

---

① 董其昌《画禅室随笔》，载沈子丞编《历代论画名著汇编》266页，文物出版社1982年新1版。

组合起来，成为能够表达意思的句子。另一个维度是纵向的，词与词之间是选择关系，其表意机制来自联想，比如一句话，里面的每一个词都是从众多关联（相近或相反）词语中选择出来的，并且可以根据需要进行替换。话语的意义，就是从这两个维度（轴）的交织中生成。进一层看，横组合上词与词之间是“转喻”的关系，而纵组合上词与词之间是“隐喻”关系。诗的语言，往往就是把纵组合上的词移到横组合上来，如雅各布森所说：“诗歌功能就是把对应原则从选择轴心反射到组合轴心。”[①]中国古典文学里的对偶就能说明这种功能，它是诗歌创作里最常用的手法和最显著的特征；所谓“律诗”，在语义方面就是因对偶而成，这也就是让原本相关联且可供选用的词同时出现在一句（或者两联）话语中。对此，张隆溪先生曾以中国古典诗歌里的“当句对”作为范例加以说明：

> 尤其有所谓“当句对”，如杜甫《曲江对酒》：“桃花细逐杨花落，黄鸟时兼白鸟飞”，《闻官军收河南河北》：“即从巴峡穿巫峡，便下襄阳向洛阳”等句，桃花、杨花、黄鸟、白鸟、巴峡、巫峡、襄阳、洛阳等等，都是可以互换的对等词语，好像本来在纵向选择轴上展开的词，被强拉到横向组合轴上，使前后邻接的字呈现出音与义的整齐和类似，借用雅各布森的话来说，是“把类似性添加在邻接性之上”。[②]

“当句对”只是典型的范例，而中国古典诗歌随处可见尤其是律诗里不可或缺的对仗，能够有力地证明将“纵组合”的词语用于“横组合”以成就诗性的定律。但问题在于，无论是在中国还是外国，诗歌这门“艺术”并不止于古典，还有“现代”甚至“当代”。就以中国“新诗”而论，古典的格律早已被打破甚至抛弃，对仗也不是诗歌必不可少的艺术手法和特征，因此，“纵组

① ［俄］雅克布逊《语言学与诗学》，载［俄］波利亚科夫编《结构—符号学文艺学——方法论体系和论争》182页，佟景韩译，文化艺术出版社1994年第1版。

② 张隆溪《二十世纪西方文论述评》114页，生活·读书·新知三联书店1986年第1版。

合”和“横组合”的观点就不太能够派得上用场，再把这观点作为“诗学”的重要理论也未见得适宜。原因或许在于，雅各布森是语言学家，他是用诗歌去证明语言的功能，所以选取能够证明他的观点的诗歌。但如果调转方向，用特定诗歌证明的“诗学”定律去看待世界范围内各种语言和各个时代、各种流派的诗歌，就显得吃紧，甚至捉襟见肘了。其实，这也是其他的形式主义文论不同程度存在的弱点：有限的效用却被无限地放大。这个弱点，也存在于跟俄国“形式主义”有相同旨趣的英美“新批评”身上。

“新批评”是跟俄国“形式主义”相继产生的批评流派，二者并无交集，但主导思想却是不谋而合的，都强调作品本身的重要地位，把对形式的分析作为批评的正轨。所谓“新”，是相对于19世纪占主导地位的实证主义、印象主义以及人文主义批评而言，名称则来自一位同道批评家兰色姆的一部“批评的批评”的专著——《新批评》。兰色姆又称这一派别的批评为“本体论的批评”或“科学的文学批评”，认为它排除了个人感受，致力于对语言形式的解析，从而区别于历史研究、语言研究、心理研究以及道德研究，成为具有规范性的文学学科。事实上，文学批评成为大学文科教育的学科专业，也正得益于“新批评”派批评家们的理论和实践。

“新批评”的源头在英国，几位著名的诗人和批评家的创作和观念起了先导作用。首先是托·斯·艾略特，他的创作具有“象征”和“意象”的特点，他本人也主张诗歌的本质不在情感，而在于情感或经验的“客观对应物”——这既可以理解为意象和象征，也可以理解为语义构成或所谓“语象”，当然也可以理解为宽泛意义上的“形式”。

瑞恰兹：经验、价值和“伪陈述”

对“新批评”理论影响较大的是语言学家和批评家瑞恰慈。他认为对诗歌的评价要立足于“价值”，而“价值”又缘于读者阅读诗歌作品所产生的感受或心理经验。这种“经验”虽在人心，却不是主观和任意的，而是来自作品中语言表达的综合效应，尤其是“语义”和“语境”。瑞恰慈把诗歌的“语义”分成四个层面，即意义、情感、语调和意图，认为对诗歌艺术价值的考察也要从这四个层面入手去进行分析。而诗歌“语义”并不是孤立的存在，还取决于它跟上下文也即“语境”的关系，因此，诗歌的语义往往隐藏在语言未曾言说的部分，如所谓“言外之意”。在对诗歌作品鉴赏和分析时，就要十分细心地对诗歌语言的每一层意思及其相关的“隐意”进行解读；这种方法，就是瑞恰慈和许多“新批评”派批评家极力推崇的“细读”。除此之外，瑞恰慈还提出“伪陈述”的概念，对当代文学理论影响很大。所谓“伪陈述”是相对于“真陈述”而言，它们分别是语言的“感情用法”和“科学用法”，具体解释是：“可以为了一个表述所引起的或真或假的指称而运用表述，这就是语言的科学用法。但是也可以为了表述所触发的指称所产生的感情的态度方面的影响而运用表述，这是语言的感情用法。”[①]科学的以及日常话语里的绝大多数陈述都是“真陈述”，它表达一种客观的认识，或在现实世界有相应的对象，比如实际生活中有人说：“好大一棵树”，是表示在某个具体位置确实长着一棵大树。但在诗歌或其他文学作品里的情况却大不一样，同样是说“好大一棵树”，却并不在意实际生活中有没有这棵树，这句话只在诗歌的语言及语境里有意义，而与客观事物无关。更有一些诗歌语言，一眼看上去就跟“世界”无关，它是“不及物”的，比如“白发三千丈”“时光倒流”之类，只能用作诗的语言表达某种感情，在现实生活中无效。这类陈述就是“伪陈述”；而诗歌语言从总体上看，都是“伪陈述”，它只在诗的世界里表意，而跟它指称的客观对象没有必然关联。正因为如此，诗歌批评就是要将诗歌作品与其所表达的“内容”区分开来，通过“细读”的方法，在“语义”的层面进行分析和评价；这也就是所谓“语义学批评”。另一位批评家燕卜荪，就是立足于“语义”

---

① ［英］艾·阿·瑞恰慈《文学批评原理》243页，杨自伍译，百花洲文艺出版社1992年第1版；着重号原有。

进行诗歌批评及理论建设，提出了著名的“含混”说。

含混（Ambiguity）这个概念有多种译名，如“朦胧”“复义”“歧义”等，当以“含混”较为接近原意。“含混”在汉语里稍带贬义，但用来评价诗歌，却不是贬抑，因为诗歌语言并不追求逻辑的正确和表达的清晰。相比之下，“朦胧”似乎不是语义的特征，“复义”“歧义”又过于具体，更容易造成对这个概念理解的含混。赵毅衡先生最早向国内系统介绍“新批评”时，就用了“含混”的译名，并解释为：“指文学语言的多义形成复合意义的现象。”同时又说明：“此术语意义模糊，容易导致误解。”[①]但目前来看，似乎也没有比“含混”更合适的译名。

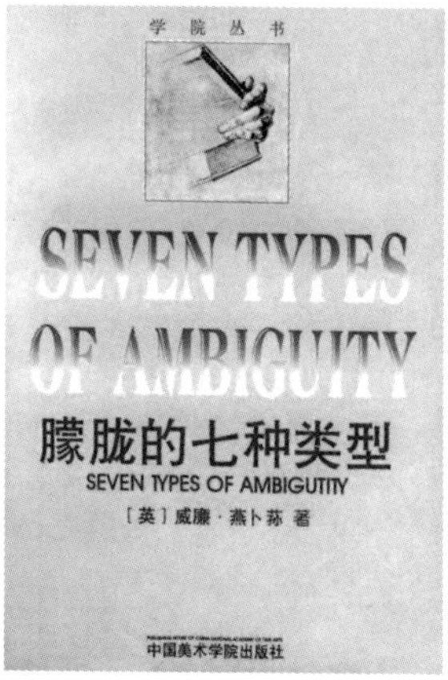

燕卜荪：“含混”作为诗歌语言的本性

燕卜荪把诗歌语言的“含混”解释为“任何导致对同一文字的不同解释及文字歧义”[②]，而兰色姆的解释似乎容易理解：“一个细节若同时存在两种可能的意义，二者互相对立、不能两全，且诗作不判明孰是孰非，真正的含混才会产生。”[③]就是说，诗歌里某个语象或“意思”，可以有两种截然不同的解释，而作者并没有表明哪种解释是正确的，即可认定为“含混”。这种“含混”若是出现在科学的或日常的话语中，是要分辨出对错的，但在诗歌作品中，却不但不必较真，而且是合理并且必要的。对此，燕卜荪用了大量英诗作品加以说明。其实，在中国古典诗歌里，“含混”并不少见，比如杜甫《春望》中的“感时花溅泪，恨别鸟惊心”，这既可以理解为诗

① 赵毅衡《新批评——一种独特的形式主义文论》225页，中国社会科学出版社1986年第1版。

② ［英］威廉·燕卜荪《朦胧的七种类型》1页，周邦宪、王作虹、邓鹏译，黄新渠、吴福临审校，中国美术学院出版社1996年第1版。

③ ［美］约翰·克罗·兰色姆《新批评》75—76页，王腊宝、张哲译，江苏教育出版社2006年第1版。

人用拟人的手法，写花因感动而流泪，鸟因离恨而心惊；也可以把“溅”和“离”当作使动用法，即因感时而花使人流泪，因离恨而鸟使人心惊。哪种理解更好呢？似乎各有各的好处，因此也不妨并存，听由读者自己去选择。这或可以归为“含混”中的“复义”。还有一种“含混”，是诗歌语言于理不通，于“境”有益。最著名的就是叶燮《原诗》里所举杜诗句例：“碧瓦初寒外”“月傍九霄多”“晨钟云外湿”“高城秋自落”，就普通话语而言，都是不通的，“寒”如何有内外？“霄”如何分多少？“声”如何别干湿？“秋”如何能升落？但作为诗歌语言，没有谁会去追究这些道理，反而会觉得诗人把语言运用得匠心独具、炉火纯青，就像叶燮评说的那样：“若以俗儒之眼观之：以言乎理，理于何通？以言乎事，事于何有？所谓言语道断，思维路绝；然其中之理，至虚而实，至渺而近，灼然心目之间，殆如鸢飞鱼跃之昭著也。”（《原诗》）对于诗歌鉴赏而言，太执着于常理就是“俗眼”，而能够看出“无理之理”，那才算得上是有了一双慧眼。

当然，燕卜荪说的“含混”很大程度上是就西方诗歌而言的；而“含混”，既是西方传统诗歌的手法，也是西方诗歌走向现代的标志。比如象征主义和意象派的诗歌，就十分晦涩难懂，“含混”成了总体的特征。托·斯·艾略特的《荒原》对普通读者几为天书，要靠庞德加以注解才能被人理解——甚至是为诗人自己理解。中国当代诗歌的“现代派”，也是以“含混”为重要标志的。所谓“朦胧诗”，不仅是意境的朦胧，也体现在语义的晦涩；如果一眼望去就能明白，那也不成其为“现代”诗歌了。试举一首郑愁予的诗作《晚虹之逝》：

我是圆心，我立着，
太阳在我的头顶的方位划弧。
我是海的圆心，我立着，
最浅的蓝在我的四周划弧。

我在计算两个极点，

把一道天然的七彩弧放在西方，

但黄昏说是冷了！

用灰色的大翻襟盖上那条美丽红的领带。[①]

这是还不算太难理解的作品，但已经能够让人感受到诗歌中“含混”的特点和作用了。

英美“新批评”文论里还有几个概念较为有名，简介如下。

一是阿兰·退特提出的“张力”，这大体是诗歌语言的外延和内涵之间保持某种平衡和统一。但这种平衡和统一在汉语诗歌里面如何体现？似乎也没有谁能够举例说得明确。倒是在当代文学批评里，“张力”成了一个时髦的术语，用得十分频繁；并且不仅用于诗论，还用在小说、戏剧评论中，其意义更偏向于“紧张”。还有的是笼统地称赞诗歌作品有质感、有分量，比如诗歌给人带来的感觉经验与语言的意蕴形成一种既对立又统一的关系；这样理解，或许有了新批评“张力”说的些许意思。

二是布鲁克斯提出的“悖论”。这是诗歌语句里不同意义之间形成的矛盾，而这矛盾的意义正是诗的意义所在。下面这段话似乎能够概括出“悖论”说的要义：

克林斯·布鲁克斯仔细地研究了济慈的诗《希腊古瓮颂》的语言，发现了诸如“森林的历史学家”和“宁静的田园风光”这样互相矛盾的意象，这些意象同时诉说了流动与静止、理想与平凡、永恒的完美与短暂的衰朽，以及生命与死亡等对立因素，在这些自相矛盾的意象中，布鲁克斯发现了诗歌呈现出来的全部意义：艺术凝结了的世界（古瓮）自相矛盾地比生活本身更有活力，恰恰因为它是凝结了的。……诗歌就这样调和了对立的因素，作为一种审美的协和的体验，它提供了它所阐明的主题的一个

① 郑愁予《郑愁予诗集（壹：1951—1968）》108页，洪范书店有限公司1979年初版。

“新批评”研究在中国

活生生的例子。[①]

三是兰色姆提出的“构架”和“肌质”。通俗地讲，诗歌作品的“构架”是能够用语言加以复述的东西，而“肌质”却是只可意会而不可言传的东西。这个意思，可以参照布鲁克斯的解释去理解，它“不是指传统意义上的‘形式’，不是我们所说的‘包裹’‘内容’的外壳”，而“是指意义、评价和阐释的结构，是指一种统一性原则，似乎可以平衡和协调诗的内涵、态度和意义的原则”[②]。大致是指诗的各部分“意义”所形成的内在的和有机的关系，给读者的感受不是内容及其“意思”，而是“经验”及其美感。这让人想起中国传统文论里的“味”的概念，所谓“肌质”，很可能就是超乎言意之表的“诗味”了。而文学批评的任务就是通过“细读”的方法去寻求诗歌作品的“肌质”，而不是被“构架”所误导；如同司空图所说：“辨于味，然后可以言诗”；“新批评”的观点是：“辨于‘肌质’，然后可以言诗。”

四是维姆萨特和比尔兹利提出的“意图谬误”和“情感谬误”（或译“感受谬误”）。这是为了强调文学批评要立足于作品本身：既不要相信作者所宣称的意义，也不要相信读者对阅读感受的表白。真正的——或所谓“科学的”——文学批评，要彻底排除一切作品之外的人为因素，所作的评价只能依据作品的“语言”；只有作品，才是文学批评的唯一的对象。显然，这跟俄国“形式主义”推崇“形式”及“文学性”是一致的。但这一点，也正是这两派文学批评的最大局限。当文学批评画地为牢，把自己的空间限制在一个相对

---

① ［美］迈克尔·莱恩《文学作品的多重解读》6页，赵炎秋译，北京大学出版社2006年第1版。

② ［美］克林斯·布鲁克斯《精致的瓮：诗歌结构研究》183页，郭乙瑶等译，陈永国校，上海人民出版社2008年第1版。

狭小的范围之内，又削足适履，让批评对象适合既定的范式，它的用武之地也就大打折扣了。并且，英美“新批评”的理论主要是用于诗歌批评，虽然也有“理解小说”之作，但并没有催生出相应的小说理论。因此，它在英美的大学及学院派里流行了数十年后，终因发展到极限而偃旗息鼓了；取代它的，是对“语言”具有更深刻理解的结构主义和解构主义。

六、从“结构”到“解构”

20世纪西方文论中，结构主义是势力和影响都非常大的一派；在它身后，又裂变出了“后结构主义”或所谓“解构主义”，而“后结构”或“解构”又是“后现代主义”的导火索。因此，要了解当代西方文论，先要知道“结构”及其“主义”的来龙去脉。

结构主义思想最先出现在语言学研究。一位瑞士语言学教授，费尔迪南·德·索绪尔，生前默默无闻，辞世后他的学生把听他讲课的笔记整理成名为《普通语言学教程》的著作出版。随即，一种新的思想观念和学术方法流传开来，后人称之为“结构主义”。

汉译世界学术名著丛书
普通语言学教程
〔瑞士〕费尔迪南·德·索绪尔 著

索绪尔：“共时性”语言研究

结构主义思想的出发点是寻找研究对象背后的“结构”，认为这是“意义”赖以产生的基础。这个思想，正源于索绪尔的研究方法，即“共时性研究”。这是相对于以往的只注重语言的历史变化的“历时性研究”而言，索氏觉得“历时”的方法并不能找到语言之所以能够表意的根本原因。这个原因，不在于语言与其表达对象的关系，而在于语言内部的“结构”，就是说，语言本身构成了一个系统，单个词语的表意功能取决于该词语在系统中的位置以及与其他词语间的关系。这里面，有三对关系值得注意。

一是“言语”和“语言”的关系。“语言”是暗含于某种系统内部的规则，而“言语”是某种“语言”的具体运用，是“语言”或者说系统中规则的外化。“言语”受“语言”的制约，也就是说，交流的双方或多方，只有处于同一个“语言”背景下并遵守同一系统的规则，才能够理解对方或各方的“言语”。

二是“能指”和“所指”的关系。“能指”是符号，或者说是一种“声音形象”（有发音也有字形）；而“所指”是“能指”所代表的概念。“能指”和“所指”的关系是任意的和约定俗成的，就是说，用什么样的“声音形象”表达哪一个概念，没有必然的规定。不同的语言用不同的“声音形象”去表达同一概念，比如对“树”这个概念，汉语称“树”，英语称“tree”，没有什么必然理由。如果某一天，英语称“树”的概念为“树”，汉语称之为“tree”，也未尝不可。其实，这种现象在语言实践中已有不少，比如“拜拜”“酷”“秀”等，差不多就成为汉语词汇了。这也表明，语言的表意功能，跟所表达的事物或概念无关，原因在于“语言”的系统及规则，具体说是音位和符号之间的差异。比如汉语里的“知”，与“吃”表意不同，是因为声母上的差异（送气与不送气）；与“资”不同，也是因声母的差异（卷舌与不卷舌）；与“止”不同是因为声调（阴平和上声）；而与“这”不同则是韵母的差异。凡此种种，每一个能指在语言系统中都跟其他能指在音位上区别开来，因此有了独立的表意功能。这也就是索绪尔所说的：“我们说价值与概念相当，言外之意是指后者纯粹是表示差别的，它们不是积极地由它们的内容，而是消极地由它跟系统中其他要素的关系确定的。它们最确切的特征是：它们不是别的东西。”[①]

① ［瑞士］费尔迪南·德·索绪尔《普通语言学教程》163页，高名凯译，商务印书馆1980年第1版。

三是“组合”与“聚合”的关系。这跟前面讲过的雅各布森诗学里“横组合”与“纵组合”的关系类似，当然，应该是雅氏将索绪尔语言学原理引入诗学的。所谓“组合”是指语言表达中的各词语呈线性关系，每个词的意义是由话语所遵循的语法以及它与前后词之间的关系决定的。而“聚合”是指话语出现的词与话语之外未出现的词形成“联想”的关系。因此，一句话的意义，既取决于话语中在场的每个词的连接，也取决于话语外不在场的相关词语引起的联想。语言的意义正是在这种纵横交错的系统或“结构”中产生的。

索绪尔的结构观念只是用来研究语言而并无旁涉。但语言是“符号”，其他各种文化现象也是“符号”；语言的表意以结构为基础，其他文化现象的意义是不是也要从“结构”中去发现呢？回答应当是肯定的。待索绪尔的语言学流传开来后，很快就有人把“结构”的思想和方法用于其他学术领域研究并取得重大突破，比如法国人类学家列维-斯特劳斯的神话学研究。

列维-斯特劳斯认为神话也是一种语言，当然也就跟语言一样，在它的背后也有系统和结构；而神话的意义也不是它表面的故事和人物所表达的，而是由隐藏着的“神话语言”所控制，并由各个“神话素”之间的关系所产生的。要理解神话，就要先弄清“神话语言”的系统和结构，唯有如此，才能破解各个民族形形色色神话的密码，这是全人类共有的、潜藏在人类意识背后的共同心理和普遍模式。

列维-斯特劳斯：结构主义神话学

列维-斯特劳斯的这种理论听起来神乎其神。他本人也亲赴南美热带丛林的原始部落，去研究那里的神话及神话里包含的血缘关系，取得了相当的成果；其中最重要的是他认为弄清了“野性思维”的结构和功能，知道“它建立了各种与世界相像的心智系统，从而推进了对世界的理解”[①]。但这理论成果是否具有“普通性”，能否适用于全世

① ［法］列维-斯特劳斯《野性的思维》301页，李幼蒸译，商务印书馆1987年第1版。

界各民族的神话研究，还是令人生疑的。事实上，斯氏的神话研究多少有些先入为主，设计了个模型，把收集到的素材按照预定的设计往里面放，比较其异同，然后得出“意义”。这套方法用来解释欧美神话或许有效，但是否也适用于东方神话比如中国上古的神话传说呢？眼下尚未见能够予以强有力支持的研究成果。除神话学研究之外，列维-斯特劳斯还尝试用结构主义方法进行文学批评，对具体的诗歌文本加以解析；文章虽成为当代文论的名篇，但也是一家之言。且其分析过程山重水复，像是走迷宫，文学批评能够照这个路数走下去的，也不多见。

当然，这并不是说结构主义对当代文论没有影响。恰恰相反，结构主义思想对当代文学“理论”的影响很深，以至于形成所谓“结构主义诗学”。这种“诗学”——也即文学理论——立足于“语言”，从“结构”的观点出发，改变了以往人们对文学的一些最基本的认识。比如，文学作为“语言”的艺术，也有其内在的系统或“结构”；就某一种语言的文学来说，其深层的程式和法则是“语言”，而具体的作品则是“言语”。而要把作为“言语”的文学作品读懂，就需要了解作为“语言”的程式和法则。以中国古典诗歌为例，它有一些程式或法则，是相当稳定的，如对偶、声韵以及格律、比兴等；如果扩展到散文或“文章”，隐含的程式或法则更加复杂。学术大师杨树达先生曾著《中国修辞学》一书，列出中国古代诗文中修辞手法如“变化”“参互”“双关”“曲指”“夸张”“代用”“连及”“综错”“颠倒”“省略”等，这些修辞手法也可以看作汉语诗歌和散文所特有的法则或结构，它们随着千百年来各类作品的创作和阅读而成为一种“心理结构”或“神话语言”，作诗作文的人应当心领神会，读诗读文的人也应当心照不宣。若没有这样一种共通的结构或“语言”，诗歌、散文的创作和传播都会遇到很大障碍。再说具体一些，中国古典诗歌许多艺术技巧或者“文学性”，就产生于“差异”。为什么“春风又绿江南岸”一句非得用个“绿”字？就因为它跟“过”“到”“经”等都处在“纵组合”的选择轴上，人们可以从联想的“差异关系”中确认它的意义。另一名句“僧敲月下门”也是如此，正是因为“选择轴”上还有“推”字，才显出“敲”的好处。不仅如此，诗歌创作中经常为诗人所用的“夺胎换骨”和“点铁成金”等手法，也是利用了语义或语象的差异，这方面例子很多，可参照杨树达先生《中国修辞学》中“改易”一章，略看数例：

“中国修辞学”：中国传统诗学的“语法”

宋陶岳《五代史补》卷三云：齐己，长沙人，……时郑谷在袁州，齐己因携所为诗往谒焉。有早梅诗曰：“前村深雪里，昨夜数枝开。”谷笑谓曰：“数枝非早，不若一枝则佳。”齐己矍然，不觉兼三衣叩地膜拜。自是士林以谷为齐己一字师。

宋洪迈《容斋续笔》卷八云：王荆公绝句云：“京口瓜洲一水间，钟山只隔数重山。春风又绿江南岸，明月何时照我还？”吴中人士家藏其草，初云“又到江南岸”，圈去“到”字，注曰不好。改为“过”，复圈去，改为“入”，旋改为“满”。凡如是十许字，始定为“绿”。

宋洪迈《容斋续笔》卷八云：黄鲁直诗，“归燕略无三月事，高蝉正用一枝啼。”“用”字初曰“抱”，又改曰：“占”，曰“在”，曰“带”，曰“要”，至“用”字始定。

《朱子语类》卷百四十云：举南轩诗云：“卧听急雨打芭蕉。”先生曰：“此句不响。”曰：“不若作‘卧闻急雨到芭蕉。”

清王士禛《古夫子亭杂录》卷三云：虞伯生《送袁伯长扈驾上都诗》中联云：“山连阁道晨留辇，野散周庐夜属櫜。”以示赵承旨。子昂曰：“美则美矣，若改山为天，野为星，则尤美。”虞深服之。盖炼字炼句之法与篇法并重，学者不可不知，于此可悟三昧。[①]

① 杨树达编著《中国修辞学》17—24页，上海古籍出版社1983年第1版。

所谓“炼字炼句之法”，实际上就是根据诗歌“语言”的规则通过对纵组合轴上语词的选择，去创造诗句及其诗性。

正因为认定文学作品背后具有恒定的模式和结构，结构主义文论或“诗学”就致力于寻找一种方法或建立一种理论，借以发掘致使所有文学作品的意义生成的“语言”。这样做的前提，就是把文学跟它产生并反映的外部世界——包括“物”和“人”——隔绝开来，认定文学作品的意义只是产生于语言系统内部，跟“作者”“世界”以及“读者”都没有关联。显然，这个态度跟形式主义以及“新批评”文论的主导思想一拍即合，因此，从形式主义到结构主义也就是一步之遥，转身或合流也非常容易。比如雅各布森就从“形式”走向了“结构”；还有一些其他形式主义理论开启了叙事学研究，而叙事学也是受结构主义思潮鼓动才成为20世纪文论里的大宗的。由此可见结构主义在当代文论里的地位。当然，最鲜明的个性往往容易成为最大的短板。结构主义把文学研究限定在“语言的牢笼”（美国学者詹明信语）里，这的确使人们对文学作为“语言”艺术的本性看得更加真切，但这种限定也大大缩减了文学研究的空间。像雅各布森发现的那些“诗学”原理，如“横组合”与“纵组合”以及“转喻”和“隐喻”等，用来分析某些特定的诗歌作品尚可，但遇到众多的各种风格和各个时代的诗歌作品，就勉为其难了，更不要说用于小说、散文以及戏剧文学。因此，当结构主义风头正劲的时候，它的内部已经开始发生分化，已经有人发现了结构主义的弊端，并准备对“结构”进行拆解了。首先动手的，是批评家罗兰·巴特。

罗兰·巴特：“可写性”文本

罗兰·巴特是法国学术界的奇才，他的“批评”对象涉及多个方面，文学、符号、时装、电影等等，他的许多批评文章也不是通常意义上的“批评”，而是一种相当自由的写作。所以，称他为作家或散文家也都行。起初，他研究并传播结构主义，写过《符号学原理》这样中规中矩的介绍结构主义的读物（也有人认为此作歪曲了结构主义的“符号学原理”）。后来，他的思想逐渐摆脱结构主义，甚至走向经典结构主义的反面。就文学批评而言，他有几个观点在当代文论引起很大反响。一是“零度写作”，他认为法国文学自福楼拜始，就把写作的重心大幅度转向语言，使文学创作与外部世界隔绝开来，成为“不及物”的词语。在这种“写作”中，一切服从语言，语言本身在说话，没有谁能够起支配作用。创作这种语言或文本，需要作者最大限度地克制感情，是所谓“零度”。二是“作者死了”，这说的是作品写成之后，便与作者没有了任何关系，极言之，“作品的诞生是以作者的死亡为代价的”。这让人想起“新批评”的“意图谬误”说，但巴特的意思还不止于此，他认为作品进入阅读才是创作的真正开始，这种创作跟作者是没有丁点儿关系的。三是“可写性文本”，巴特把文学文本分成两类，一类是“可读的”，这种文本的意义比较明确，读者被动地接受即可。而另一类是所谓“可写的”，其意义并不明确或者说是无限开放的，读者根据自己的想象去阅读，差不多相当于“重写”。这种阅读实际上也就是创作，而文学文本的意义正是通过阅读（也即解码）被创造出来的。相应的文学批评也成为“写作”，如所谓“批评行为的最终结果导致一部作品的产生”[①]。从这一点看，巴特已经跳出了传统的结构主义，不再把语言看成是封闭的系统，认为语言的意义由内部的差异产生，而主张意义随阅读而生成。至此，曾经巍然耸立的“结构”大厦开始摇晃，结构主义的阵营开始瓦解，一场打着“解构”旗号的新的运动拉开序幕；而这场运动的旗手，是另一位极富想象力和破坏力的法国学者雅克·德里达。

德里达的理论不太好懂，重要原因在于“解构”理论本身就是反理论的，甚至“解构”的目的也是要拆解语言并否定其表意功能的。这里面就包含一种深刻的矛盾或者说是悖论：德里达的理论如果让人读懂了，那么这种理论就失

---

① ［法］托多洛夫《批评作家》，载《批评的批评》69页，王东亮、王晨阳译，生活·读书·新知三联书店1988年第1版；着重号原有。

效了；如果没人读得懂，那么它也失效了，不值得拿出来说道。因此，有人称“解构”为一种“策略”，而不把它看作“理论”，也有一定道理。

总的说来，德里达的解构思想或者说是“策略”是批判性甚至可以说是攻击性的，它攻击的总目标是西方历史上由来已久的理性思维和形而上学，突破口则是语言。德里达试图通过他的解构技巧让人们相信，语言是不能够准确和稳定地表达意思的，结构主义所揭示的作为语言表意基础的系统或结构是靠不住的。比如“能指”和“所指”，一个词语的“能指”用来表示“所指”，但被表示的“所指”又是另一个“所指”的“能指”，就像“树”这个词，我们可以在词典中找到它的定义（“所指”），但用作定义的词仍需要定义，它本身也是一个需要“所指”的“能指”，于是，这种寻找“所指”的工作就可以无限地延续下去。这一情形，用德里达本人的话说，是“解中心”或“先验所指的缺席无限地伸向意谓的场域和游戏”①。再则，一个词的意义取决于“线型”的句子，这个句子也是可以无限延续下去的，只要句中出现了新的词语，这个词的意义就会发生变化。这种延迟和变化的情形，德里达称之为“延异”，“是同时使在场分裂、延迟又同时使之置于分裂和原初期限之下的移异过程”②。这说的是，任何词语的意义在文本中都不会一劳永逸地固定下来，它会无休无止地扩散，人们能够找到的只是意义“播撒”过程中留下的“踪迹”。文本里面只有“能指”的漂移而别无其他，任何写作也只能是文字的游戏；而写作本身也就是在消解意义：是“扩散”而不是“聚合”，是“解构”而不是“结构”。

德里达解构主义的另一项重要工作是破除“二元对立”，认为这是一种典型的形而上学的思维方式：把事物分成对立的两面，比如高与低、大与小、白与黑、真与假、善与恶以及主体与客体、本质与现象、“所指”与“能指”等等；并且二者之中有一方（前者）是占主导地位的，成为“中心”，所谓

---

① ［法］德里达《人文科学话语中的结构、符号与游戏》，载《书写与差异》下册505页，张宁译，生活·读书·新知三联书店2001年第1版。

② ［法］德里达《声音与现象》111页，杜小真译，商务印书馆1999年第1版。

德里达："能指漂移"和"语言游戏"

"结构"，是靠这个"中心"才成为稳定的恒常的。这一切，起源于"逻各斯中心主义"。"逻各斯"是理性也是语言，通常人们认为它起源于说话，因此认定语音是第一位，而书写（文字）是第二位的。语音与书写构成了"二元对立"：由于说话人的"在场"，所以语音被认为能够准确表达意义；而书写则由于说话人"不在场"被认为容易遗漏或歪曲原语的意义。因此，在场的语音是语言的中心，而不在场的书写成为替代或附庸；而所谓"逻各斯主义"也就是"语音中心主义"。这一切，德里达认为是人类认识史的一个极大的错误，需要彻底扭转过来。在他看来，书写并不比语音低下，而在许多时候，书写表达的意思，语音却无法区分。比如在法语词汇里，有的词读音完全一样，但因字母不同而表达不同的意思。其实，要解构"语音中心主义"，用作为表意文字的汉字为例更有说服力。汉语元音较少，造成大量同音字，其中大多靠声调区分意义，而声调也相同的同音字即便是"在场"的说话也未必能够表达意思，就只能靠书写区分意义了。比如赵元任先生写的《施氏食狮史》：

> 石室诗士施氏，嗜狮，誓食十狮。施氏时时适市视狮。十时，适十狮适市。是时，适施氏适市。施氏视是十狮，恃矢势，使是十狮逝世。氏拾是十狮尸，适石室。石室湿，氏使侍拭石室。石室拭，氏始试食是十狮尸。食时，始识是十狮尸，实十石狮尸。试释是事。

全部文字都是一个音，虽然可以靠声调分辨一部分意思，但如果只听读音而不看文字，普通的人是很难弄明白这段话到底是在说什么的。当然，书写的作用不仅仅在于区分意义，它还可以积极地创造语音不能够表达的意义，这在诗歌写作中是经常见到的，这一特点，在汉语诗歌中也体现得最为突出。20

世纪现代派诗歌里的“意象派”，就是受了汉字的启发而独辟蹊径的，起因是美国汉学家欧内斯特·费诺罗萨写的《汉字作为诗媒》（*The Chinese Written Character as a Medium for Poetry*）一文受到意象派诗人埃兹拉·庞德的重视和宣传，以及由此而来的“汉字诗学”。[①]而在中国古典诗歌里，还有靠字形表达诗意的例子，比如这样一首：

逍遥近道边，憩息慰惫懑。晴晖时晦明，谑语谐谠论。草莱荒蒙茏，室屋壅尘坌。僮仆侍偪侧，泾渭清浊混。[②]

全诗的重心显然是在字形，具体说是偏旁的连用。这种“字形诗”，或许能够成为德里达解构“语音中心主义”而强调“书写”或“文字”意义的旁证。

德里达的解构理论或者说“策略”十分诡异，要想做出准确解释是很不容易的。其实，如果按照解构主义的初衷，解构主义就不能够被解释，因为一切语言都没有固定的意义，都只是符号经过而留下的“踪迹”，那么又怎么能够传达出某种“理论”的意义呢？然而事实是，如今解构主义已经成为一种重要的思想或“理论”，研究解构主义的著作与日俱增，其影响也辐射到各个领域。在文学批评领域，直接传承德里达思想的有所谓“耶鲁学派”，即耶鲁大学的文学教授保罗·德·曼、希利斯·米勒、哈罗德·布鲁姆和杰弗里·哈特曼等。他们把德里达和他的理论请到了美国，并加以诠释和运用，进而建立批评理论，所提出的“盲视”与“洞见”、“修辞性阅读”以及“影响的焦虑”等观点，对当代文学批评产生一定影响。这里面以保罗·德·曼的“修辞格”之说跟德里达的解构理论较为“神似”。大意是，文学文本的语言并没有指涉对象，而只是由一个符号指向另一个符号，所谓“意义”只能在符号链上无休

① 参见赵毅衡《诗神远游——中国如何改变了美国现代诗》246—256页，上海译文出版社2003年第1版。

② 《漫叟诗话》引黄庭坚“戏题”诗，载［宋］胡仔纂集《苕溪渔隐丛话》前集11页，人民文学出版社1962年第1版。

止地转移或替代，从而文学批评也只能是没有终极答案的“误读”。但“误读”有正确和不正确的区分，正确的“误读”是“试图包含而不压抑所有语言生产的不可避免的误读”，因此文学批评“除了与文本自身的过程共谋之外没有什么可做了”[①]。比如，我们读解李商隐的《锦瑟》，可以将“锦瑟”这个“语象”无限联类，从而为文本“生产”出意义。至于这“意义”跟文本有怎样的关系，那也不必担心，因为文学文本的语言原本就没有意义，可以让读者和批评家在“能指的漂移”中去尽情狂欢。这样的文学批评，显然跟我们通常理解的“批评”已经有天壤之别了；并且它让人看上去总有些担心，很可能批评一通后什么也没得到，反而让文学文本“自行解构”了。然而这一点也正是解构主义批评家们所要达到的目的，就如希利斯·米勒所说：

解构主义作为一种解释作品的方法是通过深入细致地探索每部作品文字里的迷宫暗道来奏效的……解构主义文评家利用这样的探索过程来寻找研究对象的矛盾因素和可以把它全文分解的线索，或者说是在搜寻可以使整幢屋倾倒的那块已经松动的石头。确切地说，解构主义是通过表明作品已经自觉或不自觉地破坏了自己立身的基础来实现掘基解构的作用的。它并非要肢解作品的结构，而是要证明作品本身已经自行解构了。[②]

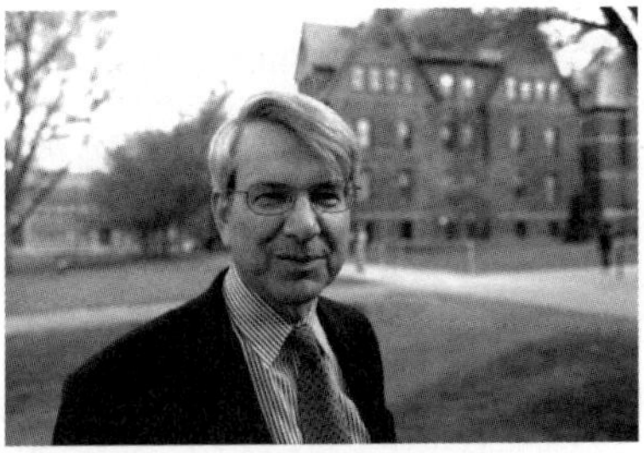
乔纳森·卡勒：“文学能力”

这样看来，解构批评就像是一种“证明”，证明所有文学文本没有先在的“中心”和意义，同时也证明德里达的解构思想并非虚言。这种态度和方法，虽然偏激，但也并非完全没有道理。道理在于，人们读文学作品，并不

① ［英］拉曼·塞尔登、彼得·威德森、彼得·布鲁克《当代文学理论导读》210页，刘象愚译，北京大学出版社2006年第1版。

② ［美］M.H.艾布拉姆斯《欧美文学术语辞典》72页，朱金鹏、朱荔译，北京大学出版社1990年第1版。

一定非要明确具体的“所指”或者获得终极的意义；有时候，没有意义或许是文学阅读和批评的更有意义的“意义”。比如《锦瑟》诗里的“锦瑟”究竟是乐器还是女子，抑或就是一种拟想，至今并无定论，但这没有影响这首诗被人们反复地吟咏和解析。如果有一天“锦瑟”被考证出了确实的对象，恐怕这诗读起来反而没有那“山重水复”“曲径通幽”的意味了。在这方面，解构主义的确可以说是一种把诗歌读“深”读“活”的策略。

继“耶鲁学派”之后，年富力强的美国批评家乔纳森·卡勒以《结构主义诗学》和《论解构》等介绍并发展解构主义文论的著作蜚声学界。他本人最有影响的观点是所谓“文学能力”，这个观点受到著名语言学家乔姆斯基“转换生成语法”的启发。它说的是，人对语言的运用具有非常大的潜力，待掌握最基本的语法后，就能够“创造”出无数的句型。这种能力并非来自语言实践所形成的“习惯”，而是人人生来具有的心理机制，而“语言能力最突出之处就是我们所谓的‘语言的创造性’”[①]。这种“语言能力”是一种语言得以表达并被理解的根本。如果没有这种能力，任何语言都失去了效用。与此相仿，对文学文本的理解也需要读者具有一种“文学能力”，如果不是这样，文学作品也失去了赖以托身的条件。这就是卡勒所说的：

> 如果有人不具备这种知识，从未接触过文学，不熟悉虚构文字该如何阅读的各种程式，叫他读一首诗，他一定会不知所云。他的语言知识或许能使他理解其中的词句，但是，可以毫不夸张地说，他一定不知道这一奇怪的词串究竟应该如何理解。他一定不能把它当作文学来阅读——我们这里指的是把文学作品用于其他目的的人——因为他没有别人所具有的那种综合的“文学能力”（“literary competence”）。他还没有将文学的“语法”内化，使他能把语言序列转变为文学结构和文学意义。[②]

---

① ［美］乔姆斯基《生成语法的基本假设和目标》，载《乔姆斯基语言哲学文选》2页，徐烈炯、尹大贻、程雨民译，商务印书馆1992年第1版。

② ［美］乔纳森·卡勒《结构主义诗学》174页，盛宁译，中国社会科学出版社1991年第1版；着重号原有。

言下之意，文学作品是“读”出来的；也就是说，随着阅读的进行，文学文本才能够“转换生成”为文学作品。文学自身没有“结构”，真正的“结构”在人心中，是人所特有的将文本转化为“作品”的能力。这种观点，看似在讲“能力”，实则颇有跟解构主义批评的“误读”和“共谋”之论相互唱和的意思，因为卡勒本人曾说过：“诠释只有走向极端才有趣。四平八稳、不温不火的诠释表达的只是一种共识；尽管这种诠释在某些情况下也自有其价值，然而它却像白开水一样淡乎寡味。”[①]像这样去阅读并诠释，不是“正确的误读”或者“与文本自身的过程共谋”又是什么呢？

解构主义在20世纪学术文化中流行很广，对其他领域的影响很多时候并不是具体的理论和方法，而是一种姿态，即对传统和经典的“颠覆”。大凡标榜解构主义的人，都对先存的秩序或法则采取强烈的质疑和批判的态度，进而提出完全标新立异的学说，比如同为法国人的米歇尔·福柯的所谓“知识考古学”，致力于对“语话”的解析，找出其背后“权力”的成因和性质，其矛头在暗中指向了资本主义社会体制中的弊端。不唯学术文化，在艺术及设计界，解构主义也风行一时，最有名的如建筑家弗兰克·盖里，他设计的楼房完全打破了传统的均衡、稳固以及和谐，呈现出扭曲、倾斜、挤压的形状，这似乎是在用艺术的形式表明：没有中心，没有“二元”，没有所指（象征），没有意义；建筑设计的“策略”，正在于解构作为一种设计的建筑。

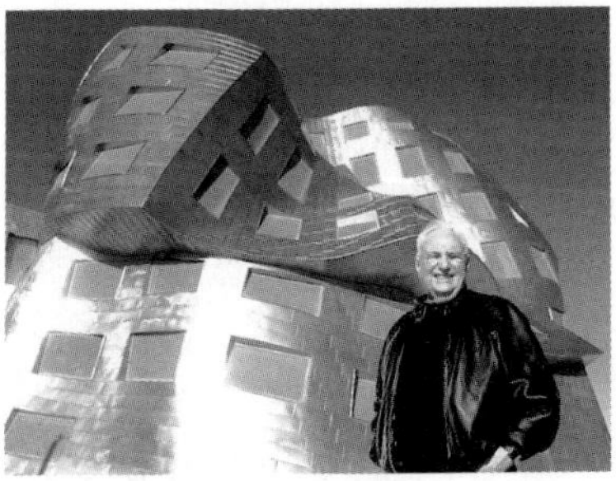

盖里和他设计的解构主义建筑

① ［美］乔纳森·卡勒《为“过度诠释”一辩》，载艾柯等著《诠释与过度诠释》135页，王宇根译，生活·读书·新知三联书店1997年第1版。

七、“精神分析”和“神话—原型”批评

这两个概念也代表两种批评方法，前者从心理学衍生出来，后者是心理学和神话学交融的产物，故称“神话—原型批评”。

弗洛伊德：无意识和“力比多”

“精神分析”是一种心理诊疗手段，发明者是奥地利心理学家和心理医生弗洛伊德；它的理论基础则是所谓“无意识”。人类很早就发现了“无意识”的存在，最典型的体现是睡梦和诗人的创作情态。在睡梦中，人的意识不受理性的控制，似乎是另一个自我在自主地活动；而诗人和艺术家在创作灵感来袭时，也进入一种忘我的状态，仿佛神灵附体，说出自己从来没有想到的话，或者做出自己从来没有做过的事，就如柏拉图所描述的“迷狂”。历史上对这种现象关注的人很多，有诗人、艺术家，也有哲学家（如叔本华、谢林等）。到了19世纪，随着近代心理学的建立，有心理学家着手对人的“无意识”进行研究。这种研究到弗洛伊德，开始系统化和理论化，既有了临床治疗的方法，也建立了相应

的理论学说。因此，弗洛伊德就成了“精神分析”学说的创始人，并且他的理论很快影响到各个学术文化领域，包括文艺创作和理论批评。

概括地说，弗洛伊德认为无意识不仅存在，而且是人的本质所在，是人的意识和行为最根本的动力；也就是说，我们的所思、所愿和所为，都能从无意识心理找到原因。那么无意识又是什么呢？弗洛伊德认为是“力比多”，也就是性本能。他坚信，人的一切想法和行为都是受“力比多”的驱动，所谓“人格”，也是建立在“力比多”的基础之上。虽然人们不一定意识得到，或者意识到了不愿意承认，但无意识里的“力比多”就是人性和人心的主宰——信不信由你！

进一层看，无意识怎样对人的心理和行为产生作用呢？这就要想办法到无意识内部去打量一番，搞清楚里面究竟是些什么东西。在这方面，弗洛伊德自认为他用特殊手法照亮了无意识心理的黑暗地带，让人心深处极为广阔的“荒原”裸露出来。这种特殊的并且是有效的手法就是“释梦”。梦，就是无意识活动并活跃的场所。睡眠时，意识停止了工作，看守无意识的哨兵也放松了警惕，这时候，无意识在睡梦中以幻象的方式浮现了。但梦里的幻象并不是无意识本身，而是无意识的伪装，所以要了解梦的意义，还得对梦中的幻象加以解析。按弗洛伊德的说法，无意识经过了“凝缩”和“移置”——这听上去有点类似“隐喻”和“转喻”——以及“润色”“表演”等方式的转化，释梦者的工作，就是要对梦中幻象加以专业的破解，找到隐含其中的寓意，也就是“力比多”的动机。

因为“释梦”，弗洛伊德发现了文艺创作的来由和本质。他认为，既然人的一切意识和行为都来自无意识中的“力比多”，文艺创作就不能够例外。广而言之，所有的人类文明及文化活动，都是“力比多”催生的。“力比多”作为一种原动力，不可遏止且须臾不停地向外冲动，但它的本性——无论是“性本能”还是“死本能”——都是跟人类良知和社会伦理相违的，不能够直接地宣泄出来，而是要跟梦中的幻象一样改头换面，以社会人心可以接受的面目呈现。从这一点看，古往今来一切人类文明无一不是“力比多”冲出黑暗的结果，文学艺术也无非是“性本能”经过“转化”并且“升华”后的表达。从本源到机能再到呈现方式，文艺创作跟梦如出一辙。所以弗洛伊德认定文艺创作就是做梦，不过不是睡着后做的梦，而是一种在非睡眠状态下把无意识本能释放出来的“白日梦”。

但这“白日梦”是什么意思呢？是说文艺创作就跟做梦一样？或者仅仅是一种比喻？好像弗洛伊德有些语焉不详。就前者而言，历史上确有诗人在半梦半醒中写下名篇佳作，最有名的当属19世纪英国诗人柯勒律治创作长诗《忽必烈汗》。据说那天诗人服了鸦片酊，坐在椅子上随手翻阅游记集《朝圣》，读到中国皇帝忽必烈汗下令修建宫殿的章节，就打起盹做起梦来。不一会儿醒了，但梦里的景象清晰可见，诗人立即提笔记下，成就了这首诗里的名句。在中国古代，也有不少关于“梦中得句”的佳话以及所谓“梦诗”。但这些情形，并不是普遍规律，不能够说明作诗一定就要“入梦”，也不能说明创作就是“白日做梦”。如果是一种比喻，那么这个判断就没有什么特别的意义，因为它不能说明文艺创作的实质，而更像是诗人或艺术家半认真半调侃的自我表白。从弗洛伊德对这个问题的认识看，他所强调的，还是文艺创作与梦的联系，或者说是梦对文艺创作的作用。这大体可以理解为，梦，提供素材或经验，文艺家以其特殊的才能对这素材或经验加以改造，把无意识中的欲望幻化为具有审美意味的作品。也正因为如此，当代文艺理论把弗洛伊德的文艺观概括为“性欲升华”说，意思是文艺创作与梦的工作一样，对无意识里的“力比多”加以“润色”，使之成为“合法化”并能够给人以快感的幻象或幻境。这种看法，在文艺家里可以找一个最典型的例证，那就是英国小说家D.H.劳伦斯，他的《查太莱夫人的情人》以赤裸地表现“性”爱

《释梦》：创作就是作家的“白日梦”

描写而闻名于世，而他本人的创作观也把“性”作为美的本质以至于生活的本质。他说：

其实，“性”与“美”乃是同一件事，就像焰与火一样。如果你憎恨“性”，就等于憎恨“美”。如果你喜欢“活生生”的“美”，那么你就是对“性”怀有尊敬之心。当然啦，你可以喜爱年老朽滞的、枯死的“美”，并憎恨“性”，但是要爱“活生生”的“美”，你就必须尊敬“性”。①

审美和生活如此，文艺创作自然也不例外，理所当然地应该大胆而热情地去写“性”，并且赞美和讴歌作为人类生活最美好愿景的“性”。劳伦斯的这种观点及其创作实践，实际上就是为弗洛伊德学说在文艺界代言，也给“白日梦”的观点做做广告。在这个问题上，20世纪英国马克思主义批评家考德威尔的观点更为可取。他在一定程度上认可了弗洛伊德的学说，认为诗和梦有共同的心理机制，尤其在“非理性”上极为相似。但梦的联想是个人的，而诗的联想是社会性的；梦是私有的，而诗是公共的。因此：

梦没有什么用处，它按照本能塑造现实，其作用只在使做梦的人远离外部现实，继续沉睡。诗按照现实塑造本能，它不是使读者不受现实的侵扰，反之，它使读者精神抖擞地和现实作斗争。诗是颠倒的梦——方向、目的以及手法上都颠倒。②

的确，尽管诗和梦极为相似，但只有将二者的方向和目的颠倒过来，从人的社会性去看待无意识和本能，才能够正确地由梦去探寻诗的本性。

① ［英］D.H.劳伦斯《性和可爱》，王继国译，载何太宰选编《现代艺术札记·文学大师卷》51页，外国文学出版社2001年第1版。

② ［英］考德威尔《幻象与现实》，载《考德威尔文学论文集》221页，陆建德、黄梅、薛鸿时等译，百花洲文艺出版社1995年第1版。

弗洛伊德提出“白日梦”之说，重点还是强调无意识里性本能的原动力。进而，他又认为文艺创作的根本动因是这种原动力受到阻碍而形成的“情结”。他甚至认为每个人内心深处都有“俄底浦斯情结”（“恋母弑父”或“恋父弑母”），是这种“情结”得不到实现才转移到文艺创作，在某些特殊人物那里成就了伟大的文艺家和文艺作品。如有批评家指出，英国女作家珍妮·奥斯丁小说中“年轻姑娘憎恶和鄙视母亲，因而嫁于一个父亲式的丈夫”[①]。这在相当程度上是作家本人梦幻的再现。更严重的情况是，许多伟大的艺术家都是那种因“情结”严重而导致人格出现病症的人，若不用创作加以疏解，就会发疯或者自杀。比如陀思妥耶夫斯基，既有癫痫又有赌瘾。弗洛伊德认为他精神和心理上的病症源于“儿童早期和青春期自我性满足”，而种种病态行为不过是“手淫冲动的重复”。[②]又认为“对于一个天分颇高者，尤其是有艺术气质的人的性格分析，我们看到的可能是效率、性错乱及心理症三方面分量不等的混合体”[③]。这显然有夸大其词和以偏概全之嫌，不能够让人信服。至少，我们看到的文艺家并非全都是人格扭曲和心理病态的人，不如说，大多数没有心理和人格的病症；而他们的作品也不一定都能够解读成“俄底浦斯情结”或其他种种由童年留下的不幸经验的产物。在这个问题上，弗洛伊德及其传人们的观点是过于灰暗了。其实作家在童年获得的经验未必都是如此残酷的，而影响到作家以后创作的童年经验也未必都是受到创伤的那一类，不如说，更多的是温馨而动人的记忆。这一点，法国存在主义思想家巴什拉的说法似乎更加可信，他说：

在我们向往童年的幻想中，在我们所有人都希望为重温我们最初的梦

---

① 杰弗里·戈瑞尔《珍妮·奥斯丁之谜》，载［美］魏伯·司各特编著《西方文艺批评的五种模式》57页，蓝仁哲译，重庆出版社1983年第1版。

② ［奥］弗洛伊德《陀思妥耶夫斯基与弑父者》，载《弗洛伊德论美文选》165页，张唤民、陈伟奇译，裘小龙校，知识出版社1987年第1版。

③ ［奥］弗洛伊德《性学三论》，载《爱情心理学》111页，林克明译，作家出版社1986年第1版。

想、寻回幸福的天地而写下的诗篇中，童年呈现出来，按照深层心理学的风格本身，它像一个真正的原型，单纯幸福的原型。这确实是我们身心中的一个形象，一个吸引幸福形象并排斥灾难经验的形象中心。但这一形象依照它的原则看并不完全是我们的；它的根比我们简单的记忆更为深远。我们的童年是人类童年的见证，是那被生活的光辉触及的存在的见证。[①]

可不是吗，我们读过的优秀文学作品，有许许多多是跟童年的幸福回忆密切相关的，这至少能够说明，并不是所有作家的创伤都来自童年形成的不可救药的病症。

弗洛伊德对梦的解析及其无意识理论，对20世纪文艺创作产生了很大影响，如意识流小说（如伍尔芙《达罗卫夫人》、乔伊斯《尤利西斯》、福克纳《喧嚣与骚动》）、超现实主义绘画（如达利、米罗的作品）和电影（如希区科克导演的《爱德华大夫》《惊魂记》）等等。在文学批评界，这种理论学说似乎并不太容易被运用和推广。所谓“精神分析批评”，多是借用精神分析理论中的某些观点和方法，完全按照精神分析心理学去给文艺家做“体检”或给文艺创作开“处方”的并不太多。但也有原原本本把精神分析学说用于作家作品分析的例子，比如作为弗洛伊德学生及传人的法国心理学家玛丽·波拿巴和英国心理学家欧内斯特·琼斯。前者用“俄底浦斯情结”分析美国作家爱伦·坡的人格和创作，认为其人其作就是作家从童年就形成的恋母和恋死情结的结果：

事实上，爱伦·坡从三岁起就已注定了将永远在哀悼中生活的命运。对死去的母亲的固恋将使他永远和世俗的爱隔绝，使他对自己所爱的人的健康活力避之不及。他的想象力永远只忠实于坟墓，因此只有两条路朝它敞开：天国或冥府，究竟走哪条路得看他所追随的是他所失去的那个人的

① ［法］加斯东·巴什拉《梦想的诗学》156页，刘自强译，生活·读书·新知三联书店1996年第1版。

"灵魂"还是身体……[1]

琼斯则用"俄底浦斯情结"分析莎士比亚剧作中的人物哈姆雷特（哈姆莱特），认为这位丹麦王子之所以不断地推迟复仇，是因为他要复仇的对象恰恰是实现了他本人内心深处的欲望的那个人，也就是说，是他自己。因此：

> 在现实中，他的叔父在他的个性中成了埋得最深的一个部分，以至于如果他不杀死自己也不能杀死叔父。……只有在他作出最后的牺牲，把自己带到死亡的大门前时，他才自由地履行了自己的义务，为父亲报了仇，杀死了自我的另一个部分——他的叔父。[2]

而《哈姆雷特》这部剧作之所以伟大，之所以震撼人心，根本原因就在于它揭示出人人心中都隐藏着的那个不可告人的"情结"。由此推论，一切伟大的文学艺术，都能够把这个"情结"变成吸引人并打动人的艺术形象。在这里，我们可以隐约感到，将"情结"普泛化，就多少有了点"原型"的意味。而在当代文论中影响更大的"原型批评"，也就是从弗洛伊德的无意识学说中衍生出来的。

"原型"说由瑞士心理学家荣格提出。荣格本是弗洛伊德的学生，但后来不同意把无意识心理仅限于个人，认为在个人无意识背后，还有更为深广的"集体无意识"，于是"道不同不相与谋"，跟老师分道扬镳。进而他指出，在"集体无意识"里面，有着各式各样的由远古以来的经验和记忆积淀下来的原始意象，也就是"原型"。这些"原型"，才是人心的最为根本的东西，也是人的思维和情感的原动力。它们蕴藏着巨大的能量，不仅影响着人的认知，而且催生着人的想象；尤其是，里面的各种原型都包含着深沉的情感，是文

---

① 引自［美］威尔弗雷德·L.古尔灵等《文学批评方法手册》201页，姚锦清等译，春风文艺出版社1988年第1版。

② ［英］欧·琼斯《哈姆莱特与俄狄浦斯情结》，阳友权等译，载冯黎明等编《当代西方文艺批评主潮》324页，湖南人民出版社1987年第1版。

艺创作永不枯竭的源泉。任何一部伟大的艺术作品，都是因为深藏着的原型而打动人心；任何一个伟大的艺术家，都是因为不由自主地把内心深处的原型变成外化了的形象，才得以创作出伟大的作品。在这个意义上，创作者或艺术家是谁并不重要，他或她只不过是因特定气质或遭遇而成了原型借以表现的手段。不是艺术家创作出艺术作品，而是原型创作出艺术作品；“不是歌德创造了浮士德，而是浮士德创造了歌德”①。对这个判断，荣格解释说：

荣格：“集体无意识”和“原型”

艺术是一种天赋的动力，它抓住一个人，使它成为它的工具。艺术家不是拥有自由意志、寻找实现其个人目的的人，而是一个允许艺术通过他实现艺术目的的人。他作为个人可能有喜怒哀乐，个人意志和个人目的，然而作为艺术家却是更高意义上的人即“集体的人”，是一个负荷并造就人类无意识精神生活的人。为了行使这一艰难的使命，他有时必须牺牲个人幸福，牺牲普通人认为使生活值得一过的一切事物。②

应当说，荣格用原型去解释无意识心理，进而探寻文艺创作的本源，都是有一定道理的。就前者而言，人的无意识里的意象，有的来自生活经验，有的或许是来自“遗传”。比如人们梦中出现的景象，有许多就是其本人从来未曾想见的。俄国作家契诃夫的小说《梦想》里曾有这样一段描写：

两个乡村警察暗自描绘他们从没有经历过的自由生活的画面。至于这

① ［瑞士］荣格《心理学与文学》，载《心理学与文学》142—143页，冯川、苏克译，生活·读书·新知三联书店1987年第1版。

② ［瑞士］荣格《心理学与文学》，载《心理学与文学》141页，冯川、苏克译，生活·读书·新知三联书店1987年第1版。

究竟是他们模糊地想起了很久以前听说过的故事中的形象呢，还是自由生活的概念原是他们从遥远而自由的祖先那里连同血肉一并继承下来，在他们心里生下了根似的，那就只有上帝才知道了！[①]

虽是揣测之词，却表明小说家是感受到了人心深处可能存在着与生俱来的原始意象。这些原始意象或“原型”，在某些特定的机遇里会自动地流出，比如睡梦、醉酒或者创作。不同之处在于，梦醒之后“原型”会消失，酒醒后“原型”会忘却，但文艺创作却用艺术形象把“原型”永久地保存下来。所有这些，都说明，文艺创作乃是全人类共有的一种“通性”，或者说是一种“传统”，就如英国批评家墨雷所说：“在所有的诗人与孩子之间，创作者与一般人之间，艺术家与听众之间，有一种伟大的不自觉的固结性与连续性，世世代代继续下来。艺术创作和其他生活方面一样，传统的成分远比天真的人所想的要大，纯粹创作成分远比他们想的要小。”[②]这一特点，在人类历史早期的文艺创作尤其是“集体”性质的文艺创作中体现得最为明显，比如神话。神话里的形象大多具有“原型”的性质和特征，批评家们探索“原型”也常常以神话为典型范例。所以，由荣格的“集体无意识”和“原型”说而生发出的文学批评被称作“神话—原型批评”。这里面，成就和影响最大的，是加拿大批评家诺思罗普·弗莱。

弗莱：“神话—原型”批评

弗莱是把文学当作神话去研究的，因为他认为神话就是文学的前身，并且给予了文学永久的生命力，所以研究文学必须从神话入手。神话跟人类的原始思维密切相关，其背后隐藏

① ［俄］契诃夫《梦想》，载《契诃夫小说全集》第5卷374页，汝龙译，上海译文出版社1995年第1版。

② ［英］吉尔伯特·墨雷《哈姆雷特与俄瑞斯忒斯》，董衡巽译，载中国科学院文学研究所西方文学组编《现代美英资产阶级文艺理论文选》上编322页，作家出版社1962年第1版。

着若干个赋予故事以意义的模式，所以对神话的研究就是原始意象的模式及其演变规律的发现。同理，在文学作品背后，也有着共通的模式和意象，对文学的研究也就是发现内容背后的模式、结构及其演进规律。弗莱的理论就是顺着这个思路，在两个方面展示了他的“重大发现”：一是归纳出文学作品的五种模式，二是总结了各种文学模式演进和“循环”的规律。

关于文学作品的模式，弗莱把虚构性叙事作品分成五种模式。一是“神话”，它的主人公是神，在性质上既比他人优越，也比所处环境优越，能够超越自然规律的限制。二是“浪漫故事”，它的主人公是人，尽管出类拔萃，但仍是人类的一员，要受自然规律的限制，属于这种模式的有传说、民间故事和童话等。三是所谓“高模仿”，主人公比普通人优越，却并非无所不能，这种模式的代表是那些“领袖故事”。四是“低模仿”，主人公是现实生活中的普通人。五是反讽，主人公的智力和能力比现实生活的普通人还要低下。

关于文学作品演进规律，弗莱着眼于文学体裁，结合四季轮回而提出“文学循环论”，认为同春天的叙述结构相对应的是喜剧，同夏天的叙事结构相对应的是浪漫故事，同秋天的叙述结构相对应的是悲剧，同冬天的叙述结构相对应的则是反讽和讽刺性的文学作品，如现代小说和荒诞派戏剧等。神话作为最原始的原型是文学的总的叙述原则，在其中孕育了各种叙事结构形态。这几种文学体裁既相互牵连，又新旧交替，一个“四季”完结后，就进入下一个“四季”，周而复始，无穷无尽。这种“模式”的根源在于自然；它的演进步骤，是从自然到仪式，到神话，再到形形色色的文学作品，其中的关键是神话及其原型，如弗莱所说：

> 神话是主要的激励力量，它赋予仪式以原型意义，又赋予神谕以叙事的原型，因而神话就是原型。不过为方便起见，当涉及叙事时我们叫它神话，而在谈及含义时便改称为原型。在太阳的日夜运转、一年的四季更迭及人生的有机循环之中，都存在着意义深远的单一模式，神话便是根据这一模式构思一个人关于某个人物形象的主要故事，这个人物部分是太阳，

部分是作物的丰产，部分又是神也即人类的原型。[①]

对于文学来说，诗人是天然地将原型注入作品，创造出具有“原型意义”的艺术形象，而批评家则是用一双智慧的眼睛并借助“神话—原型”批评方法，透过文字的形象窥见背后的仪式，再认清这仪式跟大自然的律动的关系。能达到这一目的，就揭示出了文学作品的价值乃至于整个文学的奥秘。

关于“模式”及其“循环”，弗莱还有具体和详尽的分析，把神话学理论和结构思想糅合在一起，旁征博引、左右逢源，气势恢宏却也让人感到有点晕眩。最大的问题是，这种“神话—原型”批评从大处着眼去归纳模式，而归纳出的模式未必能够适用于所有的文学现象；并且即便是适用于西方文学，也未必适用西方文学之外的文学，比如中国传统文学。别的不说，中国历史上并没有庞大的神话系统，也没有像《圣经》那样具有绝对影响力的宗教文本，因此，去寻找文学背后的神话模式及其规律，就不太容易。其实，弗莱的理论在西方批评界就遭到不少非议，原因在于，它用来构建理论体系和学说确实显得气宇轩昂，而用来评析具体的文学现象，就未必能够熨帖、精当。对此，弗莱本人似乎也并不讳言，因为他是坚定主张文学批评要“向后站”：越往后站，就越要放弃作品的细节；而越是放弃细节，就越能看见文学作品背后的东西，最终能够看见那个让文学作品产生无穷魅力的“神话”或“原型”。他说：

> 观赏一幅画时，我们可以站在近处，对其笔触和调色的细节进行分析。这大体上与文学中的新批评的修辞分析相同。如果离开画面一段距离，那么我们就可以更清楚地看到整个构图，从而更着重于研究画面所表现的内容：这一距离最适用于观赏例如荷兰现实主义绘画之类，这就是说，在一定意义上我们在读画。我们越往后站，那么我们就越能意识到它的组织结构。如果我们在相当远的距离观赏一幅百合花画，映入我们眼帘的则仅仅是百合花的原型，一片很大的富有向心感的蓝色块面对

① ［加拿大］诺思洛普·弗莱《文学的原型》，黄志纲译，载吴持哲编《诺思洛普·弗莱文论选集》89页，中国社会科学出版社1997年第1版；着重号原有。

寻找“原型”：文艺批评的“向后站”

比鲜明地把人们的兴趣引向中心焦点。在文学批评中，我们也时常需要从诗歌“向后站”，……假如我们离开《哈姆雷特》第五幕的开头“向后站”，我们将会看到一座坟墓在舞台上打开，接着看到主人公，他的敌人以及女主人公进入坟墓，然后是上层世界你死我活的搏斗。如果我们离开诸如托尔斯泰《复活》或者左拉《萌芽》之类的现实主义小说“向后站”，我们则可以看到这些标题所暗示的神话时代的图案。①

在这方面，“神话—原型批评”的确是有着特殊功能的，而文学批评若是着眼于此，按照弗莱所说的方法“向后站”，也的确能够看出不同寻常的意义。比方说，我们看戏剧《牡丹亭》，越是大处着眼，就越能够看到一个大的轮廓或者模式，从而归纳出一个“隔”的原型，它可以是男女之隔（如“牛郎织女”传说）、河水之隔（如《诗经·秦风·蒹葭》）、人神之隔（如曹植《洛神赋》）、阴阳之隔（如唐传奇《离魂记》）、天上人间之隔（如白居易《长恨歌》以及戏曲《天仙配》）、梦里梦外之隔（如李商隐《无题》），如此等等，在各种体裁以及各个时代的文学作品中都有体现。而要发现它，就需要从一个宏观的视角，对文学作品作拉开距离的、总体性和历史性的把握；同时还要打破文学批评的界限，充分运用神话学、人类学、民俗学以及心理学等学科的材料和方法，找出文学作品及现象背后的原型。如果找到了，我们对文学作品的理解肯定会更深，而文学作品的意蕴也肯定会显得更加丰厚。在这方面，中国现当代文论中也有很好的范例，比如闻一多先生认为要真正读懂屈原的《九歌》，就要知晓那个时代用来迎神和娱神的宗教仪式，具体情况是：

---

① ［加拿大］诺思罗普·弗莱《批评的剖析》156—157页，陈慧等译，百花文艺出版社1998年第1版。

这些神道们——实际是神所“凭依”的巫们——按照各自的身份，分班表演着程度不同的哀艳的，或悲壮的小故事，情形就和近世神庙中演戏差不多。不同的只是在当时，戏是由小神们做给大神瞧的，而参加祭礼的人们是沾了大神的光而得到看热闹的机会；现在则专门给小神当代理人的巫既变成了职业戏班，而因尸祭制度的废弃，大神只是一只“土木形骸”的偶像，并看不懂戏，于是群众便索性把它撇开，自己霸占了戏场而成为正式的观众了。[①]

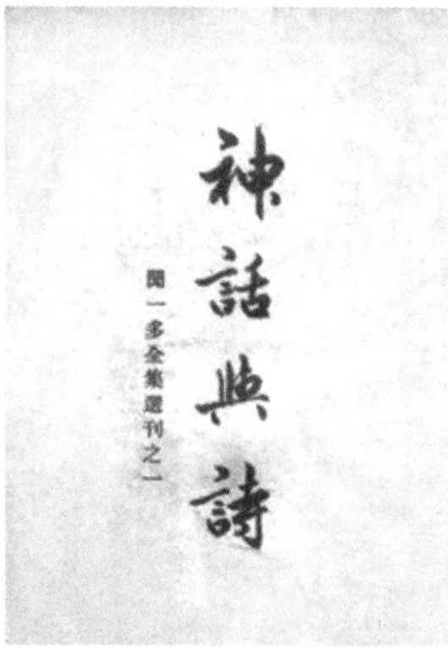

闻一多用神话学方法研究《诗经》和《楚辞》

这是说，《九歌》是宗教仪式的产物，今天我们读到的，只是装扮成神的“巫”的唱词，而要理解并欣赏这作品，就须知道并且能够想见它的宗教和神话的背景。再比如萧兵先生认为《西游记》中孙悟空的形象也包含了许多传说和“原型”：

正是因为我国古代本来就有许多关于猿猴或“野人”的故事传说，也正是因为孙悟空集纳了它在“本土”上的许多前身的特长和灵异，并且通过优秀作家的想象加工、戛然独造，所以这个形象就显得特别富于民族色彩和乡土情调，也特别为本国和世界人民所喜爱、传诵、理解和接受。[②]

的确，在孙悟空身上，应当暗含着我们古老民族的原型或者梦想的，如

① 闻一多《什么是九歌》，载《闻一多全集》（一）268页，生活·读书·新知三联书店1982年第1版。

② 萧兵《中国文化的精英——太阳英雄神话比较研究》845页，上海文艺出版社1989年第1版。

“飞天”“变身”“负重”“抗争”等等。读者之所以喜爱这个形象，相当程度上因为心底里的“原型”及意愿受到触动；而对于批评家来说，找出这些原型就是解读这形象及整个作品深层意义的关键了。这也就是弗莱所说的在欣赏和批评中的“向后站”的功效。

八、“意识批评”“读者反应批评”和“接受美学”

文学作品写出来是给人看的，如果没有人阅读、理解进而欣赏，那么它就还只是“物”，没有转换成“意义”，甚至不能够成为“作品”。因此，对文学文本的感知和读解就是非常重要的事情了；在某种意义上说，它的重要性并不亚于“创作”。这方面的价值，在当代文论的现象学、解释学、接受美学以及“读者反应批评”中得到了相当的重视。

胡塞尔：现象学的“还原”

现象学产生于20世纪初，创始人是德国哲学家埃德蒙德·胡塞尔。这派哲学的目的跟传统西方思想的主潮一样，仍是寻找事物的本质，但它既不是像柏拉图那样给事物设定一个“本体”，也不是像康德那样把事物本质当作“物自体”而排除于认识之外，而是认定这本质就是“现象”。这现象既非事物本身，也非人的主观认识，而是经过“过滤”（所谓“悬置”或“放入括号”）的人对事物的意识，胡塞尔称之为“本质直观”。也就是说，事物的本质仍在人的意识，但这意识并非主观的，而是一种排除了现实世界种种干扰的一种先验性的还原。所谓“现象学”，就是用特定的方法去进行这种“还原”，如胡塞尔所说：“我们的现象学……应当是一门关于被先验还原了的现象的本质科学。”①

现象学对文论的影响，主要体现在所谓“意识批评”，也被称作“日内瓦学派”批评，代表人物主要是日内瓦大学的几位教授和批评家，他们主张“在解释文学作品时，他或她努力地抛弃自己世界观的偏见而达到‘本质直观’”②。其中影响最大的是乔治·布莱。他认为文学作品的“本质”是作者的意识——不是普通的意识，而是经过“悬置”从而排除了各种干扰和杂质的意识——如同陆机《文赋》所说的“罄澄心以凝思”。面对这种纯粹的意识，批评家也要对自己的意识进行“悬置”，从而对作品里的意识加以“本质直观”。这样看来，文学批评活动就是一种意识进入另一种意识，或者说是用一种经过“悬置”的意识去还原另一种经过“悬置”的意识，是“主体间”的行为，是批评家与创作者在文本的“意识”层面的融合。为了达到这个目的，批评家需要“钦佩”：

> 我在我感受到的钦佩之情之中暴露了我自己；我在一种激动之中向自我显露了我，这种激动生于我，被他人唤起，又奔向他人。③

需要“忘我”：

> 惟有忘我才能实现与他人的结合。思想通过精神行为腾出空地，而只有这种精神行为才能允许这种奇特的自我侵入，它的内存的虚空正由这种

---

① ［德］胡塞尔《纯粹现象学通论》45页，李幼蒸译，商务印书馆1992年第1版。

② ［美］R.玛格欧纳《文艺现象学》46页，王岳川、兰菲译，文化艺术出版社1992年第1版。

③ ［比］乔治·布莱《批评意识》9页，郭宏安译，百花洲文艺出版社1993年第1版。

入侵来填充。[1]

需要“放弃”：

> 这种种的牺牲都意味着放弃，不仅仅放弃拥有，也放弃存在的一种基本品质，即在另一个我面前抹去我，在精神上认可一种陌生的精神前来居住。[2]

最终达到“合一”：

> 批评者的意识和被批评主体的意识合而为一：这种认同很像在宗教思想中完成的认同，因为对两者来说，都是自我通过自身人格的泯灭而能够满怀喜悦地沉湎于一种威力无比的陌生的启示，这启示好像利用这个自我来实现它自己的目的。[3]

这些举措，就是把现象学的“本质直观”的思想和方法用到文学批评，成就了旨在让批评家意识与创作者意识“合一”的“意识批评”。应当说，这种主张是有道理的，尝试也是有价值的。比如我们读一部小说，会感到有个作者在对你说话，也能够隐约感到某个主体的意识在影响着你。我们要真正把握作品的实质，就要通过文本去把握这个主体及其意识。在作品里，这个“主体”是被许多表象或假象所遮蔽的：许多话语及观点都未必是作者的真意，因而需要加以澄清；许多叙述和描写及对“世界”的反映也不真实，需要“悬置”起来。经过澄清和“悬置”，一个客观的主体的意识就显露出来，而读者或批评家屏心静气，以纯粹的直观与作品里主体的意识相会，就是对作品的“本质

---

① ［比］乔治·布莱《批评意识》20页，郭宏安译，百花洲文艺出版社1993年第1版。
② ［比］乔治·布莱《批评意识》68页，郭宏安译，百花洲文艺出版社1993年第1版。
③ ［比］乔治·布莱《批评意识》53页，郭宏安译，百花洲文艺出版社1993年第1版。

直观”，就能够揭示作品的本质及其价值。简言之，所谓“意识批评”，就是用读者的纯粹意识去体味作者的纯粹意识，然后用纯粹的批评文字将这意识表述出来。这种方法，在现实学美学里也被经常强调，如法国哲学家梅洛-庞蒂说：“如果作者是位高明的作家，就是说他能恰到好处地找到意味着行为的详略与节奏，读者就会响应他的召唤，很快潜入到描写的中心，与作者相会合，即使作者和读者都不知道这种召唤。”[①]美学家杜夫海纳说：“现象学要求批评家不仅要谨慎，而且要谦逊；不仅要问：‘作品能否在阅读中被对象化？’而且还要问：‘这个对象的真理在何处？’”[②]都讲的是批评家通过“本质直观”融入作者的“意识”，从而揭示作品的“本质”或“真理”。

英加登：文学作品的“未定点”

现象学对文论的影响还体现在一个人身上并发展出一种广为人知的理论观点，那就是波兰哲学家和批评家英加登及其“未定点”之说。英加登是胡塞尔的学生，得现象学真传，并且创造性地把现象学理论用于对“文学的艺术作品”的探讨。他的独到之处是寻找文学作品的本体或“存在方式”，认为文学作品既不是物质实体，也不是精神观念，而是一种“架构”，这个“架构”由语音、意义、再现的客体以及“图式化方面”等多个层次构成，“它包括（a）语词声音和语音构成以及一个更高级现象的层次；（b）意群层次：句子意义和全部句群意义的层次；（c）图式化外观层次，作品描绘的各种对象通过这些外观呈现出来；（d）在句子投射的意向事态中描绘的客

① ［法］梅洛-庞蒂《眼与心》112页，刘韵涵译，张智庭校，中国社会科学出版社1992年第1版；着重号原有。

② ［法］米盖尔·杜夫海纳《美学与哲学》160页，孙非译，中国社会科学出版社1985年第1版。

体层次。”[①]其中有诸多的空白或所谓“未定点”，需要读者的阅读和理解加以补充，并且唯有在这种“意向性”活动中，作品才得以实现。也就是说，文学作品并不存在于语言文字之中，而是存在于读者对语言文字所提供的“架构”的本质直观当中。这既可以看作是文学阅读和欣赏的作用，更应当看作是对文学作品“存在方式”及其“本质”的体认。像这样从“读者”及其阅读的角度去把握文学作品的本质，是20世纪文论的一个大的趋势，与之相关的还有所谓“读者反应的批评”和“接受美学”。这两种理论的背景是产生于德国南部康斯坦茨大学的“康斯坦茨学派”，代表人物分别是伊泽尔和姚斯。

伊泽尔的理论是基于“未定点”之说，认为文学作品提供的是一个框架，或所谓“召唤结构”，它召唤着读者发挥自己的想象对文本的“空白”或“缝隙”加以填充。这种“召唤”及“填充”是一种交流活动，文学作品就存在于这种交流活动的中间，它既不完全属于文本，也不完全属于读者对文本的阅读，而是处在二者之间的某个位置。伊泽尔用“艺术”和“审美”两极来说明这个道理：

> 我们可以由此推论，文学作品具有两极，我们可以称之为艺术极和审美极：艺术极是作品的本文，审美极是由读者完成的对本文的实现。由于这两极截然相反，显然，作品本身既不能等同于本文，也不能等同于读者对本文的具体化，而必定被安置于这两者之间的某个地方。……由于读者经历了本文提供的各种视野，把这些各不相同的观点和模式一个又一个地连结起来，他就使作品、从而也使他自己进入了运动状态。[②]

这也可以看作是主体意识和客体所包含的“意识”的交融。这个观点，是受到当代解释学观点的影响，尤其是伽达默尔的“视野融合”之说。伽氏认

① ［波兰］罗曼·英加登《对文学的艺术作品的认识》10页，陈燕谷、晓未译，中国文联出版公司1988年第1版。

② ［德］W.伊泽尔《审美过程研究——阅读活动：审美响应理论》27页，霍桂桓、李宝彦译，杨照明校，中国人民大学出版社1988年第1版。

为在理解活动中，文本和读者各有其视野，二者形成对立的“两极”，而解释的工作就在这对立的“两极”之间，是读者和文本通过交流而达成的默契。他说：

> 当解释者克服了文本中混乱的地方，从而帮助读者理解了文本，他或她本人的退回并不是任何否定意义上的消失，相反，它是这样地进入交流，以至文本的视野与读者的视野之间的张力消失了。我已经将这一现象称为“视野融合”。[①]

伊泽尔：“艺术极”和“审美极”

显然，伊瑟尔所说的“艺术极”和“审美极”之间的某个位置，正是因“视野融合”而产生意义的那个地方。

关于“召唤”结构，伊泽尔还有一个重要观点，叫作“隐含的读者”。这个“隐含的读者”当然不是现实中阅读作品的人，也未必是作者在创作之初就预设的读者，而是作品结构所要求的读者，或者说是能够能动而又客观地填充文本中诸多“未定点”的读者。“他”或“她”只是一个概念及可能，需要实际的读者把这概念及可能化作阅读的实践和效果。一个典型的事例是长篇小说《红楼梦》，它肯定有相当复杂的“召唤”结构，也理当有一个要求实现其意义的“隐含的读者”。这样，现实中的读者如果要真正读懂这部长篇小说，或者说使这部作品的伟大显露出来，就要尽可能地接近这个“隐含的读者”。在现实生活中，很多读者阅读《红楼梦》都不止一遍，有人一生要读上十几遍甚至几十遍；而每读一遍，也许就距“隐含的读者”更近

① ［德］伽达默尔《文本与解释》，刘乃银译，载严平编选《伽达默尔集》71页，上海远东出版社1997年第1版。

一步——当然，这还需要读者具备相应的“文学能力”。其实，这个意思，在《红楼梦》还作为手抄本流传时，就有人注意到了，比如最早读到该书的“脂砚斋”就强调阅读这部作品不能只看表面文字：“观者万不可被作者瞒蔽了去，方是巨眼。”（《脂砚斋重评石头记》第一回甲戌本眉批）小说中的“狡狯”或“烟云”，与其说是作者的手段，倒不如说是文本结构的召唤或必然产生的“未定点”。如果没有这些“未定点”及其“召唤”，小说也就缺少甚至失去了它的意义和价值。举个例子，《红楼梦》里对贾氏三姐妹的描写：

> 第一个肌肤微丰，合中身材，腮凝新荔，鼻腻鹅脂，温柔沉默，观之可亲。第二个削肩细腰，长挑身材，鸭蛋脸面，俊眼修眉，顾盼神飞，文彩精华，见之忘俗。第三个身量未足，形容尚小。（第三回《贾雨村夤缘复旧职　林黛玉抛父进京都》）

较之中国古典小说常用的惜墨如金的“白描”，这描写已经比较具体了，但它仍然是一种“结构”，需要读者调动想象去加以填充。比如“观之可亲”是怎样一种神情？“见之忘俗”又是怎样一种意态？还有“身量未足，形容尚早”，该是怎样一种形象？恐怕都难以坐实。三位贵族小姐的音容笑貌唯有“隐含的读者”能够看得真切，而实际的读者在阅读过程中是随着理解的深入，结合整个文本向“隐含的读者”靠近的。比如，要参照小说各处对人物外貌、行动及心理的描写；要参照作者及作品中相关人物直接或间接对她们的评价，同时又要把那些不真实话语摒除掉；要在一定程度上了解那个时代闺阁女子的梳妆打扮；读者自己要具备一种排除杂念的客观而纯粹的态度；如此等等。最终就会把留有许多空白或“未定点”的语言图式变成读者意识中完整的艺术形象。

“康斯坦茨学派”另一位著名的批评家是姚斯，他的理论通常被称作“接受美学”。姚斯的观点虽然也受现象学影响，但更偏重文学作品的“外部关系”，有一定的“文学社会学”的色彩。这观点的缘起，是对文学史研究的质疑。姚斯认为，传统的文学史研究，往往只注重文学本身的演变，而忽略了文学作品在各个历史时期被阅读和接受的状况。事实上，文学作品价值的实现，是取决于特定历史时期广大读者的阅读的；文学作品的“实质”，也并不完全在作品本身，而在相当程度上从被“接受”的过程和效果中显现出来。这样，对文学史的撰写，就不能只关注作者和作品，而要给读者及其阅读——也就是文学作品的流传和影响——留出相当的篇幅；进而，还有必要写出专门的“接受史”，并以此为基础建立所谓“接受美学”。

姚斯（耀斯）：“期待视野”和“接受美学”

姚斯的观点虽然因文学史研究提出，却表达出一种文学本体论，那就是，文学作品的意义要靠读者的阅读和接受去实现。这跟现象学对文学作品存在方式的探讨以及伊泽尔的“读者反应批评”，在大方向上是一致的，并且也都受到当代解释学影响，比如所谓“期待视野”。这指的是，读者阅读一部作品时，他所具有的文学经验构成的思维定式和先在结构，形成一种“期待视野”并借此将作品“客观化”。而建立“期待视野”有三条途径：“第一，通过熟悉的标准或类型的内在诗学的途径去建立；第二，通过它与文学历史环境中熟悉的作品的含蓄关系的途径去建立；第三，通过虚构和真实、诗学和语言的实践功能之间的对立运动的途径去实现。”[①]这里面，显然能够看出海德格尔关于理解的“先见”以及伽达默尔的“视野融合”等哲学解释学思想的影响。在对读者接受文学作品的过程和方式的具体分析中，姚斯（耀斯）还提出几种“与主人公认同的互动模式”，即联想式认同、钦慕式认同、同情式认同、净化式认同、反讽式认同[②]，这些，对文学批评分析读者与作品

① ［美］R.C.霍拉勃《接受理论》，载《接受美学与接受理论》342页，周宁、金元浦译，辽宁人民出版社1987年第1版。

② 参见［德］汉斯·罗伯特·耀斯《审美经验与文学解释学》第2章“与主人公认同的互动模式”，顾建光、顾静宇、张乐天译，上海译文出版社1997年第1版。

之间关系很有帮助。而姚斯的“接受美学”，也就是建立在以阅读和接受为核心的对审美范式、阅读心理以及历史语境等种种问题的探讨之上的。

总的说来，现象学文论及“读者反应批评”和“接受美学”把读者摆到重要位置，是很有道理的，对“阅读”活动及其意义的研究也很有价值。第一，对文学作品的“本体”的认识，不能够脱离人的理解。最简单的道理在于，当有人去谈论文学作品时，所谓“作品”就在人的视域之中，就不可能是完全客观的存在；所谓“本质”，也是人的观照和理解，而不可能是绝对和超然的对象。第二，文学作品要通过阅读才能实现其意义，或者说，未经阅读的对象是“文本”，而经过阅读后才得以成为“作品”。在这个意义上，说作品是一种“意识”，并不为过；进而，说作品是读者的“意识”通过文本而与作者的“意识”的融合，也恰如其分。第三，任何一部文学作品所提供阅读空间都是有限的——所以说是一种“构架”——而读者理解的空间却是无限的，原因就在于阅读需要对文本的“未定点”加以填充，而每次阅读所进行的填充未必都是相同的。第四，对文学作品的把握，不能仅仅局限于作者或作品，还要考虑到读者及其接受状况和效果。从社会和历史的角度看，文学发展的历史，既是其自身演进的历史，也是它被接受的历史；在历史语境中如何被接受，在很大程度上决定了文学具有怎样的意义和价值。这让人想起当代史学研究领域的那句名言：“一切历史都是当代史”，也就是英国史学家柯林武德所说：“每个现在都有它自己的过去，而任何对过去的想象的重建其目的都在于重建这个现在的过去，——即正在其中进行着想象的活动的这个现在的过去，——正象这个现在在此时此地被知觉到的那样。”①而这个意义上的现象学或接受美学文论，又多少跟当代文论里的“社会学批评”多有类同，比如法国批评家埃斯卡尔皮所说：

> 一切文学现象都是以作家、图书和读者，或是用更一般的话来说，都

① ［英］R.G.柯林武德《历史的观念》280页，何兆武、张文杰译，中国社会科学出版社1986年第1版。

> 是以创作者、作品和读者大众为前提的。文学现象构成了一个交流渠道，这个渠道借助于一种既和艺术、工艺，又和商业有关的极其复杂的传递工具，把一些非常明确的个人（如果不说这些人的名字一直是众所周知的话）和一个多少有点不可名状的读者群体（不过是个范围有限的集体）联结在一起。①

实际上，姚斯的“接受美学”就已经致力于对文学文本在各个历史时期被读者接受的状况加以考察，并据此而建构出“接受视野”中的文学史。

① ［法］罗贝尔·埃斯卡尔皮《文学社会学》3页，符锦勇译，上海译文出版社1988年第1版。

九、当代叙事学

广义的文学理论或文艺理论，在古希腊叫作“诗学”，到古罗马称作“诗的艺术”，它包括了我们今天所说的各类文学，如抒情、叙事和戏剧；或者各体文学，如诗歌、小说、戏剧文学。“诗学”或“诗艺”的内容，以对体裁、形式以及创作手法的研究和规定为主，也有一小部分涉及有关“音乐”“表演”等内容。后来，西方文论在相当程度上继承了这一传统，直到近、现代，还有文学理论研究叫作“诗学”。[1]然而，在这里面，关于“叙事虚构作品”研究的领域不断扩张，逐渐成为“诗学”的大宗，进而独立出来，成为“叙事学”。而“叙事学”的建立，也是西方文论从传统走向现代的一个重要标志。

对叙事学本身，也可以作广义和狭义的区分。广义的“叙事学”，是古已有之的。古希腊时，柏拉图在谈论“模仿”时，就将“叙述”加以对举，认为二者分别代表两种“话语”形式。亚里士多德讨论“史诗”，强调“诗”与历史的区别，也涉及两种不同的叙事方法。之后，关于“叙事文学”的研究延绵不断。19世纪后，多有立足于小说叙事手法及形式的研究，涉及叙事

① 如［瑞士］埃米尔·施塔格尔《诗学的基本概念》，胡其鼎译，中国社会科学出版社1992年版；其译序有对“诗学”一语的辨析，可参看。

普罗普：民间故事中的“功能”

的“视点”“距离”等等，从中已经能够看出叙事学趋于独立的动向了。狭义的“叙事学”，产生于20世纪形式主义和结构主义文论里对“叙事虚构作品”的研究，也称为“当代叙事学”；其名称是由保加利亚裔的法国批评家茨维坦·托多洛夫确立的，并界定为“关于叙事作品的科学”；起因则是西方传统的“诗学”（或“文艺理论”）已经不能够容纳在新的学术背景下对“叙事虚构作品”的研究，也即托多洛夫（托多罗夫）在讨论了叙事的话语、语法以及“否定”和“转换”等原则后所声明的：“这些见解与其说属于诗学范围，倒不如说属于一门在我看来完全有权存在的学科——叙事学（narratologie）。”[1]起初，这门学科主要致力于对“文学的”叙事作品研究，后来则逐渐跟语义学、符号学相交融，理论家们也将叙事当作一种“话语”理论，在更加宽泛的意义上加以拓展，“叙事学”就不止于学“文论”，而成为“后现代”思潮及理论的重要内容了。

一般认为，俄国形式主义文论里对“故事”和“情节”的区分，是当代叙事研究的发端。这种观点认定，叙事作品的“艺术”在于将普通事件加以变形，比如“事件”都是按照时间顺序发展的，而成为“叙事”之后，就可以并且需要打破这种“编年顺序”，利用各种语言技巧使之“陌生”。这也就是“故事”和“情节”的区别。这种区别，用结构主义的术语说，也可以看作是“所指”和“能指”的关系；而到了结构主义的叙事学研中，则成为“故事”和“话语”的关系，而重点则在话语的“语法”及其结构和功能。

让“叙事学”成为专门学问的，是俄国民间文学研究家普罗普。他在研究

---

① ［法］托多罗夫《巴赫金、对话理论及其他》56页，蒋子华、张萍译，百花文艺出版社2001年第1版。

中发现，尽管俄国民间故事非常之多，但隐藏在众多故事背后的“模式”却是有限的并且可以概括的；也可以说，民间故事的人物和事件纷繁杂乱，但经过同类合并，就可以归纳出若干种故事模型。比如下面这几个故事：

沙皇给了英雄一只鹰。鹰便把英雄带到了另一个王国。

老人给了苏钦科一匹马。马则把苏钦科驮到了另一个王国。

巫师给了伊万一只小船。小船将伊万载到了另一个王国。

公主赠给伊万一个指环。从指环里出来的好汉将伊万送到了另一个王国。

…………

普罗普认为，“从上述例子中可以看出不变的因素和可变的因素。变换的是角色的名称（以及他们的物品），不变的是他们的行动或功能。由此可以得出结论说，故事常常将相同的行动分派给不同的人物。这就使我们有可能根据角色的功能来研究故事。”[①]的确，上面所举的各类故事都可以概括为“某人给某人某物，某物把其人带到另一个地方”。经过这样的概括，故事中的人物和事件的“功能”就显露出来，而普罗普对民间故事加以简化的目的正是找出“功能”，并认定这种“功能”也就是民间故事的“结构”或“形式”。由此可见，叙事学研究的着眼点不是故事本身，而是隐藏在故事背后的“结构”或“形式”；它的目的不是描述每个故事的特征，而是找到许多甚至所有故事的共同特征。普罗普揭示出的这种“功能”，似乎也可以用来研究中国古代的民间传说及文学，比如“乐府”叙事诗《孔雀东南飞》、志怪小说《韩凭夫妇》、唐传奇《离魂记》和《长恨歌传》以及民间故事《梁山伯与祝英台》等，就有着类同的模式，其中的人物和“角色”（如男女主人公以及树、鸟、衣、蝶等）也分别具有相似的功能。

进一步，普罗普把“功能”定义为“根据人物在情节中的意义而规定的

① ［俄］普罗普《故事形态学》17页，贾放译，施用勤校，中华书局2006年第1版。

人物的行为”，并得出两个原则：其一，功能是故事中恒定的成分，决定了故事的意义；其二，民间故事中已知的功能是有限的。因此，民间故事的内容虽千变万化，但依据功能却可以简约为若干种类。具体说来，“神奇故事里的人物虽然在表面上非常不同，如年龄、性别、职业、身份以及其他静态的特点和属性，但在整个故事情节过程中都是完成同样的行为的。这就决定了恒定不变的因素和可变的因素之间的关系。人物的功能是恒定不变的因素，而其余的部分都是可以变化的。”[①]这样一来，不可胜数的民间故事实际上只是在讲着屈指可数的几个“故事”，这些“故事”也会有一些相对固定的角色（也是功能），如派遣者、寻找者、帮手等；至于这些角色具体是什么身份，以及有怎样的举动，则是可以变化的。对叙事作品的研究，就是要找出故事背后的功能及模式。以此类推，对其他种类叙事作品的研究，也是对这个种类或体裁的形形色色的作品加以排比、归类与合并，最终找到恒定的功能以及叙事的模式。普罗普本人以这种观念和方法研究俄国童话和民间故事，找出了三十一种“功能”，再简化为七个“行动范围”（也译为“行动元”）。这看上去就像数学里的公式，得出了公式，再遇到各种难题，只要方法对头，就无不迎刃而解了。

格雷马斯：叙事结构和语法

普罗普的理论提出后，在国内并没有产生多大反响——也不可能产生大的影响，因为苏联时期文学理论的主流是社会主义现实主义，形式和“功能”的观点不被看好，甚至被弃如敝屣。倒是在这理论被译介到西方后，一些结构主义理论家和批评家相见恨晚，立即予以传播并移植。其中最有成效的是法国语言学家格雷马斯，他创立的“结构语义学”，为结构主义文学批评提供了一系列重要的原则和概念术

① ［俄］普罗普《神奇故事的转化》，载《俄苏形式主义文论选》209页，蔡鸿滨译，中国社会科学出版社1989年第1版。

语。在叙事理论方面，格雷马斯受普罗普和另一位神话学家苏里奥的启发却又对两人的观点做了修正和简化。他评价说："普罗普和苏里奥的理论都证明了我们的一个重要发现：使用有限的几个行动元便能说明微观世界的内部组织。它们的不足之处在于其形式化的程度，或者过分或者不够。仅仅用行动元的数量来确定一个文学类型，对其他内容则一概不理，这一定义的形式化程度显然过高；用一个简单的名单来列举行动元，不分析它们之间的关系，这样做在定义的第二部分即各自特征的形式化上所下的功夫显然不够。"[①]他的做法是将普罗普和苏里奥概括出的种种功能进一步简化为三组对立的"行动元"，并特别强调其二元对立的关系。这三组二元对立的"行动元"是："主体／客体""发送者／接受者"和"辅助者／反对者"。照格雷马斯的看法，所有的叙事都是由这三组"行动元"生发出来，当然也可以由这三组"行动元"去分析和定性。具体而言：

> 他把故事区分为两大类：第一类"接受"现有秩序，第二类"拒绝"现有秩序。在第一类故事里，考验与追寻建立了一种秩序，把世界"人间化"，把人融入这一世界；在第二类故事里，人要改造世界："于是，故事的模式似乎成了一种调和的典范，成了拯救人类的一种许诺。"[②]

当然，这只是对格雷马斯叙事理论的简括，实际的分析要复杂和烦琐得多，比如根据"行动元"及其功能设计出种种"矩阵"，进而又归纳出种种"叙述结构"和"叙述语法"。但这些论述已经完全属于"结构语义学"，跟一般的文学理论批评似乎没有太多的关系了。

另一位对结构主义叙事学贡献很大的人物是托多洛夫，他的叙事学研究比格雷马斯更进一步，将叙事简化为"语法"。他认为叙事的语法跟语言的语法

① ［法］A.J.格雷马斯《结构语义学：方法研究》251页，吴泓缈译，生活·读书·新知三联书店1999年第1版。

② ［法］让-伊夫·塔迪埃《20世纪的文学批评》244页，史忠义译，百花文艺出版社1998年第1版。

原本就是同源的，同属于一种“超结构”。“不仅一切语言，而且一切指示系统都具有同一种语法。这语法之所以带有普遍性，不仅因为它决定着世上一切语言，而且因为它和世界本身的结构是相同的。”[①]在这个大的背景下，任何事物的根基都在语法，而我们对任何事物的最根本的认识也都在于得到语法。叙事作为一种话语原本就离不开语言，由语言对它加以剖析，当然是根本性的工作。在《〈十日谈〉的语法》中，托多洛夫把叙事分为三个层面，即语义、句法和词汇，把叙事问题划归时间、语体和语式三个语法范畴；进而将《十日谈》里每个故事都简化为纯粹的句法结构，得出“命题”和“序列”两个基本单位，由此建立起一套叙事结构模式。这既是结构主义的“叙事学”，也是“结构主义诗学”的主要内容。

布斯：小说的叙事和修辞

二十世纪五六十年代后，叙事学逐渐成为西方文论中的“显学”，名家名著还有法国批评家热拉尔·热奈特的《叙事话语》和《新叙事话语》，美国批评家韦恩·布斯的《小说修辞学》、华莱士·马丁的《当代叙事学》以及伊恩·瓦特的《小说的兴起》等。除了新的叙事学家不断涌现之外，还有因各种原因被埋没的理论家被发现并推崇，其中最重要的是苏联文艺理论家巴赫金。他的研究及著述曾一度与外界隔绝，但传入西方并经翻译介绍后，便迅速传播，并产生了世界性的影响。

巴赫金叙事学理论中最为人熟知的是关于“复调小说”和“狂欢化”的论述。

“复调小说”是巴赫金研究陀思妥耶夫斯基长篇小说得出的观点。他认为，以往小说大都是“独白”型的，就是说，是作者在说话；而独自说话的作

① ［法］托多洛夫《〈十日谈〉的语法》，转引自［英］特伦斯·霍克斯《结构主义和符号学》97页，瞿铁鹏译，刘峰校，上海译文出版社1987年第1版。

者具有掌控一切的权力，小说中所有人物和事件都听命于他的操控。而在陀思妥耶夫斯基的小说里，作者并没有这个权力，他跟人物是平等的，人物与人物也是平等的。人物说着自己的话，而并非作者的代言；人物的意识和主张也是独立的，并没有哪个人物的哪种思想能够成为绝对的权威。这种小说犹如音乐里的“复调”，每个声部都有自己的声音，并不因为与其他声部共同构成一首乐曲而降低了自己的地位。对“独白”和“复调”的这种差异，巴赫金评说道：

> 在独白型构思中，主人公是封闭式的。他的思想所及，有严格限定的范围。他活动、感受、思考和意识，都不能超出他的为人，即作为特定的现实的形象而局限于自己的范围之内；他只能永远是他自己本人，也就是不超出自己的性格、典型、气质，否则便要破坏作者对他的独白型构思。……
>
> 陀思妥耶夫斯基对独白型的所有这种种必备前提是拒不接受的。独白型作家供自己用来创造十分完整的作品和十分完整的作品中世界的所有手段，陀思妥耶夫斯基全部交给了自己的主人公，使它们成了主人公自我意识的内容。①

正因为如此，“复调小说”就一定是开放的。它的意义是开放的，可以从不同的人物及其思想和行动读出不同的意义；它的主题是开放的，或者说是无主题，因为小说里的思想意识并不存在一个“中心”或“上帝”；它的结尾是开放的，因为平等的对话并没有最终的结论，留给读者的是无限的思想的空间。这些，都呈现出小说创作的一种新的趋向，而这种趋向，在后来的“现代小说”中都转化为成果，也就是说，陀思妥耶夫斯基的小说预示着西方小说由传统到现代的重大转折；他本人也因此成为西方小说史上最伟大的作家之

---

① ［俄］巴赫金《陀思妥耶夫斯基诗学问题》88—89页，白春仁、顾亚铃译，生活·读书·新知三联书店1988年第1版。

一——甚至超过了列夫·托尔斯泰。

不唯传统小说，在现代小说中也能看到“复调”手法的运用，最复杂而又精致的要属普鲁斯特的《追忆逝水年华》，按法国批评家热奈特的分析，其中有着“双重聚集”而产生的“复调”效果，比如第一人称的主观性叙述，却产生了第三人称叙述的客观性的视点及其“聚焦”。热奈特认为：

> 这种模棱两可的，或不如说是复杂的、故意制造混乱的立场，不仅标志着《追忆》的聚焦体系的特点，而且标志着全部语式实践的特点：最高度的模仿和原则上与一切叙述行动的小说模仿相悖的叙述者的介入，既同时并存又彼此矛盾；直接引语的优势因人物语体的自主性而更为加剧（对话的高度模仿），但最终使人物全神贯注于一个巨大的语言游戏之中（高度的文学非现实性），与现实主义全然对立；最后，在理论上互不相容的各种聚焦之间展开竞争，动摇了叙述表现的全部逻辑。①

这种“复调”发生在文本的层面，使得叙述话语充满了矛盾和张力，它是现代派小说的特色，是“能指”漂移的游戏，或许就是一种“自行解构”。显然，巴赫金的“复调”理论在对现代小说的分析中又有了新的含义，派上了新的用场。

“狂欢化”是巴赫金研究文艺复兴时期法国小说家拉伯雷的创作特色而提出的观点。这说的是，中世纪以及文艺复兴时期的人们似乎过着两种截然不同的生活：一种是严格遵守等级制度、宗教戒律的，刻板的、严肃甚至是禁欲的生活；另一种是狂欢节式的自由自在的疯狂的恣情的生活。这两种生活看似对立，实则互补。而“狂欢化”的生活是各阶级和各阶层的人都需要的一种身心的宣泄和放松。这生活的典型体现，就是欧洲各国都经常举行的“狂欢节”。这种节庆活动起源于市民的广场集会和流行表演；每当“狂欢节”到来，所有

---

① ［法］热拉尔·热奈特《叙事话语　新叙事话语》145页，王文融译，中国社会科学出版社1990年第1版。

的人忘记了身份，打破了等级，用各种世俗的方式享受着近乎疯狂的快乐，也就是巴赫金所说的：

> 与官方节日相对立，狂欢节仿佛是庆祝暂时摆脱占统治地位的真理和现有制度，庆祝暂时取消一切等级关系、特权、规范和禁令。这是真正的时间节日，不断生成、更替和更新的节日。它同一切永恒化、一切完成和终结相敌对。它是面向永远无限的未来的。[①]

由此看来，“狂欢节”的活动实际上是一种特殊的体验生活的方式；而“狂欢节”里的种种“创作”活动及由此产生的“作品”，表达着一种“戏谑式”的对世界的感受。这些，在拉伯雷的作品中都有充分表现，比如《巨人传》里的“巨人”一顿饭喝一百头奶牛产的奶，一泡尿淹没来犯的敌军，还有女巨人把普通人放在自己乳头上面，等等。巴赫金称这种文学为“民间戏谑的文学”，创作方法则是所谓“怪诞现实主义”，它的主要特点是“戏仿性”和“贬低化”，表达着对封建等级制度、刻板生活以及虚伪礼节的嘲讽和颠覆；而拉伯雷的作品的意义，正在于用处处洋溢着这种嘲弄和破坏的“戏谑性”的笑声，对官方和正统制度及秩序加以酣畅淋漓的调笑。

巴赫金：“复调”和“狂欢化”

其实，这种“狂欢化”的作品在中国古典小说里也有，尤其以明代通俗小说为甚，比如《西游记》中就有很多类似描写，最典型的当属孙悟空大闹天宫，一个从石头缝里蹦出来的“猴头”，不知天高地厚，跟玉皇大帝和诸路神

---

① ［俄］巴赫金《〈弗朗索瓦·拉伯雷的创作与中世纪和文艺复兴时代的民间文化〉导言（问题的提出）》，载《巴赫金文论选》105页，佟景韩译，中国社会科学出版社1996年第1版。

仙开了许多玩笑，把天宫闹得一片狼藉，让天兵天将束手无策，还对着如来佛手指撒泡尿。这实际上也是一种暗喻，也有“狂欢”的性质，只不过因为中国封建社会的思想被礼教压抑得过重，而没有产生像西方“狂欢节”那样可以恣意戏谑、尽情发泄的效果罢了。但无论如何，中国古代的一些小说里的描写还是透露出些许“狂欢化”的消息的；而这类描写，也往往成为最能引起读者共鸣并带给读者宣泄快感的部分。

当代叙事学用一种全新的眼光去看待“叙事虚构作品”，发现了以往未曾看清或者忽略掉了的种种要素和问题，比如关于“叙述”，有“场面”“显示”“模仿”“讲述”“视点”“距离”“聚焦”“可靠叙述”和“不可靠叙述”等；关于“时间”，就有“叙事的时间性”“实在时间”“被叙事的时间”“阅读时间”等；关于“叙述者”，有“作者”“写作者”“隐含的作者”“作者叙述”“声音”“第一人称叙述”和“第三人称叙述”等；关于“阅读”，有“隐含的读者”“听叙者”“模范读者”“作者的读者”等。[①]这些内容十分丰富，使得人们对以小说为代表的叙事文学的认识更加深刻、更加全面，不但推进了文学批评，也给文学创作提供了许多有益的借鉴。更值得注意的是，叙事学研究的视野和影响不止于“叙事虚构作品”，甚至不止于文学，还作为学术思想和方法扩展到许多相关学术领域，比如与语义学结合而形成“话语理论”，与宗教学结合而产生“叙事伦理”，与女性主义结合而产生“女性写作”，等等。最值得重视的，是叙事学与符号学的关系，因为我们生活在一个充满符号的世界里，而符号的组合就是“叙事”的表达。现实生活中，我们时时刻刻与符号打交道，各种符号不只具有实际的功用，而且有着“表征”的功能，是充满了“意义”和“意味”的文化现象。而跟符号学有着亲缘关系的当代叙事学，是能够帮助我们理解各种文化符号背后的“意义”和“意味”的。

① 参见［美］华莱士·马丁《当代叙事学》，伍晓明译，北京大学出版社1990年第1版；［荷］米克·巴尔《叙述学：叙事理论导论》，谭君强译，中国社会科学出版社2003年第2版。

十、“西方马克思主义”文论

跟许多表示现代思潮的称谓一样，“西方马克思主义”这个术语也是笼统和含混的，并没有一个清晰的界定；被归入此派的人物也比较庞杂，他们的思想观念五花八门，甚至一个人的思想之中也充满了矛盾。之所以冠以“马克思主义”的名称，主要是因为在这个名下的人物及其思想多多少少跟马克思主义有关：或声称自己是继承马克思主义，或其理论源于马克思主义某些观点，或是用20世纪的学术思想——如结构主义和精神分析等——对马克思进行补充或“修正”。当然，这些被看作或说成“马克思主义”的理论究竟在多大程度上跟马克思主义一脉相承，是需要谨慎看待的。有的确实是依循着马克思主义基本原理，而有的则与马克思主义貌合神离，而有的更是与马克思主义南辕北辙了。这些，是我们了解所谓“西方马克思主义”思想及其文论时要多加留意的。

要了解“西方马克思主义”及其文论的是非曲直，先要知道什么是经典的马克思主义及其文艺批评。大体上，所谓“经典的马克思主义”是指马克思主义经典作家也即马克思和恩格斯的理论学说，它是由完备的哲学唯物主义、以剩余价值学说为基石的经济学和科学社会主义构建的思想体系。而马克思主义

杨炳编《马克思恩格斯论文艺和美学》

文艺观建立在历史唯物主义和辩证唯物主义基础之上，认为文艺是人类以劳动为核心的社会实践活动的结果，文艺创作是对人类生活及其规律的客观而又能动的艺术再现。马克思和恩格斯都没有写过专门的文艺理论论著，但与一些作家的通信是重要的文艺批评文献；而其他一些哲学、经济学著作和政论文章中也间或论及文艺问题。这些，都是经典的马克思主义文论对文艺的直接论述。当然，更重要的是，马克思主义哲学、美学思想及其世界观和方法论，是马克思主义文论的思想基础。

概括说来，经典的马克思主义文论主要包括这几方面内容：一是认为人类的审美意识和艺术创作起源于以劳动为核心的社会实践活动，是“人的本质力量的对象化”的成果。二是认为艺术属于与经济基础相对应的上层建筑，是特殊的意识形态。三是指出在特定的历史时期，艺术发展和经济发展会出现“不平衡关系”。四是推崇现实主义创作方法，并因此而提出一系列重要观点，如“莎士比亚化”和“席勒式”、“典型环境中的典型性格”、真实性与倾向性的关系问题等等。五是认为悲剧的本质在于“历史的必然要求和这个要求的实际上不可能实现的悲剧性冲突”。六是提出文艺批评的标准是“美学观点”和“历史观点”。此外，还有不少对作家作品及文艺现象的具体评论，与这些观点一道构成了马克思主义文艺理论和批评。

与“经典马克思主义文论”相比，“马克思主义文论”的概念就要宽泛得多，包括马克思、恩格斯身后他们的文艺美学思想在各个国家以及各个历史时期的发展及影响。这方面的内容相当丰富也相当复杂，就如有的西方马克思主义文艺理论研究家所说：“马克思主义之所以是历史的，不仅是因为它随时会发展变化，而且因为它自身完全是寻求理解和代表的历史的一部分。历史是马克思主义的部分，正如马克思主义是历史的部分一样。”[1]这里面，在文艺美学和文学理论上思想较为深刻且成为重大思潮的，有所谓“西方马克思主义”。

“西方马克思主义”的第一位人物，是匈牙利思想家和批评家卢卡契（卢卡奇）。他的哲学思想继承了马克思主义哲学里的“异化”说，认为资本主义制度下的劳动及商品关系，造成了人的本质的“物化”，并使无产阶级处于更加悲惨的境地。关于文学发展，他提出“总体性”观点，认为古时候的人们处于自然的、与世界未曾疏离的状况，这也是所谓“总体性”特征，表现这种状况的文学是“史诗”。而近代以来，人与世界分离开来，心灵不能够与自然融合，现实成为人的对立面，“总体性”消失而破碎感产生，人与自然的亲近感也被疏离和冷漠的感觉所取代，文学创作中应运而生的则是小说；也就是说，小说的兴起，是人类历史发展到近代资本主义社会的产物。正因为如此，小说跟史诗的创作虽然都以“总体性”为特征，但追求“总体性”的方式却不一样：

卢卡契：“总体性”和现实主义

> 史诗为从自身出发的封闭的生活总体性赋形，小说则以赋形的方式揭示并构建了隐藏着的生活总体性。客体的给定结构——对于诸如此类的事物的探索不过是从主体的角度表达了这样一种认识：全部客观生活也好，它与主体的关系也罢，都不是天然和谐的——道出了赋形的信念：历史情状所负载的一切分歧和破裂必须被放置到赋形的过程中去，而不能也不应用写作手段伪饰起来。[2]

① ［英］弗朗西斯·马尔赫恩编《当代马克思主义文学批评》引言2页，刘象愚等译，北京大学出版社2002年第1版。

② ［匈］卢卡奇《小说理论》，载《卢卡奇早期文选》36页，张亮、吴勇立译，南京大学出版社2004年第1版。

这是说，小说面对的世界和时代已经没有了往日（史诗时代）的完整与和谐，所谓“总体性”就要靠“赋形”去加以重现；但这“赋形”不是伪造或粉饰，而要揭示现实中业已形成的破裂和矛盾。为此，小说创作就不能像史诗那样自然而然地摹写现实，而要在直面矛盾、在探索中追求心灵和世界的合一。由此而来的创作方法及美学特征也不是史诗所具有的“崇高”，而是与小说同时产生的“反讽”，即卢卡契所说“反讽是小说的客观性”①。简而言之，上古时代，社会和人都是单纯而自然的，所以文学创作也自然天成；而近代以来，人与自然和社会，以至于人与人之间产生了巨大的矛盾和分裂，因而文学创作失去了往日的温情，而要真实地再现时代的全貌和人的心灵，这里面就没有了一往情深的歌颂，而只能够按生活的原貌去揭示和批判。这个观点，源于黑格尔哲学的“心灵辩证法”，深刻洞见了小说这一文体与时代的关系，包含了现实主义文学观念的重要因素（虽然其思想观念是唯心的或“头足倒立”的）。后来，卢卡契的文学理论批评转向以历史唯物主义为思想基础的现实主义，对小说创作中的现实主义观念和创作方法有许多精彩的论述，并借以批判自然主义和形形色色的“现代主义”。前者，他通过对左拉笔下的赛马描写和托尔斯泰《安娜·卡列尼娜》中赛马段落的比较分析，指出小说创作应当是强调生活本质的“叙述”，而非纯粹漠然、无关轻重的“描写”，因为“叙述要分清主次，描写则抹煞差别”②。后者，他跟德国表现主义剧作家布莱希特有过一场论争，认为“自然主义、象征主义、表现主义以及超现实主义作家们的错误，就在于他们将现实按个人直觉的形式反映出来。他们过分强调了资本主义制度下的孤立因素，危机和混乱感。然而他们不去发掘更深的‘本质’，不去发掘他们的经验和‘真正的社会生活’之间的紧密联系，也不去挖掘那在他

---

① ［匈］卢卡奇《小说理论》，载《卢卡奇早期文选》63页，张亮、吴勇立译，南京大学出版社2004年第1版。

② ［匈］卢卡契《叙述与描写——为讨论自然主义和形式主义而作》，刘半九译，载中国社会科学院外国文学研究所外国文学研究资料丛刊编辑委员会编《卢卡契文学论文集》（1）56页，中国社会科学出版社1980年第1版。

们的经验中‘被掩盖的原因’”[①]。这种批评，今天看去，虽然是没能充分认识到20世纪文学变革和创新，却也体现出卢卡契现实主义文学观的一以贯之的立场。

萨特曾经信奉过马克思主义，也曾经加入法共，后来既放弃了马克思主义也退了党。但因为他的某些重要观念，比如“辩证理性”，跟马克思主义思想存在某种联系，所以学界还是把他算作“西方马克思主义”的一个环节；当然，他的更著名的身份是存在主义思想家。

萨特：文学的“介入”

萨特思想里的一个核心观念是“自由”。对于人生来说，这种“自由”体现为“选择”，就是说，人生来并无所谓“本质”，每个人的“本质”，都是他自己选择的结果。只有选择，一个人才能够成为“自为的人”——也就是自由的人——而不是“自在的人”。文学创作也是一种“选择”，萨特称之为“介入”，是用文字去介入世界；尤其“散文”写作，它跟追求形式和唯美的诗歌以及其他视、听艺术不同，文字只是工具，介入世界才是目的。并且，这“介入”是有倾向和有作为的，它必须有所揭露，引起改变，指向未来，如萨特所说：“我每多说一个词，我就更进一步介入世界，同时我也进一步从这个世界冒出来，因为我在超越它，趋向未来。”[②]不仅如此，“介入”还体现在阅读上面，或者说，文学作品是为了读者的阅读而创作的。萨特认为，作家的写作不是对阅读作出规定，而是让读者在期待和想象中驰骋。对于读者，“作者只是引导他而已，作者设置的路标之间都是虚空，读者必须自己抵达这些路标，它必须超过它们。一句

① ［荷］佛克马、易布思《二十世纪文学理论》131页，林书武等译，生活·读书·新知三联书店1988年第1版。

② ［法］萨特《什么是文学？》，载《萨特文论选》102页，施康强选译，人民文学出版社1991年第1版。

话，阅读是引导下的创作”[①]。而最终决定作品本质和作用的，是读者的“介入”，也就是读者能够自由地阅读，并从阅读中去感受并获得自由。

“西方马克思主义”最重要的一支力量，是“法兰克福学派”，它产生于二十世纪三四十年代，由德国法兰克福大学的“社会研究中心”为中心的一群社会科学学者、哲学家、文化批评家创立并发展，主要成员有霍克海默、阿多诺、马尔库塞、哈贝马斯，以及很早就离开大学而在欧洲各国漂流的本雅明。其中本雅明、阿多诺和马尔库塞的研究和写作多涉及美学、艺术和文学。

本雅明：艺术的“复制”使“光晕”消退

本雅明看到了在发达资本主义社会，机器复制的技术改变了艺术的性质和作用。传统的艺术作品大都具有一种“光晕”，也就是神秘性、神圣性和唯一性，高高在上，让人顶礼膜拜。而现代艺术由于可以大量复制，彻底打破了艺术以及艺术家头顶的“光晕”及其幻像。比如有了技术手段后，绘画就可以大量复制，使人们不必去博物馆或画廊，在任何时间任何地点都可以欣赏任何画家的作品；甚至复制本身也可以成为艺术（就像安迪·沃霍尔的作品）。再比如电影，并没有所谓“原作”，“母本”和“拷贝”并无高下之分（当前的数字电影更没有区别了）；并且电影消除了人与艺术之间的距离（所谓“距离产生美”），给观众的感受不是“趣味”，而是“震惊”，也就是说，观众从电影里获得的“惊奇”远远大于审美。电影作为“文化工业”产物的大众艺术，跟传统的高雅艺术是反其道而行之的。具体讲来，传统艺术要求观众屏气凝神地去欣赏，而大众艺术要求观众心神涣散地去“消遣”。这就是本雅明所说的：

---

① ［法］萨特《什么是文学？》，载《萨特文论选》120页，施康强选译，人民文学出版社1991年第1版。

当前，艺术正在电影中这样做。消遣在所有艺术领域中都越来越受推崇，崭露头角，它显示了统觉所经历的深刻变化，消遣中的接受在电影中找到了真正的练习工具。电影通过震惊效果来迎合这种接受形式。电影排挤膜拜价值，因为它不仅让观众持鉴定者的态度，而且电影院中的鉴定者的态度不要求全神贯注。观众是主考人，不过是心神涣散的主考人。[①]

这段话听上去有些古怪和费解。参照美国学者弗莱的解释，电影的摄制，实际上是导演用摄影机对演员表演的测试，而观众分享了导演的视角，因此也就成了“主考人”。在电影院里观影，观众是处于一种放松心情的“分心”状态。这样一来，因为是“主考人”，就容易产生与现实本身不同的体验；因为“分心”（也即“心神涣散”），就更容易产生“震惊”，“在本雅明看来，对任何进步的美学而言，在分心与震惊之间都有一个关键的辩证关系”[②]。相对于传统艺术形式，这能够打消“光晕”，产生一种“祛魅”的作用；所以，像电影这样的新的艺术形式，标志着艺术的进步和变革。面对这种进步和变革，“革命的”艺术家要很好地加以利用，使之“革命化”，成为新的宣传工具。“因此，真正的革命艺术家不能只关心艺术目的，也要关心艺术生产的工具。‘倾向性’不止是在艺术中表现正确的政治观点；‘倾向性’表现在艺术家怎样得心应手地重建艺术形式，使得作者、读者与观众成为合作者。”[③]从这里面，不难看出本雅明对马克思主义文艺批评的发展：马克思主义作家要求作家艺术家把倾向性融会到对场面和细节的描写中去，而本雅明进一步要求艺术家要跟上时代，用新的工具去表达革命的倾向。

① ［德］本雅明《可技术复制时代的艺术作品》，载《经验与贫乏》289—290页，王炳钧、杨劲译，百花文艺出版社1999年第1版。

② ［美］保罗·H.弗莱《耶鲁大学公开课：文学理论》256页，吕黎译，北京联合出版社公司2017年第1版。

③ ［英］特里·伊格尔顿《马克思主义与文学批评》68页，文宝译，人民文学出版社1980年第1版。

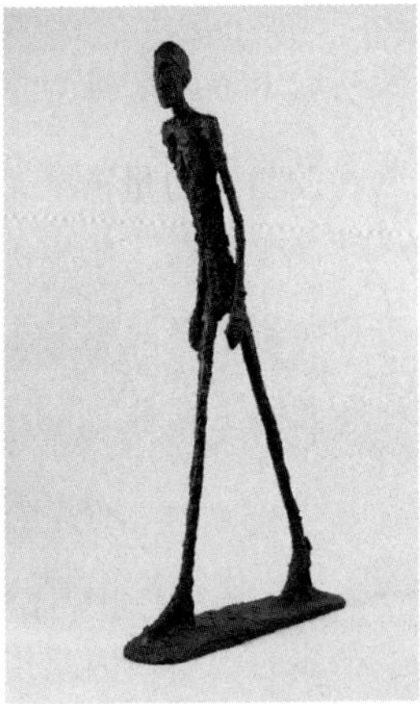
贾科梅蒂《行走的人》：现代艺术的“否定性”

阿多诺美学和艺术思想里的一个重要观念是“否定”，就是强调艺术创作要反抗现实社会，不但对现实生活加以否定，并且对现存的艺术加以否定。阿多诺所要求艺术加以“否定”的现实，是高度发达的资本主义社会。在这样的社会中，人性和人心因商品经济而受限制并被扭曲，艺术创作也成为商品和消费的奴仆，丧失了自身的本性和功用。而真正的艺术，要远离这样的现实，不受其裹挟；进而还要“自律”，以超凡脱俗的面目成为现实的对立面，成为一种否定的力量。阿多诺认为，现代艺术就具有这样的特征，它以叛逆的姿态登上历史舞台，蔑视一切流行的风尚和“消费”的趣味，虽然不为公众所理解和接受，却我行我素，指向未来。这种艺术，具有“非实在性和异在性”“非模仿性和非反映性”“不确定性和难解性”“精神化和无概念性”以及“超前性”等特征，抵抗着现实的庸俗，也否定着现存的艺术——主要是那些专供消费、麻痹人心的艺术，比如电影、电视、流行歌曲和畅销书等。在阿多诺看来，现存的这些所谓“艺术”不能算作真正的艺术，而只是“文化工业”的附属品，“在此产业控制下，艺术传达的信息是：享受！逆来顺受！”[①]因此，真正的艺术——也就是“现代艺术”——就是要身处“文化工业”之中却挣脱其带来的束缚，也即阿多诺所说：

艺术若能一方面吸收处于资本主义生产关系下的工业化成果，另一方面又能遵从其自身的经验模式并且同时表现经验的危机，那便成了真正现

① ［美］托马斯·E.沃滕伯格编著《什么是艺术》185页，李奉栖等译，重庆大学出版社2011年第1版。

代的艺术。[①]

为达到这个目的，艺术家及其创作就得具有一种“内在的否定力量”：

> 在艺术生产主观过程中，内在否定的力量并非像它在外部世界中受到那么多约束。趣味或鉴赏力极为灵敏的艺术家，譬如斯特拉文斯基和布莱希特，向来利用趣味以便使其与性格形成对照，这便使趣味概念充满一种辩证因素。这种因素使趣味超越自身而趋向真理。[②]

显然，阿多诺是以打破传统的“现代艺术”为例去表明艺术的本性。这种艺术产生于资本主义的“文化工业”，却又依循着其内在的规律，超越了虽创造了它却又抑制它的技术发达的工业社会。这种艺术，跟传统的艺术判然有别，以一种反叛的姿态和全新的面貌预示了艺术——甚至是人类生活——的未来。这意味着，艺术的根源在于社会的辩证发展，它的本性也在于对社会生活的“否定”，或者说是“否定之否定”。

马尔库塞最著名的观点是所谓“单面人”（也译作“单向度的人”），它指的是，现代工业社会由于技术进步，给人们物质生活提供极大便利，但与此同时，也给人们精神生活造成诸多限制。这里面暗含着一种深刻的矛盾：物质生活越自由，则精神生活越不自由；当人们享受高科技和高消费带来的快感时，往往让精神取向变得单一，感受变得麻木，让生命意识被同化到商品和技术中去。这样的人，就是所谓“单面人”，也就是天性被压抑、感受被钝化、想象力和创造力被禁锢的人。而疗治的办法，是审美和艺术，尤其是“现代”的和“先锋”的艺术，它把“单面人”从枯燥乏味的现实中解放出来，使之超越，使之觉醒，从而成为多维的人和“完整的人”。为此，马尔库塞认为文学艺术的一个重要特征就是“异化”，这是对异化了的生活的异化；而在发达

---

① ［德］阿多诺《美学理论》60页，王柯平译，四川人民出版社1998年第1版。

② ［德］阿多诺《美学理论》63页，王柯平译，四川人民出版社1998年第1版。

马尔库塞："异化"和"新感性"

的、工业化的资本主义社会，这种原本应当与生活拉开距离从而提升生活质量的"异化"作用却被"文化工业"以及科技手段给掩盖、消解并且庸俗化了。他说：

> 赞颂异化的"高层文化"拥有它自己的仪式和风格。沙龙、音乐厅、歌剧院设计出来是为了创造和唤起现实的另一种向度。它们的出现要求节日似的准备；它们中断并超越了日常经验。
>
> 现在，公开保存于艺术异化中的艺术和日常秩序间的重大裂隙，被发达技术社会逐渐弥合了。随着裂隙的弥合，大拒绝转而被拒绝；"其他向度"被占优势的事态所同化。异化作品被纳入了这个社会，并作为对占优势的事态进行粉饰和心理分析的部分知识而流传。这样，它们就变成了商业性的东西被出售，并给以人安慰，或使人兴奋。①

这说的是，艺术的本质要求它疏离并超越生活，把人的目光引向与现实生活背道而驰的"另一向度"，从而获得新的体验和感受，进而领悟生命的意义。而在发达工业社会，艺术却被生活给同化，它原来所具有的那些新异感受的特质，因为"技术"而融会到日常生活中去，继而原有的"拒绝生活"的本质反而被生活所拒绝，这不可避免地导致了艺术的平庸甚至堕落。比如说，在音乐厅时听现场演奏交响乐是一种"异化"的体验，而现代科技可以将交响乐复制到小小的软件中去，作为廉价商品出售，并且让它跟生活中各种各样的境遇融合在一起。这样的艺术，已经失去了给人以新的体验并催生"另一向度"

---

① ［美］马尔库塞《单向度的人——发达工业社会意识形态研究》59页，刘继译，上海译文出版社1989年第1版。

的功能。因此，真正的艺术，一定是对生活的否定，一定具有“异化”生活的功能；或者说，人要避免异化，就需要“异化”的艺术。在马尔库塞看来，这种“异化”的艺术对于人的生存和本性极为重要，其重要性甚至超过了生命，也就是说：“美学形式是一个既不受现实的压抑，也无须理会现实禁忌的全新的领域。它所描绘的人的形象和自然的形象，是不受压抑性的现实原则和规范的拘束的。而是真正致力于追求人的实现和人的解放，甚至不惜以死为代价。”①艺术家的任务，就是以审美和艺术“重新建构社会”，在这过程中，“整个社会都会被赋予表现着新目标的形式，这种新形式的基本的美学性质，会使现实变成一件艺术作品”②。显然，马尔库塞提出的“新感性”具有很强的实践性质，代表着“西方马克思主义”对资本主义社会的批判和对未来社会及人性的构想。这种观点，也影响到中国当代美学，如美学家李泽厚先生提出“新感性”，呼吁：“回到人本身吧，回到人的个体、感性和偶然吧。……从而使经验具有新鲜性、客观性、开拓性，使生活本身变而为审美意味的领悟和创作，使感知、理解、想象、情欲处在不断变换的组合中，于是艺术作品不再只是供观赏的少数人物的产品，而日益成为每个个体存在的自我完成的天才意识。”③其实，这种理想，已经包含在经典的马克思主义思想里，比如马克思对共产主义的展望：

> 共产主义是私有财产即人的自我异化的积极的扬弃，因而是通过人并且为了人而对人的本质的真正占有；因此，它是人向作为社会的人即合乎人的本性的人的自身的复归，这种复归是彻底的、自觉的、保存了以往发展的全部丰富成果的。这种共产主义，作为完成了的自然主义，等于人本主义，而作为完成了的人本主义，等于自然主义；它是人和自然界之间、

---

① ［英］麦基编《思想家——当代哲学的创造者们》72页，周穗明、翁寒松译，生活·读书·新知三联书店1987年第1版。

② ［德］马尔库塞《审美之维》113页，李小兵译，生活·读书·新知三联书店1989年第1版；着重号原有。

③ 李泽厚《美学四讲》250-251页，生活·读书·新知三联书店1989年第1版。

人和人之间的矛盾的真正解决，是存在和本质、对象化和自我确立、自由和必然、个体和类之间的抗争的真正解决。它是历史之谜的解答，而且它知道它就是这种解答。①

詹明信："晚期资本主义文化"的批判

对"单面人"的否定也好，"新感性"的提倡也好，都着眼于人的物质和精神的双重解放，为此，都需要对"异化劳动"的全面扬弃。在这个方面，马尔库塞的"西方马克思主义"文艺观的确是跟马克思主义有着渊源关系的，对中国当代美学和文艺思想的影响也是积极的。

"法兰克福学派"是"西方马克思主义"思潮里规模和影响较大的一派。如果把多多少少自觉不自觉地受马克思主义思想影响的思想家和批评家都算上，那么"西方马克思主义"文论的名家及理论还有不少，比如意大利人葛兰西的文化研究及其"文化霸权"说，英国人雷蒙·威廉斯意识形态研究及其"文化批判"说，法国人阿尔都塞的"结构马克思主义"及其"症候阅读"说，等等。二十世纪八十年代后，又有两位"新生代"马克思主义批评家对中国当代文论产生了很大影响，那就是美国人詹明信（弗·杰姆逊）和英国人特里·伊格尔顿。前者借马克思主义观点对"晚期资本主义文化"进行批判，并把后现代理论引入中国；后者坚持以"意识形态"作为文学艺术的根本属性，并致力于"美学意识形态"批判。这些，都给"西方马克思主义"注入新的活力。

① ［德］马克思《1844年经济学-哲学手稿》73页，刘丕坤译，人民出版社1979年第1版；着重号原有。

十一、“后现代”“后殖民”和“女性主义”批评

20世纪进入后半期，西方学术文化兴起所谓“后现代主义”。文学理论批评既受其影响，也在其中扮演着重要角色。

所谓“后现代”，是相对于“现代”而言的。区分二者的这个“后”（Post），不仅仅指时间的先后，还有“反”的意思，就是说，后现代主义的主张与现代主义相比，是反其道而行之。以文艺创作为例，现代主义面向精英，而后现代主义接近大众；现代主义追求深刻，而后现代主义甘愿浮浅；现代主义张扬个性，而后现代主义消解风格；如此等等。后现代主义就是要把现代主义构建的文化艺术殿堂给拆解掉，进而把它的中心意识给消解掉，最终把它的“意义”也给化解掉。说到这里，人们一定能够感觉到后现代主义的来由，不错，它的一个重要起因，就是解构主义。受法国学生运动“五月风暴”影响，解构主义思潮异军突起，一批“非主流”的学者和教授们在思想领域进行着青年学生们在现实中未曾完成的事业：打倒权威、颠覆惯例、取消中心、放逐“意义”，进而再造“话语”、重写历史。应当说，在相当程度上，解构主义者达到了目的；而后现代主义的兴起，就是“解构”的重要成果。

后现代主义思潮的内容非常驳杂，似乎没有什么理论体系。这也难怪，因为“后现代”崇尚解构，就是要反理论、反体系、反形而上学，它要再弄出个理论体系出来，岂不就成了自己的批判对象了？所以人们对后现代主义加以把握时，往往很难概括出一个“中心思想”，并且对它的特征，也越分析越多，比如反逻各斯中心主义、反语言中心主义、反基础主义、反精英主义、反本质还原主义、反理性、反现代性，以及强调实用主义的真理观和知识的商品化等等。当然，也可以采用另一种方法，就是讨论什么问题，就抓住哪些特点。这里我们讨论的是“文论”，而“文论”的背景是文学艺术。对于“后现代”的文学艺术，有人概括出这样一些显著特征：“艺术与日常生活之间的界限被消解了，高雅文化与大众文化之间层次分明的差异消弭了；人们沉溺于折中主义与符码混合之繁杂风格之中；赝品、东拼西凑的大杂烩、反讽、戏谑充斥于市，对文化表面的‘无深度’感到欢欣鼓舞；艺术生产者的原创性特征衰微了；还有，仅存的一个假设：艺术不过是重复。”[①]这里面，最引人注目的是“戏仿”“拼凑”和“复制”。

杜尚《蒙娜丽莎》：挑衅经典

“戏仿”，也就是对经典加以戏谑的模仿，目的是通过对经典作品的挑衅和颠覆表达某种反叛的“意义”。由“戏仿”而来的作品本身看上去或许荒诞不经，但正是因为“荒诞”，才引人注目，才发人深思。绘画里最著名的“作品”莫过于杜尚的《蒙娜丽莎》，只是给原作中的美女加上一撮山羊胡子，就成了戏仿经典的“经典”。文学创作中“戏仿”的代表作是美国作家巴尔塞姆的《白雪公主》，它是对格林兄弟创作的同名经典童话的戏仿。作品把故事的场景从梦幻的森林转移到喧嚣的

① ［英］迈克·费瑟斯通《消费文化与后现代主义》11页，刘精明译，译林出版社2000年第1版。

闹市，美丽单纯白雪公主变成了平庸且时常流露出欲望的家庭主妇，七个小矮人变成形容猥琐且对公主有非分之想的侏儒，王子则成了一个信心不足且缺乏能力的失业者。故事的构架一样，但意思全变了，要告诉人们的，是当代社会童话已经破灭，要快快从天真无邪的梦幻中醒悟过来。这样看来，“戏仿”的作品还是有意义的，是通过否定“意义”而表达意义，或者说，如果揭示出现有的意义原本就没有意义，那就表达出最最深刻的意义。戏仿经典，正是为了实现这一目的的一种“策略”。

“拼凑”，是说传统的和经典的文艺作品都追求完整，并以完整性作为思想的表达和艺术的特征，而后现代艺术却刻意追求“破碎”或“碎片”，并认为这才是真实的，因为生活本身是破碎的，人的心灵也是破碎的，艺术创作追求完整就是虚幻和渺茫的。事实上，后现代文艺家们就是把艺术作品看作是现实世界的“幻象”或“征候”；现代社会一切文化符号都是“仿真”，是假象，它们麻醉人的精神，使人感受到生活在“真实”之中。尤其是在所谓“后工业社会”，高科技和新技术制造出种种幻影，遮蔽了生活本身的差异，掩盖了种种不公。殊不知，绝大多数普通人都生活在“景观社会”之中，完全被“符号帝国”所操纵，从而丧失了个性也丧失了自我，处于一种“非本真”的状态。因此，艺术创作就要还原这个世界的本来面目，让人们看到，所谓“世界”，不过是各种碎片拼凑起来而已。这种“拼凑”的艺术，典型地体现在音乐创作中，比如施尼特凯的《第三弦乐四重奏》（1983），将拉莫、贝多芬、肖斯塔克维奇和马勒的音乐拼贴在一起，呈现出一种怪异的风格。这是所谓“复合风格的无机拼贴”，是为了告诉人们：这种艺术与生活本无差别，生活原本就是由“异质”的碎片拼凑而成。真正的艺术就是要向人们揭示这一“真相”，告诫人们切莫被“幻象”迷住了双眼。

“复制”，原本是和艺术无关的：复制不是艺术创作，复制出的东西只是“摹本”，而不是艺术作品本身。最典型的如绘画，原作是艺术品而且是不可复制的，否则就是“赝品”；凡·高的油画《向日葵》原作价值过亿（美元），而仿作或复制品只能廉价出售。但照相机问世并逐渐成为“艺术”的

沃霍尔《美元之歌》：瓦解高雅艺术的“复制”

“生产工具”后，这种情况就发生了变化。照相机照出的照片，可以大量复制，其价值都是等同的，并没有所谓的“原作”。待电影成为艺术后，这个特征就更为明显：影片拍摄出来后，制成大量的“拷贝”，其性质和价值都是一样的，而且可以无休止地复制。有理论家认为，电影的“拷贝”不同于“摹本”，而是所谓“类像”。摹本是相对于原作而言，是对原作的模仿；而“类像”并没有模仿的“原作”，它只是批量复制。这种批量复制的背景是现代社会的大规模工业生产。由于包括艺术在内的各种文化符号都能够批量生产，因此，现代人生活的世界就成为“机械复制”的世界，现代艺术也成为“可技术复制时代”的艺术（本雅明语）。有艺术家用自己的作品（也就是“复制”）来表达这种观念，美国的波普“艺术家”安迪·沃霍尔是其中最成功的一位。他的作品就是将名人人像或一些大众传媒的符号加以简单排列，比如格瓦拉、梦露以及罐头盒、可乐瓶、美元标记等，原本寻常可见的照片经他这么“复制”，就成为“现代”艺术并拍卖出天价。至于这些“作品”有什么意义，则有各种说法。作者本人表白，是要表达这个世界的“复制”的本性，如所谓“我没有改变任何东西，完全就是复制”[①]。也有人认为这些画作是用单调、无聊的重复排列，传达出某种冷漠、空虚、疏离的感觉，表现了当代高度发达的商业社会中人们内在的感情。还有人认为这种复制是对高雅艺术的一种挑战，是“反对形而上学之深沉的艺术方案，并且反对艺术品阳春白雪的诉求。这一诉求在对艺术品轻而易举的大量制作中被瓦解”[②]。甚至有人认为，作者就是用对当代社

① ［美］肯尼思·戈德史密斯编《我将是你的镜子：安迪·沃霍尔访谈精选》66页，任云莛译，生活·读书·新知三联书店2007年第1版。

② ［德］乌尔里希·莱瑟尔、诺伯特·沃尔夫《二十世纪西方艺术史》下卷94页，杨劲译，商务印书馆2016年第1版。

会消费品及名人的复制，制造一个商业品牌，让艺术等同于商品，因为沃霍尔“曾无耻地说过‘好生意是最好的艺术’”，而“艺术作品，即他们所购得的物品，与智力或审美无关。唯一重要的是，它是一个具有社会声望的品牌产品，并且具有经济效益”[①]。无论如何，“复制”这种“艺术形式”都对传统的艺术观念进行了彻底的颠覆。

后现代艺术与文化的内容及观点还有很多，著名的理论家有利奥塔、瓜塔里、鲍德里亚等，当然，各个学术领域里还有许多人被划入“后现代”，形成了庞大的阵营。20世纪80年代中期，美国学者詹明信到北京大学讲学，把后现代思想引入中国；他的讲课记录经整理翻译后以《后现代主义与文化理论》的名字出版，很快就引发了中国当代文论里的“后现代热”，并有人称之为“‘后’学”。到今天，后现代思想及理论已经不像当初那么热了，但对文学理论和批评的影响已经形成并且还在继续，这是我们在学习西方文论时要加以特别注意的。

在整个后现代学术思潮里异军突起并享誉世界的，有所谓“后殖民”理论，与之相应的又有所谓“东方主义”或“东方学”。顾名思义，“后殖民”是表示“殖民地时期结束之后”，意思是，殖民地时期，宗主国对被殖民的国家和地区进行政治、经济上的侵略；而殖民地时期结束之后，失去宗主国地位的西方国家对过去的殖民地国家和地区施加影响并加以控制的重心转向了文化，形成所谓“文化霸权”。所谓“东方学”或“东方主义”，便是“文化霸权”的体现。“文化霸权”一词，是意大利马克思主义政治家葛兰西提出的。这个概念，被当代最有名望的“后殖民”批评家萨义德理解为：“在任何非集权的社会，某些文化形式都可能获得支配另一些文化形式的权力，正如某些观念会比另一些更有影响力。”[②]由西方学者建立的“东方学”，就体现出这样

① ［英］威尔·贡培兹《现代艺术150年：一个未完成的故事》381页，王烁、王同乐译，广西师范大学出版社2017年第1版。

② ［美］爱德华·W.萨义德《东方学》9页，王宇根译，生活·读书·新知三联书店2007年第2版。

的“文化霸权”。它的出发点和参照系都是西方的也就是欧洲文化，其中暗含着一个似乎是天经地义的前提，那就是西方或欧洲的文化优于包括“东方”在内的其他各民族和地域的文化。由此而形成的“东方”观念，“本身也存在着霸权，这种观念不断重申欧洲比东方优越、比东方先进，这一霸权往往排除了更具独立意识和怀疑精神的思想家对此提出异议的可能性”[1]。可见，在欧洲已经形成深厚传统的“东方学”，正是需要当代批评家加以重新检验、批判并且纠谬的学问，而这也是“后殖民”批评的一项重要内容。对此，萨义德的评析颇为犀利和深刻。他说：

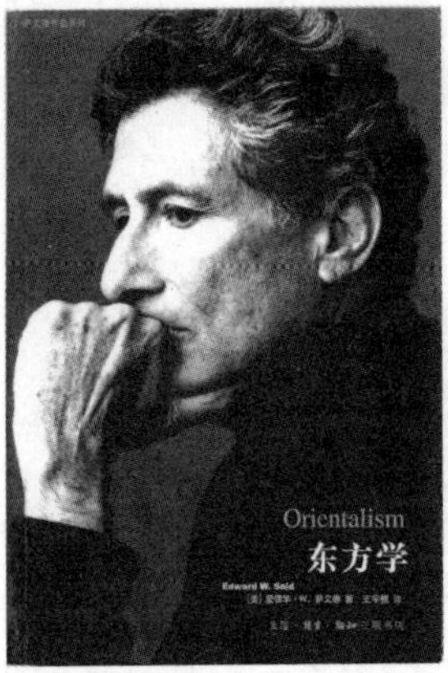

萨义德：“东方学”与“文化霸权”

它（指“东方学”——引者注）是地域政治意识向美学、经济学、社会学、历史学和哲学文本的一种分配；它不仅是对基本的地域划分（世界由东方和西方两大不平等的部分组成），而且是对整个“利益”体系的一种精心谋划——它通过学术发现、语言重构、心理分析、自然描述或社会描述将这些利益体系创造出来，并且使其得以维持下去；它本身就是，而不是表达了对一个与自己显然不同的（或新异的、替代性的）世界进行理解——在某些情况下是控制、操纵甚至吞并——的愿望或意图；最首要的，它是一种话语，这一话语与粗俗的政治权力决没有任何直接的对应关系，而是在与不同形式的权力进行不均衡交换的过程中被创造出来并且存在于这一交换过程之中，其发展与演变在某种程度上也受制于其与政治权力（比如殖民机构或帝国政府机构）、学术权力（比如比较语言学、比较解剖学或任何形式的现代政治学这类起支配

---

① ［美］爱德华·W.萨义德《东方学》10页，王宇根译，生活·读书·新知三联书店2007年第2版。

作用的学科）、文化权力（比如处于正统和经典地位的趣味、文本和价值）、道德权力（比如“我们”做什么和“他们”不能做什么或不能像“我们”一样地理解这类观念）之间的交换。[①]

也可以说，在“东方学”这个概念中，实际上隐藏着一种“二元对立”，即西方与东方的对立。其间当然是西方占主导地位并起支配作用，只不过，这种主导和支配作用并非直接显现为政治和经济上的霸权和压迫，而是隐藏在学术话语当中，是用西方的价值观对东方文化进行表述和诠释。“东方学”看上去只是学术研究，然而却把政治的、文化的和伦理的不平等观念以貌似“合法化”的方式确立下来，并为“东方”的学者和学术所接纳。这实际上是一种精心策划的压抑东方文化的策略，需要“东方”学者万分警惕，也需要“东方”学者用自己的观念和话语对其进行解构，并重新构建自己的学术话语和“东方”理论。在这方面，萨义德的研究取得重大成果并赢得世界性声誉；其重要作品如《东方学》和《世界·文本·批评家》等，已经成为“后殖民”批评中最有分量的经典之作。

当然，萨义德所研究的“东方”，主要是“中东”地区的阿拉伯和伊斯兰世界，而不包括中国、日本等东亚以及东南亚的更加“东方”的国家；而他批评的“东方学”也主要是英、法两国主导的传统的“东方学”，也不包括近现代欧美兴起的关于“东方”的种种学问。此外，萨义德本人的理论也多有矛盾并招致批评，比如他致力于批判西方话语里的“东方学”或“东方主义”，但他本人的理论渊源多在西方；甚至他的学术身份及经历也跟“西方”脱不了干系。然而，这些矛盾及争议也正是“后殖民”理论本身所固有的，因为这一派别并没有自身原创的理论，而多借鉴西方古典和当代思想，如黑格尔、马克思、葛兰西、福科、拉康以及巴赫金等。并且，“后殖民”思潮中的理论家和批评家们的批判对象也各不相同，有的抨击“文化殖民”，比如为“后殖

① ［美］爱德华·W.萨义德《东方学》16页，王宇根译，生活·读书·新知三联书店2007年第2版。

民”理论奠基的阿尔及利亚人弗朗兹·法侬；有的揭露“已经死亡”的欧洲文明，比如出生于阿尔及利亚的艾梅·赛萨尔痛斥“‘欧洲’在道德和精神上是不可饶恕的”[①]；有的借文学批评批驳种族主义，比如出生于尼日利亚的齐努瓦·阿切比认为英国作家康拉德的小说《黑暗的心灵》中充满了对黑人的歧视，而“康拉德是个彻头彻尾的种族主义者”[②]；有的把战火烧到女性主义批评，比如出生于印度的女学者斯皮瓦克的“后殖民”理论指出女性主义的偏颇：“‘国际女性主义’实际上首先主要是一种发达的西方话语，它对第三世界妇女的做法为一种代表其‘不利地位的姐妹’经常显示其优越性的干涉使命披上了伪装。”[③]所谓“后殖民”虽有其基本观点和思想倾向，但在理论和实践两方面都有其多样性和多变性；同时，“后殖民”批评家们多对文学感兴趣，其观点和学说往往通过文学批评表达出来，因此，它也是当代西方文论里的一个重要流派。

现在学界把“女性主义”也纳入后现代思潮，这主要是着眼于女性主义的主张受到后现代思想影响并对后现代思想有所贡献。实际上，从争取女权的运动看，女性主义产生得很早；当代女性主义是借助学术文化里的变革和颠覆的大势，使女性主义进入一个新的阶段。

妇女或“女性”问题，在各国历史上都是一个老问题，问题的实质就是妇女因性别受到压迫和歧视，处于不平等的地位。在西方，妇女在很长历史时期里都没有选举权，其他方面的不平等更是比比皆是。其实，这种因性别而导致的不平等在今天还阴魂不散，比如，国际性体育比赛里就有男女“同工不同酬”的现象，直到前些年，有的网球“大满贯”

① 艾梅·赛萨尔《关于殖民主义的话语（节选）》，毛荣运译，杨乃乔校，载［英］巴特·穆尔-吉尔伯特等编撰《后殖民批评》140页，北京大学出版社2001年第1版。

② 齐努瓦·阿切比《非洲的一种形象：论康拉德〈黑暗的心灵〉中的种族主义》，刘须明译，杨乃乔校，载［英］巴特·穆尔-吉尔伯特等编撰《后殖民批评》188页，北京大学出版社2001年第1版。

③ ［英］巴特·穆尔-吉尔伯特《后殖民理论——语境、实践、政治》116页，陈仲丹译，南京大学出版社2001年第1版。

赛事才宣布要将男女运动员的奖金取齐。在中国历史上，女性受到的歧视更甚，甚至体现在“造字”当中，比如不少贬义词都用“女”旁，像“奴”“奸”“妄”“嫉”“妒”“妓”“婊”“嫖”等。20世纪50年代，就曾有女性人大代表提议把这些“女”字旁的“坏词”都纳入汉字改革。可见，对女性的歧视是如何渗透到文化的各个方面。正因为如此，近现代以来，无论是西方还是中国，都曾有过争取女权的妇女解放运动；而“女性主义”的思想，也包含在这些运动之中了，只不过没有形成完整的理论并在学术界成为流派。二十世纪六七十年代，学术思想出现大变革的态势，女性主义思想也乘势而上并四处出击，在各个领域掀起了波澜，对传统的男性话语构建的理论及其文本进行再审、批判和颠覆。在文学批评里，女性主义批评家们要求以一种女性的视角对文学作品进行全新的解读，对男性文学歪曲妇女形象进行了猛烈批判；它努力发掘不同于男性文学的女性文学传统，重评文学史；它探讨文学中女性意识，研究女性特有的写作，关注女作家的创作状况；它声讨男性中心主义传统文化对女性创作的压抑，提倡一种女性主义写作方式。其中影响较大的，有这样几位人物及其作品：

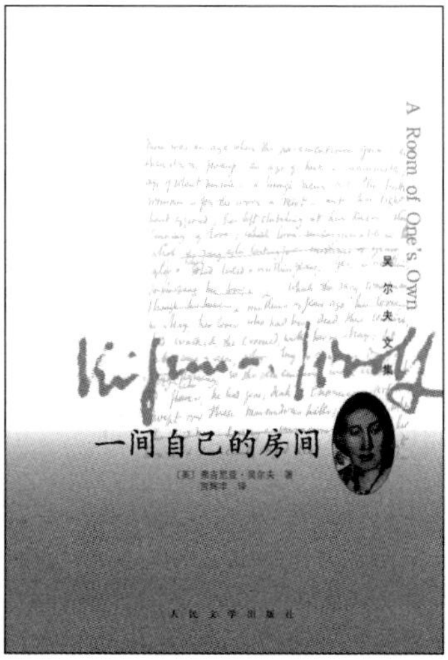

伍尔芙（吴尔夫）：受压制的女性

英国作家弗吉尼亚·伍尔芙。她在随笔集《自己的一间屋》里指出，男人向来认定妇女是低下的，而生活中和思想上也从来就是男性在界定着女性为何及意义何在，因为举凡政治、经济、宗教、社会以及文学等各个领域，都被男性掌控着。在这样的境遇中，妇女没有立身之地，没有适合自己成长的氛围，甚至没有一间可以用来生存和思考的房屋。所以，女性因为性别的原因，从一出生，就命中注定了不大可能成为像作家、艺术家之类的创造性人才。并且，一个有趣的现象是，文学作品中虚构的女性形象跟现实中实际的女性形象反差巨大：

> 在想象中，她最为重要，而实际上，她则完全无足轻重。从始至终她都遍布在诗歌之中，但她又几乎完全缺席于历史。在虚构作品中，她主宰了国王和征服者的生活，而实际上，只要父母把戒指硬戴在她手上，她就是任何一个男孩的奴隶。在文学中，某些最有灵感、某些最为深刻的思想从她的唇间吐出，而在实际生活中，她却几乎不识字，几乎不会拼写，而且是她丈夫的财产。[①]

可不是吗，历史上，在西方文学作品里，女性的形象是何等的惊艳，而现实生活中的绝大多数女性又是何等的卑微！其原因固然有许多，但女性性别这个天然属性往往就成为广大妇女处于不利境地的一个无须争辩也无可奈何的理由。在伍尔芙看来，现实中的英国妇女大多与文学作品中光彩照人的形象完全相反，过着被动而压抑的生活。伟大的莎士比亚，假如是一位女性，或者说，假如莎士比亚有一位天赋惊人的妹妹，那么她的命运大体如此，不会有机会成为伟大的莎士比亚。到了19世纪，许多中产阶级女性拿起笔来写作，并且创作出许多优秀作品。然而，这种写作也是在相当窘迫的环境和相当压抑的心境中进行的。在这种境况下，“她永远不会把她的天才完完全全地表现出来。她的书将会是变形的，扭曲的。在本应该平静地写的时候，她却在盛怒中写作；在本应该明智地写的时候，她却愚蠢地写作；在本应该写笔下的人物的时候，她却写她自己。她在与她的命运作战。她除了受压制，被挫败，英年早逝，又能如何？”[②]显然，就是在文学创作中，妇女的才智也受到极大限制，与男性作家相比，她们施展才华的空间有限，她们的作品价值也要由男性读者去论定，因此，她们跟现实中其他的女性一样，仍需要拥有“自己的一间屋”。在这个

① ［英］弗吉尼亚·伍尔芙《自己的一间屋》，王义国译，《伍尔芙随笔全集》第2卷528页，中国社会科学出版社2001年第1版。

② ［英］弗吉尼亚·伍尔芙《自己的一间屋》，王义国译，《伍尔芙随笔全集》第2卷552页，中国社会科学出版社2001年第1版。

问题上，我国人类学家潘光旦也有类似的观点，他认为传统中国社会对女子的态度可概括为“不谅解”：“教育阶级中，拘泥之道学家以女子为不祥，佻仏之文学家以女子为玩物；即女子自身，亦不惜以不祥之物可玩之物自贬；一般社会之视听评论更不足道矣。一弱女子不幸而生长其间，偶有先天健可，发育得宜，合乎常态者，终至于反常变态，因而拗戾以死，其先天孱弱，发育失常者，尤不待论，弥可哀已。”[①]在这种境况中，绝大多数妇女难以具有文学天地并施展文学才华；即便是寥寥无几的“闺阁诗词”，所发出的也大多数是“悲音”，表达的是女性被压抑的心理和情怀。

西蒙·波伏娃：被定义为“他者”和“第二性”的女性

法国作家和思想家西蒙·波伏娃。波伏娃（波娃）的《第二性》被认为是女性主义的宣言，书中认为，法国社会以及大多数西方社会，都是父权制的和被男人操纵的。在这样的社会中，是男人对“人”做出界定，也是男人对女性加以界定：“一个人之为女人，与其说是‘天生’的，不如说是‘形成’的。……唯独因为有旁人插入干涉，一个人才会被注定为‘第二性’，或‘另一性’。”[②]女性是男性的对立面及附属物，由于她不是男性，就只能成为“他者”，以及需要被男性去解释和界定的对象。这个“他者”，很容易就察觉她在社会机制中只是处于次要和从属的地位，只能服从、听命，扮演着逆来顺受甚至可有可无的角色。面对这样的社会，一个女人要想维护自己的权益并借以成为有意义的人，从而抵抗男性强加于她的“他者”的地位，就一定要挣脱父权社会的枷锁，同时尝试着自己去界定自己。

美国学者凯特·米莉特。她的《性政治》一书指出，女性是生就的，而

① 潘光旦《冯小青：一件影恋之研究》，《潘光旦文集》（1）39页，北京大学出版社1993年第1版。

② ［法］西蒙·波娃《第二性——女人》23页，桑竹影、南珊译，湖南文艺出版社1986年第1版。

女人却是社会造就的；也就是说，一个人的“性（sex）”是与生俱来的，而“性别（gender）”却是由社会创造出来的。在意识形态的作用下，女人和男人有意无意地就确认了社会为他们建构的文化观念及行为准则，比如男孩应当是进攻的、自信的、发号示令的，而女孩却应该是被动的、柔顺的和小鸟依人的。这既是社会对男性和女性不同的预期和要求，久而久之也就成为人们都能够接受的社会法则。它们通过各种媒体——诸如歌曲、文学以至于广告等等——广为传播，从而也给男人和女人们指定了性别角色。米莉特的这个观点让人联想起一部流行的画册《电影妖姬》（*Cinema Sex Sirens*），其原名直译为“电影中的性感女妖”[①]，似乎表明女性在电影中的符号就是充满诱惑的美色，这当然是男性视野中的女性形象，是男性“话语”对女性“属性”的界定。在另一个极端，还有中国当代所谓“国学热”里大肆宣扬所谓“女德”，从古书里弄出许多专对女性的“美德”的要求，并四处办学堂、搞讲座，尤其是专对正在成长中的少女及其家长说教，实在是没落不堪、害人不浅，骨子里面却是自高自大的男权意识。诸如此类，无论是现代社会里的商业宣传，还是封建思想的阴魂不散，都不是对待女性的正确态度，有必要用女性主义理论去加以揭露和批判。

美国批评家埃莱娜·肖瓦尔特。在她的代表作《她们自己的文学》中，肖瓦尔特认为，“女性批评”可以揭穿文学作品中对妇女描写所表现出的种种假象，并因此而帮助妇女以她们自己的理由去写作和阅读。在她的理论中，“女性批评”已成为对妇女作家进行研究的同义词，也为探究妇女写作的本质以及回应女性主义文学批评主要问题提供了四种模式。一是生物学模式，它提供一群文学形象及某种“私语”，借以强调女性的身体是如何在文体打上烙印。二是语言学模式，它关注女性话语，着重考察女人运用语言与男人有何差异，以证明妇女能够创造出一种基于其性别的特殊语言，并且在写作中用这种方式去说话。三是心理分析模式，它解析女性心理如何影响写作进程，强调女性写作的柔情似水，跟男性的刚硬和棱角形成对照。四是文化模式，它考察女性作

---

① 戴夫·沃勒尔、李·法伊弗《电影妖姬》，王博译，金城出版社2014年第1版。

者置身其中的社会是怎样造就妇女的追求、反应以及视点。肖瓦尔特（肖沃尔特）坚信，女性文学能够在“女子文化”的大背景下独辟蹊径，找到突破男性写作束缚的出路，而文学批评在这方面应当有所作为。她说：“我相信，同以生物学、语言学和精神分析学为基础的理论相比，依据女子文化模型的理论能够为研讨女子写作的独特性和差异性问题提供更完善更圆满的方法。”[①]

美国批评家桑德拉·吉尔伯特和苏珊·古芭。她们合著的《阁楼上的疯女人》被誉为20世纪女性主义文学批评的《圣经》，也是当代西方文论中的经典。此书以其激进的批评姿态和对19世纪英美女性文学的全新阐释，对西方文学与文化研究产生了深刻影响。作者认为，文学史上，是男性声音占据支配地位，同时男性还占有了笔和纸，因此能够按照男性的需求随心所欲地去界定并塑造女性的形象。相当一些著名的作家和学者高调宣称女性不适合写作，或认为“文学不是女性可以从事的事业”（骚塞），或认为“女性并不像男性那样具有本体论意义上的现实性”（魏宁格），都认定“女性存在的目的都仅仅是为了被男性所利用，无论是作为文学表现的对象，还是现实生活中的性对象”[②]。这种观念体现在文学创作中，就是各个历史时期延续不断的对女性形象的歪曲和丑化。比如：

吉尔伯特和古芭：被妖魔化的女性

> 上自早期神学家德尔图良和圣奥古斯丁（St.Augustine）们所表现出来的厌女症状，下经文艺复兴时代和王政复辟时代的文学作品——再到锡德尼笔下的塞克罗皮亚（Cecropia）和莎士比亚笔下的麦克白夫人（Lady Macbeth）、高纳里尔

① ［美］伊莱恩·肖沃尔特《荒原中的女权主义批评》，韩敏中译，载王逢振等编《最新西方文论选》274页，漓江出版社1991年第1版。

② ［美］桑德拉·吉尔伯特、苏珊·古芭《阁楼上的疯女人：女性作家与19世纪文学想象》上10页，杨莉馨译，上海人民出版社2015年第1版。

（Coneril）和里根（Regan），弥尔顿笔下的罪（Sin）……——可以说，女怪物的形象充斥着18世纪的讽刺作家的作品，成为男性艺术家们的伴侣，在女性刚刚开始“尝试握笔”的那个时代，她们那些致命的恶毒形象一定是对女性读者造成了特别深刻的印象的。……上面提到的那些男性作者煞费苦心地使用了反面罗曼司的形式，以表明女性“天使”实际上就是一个女性“恶魔”、看上去十分完美的女性实际上就是一个非女性化的怪物这样的意思。①

作者认为，男性作家对女性的这种态度及表现，造成了十分恶劣的影响，以至于使人们普遍认为，女人，要么做“房屋里的天使”，要么就是“阁楼上的疯女人”；而“天使”只是表面现象，其实质就是“恶魔”。这种情形，在中国传统文化和古典文学里也很普遍，美色往往跟“妖精”和“祸水”连为一体，从历史传说中的赵飞燕、杨贵妃，到小说里的阎婆惜、潘金莲，还有《西游记》里的蜘蛛精、白骨精和《聊斋志异》里狐狸精，实际上都是男性欲望和自大的投射，也都不同程度地强化了女性的“妖”和“怪”的形象。

法国作家和文艺理论家埃莱娜·西苏。她在《美杜莎的笑声》一文中提出，妇女必须参加写作，必须写自己，必须写妇女，因为“只有通过写作，通过出自妇女并且面向妇女的写作，通过接受一直由男性崇拜统治的言论的挑战，妇女才能确立自己的地位，这不是那种保留在象征符号里并由象征符号来保留的地位，也就是说，不是沉默的地位。妇女应该冲出沉默的罗网，她们不应该受骗上当去接受一块其实只是边缘地带或闺房后宫的活动领域”②。进而，她强烈呼吁妇女写作要写自己的身体：

通过写她自己，妇女将返回到自己的身体，这身体曾经被从她身上

① ［美］桑德拉·吉尔伯特、苏珊·古芭《阁楼上的疯女人：女性作家与19世纪文学想象》上40-41页，杨莉馨译，上海人民出版社2015年第1版。

② ［法］埃莱娜·西苏《美杜莎的笑声》，黄晓虹译，载张京媛主编《当代女性主义文学批评》195页，北京大学出版社1992年第1版。

收缴去，而且更糟的是这身体曾经被变成供陈列的神秘怪异的病态或死亡的陌生形象。这身体常常成了她的讨厌的同伴，成了她被压抑的原因和场所。身体被压制的同时，呼吸和言论也就被抑制了。

写你自己。必须让人们听到你的身体，只有到那时，潜意识的巨大源泉才会喷涌。我们的气息将布满全世界，不用美元（黑色的或金色的），无法估量的价值将改变老一套的规矩。①

这听上去就像是充满豪气的檄文，为妇女写作呐喊，同时也向父权制度以及由此而来的“男性写作”下了战书。她提出一种为女性所特有的“阴性书写”，用以和占主导地位的“阳性书写”抗争，进而打破男性创造的二元对立的“菲勒斯中心主义”也即“阳物中心主义”。凭借这种书写，女人说出了一切未被言说的可能性，在思想领域为自己创造出一个相对独立的空间，使自己得到精神解放并走向自由王国。这种吁求，也见于另一位女性主义批评家莫尔的文化观和写作观，那就是充分利用女性特有的与生俱来的“天赋”，因为“历史上的妇女作家自写作之日起，就有一种心照不宣的共同体验。作为女性的青春期、行经、性心理的萌动、怀孕分娩和更年期闭经这一整个过程，是女人独有的生命过程；女作家们作为女儿、妻子和母亲的身份使她们团结在一起……”②。这当是“女性写作”的来源，并且能够向文学里的“男性意识”发起挑战，把男性作家们颠倒了的乾坤给颠倒过来。

女性主义文论用一种全新的视角去重审文学经典，确实有很多新的发现，不仅让人看到许多被遮蔽的东西，也纠正了许多被歪曲和“污名化”了的东西。比如，在中国传统的叙事文学里，女性常常就是被矮化甚至丑化的形象，明代所谓“四大奇书”中，女性人物绝大多数都是反面形象——要么是邪恶的符号，要么是淫荡的化身。这种情形，到《红楼梦》出现后才有了改观，而

① ［法］埃莱娜·西苏《美杜莎的笑声》，黄晓虹译，载张京媛主编《当代女性主义文学批评》193−194页，北京大学出版社1992年第1版。

② 盛宁《二十世纪美国文论》216页，北京大学出版社1994年第1版。

女性主义批评拓展当代文论的新视野

《红楼梦》之所以打破传统的写法，对女性的态度也是一个重要因素。现当代文学里，明目张胆地歧视女性的态度不太多见了，但叙事话语中是否潜藏着对女性的偏见就很难说。比如那部文学成就很高的当代小说《白鹿原》，里面有些对女性的描写，态度就比较暧昧。小说第一章第一句是：

> 白嘉轩后来引以为豪的是一生里娶过七房女人。①

“娶七房女人”有什么值得“引以为豪”的呢？是主人公自豪还是作者替主人公表达自豪？这些女人大多因病死掉了，合乎人性的情感应当是同情和哀恸才是。如果一个女人一生嫁过七个男人且这些男人都一命呜呼，还能够说是“引以为豪”吗？不被诅咒为“克夫”或“扫帚星”才怪呢！这里面莫非暗含着作者在潜意识里代表许许多多的中国男人表达对多占有女性的人物的羡慕？因为中国封建社会的男人们的确有很多是以多占有女性为豪的，从达官贵人的“妻妾成群”到历代皇帝的“后宫佳丽”。但那又是怎样一种欲望和心理呢？只能说是“封建男人”的集体无意识里的阴暗冲动，不值得炫耀，更不值得用来当作小说的“开宗明义”。第十五章描写白嘉轩代表宗族惩罚犯了“天条”的田小娥。

> 为了遮丑，只给小娥保留着贴身的一件裹肚儿布，两只奶子白皙的根部裸露出来。执行惩罚的是四个老年男人，每两个对付一个，每人手里握一把干酸枣棵子捆成的刺刷，侍立在受刑者旁边。白嘉轩对鹿子霖一拱手：“你来开刑。”鹿子霖还拱一揖：“你是族长。”白嘉轩从台阶上

① 陈忠实《白鹿原》3页，人民文学出版社1993年第1版。

下来，众人屏声静息让开一条道，走到田小娥跟前，从执刑具的老人手里接过刺刷，一扬手就抽到小娥的脸上，光洁细嫩的脸颊顿时现出无数条血流。小娥撕天裂地地惨叫。①

且不说作为小说正面主人公和“正直”化身的白嘉轩这残忍的行为是多么可耻，就以字里行间流露出的感觉看，不像是怜悯和同情，而更像是快感和宣泄，“一扬手”的动作是多么潇洒！而鲜血流在“光洁细嫩的脸颊”上又是多么能够体现“暴力美学”或“残酷之美”啊！下面这段文字就更是滑天下之大稽了：

儿媳瞥见阿公腹下吊的生殖器不觉羞怯起来，移开眼睛去给阿公脚上穿袜子，心里却惊异阿公的那个器物竟然那么粗那么长，似乎听人传说“本钱”大的男人都是有血性的硬汉子，而那些“本钱”小的男人都是些软鼻脓包。②

这真像是在为西方文化中被女性主义批得体无完肤的“阳物中心主义”招魂呢！人类历史上或许有过“生殖崇拜”，但那跟人的性格和品德没有关系。作家道听途说，用女性的眼光和心理去表达阳物和人格的关系，就是把自己或代表相当一部分男性的“菲勒斯幻象”强加在女性人物身上，当然也就隐含着对女性的贬抑。这样的叙事，用女性主义理论去剖析、批判一番，是很有必要的。

其实，这种情形在中外小说创作中都不是个案，一些伟大的和经典的小说都时常自觉或不自觉地通过人物形象流露出对女性的不敬甚至厌恶。比如海明威，有批评家认为：

《永别了，武器》与费特利在其论著《抗拒的读者》中讨论的其他小

① 陈忠实《白鹿原》261—262页，人民文学出版社1993年第1版。

② 陈忠实《白鹿原》633页，人民文学出版社1993年第1版。

说一样，似乎让妇女根据作者的意图，怀着极大的同情心去阅读并厌恶自己。在这一意义上，读者像弗雷德里克一样敌视女人，敌视女主人公凯瑟琳。有女性主义思想的女读者往往很难同情凯瑟琳，因为她仅仅为弗雷德里克而存在。她的性格特征是由外部力量决定的，是男性心理与男性幻想的反映，且只能被理解成对围绕她的那个男性社会的种种需要作出反应。[①]

海明威的小说以表现硬汉形象和男性气质著称，但用女性主义理论去分析，女性形象是常常成为陪衬、“他者”和欲望的对象的。这种“男性”的态度，在小说中未必直言，却往往隐藏在叙述和描写中，用女性主义的镜子去照一照，就显露出来了。海明威如此，其他一些大作家也是如此。也正因为如此，女性主义把批判的战火燃烧到文学，对西方文学传统加以彻底清算，并形成具有相当批判性和战斗力的女性主义文学理论，就有着充分的理由。

---

① 詹妮弗·罗宾逊、斯丹弗妮·罗丝《妇女、伦理与小说》，林树明译，载柏棣主编《西方女性主义文学理论》96页，广西师范大学2007年第1版；着重号为笔者所加。

主要参考书目

郭绍虞主编《中国历代文论选》（全4册），上海古籍出版社1979—1980年版。

王运熙、顾易生主编《中国文学批评通史》（全7卷），上海古籍出版社1996年第1版。

胡经之主编《中国古典文艺学丛编》（全3册），北京大学出版社2001年第1版。

［清］何文焕辑《历代诗话》（全2册），中华书局1981年第1版。

［清］丁福保辑《历代诗话续编》（全3册），中华书局1983年第1版。

［清］王夫之等《清诗话》（全2册），上海古籍出版社1978年新1版。

郭绍虞编选《清诗话续编》（全4册），上海古籍出版社1983年第1版。

唐圭璋编《词话丛编》（全5册），中华书局1986年第1版。

中国戏曲研究院编《中国古典戏曲论著集成》（全10册），中国戏剧出版社1959年第1版。

黄霖、韩同文选注《中国历代小说论著选》（上、下册），江西人民出版社1982、1985年第1版。

丁锡根编著《中国历代小说序跋集》（全3册），人民文学出版社1996年第1版。

侯忠义编《中国文言小说参考资料》，北京大学出版社1985年第1版。

伍蠡甫等编《西方文论选》（上、下册），上海译文出版社1979年新1版。

伍蠡甫等编《现代西方文论选》，上海译文出版社1983年第1版。

［英］戴维·洛奇编《二十世纪文学评论》（上、下册），葛林等译，上海译文出版社1987年、1993年第1版。

［英］拉曼·塞尔登编《文学批评理论——从柏拉图到现在》，刘象愚、陈永国等译，北京大学出版社2000年第1版。

［美］佛朗·霍尔《西方文学批评简史》，张月超译，南京大学出版社1987年第1版。

［美］雷纳·韦勒克《近代文学批评史》（全8卷），杨岂深、杨自伍译，上海译文出版社1987—2006年版。

赵一凡等主编《西方文论关键词》，外语教学与研究出版社2006年第1版。

［英］安德鲁·本尼特、尼古拉·罗伊尔《关键词：文学、批评与理论导论》，汪正龙、李永新译，广西师范大学出版社2007年第1版。

［美］维克多·泰勒、查尔斯·温奎斯特编《后现代主义百科全书》，章燕、李自修等译，刘象愚校，吉林人民出版社2007年第1版。

纪怀民等编著《马克思主义文艺论著选讲》，中国人民大学出版社1982年第1版。

潘天强主编《新编马克思主义文艺学》，复旦大学出版社2005年第1版。

后　记

这本书的背景，是我为文学创作和批评以及各艺术学专业硕士研究生讲授“中国古代文论专题”和“西方文论专题”；课程的目的，是帮助学生丰富文论知识、提高理论素养，并给他们的学习和实践提供一些借鉴。因为不是专门或“专业”的研究，在体例设计上就采用了“举要”的方法，选取那些在中西文论史上最重要的名家名著及其理论学说。但这样做会带来些问题，最显见的就是，对“重要”的判定多少会带有主观性，很可能写进去的未必重要，而真正重要的却给漏掉了。对此，我想到两个根据或者理由：一是影响，也就是知名度很高，在文论专业之外也有较大影响，为文学艺术专业的学生所知晓或“当知”的，比如中国文论的刘勰、钟嵘、王国维以及西方文论里的古典主义、浪漫主义、现实主义等等；二是效用，也就是能给学生的创作、批评和研究以启发和帮助的，比如中国文论的“知人论世”“比兴”“境界”诸说以及西方文论的“社会—历史”“形式主义”“结构主义”“精神分析”“神话—原型”“女性主义”诸批评方法等。像这样把推介对象和接受对象结合起来，或许符合“举要”的体例。当然，这也可能是一厢情愿且事与愿违；那样的话，就要请读者加以纠谬了。

本书在写作中，尽可能地多引用一些相关材料；尤其是中国文论部分，征引了前辈学者的各种研究成果。这既是为学生提供“索引”——如果做进一步了解，可以有个阅读的提示——也是想以这种方式向老一辈的学者致敬。我这一代后学，学习文论是在20世纪80、90年代。那时候，所仰仗的是前辈大师的高水平研究成果，包括批评史、文论选、专著、文集以及校注和翻译等等。现在看去，这些成果为“文论”之学奠定了坚实的基础，其本身也堪为令后人肃然起敬的殿堂。大师们的学问和风范，为“文论”学科树立了一座座丰碑；今天我们能够传承中西文论，正得益于前辈的开拓和导路。我也希望通过自己的教学和研究，让年轻的学子记住那些不朽的名字的永远的经典。

说实话，以我一己之力，要把两大领域的史和论给联系并结合起来，是件很不容易的事情。这里面，有些内容我因以往的学习和研究而相对熟悉，而有不少内容尤其是西方当代文论的观点和流派，我是边学边讲，为了教学而现炒现卖的。这里面肯定会有偏差、含混甚至误解，这是需要读者不吝赐教以便今后加以改进的。好在文学批评允许一定程度的“误读”；“批评的批评”似乎也留下一些“别解”和“臆说”的空间。书中对中西文论各家之言的阐说，如果确实错了，那就一定改正；如果是因为头脑发热或发蒙而离题远了，姑且当作“过度诠释”，用来“疑义相与析”吧！读者如果发现问题并且为了正本清源而去深入阅读和研究相关资料，那么本书也就达到了推门和铺垫的作用，完全可以弃如敝屣了。“得鱼忘筌”，原本就是问学而精进的“正思维”。

书中提到的中西理论家和批评家，除跟其学术有关的事迹外，均未述及生平。这一方面是为了节省文字，另一方面，也因为此类资料非常好查，在各类批评史以及网上词条一索便得，本书也就借这个便利而省略了。如果因此而造成阅读不便，那是要深表歉意的。此外，书名题为“讲话”，是为了让阅读更加轻便、顺畅而使文字尽量通俗自然一些。但对于文论著述来说，要做到这一点也很不容易；比如西方当代文论尤其是所谓“后现代”批评里的一些观点，读原（译）文几如天书，看转述也似乱花迷眼、亦真亦幻，再要用自己的浅显语言去介绍，保不齐就渐行渐远，自说自话了。在这方面，也是要请读者明察秋毫的；知我罪我，都是鞭策。

我能够在文论的领域做些教研工作，离不开诸多老师的教导和培养。已故王运熙先生是我的博士生导师，为我讲授中国古代文学和批评课程，并指导学位论文；已故罗宗强先生审阅了我的学位论文并指引问学的方向。黄霖老师是我攻读博士学位的副导师，经常予以热心辅导；王先霈、周伟民老师是我的硕士生导师，为我讲授文艺学和中国古代小说理论，并指导硕士学位论文。学习和工作期间，以不同方式给我关心和教诲的还有顾易生先生、陈谦豫先生、曾祖荫先生、蔡仲翔先生，以及陈允吉老师、袁震宇老师、蒋凡老师、杨明老师、曹旭老师、吴承学老师、邱紫华老师、徐志啸老师等。师恩难忘，精神永存。我谨以自己的点滴耕耘向老师们表示崇高敬意。

教学和写作过程中，王波博士把他本人课题研究的相关材料无私提供给我；谷海慧教授、程倩教授帮我做了许多教务工作；吴格言处长、樊伟参谋、武涛参谋费心协调立项出版事宜；研究生周雨青、钱佰珩担任助手，丁帅、孙曜、张欢、谢菊等同学跨专业选修文论课程并辅助教学。百花洲文艺出版社文学编辑部主任胡青松欣然接受出版，余丽丽编辑精心编校书稿。在此一并表示感谢。

朱志荣教授是著名美学家蒋孔阳先生的高足，学贯中西、著作等身。因我俩有同窗之谊，所以请他为我的“作业”评点几句；虽自知拙作配不上他的奖掖，但借此而重温昔日在一起求学和切磋的时光，也是一乐。其他同窗或同门，孙振华教授（中国美术学院）、胡亚敏教授（华中师范大学）、李建中教授（武汉大学）、朱琳教授（首都经贸大学）、李杨教授（北京大学）、张晓夫编审（浙江教育出版社）、程金城教授（兰州大学）、汪涌豪教授（复旦大学）、周锋教授（上海大学）、陈引驰教授（复旦大学）、吴兆路教授（复旦大学）、孙克强教授（南开大学）、吕新雨教授（华东师范大学）、汪春泓教授（香港岭南大学）、黄昌勇教授（上海戏剧学院）、王坤教授（中山大学）、彭玉平教授（中山大学）、孟悦朴教授（宁夏大学）、吴河清教授（河南大学）、刘晓玲教授（中央民族大学）以及甲斐胜二教授（日本福冈大学）等，都在学业或生活上助我良多，惠风和畅，感慨系之！

作者

2020年7月于北京